JAN HETMAN

BLUT TRÄNEN BLUT

Kriminalroman

Über dieses Buch

Tödliche Schuld
und keine Vergebung

Mit Elisa Batoni und Christian Berghoff von der Kripo Bergstraße/ Heppenheim

Kurz nach seiner Haftentlassung stirbt der Mörder eines jungen Mädchens unter merkwürdigen Umständen. Im Keller seines Hauses wird ein furchtbares Geheimnis entdeckt.
Drei Einbrecher werden nachts, auf offener Straße, hingerichtet. Einer ihrer Überfälle scheint völlig aus dem Ruder gelaufen zu sein.
Unter einer Brücke, knapp über den Bahngleisen, hängt ein Mann an einem Strick. Wenige Minuten später zerplatzt sein Körper an der Front des Nacht-ICE.

Elisa Batoni und Christian Berghoff entdecken Zusammenhänge und nehmen die losen Fäden dieser rätselhaften Fälle auf. Als sie tiefer graben, erahnen sie eine beängstigende Spur aus Blut und Tränen. Dabei stoßen sie auf immer mehr Tote und Vermisste mit dunkler Vergangenheit. - Ist alles Zufall, Rache oder Plan?
Wer steckt hinter der mörderischen Gewalt? Und mit welchem Motiv? - Schon werden sie selbst zu Gejagten und müssen um ihr Leben kämpfen. Und wenn sie meinen, dieses tödliche Phänomen entschlüsselt zu haben, stehen sie vor der nächsten verschlossenen Tür, hinter der sich vielleicht die endgültige Wahrheit verbirgt.

Unerbittlich • spannend • unvorhersehbar

JAN HETMAN

BLUT TRÄNEN BLUT

Kriminalroman

Blut Tränen Blut
Kriminalroman

1. Auflage, Januar 2024

Covergestaltung:
Buchcoverdesign.de / Chris Gilcher
https://buchcoverdesign.de

Herausgeber:
Jan Hetman
c/o COCENTER
Koppoldstr. 1
86551 Aichach
ISBN 978-3-00-077638-0

Inhalt

Prolog

Berlin-Glienicke
Samstag, 06. Mai 1995, 15.40 Uhr

Der Kies knirschte unter seinen Schuhen, als er auf die alte Villa zuging. Sie könnte wirklich mal einen neuen Anstrich vertragen, ging es ihm durch den Kopf. Auf dem Treppenabsatz stand Frieda, mit einer kleinen Gießkanne in der Hand und erwartete ihn schon.

»Hallo Ronny, er ist hinter dem Haus – Gartenarbeit.«

Auf gebrochenen Gehwegplatten, zwischen hohen Rosenbüschen, ging er um das Haus und stand in der Oase der Ruhe, wie er Grasulkes Garten gerne nannte. So ruhig, dass man meinte, man könnte die Regenwürmer kriechen hören. Wenn das wilde Vogelgezwitscher nicht wäre. Dahinter ragten drei alte Eichen hoch auf, die über das kleine Paradies wachten.

»Otto?«, rief er durch den Garten. Wo steckt der Maulwurf schon wieder. Er rief durch die Hintertür am Haus. Nichts. Vielleicht bei den Eichen? Da saß er gerne an einem kleinen Bistrotisch, mit einem kühlen Bierchen. Wäre jetzt nicht das Schlechteste. Dann duckte er sich unter den tief hängenden Ästen der Apfelbäume hindurch und erstarrte. Sein Freund hing an einem Strick um den Hals, einen Meter über dem Gras. Daneben die kleine Stehleiter. Ganz ruhig hing er da. Nicht einmal der frische Frühlingswind brachte ihn zum baumeln.

»Otto!«, stöhnte er, »was machst du denn für Sachen!«

Der Puls am Handgelenk war nicht mehr zu erfühlen. Sein Gesicht war aufgedunsen und dunkelviolett. Die blaue

Zunge hing aus dem leicht geöffneten Mund. Er ging zum Haus und rief durch die Hintertür nach Frieda.

Wenig später standen sie betroffen und wütend vor dem Erhängten. Betroffen über den Tod, wütend über ihr Schicksal. Frieda schluchzte und verbarg ihr Gesicht in den Händen. Ronny überlegte, Otto abzuschneiden. Doch zu Zweit würden sie das nicht schaffen, ohne dass Otto herabstürzen würde. Diese Demütigung wollte er ihm nicht antun. Nicht auch noch im Tod. Nachdenklich ging er ins Haus und rief den Notarzt an. - Zurück im Garten hielt Frieda ein Blatt Papier in der Hand.

»Das lag da drüben auf dem Tischchen.«

»Meine über alles geliebte Frieda, ich danke dir für die vielen glücklichen Jahre, doch ich kann so nicht mehr weiterleben. Bitte verzeih mir. Dein Otto.«

So standen sie unter dem Strick und warteten. Ronny kannte den Gemütszustand seines Freundes. Er wusste genau, wie verbittert er war. Doch er konnte ihm nicht helfen. Oder andersherum - Otto wollte sich nicht mehr helfen lassen. Er hatte abgeschlossen. So war eingetroffen, was er erwartet hatte. Der Schock hielt sich daher in Grenzen. Es war wie ein langer, angekündigter Abschied. Die Zeit war unbestimmt. Das Ende unausweichlich.

Ronny ging zu dem kleinen Tischchen. Die Flasche war halb voll, das Bier noch kühl. Er hob die Flasche Otto entgegen und nahm einen kräftigen Schluck.

»Auf dein Wohl, Alter. Auf mich musst du noch warten...«

Ronny Hartmann setzte sich. Er war erst zweiunddreißig und musste da durch. Weitermachen. Für Frau und Kinder und ein klein wenig auch für sich. Und am Horizont öffnete sich gerade eine Tür für ihn.

Mit dem Wind

Jägersburger Wald
Freitag, 16. November 2012, 17.20 Uhr

Gedankenfunken sammeln sich zu einem Gedankenblitz. Ein schneller Griff, ein Ruck gegen die Türverkleidung und die Beifahrertür springt auf. Durch den eigenen Schwung kippt das Mädchen mit dem Oberkörper aus dem Sitz, greift in den aufgeweichten Waldboden und strampelt sich mit ihren Beinen los. Wild krabbelt sie die ersten Meter über das rutschige Herbstlaub bis sie Halt findet. Der Regen rauscht auf sie herab. Im Nu hängen die blonden, welligen Haare in Strähnen über Gesicht und Schultern.

»Scheiße, Scheiße, Scheiße! Ich krieg dich, du kleine Schlampe. Dann dreh ich dir den Hals um«, brüllt er ihr durch die offene Beifahrertür nach, während er hastig seine Hose schließt.

In der Dunkelheit erahnt sie die eng stehenden Baumstämme nur vage. Da knallt sie mit dem Kopf gegen einen Ast, fällt auf den Rücken, rappelt sich hoch und flieht weiter. Eine vertrocknete Astspitze bohrt sich in ihren rechten Halsmuskel und reißt einen Fetzen heraus. Blut quillt aus der offenen Wunde. Die Hände weit nach vorne gestreckt hastet sie durch das Dunkel.

Die Baumreihen lichten sich. Mit wenigen Schritten überquert sie einen sumpfigen Grasstreifen und steht auf einem Waldweg. Nach rechts. Regen schlägt ihr ins Gesicht. Sie wendet sich um, kneift die Augen zusammen und erahnt einen langen, schnurgeraden Fahrweg. Mit dem Wind rennt sie los, der die kleine Gestalt über die Erde fegt.

Ihr Verfolger tappt durch den morastigen Grasstreifen. Der Regen peitscht ihm ins Gesicht. Ruckartig dreht er sich nach links. Weit voraus erahnt er eine schemenhafte Bewegung. Mit weiten Schritten hetzt er durch matschige Pfützen. Meter um Meter wirft er sich seinem Ziel näher, rutscht aus, fällt mit dem Knie auf einen Stein, kämpft sich hoch und drängt weiter über den glitschigen Weg.

Seine Hand verkrampft sich in ihrem nassen Haar. Sie reißt und zerrt vorwärts, doch ihre Kraft bleibt im Matsch stecken. Das Mädchen wirbelt herum, kommt aus dem Gleichgewicht und reißt den schweren Mann mit sich.

Aus geschnitztem Erlenholz

Langwaden
Freitag, 16. November 2012, 19.37 Uhr

Die Scheinwerfer schoben sich durch die nebelverhangene Dunkelheit des Hessischen Rieds. Dünnbesiedeltes Flachland. In den langgezogenen Kurven, die sich schlangenartig aneinanderreihten, leuchtete die Landschaft wie im Kegel eines Suchscheinwerfers halogenweiß auf. Feuchte Wiesen, durchnässte Ackerböden. Vereinzelt ragten kahle Bäume wie Skulpturen in den Nachthimmel.

Rombach nahm den Fuß vom Gaspedal. Der Wagen rollte die Jägersburger Straße entlang durch das unscheinbare Dorf mit seinen rund dreihundert Einwohnern und den gerade mal vier oder fünf Straßen. Letzte Straße rechts.

Bülows nagelneues BMW Cabrio stand ein paar Meter weiter. Steckte er in der Midlife-Crisis? Er wollte ihm nicht zu nahe treten, auch nicht gedanklich. Doch Claus Bülow war seiner Meinung nach, zumindest bisher, die moderesistenteste Person der Kriminalinspektion Heppenheim. Etwas war aber sichtlich im Wandel. Dazu passten auch seine neuerdings farblich auffälligen Poloshirts.

Kaum war er an der Eingangstreppe angekommen, riss Bülow die Tür auf. Er musste ihn durch das kleine Fenster im Treppenhaus gesehen haben. Mittelgroß und hager stand er in der Tür. Mit seinen tiefen Geheimratsecken und den graumelierten, halblangen Haaren, die etwas über die Ohren und in den Nacken gingen, wirkte er wie ein gealterter Statist, der aus ›Saturday Night Fever‹ gefallen war.

»Wolfgang, gut dass du schon da bist.«

Frau Gärtner saß versteinert und verlassen in der Mitte ihrer Couch. Die Augen starr auf den Fußboden gerichtet. Schwerfällig hob sie den Kopf und Rombach blickte in verängstigte, vom Weinen rote Augen. Ihr Mann stoppte sein Auf und Ab neben dem Wohnzimmerschrank und stellte sich hinter seine Frau.

»Guten Abend. Ich bin Hauptkommissar Rombach. Wir werden alles in unserer Macht stehende unternehmen, damit sie ihr Kind schnellstens wiederbekommen.«

Frau Gärtner begann zu wimmern. Mit brüchiger Stimme stammelte sie:

»Mein Kind wird nie mehr nach Hause kommen! Ich weiß es genau - ich spüre das.«

Dann sackte sie wieder zusammen. War das der sprichwörtliche Mutterinstinkt, der jetzt schon wusste, was sie in mühsamer Kleinarbeit erst noch herausfinden würden?

»Herr Gärtner, könnten Sie bitte schildern, was passiert ist? Seit wann vermissen sie ihre Tochter?«

Aufgeregt erklärte Oliver Gärtner, dass Nicole wie immer freitagnachmittags Sportunterricht im AKG, also im Alten Kurfürstlichen Gymnasium Bensheim, hatte. Gegenüber der Sporthalle sei zwar eine Bushaltestelle für die Linie 767 nach Langwaden, aber die würde freitags ab 14.00 Uhr nicht mehr angefahren. Danach müssten die Kinder vom Bensheimer Bahnhof abfahren.

»Nicki hätte dort wie üblich um 17.17 Uhr einsteigen sollen und wäre dann gegen 17.45 Uhr zu Hause gewesen. Als sie um 18.30 Uhr noch nicht da war, rief ich ihre Schulkameradinnen, Freundinnen und die Krankenhäuser an. Schließlich fuhr ich die Strecke zum AKG ab. - Nichts.«

Bülow ließ sich die Namen der Mitschülerinnen geben und verschwand in der Küche. Rombach biss sich auf die

Unterlippe. Das tat er immer, wenn er Unangenehmes im Kopf hin und her wälzte.

»Könnte es möglich sein, dass ihre Tochter, ich will sagen, könnte es sein, dass sie nicht nach Hause kommen wollte? - Hatten sie irgendwelche Differenzen?«

Er hatte einen Aufschrei erwartet, doch das Ehepaar schüttelte nur die Köpfe. Ohne aufzuschauen flüsterte Svenja Gärtner:

»Wir haben Nicole geliebt, wie man sonst niemand lieben kann. Sie war unser Sonnenschein - und sie hat uns auch geliebt. Wir waren glücklich, wunderbar glücklich.«

Dann ließ sich Frau Gärtner in ein tiefes Kissen fallen und begrub ihr Gesicht und ihren Schmerz darin. Wäre er nicht Polizist, hätte er mitheulen können.

Wie weit war sein Kollege? Das konnte doch nicht so lange dauern. Claus Bülow lehnte telefonierend im Türrahmen. Er nickte mehrmals kurz seinem Chef zu, was wohl so viel heißen sollte wie ›bin gleich fertig‹. Wahrscheinlich.

»Also! - Ich hatte die beiden Mädchen an der Strippe, mit denen Nicole die Sporthalle verließ. Das war nach ihren Aussagen so gegen 16.10 Uhr. Zu Dritt gingen sie die Fehlheimer Straße entlang. Hundert Meter weiter bogen die beiden Mädchen in die Kirchbergstraße ab, Richtung Europa-Allee. Nicole musste geradeaus weiter.«

Bülow folgerte daraus:

»Es ergeben sich dadurch verschiedene Varianten. Kam sie überhaupt am Bahnhof an? Fuhr sie dort mit dem Bus ab? Stieg sie unterwegs aus? Oder verschwand sie erst in Langwaden?«

»Exakt. Wir brauchen unbedingt die Aussage des Busfahrers. Christian soll sich gleich dranmachen. Kannst du das bitte in die Wege leiten. - Ach ja. Und die Krankenhäuser natürlich noch!«

»Mach ich.«

Rombach bat Herrn Gärtner um ein Foto von Nicole. Er steckte es Bülow zu, damit dieser es per Handy an die Leitzentrale weiterleitete.

»Wir müssen jetzt warten, bis wir neue Informationen erhalten. Meine Leute arbeiten daran.«

Sein Blick ging durch den Raum. Modern eingerichtete Wohnung, sicher nicht billig. Aber nicht protzig oder vermögend. Auf einem Schrank standen Familienbilder. Bilder von einer, tja, man konnte es nicht anders sagen, glücklichen Familie. Zumindest in diesem Bruchteil einer Sekunde.

Von irgendwo her ertönte gedämpft der Radetzkymarsch. Alle blickten sich um. Rombach patschte von oben nach unten auf seinen langen Mantel, bis er die richtige Tasche gefunden hatte. Ich muss endlich einen neuen Anrufton auswählen. Irgendwie war ihm der Radetzkymarsch doch etwas unangenehm. Zu viel Marsch. Zu militärisch. Das passte eigentlich gar nicht zu ihm. Die Leitzentrale teilte ihm mit, dass Christian den Busfahrer ausfindig gemacht hatte und mit einem Bildabzug soeben zu ihm nach Hause gefahren war.

Wolfgang Rombach war stolz auf sein Kommissariat. Seit über zwanzig Jahren leitete er nun schon als Erster Kriminalhauptkommissar das K10, zuständig für ›Gewalt-, Brand-, Waffen-, Sexualdelikte und Vermisste‹ und hatte peu á peu eine engagierte Truppe aufgebaut. - Rombach war ein Gemütsmensch. Es war nicht einfach, ihn aus der

Ruhe zu bringen. Schon seine Erscheinung wirkte beruhigend: etwas über eins-siebzig, Bauchansatz, kurzes, silbergraues Haar. Sein rundes Gesicht strahlte Wärme aus, wobei seine Augen schamlos durchdringend und eiskalt sein konnten, wenn er der Wahrheit näher kommen wollte.

Auf seiner Dugena Matic Vintage war es Viertel vor Neun. Jetzt hieß es warten. Rombach stellte sich an das Fenster neben der Eingangstür. Nur noch eine Handvoll Neugierige stand am Gartentor. Die Fotografen waren längst schon abgezogen. Neben der Eingangstreppe lehnte ein Kinderfahrrad. Er schaute über den wiesenartigen Garten. Im schummrigen Licht einer Straßenlaterne konnte er eine bunte Kinderschaukel wahrnehmen. Sicher ein sentimentales Überbleibsel aus frühen Kindertagen. Mit jeder Windböe tänzelte der leere Sitz hin und her. Sein Blick löste sich auf, ging durch die Schaukel hindurch und er versank in Gedanken. War der Tod schon unbemerkt in dieses Haus eingezogen? Oder gab es noch Hoffnung? - Die Statistik zeigte klar auf Hoffnung. Doch was nutzte jede noch so positive Statistik, wenn man die Niete zog?

Rombach drückte die Augen fest zusammen und zwang sich in die Realität zurück. Auf dem Weg zur Küche überraschte ihn wieder der Radetzkymarsch. Mit einem gezielten Griff fischte er das Handy aus der rechten Manteltasche und war überrascht über seinen Erfolg im Kampf mit diesem ungeliebten Ding. Christian Berghoff, sein jüngster Kommissar war dran:

»Die Aussage des Busfahrers liegt vor. Er hatte den ganzen Nachmittag und Abend Schicht und er ist sich absolut sicher, dass Nicole heute nicht mit dem Bus zurückgefahren war. Er kennt das Mädchen. Langwaden ist immer End- und Wendestation. Da sitzen zum Schluss meist nur noch ganz wenige Fahrgäste im Bus und ›...diese Langwadener kennt man mit der Zeit‹, wie er sagte.«

»Gut. Nicole ist demnach auf dem Weg zum Bahnhof verschwunden – und zwar irgendwo nach der Kreuzung zur Kirchbergstraße. Wir brauchen Suchhubschrauber mit Wärmebildkameras. Parallel dazu Personenspürhunde. Und noch was! Der Staatsanwalt muss auch her - und zwar presto presto! Wir treffen uns alle in etwa fünfundvierzig Minuten vor der AKG-Sporthalle.«

Bülow ging ins Wohnzimmer und bat um ein Kleidungsstück von Nicole, das sie vor Kurzem anhatte. Wenig später überreichte ihm Frau Gärtner Nicoles Schlafanzug wie ein einmaliges Geschenk.

Schon von Weitem konnte Rombach unter dem Schein einer Straßenlaterne Staatsanwalt Magnus Stornebeek aus Darmstadt ausmachen. Die ausgeprägten Backenknochen und das markant-eckige Kinn unterstrichen seine maskuline Ausstrahlung. In seinen eleganten Maßanzügen wirkte er wie ein smarter Top-Manager. Die Frauen in der Heppenheimer Polizeidirektion waren sich ohnehin einig: ›Er war einfach ein Traummann‹! - Wenn Stornebeek das Gebäude betrat, jagte diese Nachricht wie ein Lauffeuer durch die weibliche Belegschaft. Als Urheberin dieser Kettenreaktion hatte er Frau Rosario von der Pforte im Verdacht.

Jetzt stand er in ausgebleichten Jeans, Bikerstiefeln und einer fellgefütterten Winterjacke auf dem Gehweg und unterhielt sich mit den Kollegen Berghoff und Raubart. Mit seinen achtunddreißig Jahren war er für einen Staatsanwalt recht jung. Dennoch galt Stornebeek bereits als sehr erfahren, da er schon mehrere schwere Fälle erfolgreich zu einer Verurteilung gebracht hatte.

Atemnebel umgab die Wartenden. Manche tippelten von einem Bein auf das andere, um die Kälte zu überlisten. Dann endlich kam Sofia Dimitriadis, Leiterin der Diensthundestaffel 1 aus Darmstadt.

»Das hier ist Chica!«, wobei Frau Dimitriadis auf eine schwanzwedelnde deutsche Schäferhündin deutete. Bülow überreichte ihr die Plastiktüte mit den Kleidungsstücken. Die Hundeführerin stülpte Chica den Beutel über die Schnauze und sie zog sofort an der Leine. Zielsicher schnüffelte sie auf dem rechten Gehweg der Fehlheimer Straße entlang stadteinwärts. Jeder spürte, dass sich diese Hündin ihrer Sache absolut sicher war. An der Kreuzung zur Kirchbergstraße erklärte Rombach:

»Hier trennten sich die Wege der drei Mädchen. Sophie und Leonie bogen rechts ab, Nicole ging geradeaus weiter.«

Danach hatte die Straße einen alleenartigen Charakter. Mit breiten Gehwegen und daneben einem Grünstreifen mit prächtigen Kastanienbäumen. Chica roch an einer Gartenmauer, beschnüffelte den Gehweg und blieb an einem dieser hohen Bäume stehen. Sie tapste auf die Straße und noch ein paar Schritte stadteinwärts. Dann setzte sie sich auf die Fahrbahn. Frau Dimitriadis lobte und tätschelte ihre Hündin und erklärte kurz und bündig:

»Hier ist die Spur zu Ende.«

Alle starrten auf den Hund, dann auf die Straße. Hier also verschwand Nicole – spurlos, im wahrsten Sinne des Wortes. Christian Berghoff sprach die beiden Optionen aus:

»Entführt! Mit einem Auto. Oder freiwillig mitgefahren?«

Beide Szenarien waren denkbar. Rombach bat zwei Polizisten, die Anwohner zu befragen.

»Ich habe Kopien von Nicoles Bild dabei«, meldete sich Christian. Rombach war beeindruckt von seinem vorausschauenden Handeln. - In diesem Moment erhielt Stornebeek den Anruf, dass die zwei Suchhubschrauber unterwegs seien.

»Eurocopter 145 mit Wärmebildkameras«, murmelte Michael Raubart. Rombach drehte sich um. Er bewunderte immer wieder dessen technische Kenntnisse. Wie oft schon hatte er damit die entscheidenden Hinweise geliefert. Dabei fiel ihm einmal mehr auf, wie er aus der Gruppe herausstach. Michael überragte mit seinen zwei Metern alle Umstehenden. Zudem war er überaus kräftig und sperrig. Keinesfalls dick. Allerdings hatte er die Einstufung als sportlich-athletischer Typ schon deutlich hinter sich gelassen. Mit seinem rundlichen Gesicht, dem rotblonden Dreitagesbart und den hellwachen Augen wirkte er wie der Prototyp eines kanadischen Holzfällers.

Rombach wandte sich Christian zu:

»So gegen 06.30 Uhr sollten wir der Bereitschaftspolizei in Mainz-Kastell Bescheid geben, ob wir sie brauchen. Kann ich mich darauf verlassen?«

»Logisch. Geht klar, Chef«

Irgendwie war er noch wie ein Kind auf einem riesigen Abenteuerspielplatz, erkannte Rombach. Und dieses ›Chef‹ hatte er ihm schon einmal untersagt. Hört einfach nicht zu, der Junge!

Kriminalinspektion Bergstraße, K10
Samstag, 17. November 2012, 01.55 Uhr

Bleierne Schwere legte sich über das K10. Zunächst hatten sie noch die Hoffnung, dass durch Anwohnerbefragung, Spürhunde und Suchhubschrauber sich schnell Ermittlungsansätze ergeben würden. Fehlanzeige! Wie die Zeit, so zerrann auch die Zuversicht. Christians Augen wurden immer schwerer. Sogar drei schwarze Kaffee und zwei Energydrinks halfen jetzt nicht mehr. Der Schlaf eroberte eine Gehirnwindung nach der anderen. Er schleppte sich in sein Büro und ließ sich in den Schreibtischsessel fallen. Noch ehe die Stirn den Arm berührte, hatte sein Gehirn den Stecker gezogen.

Michael ging den Flur auf und ab. Nach jedem Hin und Zurück lehnte er seine Stirn an das Glas des Flurfensters. Drüben am Aldi brannten die Nachtlichter. In ein paar Stunden würden die Menschen wieder einkaufen gehen, wie jeden Tag, als sei nichts geschehen. Es war ihnen auch nicht zu verdenken. Die Gewohnheit, die wiederkehrende Gleichmäßigkeit des Daseins gab Sicherheit und Vertrauen. Hoffentlich würde Familie Gärtner nochmals diesen harmonischen Gleichklang des Lebens erfahren.

Christians Handyalarm signalisierte: Samstag, 06.30 Uhr. Er streckte sich. Wie benommen trottete er in die Leitstelle.

»Wolfgang, sechs Uhr dreißig. Wir müssten jetzt die Bereitschaftspolizei aktivieren. Oder gibt es was Neues?«

Bülow drehte sich nach rechts und schaute in Rombachs müde Augen. Dann schüttelte er verständnislos den Kopf, schob sich über den Tisch und fauchte Christian an:

»Sieht es hier aus, als ob wir irgendwas Neues hätten? Was für eine saublöde Frage!«

Christian war plötzlich hellwach:

»Hallo! - Was soll das denn bitte!?«

»Oh, auch noch empfindlich!«, konstatierte Bülow.

Michael Raubart, der in der Tür stand, schob Christian zur Seite. Er stützte sich mit seinem ganzen Gewicht auf Bülows Tisch, dass er in den Fugen knarrte und brummte:

»Claus! Lass deine schlechte Laune nicht an dem Jungen aus! Ist das klar?«

»Mensch Michael, ist ja gut - war nicht so gemeint.«

Bülow zwickte die Augenlider zusammen, als ob er geblendet worden wäre. Er war verblüfft über Michaels unerwartete Schützenhilfe für den Neuen. Doch mit ihm wollte er es sich nun wirklich nicht verscherzen.

»Leute, bitte! Bleibt bei der Sache!«, ging Rombach dazwischen. Dann wandte er sich Christian zu:

»Ruf bitte die Bereitschaftspolizei an. Sag denen, um acht Uhr auf dem Obi-Parkplatz. Und schick Ferdinand dort hin. Um Acht bitte alle Anderen im Besprechungszimmer.«

Christian schlurfte in sein Büro zurück. Bülow kotzte ihn gewaltig an. Jetzt war er knapp ein halbes Jahr hier und der stellvertretende Leiter des K10 hatte ein Problem mit ihm. Na prima! Welches, war ihm völlig schleierhaft. Aber keinesfalls würde er sich von ihm unterbuttern lassen.

Auch Rombach grübelte über die Beziehung zwischen den beiden nach. Ihm war nicht entgangen, dass Claus versuchte, Christian einzuschüchtern und zu dominieren. Das konnte er natürlich nicht dulden, wollte aber nicht gleich mit dem Holzhammer dazwischengehen.

Kriminalinspektion Bergstraße, K10
Samstag, 17. November 2012, 08.00 Uhr

Kriminaloberrat Dirk Nowak lehnte mit dem Rücken an der Wand und gestikulierte aufgeregt mit Bülow. Der Leiter der Regionalen Kriminalinspektion Bergstraße/Heppenheim brach abrupt ab als Rombach eintrat und ging sofort auf ihn zu:

»Schreckliche Sache, Wolfgang. Hoffentlich geht das noch gut aus. Du erhältst jegliche Unterstützung, das hab ich schon geklärt!«

Rombach nahm sich aus der Zweiliter-Thermoskanne eine Tasse Kaffee. Der aus dem Automat war nun wirklich sehr gewöhnungsbedürftig. Wenn aber Frau Fischer für die großen Besprechungen frisch aufbrühte, schmeckte auch Bürokaffee nach Kaffee. Irgendjemand meinte einmal, ob man vielleicht den ganzen Job als eine permanente Aneinanderreihung von Besprechungen ansehen könnte...?«

Es herrschte keine gefestigte Platzordnung. Nur Rombach saß immer in der Mitte der linken Längsseite. Wer es sich nicht mit Bülow verderben wollte, ließ den Platz rechts daneben frei.

»Wer fehlt noch?«

Nowak blickte fragend in die Runde.

»Sarah Goldschmidt ist noch im Urlaub...«, meinte Elisa Batoni.

»Den könnte sie doch abbrechen. Wir brauchen...«, »...wandern in Chile - Machu Picchu«, warf sie süffisant dazwischen.

»Ok. - gebongt. Wer noch?«

Als keine Meldung mehr kam, gab er an Rombach weiter.

Der räusperte sich kurz.

»Claus, könntest du bitte zusammenfassen, damit alle auf dem gleichen Stand sind.«

Claus Bülow zog seine Unterlagen zu sich heran und schilderte in knappen Worten den aktuellen Ermittlungsstand. Er endete mit dem Satz:

»Leider haben wir trotz Befragungen und Suchhubschrauber immer noch keine Spur von Nicole Gärtner!«

Rombach schaute in die Runde.

»Wie wollen wir vorgehen? Ich bitte um Vorschläge!«

Er drehte seine Kaffeetasse im Kreis und betrachtete gedankenverloren die drei Herzchen darauf. Lea Wessinghaus empfahl, ähnliche Fälle rauszusuchen. Auch sollten alle einschlägig Vorbestraften abgecheckt werden. Michael Raubart schlug vor, im Reitverein zu recherchieren, auch nochmals in der Schule alle Lehrer zu befragen. Und Elisa Batoni gab die Anregung, die Bewohner Langwadens zu befragen.

Eine unbedeutende Kopfbewegung von Rombach genügte und Bülow ging zum Wandboard, die Vorschläge festzuhalten. Die vielen Jahre der Zusammenarbeit hatten ein beiderseitiges Verständnis wachsen lassen, das oftmals auch ohne Worte auskam. Anschließend fragte Rombach in die Runde

»So, dann teilen wir mal die Arbeit auf. Wer macht was?«

Kaum hatte Rombach ausgesprochen, meldete sich schon Christian:

»Ich würde mir gleich mal den Reitverein anschauen.«

»Wer geht mit?«

Elisa Batoni links von ihm hob ihre Hand, ohne vom Schreibblock aufzuschauen.

»Gut«, konstatierte Rombach.

Im rechten Augenwinkel nahm er unterschwellig wahr, wie Bülow den Kopf hob und hinter seinem Rücken vorbei Elisa fixierte. War das des Rätsels Lösung? - Nein, das ist doch Quatsch! Claus war glücklich verheiratet - sagte er zumindest.

Reitverein Bensheim
Samstag, 17. November 2012, 10.12 Uhr

»Wo finden wir denn bitte den Platzwart oder Chef dieser Anlage?«

»Sie haben Glück. Ich bin die Tochter, Jasmin Wanner. Was gibt es denn?«

Sie zeigten ihre Dienstausweise und stellten sich vor.

»Kennen Sie Nicole Gärtner?«, fragte Elisa.

»Ja, schon. Nicole kenne ich gut. Was ist mit ihr?«

Die junge Frau war sichtlich schockiert, als ihr Elisa das Wesentliche erzählte. Dann wollte Elisa wissen, mit wem Nicole näheren Kontakt hatte.

»Mit den von Wiltrops hauptsächlich. Frau von Wiltrop müsste übrigens gerade draußen auf der Springanlage sein.«

Hinter Pferdekoppeln und Dressurplatz ließ eine Frau in Reitbekleidung ihr pechschwarzes Pferd halbhohe Hindernisse überspringen. Elisa winkte Frau von Wiltrop, herüberzukommen. Sie nickte, ritt aber noch ihre Runde fertig.

Wind kam auf und zog von den Feldern über den Platz. Elisa hüllte sich in ihren dicken Schal. Ihre dunklen, schulterlangen Haare wirbelten in der Luft. Sie war eine überaus sympathische Frau. Jeder mochte ihre offene, freundliche Art. Und sie war unwiderstehlich sexy und gutaussehend. Jedenfalls in Christians Augen. Wenn sie allerdings wütend wurde und ihr sizilianisches Temperament durchbrach, konnte man ihre Gestik nicht mehr als jugendfrei einstufen. ›Stronzo‹ war da noch eines der harmloseren Vokabeln.

Wie Elisa meinte, war sie das Ergebnis eines riskanten, aber letztlich doch sehr erfolgreichen sizilianisch-deutschen

Genexperiments. Der Vater aus Palermo und dennoch kein Mafiosi, wie sie jedem gleich mit auf den Weg gab, bevor man überhaupt darüber nachdachte. Mutter Offenbacherin.

Vor wenigen Jahren ließ sich Elisa scheiden. Ihr Mann konnte nicht mit ihrer offenen, herzlichen Art umgehen. Eigentlich hatte er sie nie wirklich verstanden. Unberechtigte Eifersucht zerstörte die Liebe zu ihm. Sie nahm wieder ihren Mädchennamen an - Fleischhauer gefiel ihr ohnehin noch nie. Und heute, mit dreißig Jahren, fühlte sie sich endlich frei und ungezwungen.

Christian stand hinter ihr und beobachtete, wie sie wieder eine Haarsträhne aus ihrem Gesicht schob. So ästhetisch und elegant. Ihm wurde wieder einmal bewusst, wie sehr sie ihm gefiel. Die gerade Stirn, dünne Augenbrauen, große dunkle Augen mit langen Wimpern, ihre gerade Nase, das ovale Kinn und die ebenmäßigen, vollen Lippen. Umrahmt von glatten und dunklen, seidig glänzenden Haaren.

Natürlich war ihm gleich in den ersten Tagen aufgefallen, welch attraktive Frau im K10 arbeitete. Wenn er ehrlich war, betrieb er aber zunächst auch nur die typische männliche Augengymnastik - Brüste, Beine, Po. Doch mit der Zeit überwältigte ihn ihre Anmut und feminine Art.

Als sie ihren Kopf drehte und zu ihm nach oben schaute, wandte er sich verlegen ab. Elisa lächelte.

Dass er bei ihr keine Chance hatte war ihm natürlich klar. Allein schon der Altersunterschied von gut acht Jahren. Und dann noch einfacher Kommissar mit wenig Kohle. Elisa musste ein Traum bleiben.

Schmerzlich wurde ihm bewusst, dass er vor zwei Jahren das letzte Mal mit einer Frau geschlafen hatte – nach einer Party bei Matti. Und wenn er es genau betrachtete war es davor nochmals über ein Jahr her.

Und im Moment war Flaute. Totalflaute. Sexuelles Notstandsgebiet. Obwohl er meist als gutaussehend und amüsant eingestuft wurde. Aber etwas lief im direkten Kontakt mit den ins Visier genommenen Frauen schief. Wenn es so weiterging, hatte er bald dicke Schwielen an den Händen und die Kosmetiktücher könnte er demnächst palettenweise bestellen.

Der schwarze Hengst trabte herüber. Sein Körper dampfte und aus den Nüstern schnaubte stoßweise heißer Atem. Frau von Wiltrop blieb hoch zu Ross sitzen. Nachdem sie sich vorstellten begann Christian:

»Sie sind Frau von Wiltrop, nehme ich an?«

»Ja, Susanne von Wiltrop. Um was geht es denn?«

»Sie kennen Nicole Gärtner?«

»Ja, das ist richtig. Sie hilft oft im Stall und kümmert sich um eins meiner Pferde. - Wieso? Hat sie was angestellt?«

Elisa blickte der Reiterin direkt in die Augen:

»Sie wird vermisst!«

Mit offenem Mund starrte die Frau nach unten:

»Das ist ja entsetzlich! Am Mittwoch hatte sie noch Lucky Angel versorgt.«

Elisa schätzte Frau von Wiltrop auf Anfang Vierzig, hatte aber den Eindruck, dass sie älter aussah als sie wirklich war. Irgendwie wirkte sie verbraucht, müde. Ihre dicken Tränensäcke unterstrichen dieses Bild.

»Haben Sie vielleicht eine Beobachtung gemacht, die uns weiterbringen könnte?«, wollte Christian wissen.

Frau von Wiltrop verneinte.

»Hatte sie Freundinnen oder Freunde hier? Jemand, mit dem sie häufiger zusammen war?«

»Hmm. Also... mit meiner Ältesten, mit Marie, war sie hier wohl am meisten zusammen. Sonst wüsste ich nicht.«

Aus der Innentasche ihrer Jacke zog sie eine Visitenkarte und reichte sie herunter.

»Falls sie meine Tochter mal sprechen wollen...«

Als sie zum Auto zurückgingen erhielt Elisa den ersehnten Anruf.

»Endlich!«, stöhnte sie. »Ein Hubschrauber hat etwas gefunden. Im Jägersburger Wald.«

Hatten sie sich bisher mit den Modalitäten, Chancen und Wegen des Auffindens beschäftigt, so stand urplötzlich die Angst im Raum, was man dort vorfinden würde.

»Jetzt wird's ernst...«, meinte Christian, »...Rettung oder Horror.«

L3345, Autobahnunterführung/ Salzlack-Schneise
Samstag, 17. November 2012, 13.25 Uhr

Zehn Minuten später standen sie an der Autobahnunterführung bei Schwanheim. Nacheinander trafen der Notarzt und ein Bergungs-Unimog der Feuerwehr ein. Der Zugführer tippte die Koordinaten in sein Tablet.

»Ein dichtes Waldstück, circa achthundert Meter westlich.«

»Also dann los«, drängte Rombach.

Der Unimog preschte durch die Salzlack-Schneise, dahinter der Notarztwagen. Auf der dritten Wegkreuzung hielten sie an.

»Wir müssen zu Fuß halbrechts rein.«

Sie vermummten sich mit Tatort-Schutzkleidung und verschwanden im Unterholz. Nach ungefähr siebzig Metern lag eine gewaltige, vom Sturm gefällte Eiche vor ihnen. Ihre Wurzeln hatten ein tiefes Loch in den Waldboden gerissen.

»Was ist das?«, rief Christian und zeigte nach unten.

Aus einem länglichen Erdhaufen ragte eine kleine, helle Hand. Dr. Mousavi glitt in die Grube und schob die schwere, durchweichte Erde beiseite. Dreckverschmierte Haarsträhnen erschienen. Sein erster Griff ging an die Halsschlagader. Kein Pochen, kein pulsieren, nichts! Ihre Körpertemperatur schätzte er auf plus minus fünfzehn Grad. Nicole war tot - unwiderruflich tot. Das Ende eines jungen Lebens. Er drehte sich zu Rombach und schüttelte den Kopf.

Christian stand wie eine Eisskulptur am Rande des Lochs. Sein Blick verschwamm. Nicoles versäumtes Leben drang zu ihm hoch. Die erste Liebe, die sie nicht erleben durfte.

Der erste Job, vielleicht Hochzeit und Kinder, Enkel und Urenkel und in weiter Ferne das Scheiden aus dieser Welt.

Gegen 15.40 Uhr traf Prof. Dr. Griesbacher von der Rechtsmedizin Frankfurt ein.

»Na Wolfgang, dir bleibt vor der Pensionierung auch wirklich nichts erspart! Du kannst mir echt leid tun!«

Griesbachers rationale Unempfindlichkeit gegenüber den Leiden und Qualen der Menschen konnte Rombach mittlerweile sehr gut einordnen. Es war der Drang nach Erkenntnis, die Suche nach der Wahrheit und die in all den Jahren gewachsene Dickhäutigkeit. Doch es war nach Rombachs langjähriger Beobachtung tatsächlich die einzig sinnvolle und zielführende Einstellung zu diesem Job.

Griesbacher rutschte in das Loch. Als er den Kopf anheben wollte, spürte er die Starre der Halsmuskulatur. Der Rigor Mortis, die Totenstarre war vollständig ausgeprägt und die blau-violetten Totenflecken waren deutlich an der unteren Gesichtshälfte zu erkennen. Griesbacher fasste die Tote an der Hüfte und rollte den gesamten Körper aus dem Dreckhaufen. Christian sackte das Herz in die Hosentasche. Das Wort ›Geisterbahn‹ schwirrte durch seinen Kopf und im gleichen Atemzug schämte und verurteilte er sich, diesen Begriff im Zusammenhang mit Nicoles Tod überhaupt gedacht zu haben. Doch es war grauenhaft und gruselig zugleich, wie das Gesicht zu einer Grimasse verzerrt und der Körper in die Totenstarre gezwängt war.

»Ihr seht hier nicht die Fixierung der Todesschmerzen. Es ist allein die Todesstarre, die die Gesichtsmuskulatur und Extremitäten so grotesk verzerrt.«

Christian begann zu frieren. Diese scheiß Kälte, redete er sich ein. Geradezu zärtlich strich der Rechtsmediziner über Nicoles Kopf. Sein Zeigefinger drückte auf eine braune

Stelle an der linken Stirnseite, die unter dem Druck nachgab. Aus dieser Verletzung waren Ausblutungen zu sehen.

»Das ist nur der Ablageort, nicht der Tatort. Die Ausblutungen sind atypisch für die Auffindesituation. Todesursache ist ziemlich sicher stumpfe Gewalt. Der linke Stirnknochen ist zertrümmert und geöffnet.«

Zwischen den erdverschmierten Beinen bemerkte er helle, gelartige Anschmierungen. Unter Ihren Fingernägeln konnte er vertrocknete Blut- und Hautreste ausmachen.

»Eine Vergewaltigung erscheint mir sehr wahrscheinlich.«

»Tatzeitpunkt?«, fragte Rombach.

»Zusammengefasst kommen wir auf einen Tatzeitpunkt irgendwo vor rund zwanzig bis dreiundzwanzig Stunden. - Jetzt rechne mal.«

»Zwischen siebzehn und zwanzig Uhr«, platzte Christian heraus.

»Respekt«, lobte Griesbacher und Rombach drehte sich anerkennend zu seinem jüngsten Kommissar und meinte: »Das passt mit den anderen Uhrzeiten zusammen.«

Melanie Kässer vom Erkennungsdienst winkte Rombach:

»Kommt ihr mal bitte, wir haben da was gefunden.«

»Hier, auf dem Boden, parallel verlaufende Schleifspuren. Der Täter muss das Kind an den Armen gezogen haben.«

Sie gingen den Spuren bis zu einem Waldweg nach. Dort ging sie in die Hocke. Ihr Zeigefinger formte einen Kreis über der feuchten Erde.

»Ein Kurztest und eine UV-Digitalaufnahme bestätigten uns eine Blutlache, die mit bloßem Auge nicht zu sehen ist. Vermutlich der Tatort.«

»Haben Sie ein Unterhöschen gefunden?«, fragte Christian. »Am Ablageort war keines. Sonst schien die Kleidung vollständig zu sein.«

Als Kässer verneinte, meinte er:

»Vielleicht hat er es als Trophäe mitgenommen?«

Ein Hundeführer mit Bayerischem Gebirgsschweißhund kam auf sie zu. Der Hund beroch die Todesstelle und nahm die Spur auf. Schnurgerade zog er den Weg entlang. Dann bog er rechts in den Wald. Durch tiefen Boden stapften sie hinterher, bis sie wieder auf einem Waldweg standen. Der Spürhund ging mehrmals im Kreis, dann setzte er sich.

»Wie in der Fehlheimer Straße«, meinte Christian und Rombach fügte hinzu:

»Hier sind Täter und Opfer vermutlich aus dem Auto gestiegen.«

Sie drehten sich, jeder auf seine Weise um sich selbst und nahmen die Umgebung in sich auf. In ihren Köpfen liefen verschiedene Filme ab. Doch alle mit demselben schrecklichen Ende. Ihre Blicke folgten dem Fluchtweg und es war ihnen, als sähen sie das kleine Kind durch den nächtlichen Wald davonhetzen.

Der Besprechungsraum war voll und der Besprechungskaffee schmeckte wie immer hervorragend. Noch Zucker und Milch, das war Christians Kaffeetraum. Sabrina spendierte heute auch noch leckere Kekse. Verteilt auf drei Teller.

›Gegen die Unterzuckerung...‹, wie sie meinte.

Hoppla, dachte Christian. Sie taut auf. Macht sogar ein Späßchen. Er bemerkte, wie Rombach ihr mit einem väterlichen Lächeln nachsah und wohl ähnliches dachte. Denn Sabrina Fischer, die neue Büroassistentin kam vor circa vier Monaten zu ihnen und war zunächst recht schüchtern und daher oft viel zu förmlich. Anscheinend hatte sie sich so langsam hier eingelebt.

Aber Christian schaute ihr nicht nur wegen des Kaffees und der Plätzchen hinterher, als sie in ihren knallengen schwarzen Leggins mit dem überlangen Pulli den Raum verließ. Er schweifte ab in wirre Gedankenspiele und hatte das Gefühl, als ob seine Hose enger geworden wäre.

»Christian!«, platzte es plötzlich in den Raum. Sofortige Stille. »Bring uns alle mal bitte auf den neuesten Stand.«

Elektrisiert schnellte sein Kopf nach oben. Damit hatte er nicht gerechnet. Er war gerade so schön gemütlich in seinen heißen Kaffee vertieft gewesen und zwischen den Beinen von Sabrina verschwunden. Für wenige Sekunden breitete sich völlige Leere in seinem Kopf aus - bis zur letzten Gehirnwindung nur Luft, nichts als Luft. Doch er hatte gelernt: Einfach loslegen. Der Rest kam von allein – wenn man von einer Sache Ahnung hatte.

»Ähm... Also... - wir haben leider die Gewissheit, dass die im Jägersburger Wald gefundene Kinderleiche Nicole Gärtner aus Langwaden ist. Vom Täter fehlt noch jede Spur.«

Auf dem Whiteboard skizzierte er Nicoles Beziehungsgeflecht. Freundinnen, Bekannte, Verwandte, Nachbarn, Schule, Reitverein. Darüber setzte er noch den Ort des Verschwindens und darunter den Tatort und Auffindeort.

»Alles kann ein unfassbarer Zufall gewesen sein, von dem wir nichts ahnen. Dem widerspricht allerdings die Meinung der Eltern und Bekannten, dass Nicole niemals in ein fremdes Auto gestiegen wäre. Also Entführung?«

Er machte eine kurze Gedankenpause.

»Wohl eher nicht! Denn es war ein Einzeltäter, das legen die Spuren im Wald nahe. Aber eine einzelne Person hätte wiederum kaum ein elfjähriges Mädchen auf offener Straße kidnappen können – am Nachmittag, auf belebter Straße und vermutlich gegen ihren Widerstand. Vielmehr deutet alles auf eine gewaltfreie und daher unbemerkte Mitnahme hin. - Also: Opfer und Täter kannten sich! - Und zwar recht gut.«

Institut für Rechtsmedizin, Universität Frankfurt
Montag, 19. November 2012, 09.00 Uhr

Mit zu viel Schwung krachte die schwere Holztür mit der gusseisernen Klinke gegen den Gummistopper an der Wand. Rombach schaute vorwurfsvoll zu Christian, der entschuldigend die Hände hob. Zielstrebig steuerten sie das Empfangsbüro am Ende des Ganges an:

»Hallo Ellen, Guten Morgen. Ist Martin schon da?«

Ellen gehörte gewissermaßen zum Inventar der Rechtsmedizin. Seit unzähligen Jahren schlug Rombach in unregelmäßigen Abständen im Institut auf. Und immer saß Ellen hinter dem Empfangstresen. Sie müsste auch bald in die Rente gehen. - Alles geht einmal zu Ende.

»Hallo Wolfgang. Hab's gehört – furchtbar. Der Professor ist unten in den Katakomben. Kennst ja den Weg.«

Sie nahmen die Treppe nach unten, gingen durch einen hell beleuchteten Flur und standen kurz darauf in einem langen, neongrellen Seziersaal. Als alle Personen anwesend waren, schaltete Griesbacher das Aufnahmegerät ein, das mit Drahtseilen über dem Seziertisch fixiert war.

»Montag, 19. November 2012, neun Uhr sechs Minuten. Institut der Rechtsmedizin an der Universität Frankfurt. Obduktion Nicole Gärtner. Ausführende Ärzte sind Professor Griesbacher und Frau Dr. Jong.«

Auf ein Zeichen deckte Dr. Jong das Leintuch ab. Starr und steif lag die kleine Mädchenleiche vor ihnen. In einem unterbewussten Reflex faltete Christian seine Hände.

»Vor uns liegt der Körper eines jungen Mädchens im präpubertären Entwicklungsstadium. Die Totenflecken sind deutlich ausgeprägt.«

Christians Blick wanderte von den Beinen bis zum Kopf. War das Nicole? Das Mädchen, das er auf dem Foto gesehen hatte? Er konnte es kaum glauben.

»Der Schädel weist ein asymmetrisch geformtes Loch in der linken Stirnseite auf. Der Stirnknochen wurde durch mehrere Schläge mit einem stumpfen Gegenstand durchschlagen. Der Blutabfluss erfolgte zum linken Ohr hin, so dass man davon ausgehen kann, dass das Opfer während der Gewalteinwirkung auf dem Rücken lag.«

Griesbacher zupfte mit einer Pinzette Gesteinsfragmente und Schädeltrümmerteile ab.

»Die Schläge erfolgten mit einem stumpfen Gegenstand. Es finden sich Abriebspuren an den Einschlagrändern.«

Er zog ein Vergrößerungsglas heran.

»Die Blutgefäße des linken Schläfenlappens sind durch die Schläge geplatzt. Das Gehirn ist an dieser Stelle auf eine Tiefe von circa vier Zentimeter zerquetscht. - Es müssen gewaltige Schläge gewesen sein!«

Dann musterte er ihre Hände und nickte seiner Kollegin zu. Dr. Jong nahm einen Metallschaber und kratzte Dreck und Blut unter den Fingernägeln hervor und verschloss es in Reagenzgläsern. Griesbacher führte eine Minikamera in den Genitalbereich und warf die Bilder auf einen Monitor.

»Das Opfer wurde schwerstens vergewaltigt. Blutgefäße sind geplatzt, Schleimhäute gerissen – Und hier erkenne ich eindeutig Samenspuren.«

Christians Herz pochte bis zum Hals. Der Seziertisch verschwamm. Mit gespreizten Fingern stützte er sich ab und kämpfte seinen Schwächeanfall nieder.

Das schmatzende Geräusch ging durch Mark und Bein, als Griesbacher die Leiche öffnete. Nachdem er alle Organe begutachtet hatte, legte er die Werkzeuge auf eine Ablage und wischte sich die Hände sauber. Er schaute in die Runde:

»Aus jetziger Sicht gehe ich davon aus, dass das Kind an einem massiven Hirntrauma gestorben ist. Durch die schweren Hirnverletzungen setzte die Steuerungsfunktion des Gehirns aus. Dadurch versagten aber wiederum verschiedene Körperfunktionen. Zuletzt kam es zum Herzstillstand.«

Er nahm die Endoskopiesonde und führte sie nochmals in den Genitalbereich.

»Die Verletzungen im Unterleib lassen darauf schließen, dass die Vergewaltigung post mortem erfolgt ist. Es sind keine Blutungen ersichtlich.«

Diese Erkenntnis verursachte bei Rombach schweres Unbehagen, verbunden mit einer unangenehmen Vorahnung. Auch bei Stornebeek.

Als Christian zu seinem Wagen ging, verspürte er ein Grummeln im Magen. Irgendwann müsste er auch an so einem bedrückenden Tag etwas essen. An der Abfahrt Bensheim fuhr er von der A5.

»Menü mit Cola«

»Ja, mit Käse.«

»Zum hier essen.«

»Bitte ohne Eis.«

»Mit Ketschup *und* Mayo bitte.«

Er ließ sich in eine gepolsterte Sitzbank am Fenster fallen. Ein herzhafter Biss in den Burger und einen kräftigen Schluck Cola - wie er das liebte. Doch er kaute und kaute, aber das Essen wollte nicht runter. Er betrachtete seinen Burger, den er mit beiden Händen vor sich hielt und das vom Biss freigelegte Fleisch zwischen Ketchup und Mayo,

Salat, Zwiebeln, Gurken und Tomaten. Normalerweise für ihn ein köstlicher Anblick – aber heute... - Es ging nicht. Also legte er ihn beiseite und schaute hinaus zum Parkplatz und über das angrenzende Feld.

Bensheim, Fehlheimer Straße
Montag, 19. November 2012, 19.50 Uhr

Wie ausgestorben lag die Fehlheimer Straße an diesem späten Novemberabend da. Mit hochgezogenem Kragen starrte Christian auf die Stelle, von der aus das Mädchen verschwand. Genau da lag ihre Hand auf der knorrigen Rinde der Kastanie. Ein weißer Kreis, von der Spurensicherung gesprüht, wies auf die letzten Sekunden in Liebe und Freiheit hin. Unwillkürlich berührte er die Rinde, als ob eine Verbindung mit dem Baum und Nicole hergestellt werden könnte. In mystisch angehauchten Krimis würde sich jetzt ein Rabe auf einen Ast setzen und laut krächzend den Weg weisen. Aber in der bitteren Realität? - Nichts, einfach gar nichts.

Schritt für Schritt ging er auf ihrem Nachhauseweg zurück. Zurück in der Zeit, in das unbeschwerte Jungmädchenleben der Nicole Gärtner. Vielleicht war sie hier in kindlicher Spontaneität gehüpft? An der Kreuzung hatte sie sich von ihren zwei Schulkameradinnen verabschiedet. Wie durch einen Traumschleier sah er das blonde Mädchen über die Kreuzung springen - winkend, lachend. Weiter zurück kamen die Mädchen aus der Sporthalle gerannt. Und hier war auch sein Gang in die Vergangenheit zu Ende.

Christian hockte sich auf die halbhohe Backsteinmauer, die das AKG einfasste. Woher kam der Täter? Wohnte er in einem der Mehrfamilienhäuser am Ende der Straße? Kam er aus der Schule? Auf der anderen Straßenseite nur Parkplätze vor einem Elektronikmarkt. Jetzt, kurz nach Feierabend war alles still und leer. Ein diffuses Leuchten drang aus dem

Ladeninneren. Wie sah das wohl am Freitagnachmittag aus? Voller Parkplatz, viele Kunden. Und Elektronik kaufen Männer. Na ja, Klischee, schmunzelte er. Aber manchmal halfen sie – die plattesten Klischees.

Seine Uhr zeigte 20.19 Uhr. Schnell über die Straße. Er presste Stirn und Nase an die Glastür.

»Hallo, ist da noch jemand?«, rief er und hämmerte gegen das Türglas. Mit wehendem Arbeitsmantel kam ein junger Mann auf die Eingangstür zu:

»Wir haben geschlossen. Da ist nichts mehr zu machen!«

»Polizei! Öffnen Sie bitte«, rief Christian und klatschte seinen Dienstausweis auf die Scheibe. Im Nu schob sich die Glastür auf. Er kam sofort zur Sache:

»Haben Sie im Kassenbereich oder auf dem Parkplatz Kameras installiert?«

Als der Marktleiter verneinte schwand sein Enthusiasmus dramatisch. Verdammt nochmal! Unsicher kratzte er sich am Kopf. Irgendwie wollte er die verpuffte Hoffnung nicht akzeptieren.

»Ihre Kunden kaufen auch mit EC- oder Kreditkarte?«

»Ja, schon. Aber wen suchen Sie denn eigentlich?«

Christian entschuldigte sich und stellte sich endlich vor. Dann erklärte er dem Marktleiter seine Überlegungen.

»Ich habe von dem Fall in der Zeitung gelesen. Das ist unfassbar. Also bei uns wird gerne in bar bezahlt, natürlich aber auch per EC- oder Kreditkarte.«

Christians Stimmung hellte sich etwas auf.

»Es geht um letzten Freitagnachmittag. Können Sie mir die Namen der Käufer geben, die mit Karte bezahlt hatten? - So in der Zeit zwischen 16.00 und 16.30 Uhr?«

Ohne ein weiteres Wort zu verlieren drehte sich der junge Mann um und rauschte in sein Büro im hinteren Bereich.

Christian hinterher. Die Münzzählmaschine ratterte und eine Verkäuferin trug Beträge in eine Liste ein. Ihr Chef tippte in die Computertasten und kurz darauf kreischte der altersschwache Tintenstrahldrucker.

»Da stehen jetzt nur die Kartennummern und die verschiedenen Anbieter. - Datenschutz! Die Kundennamen selbst erhalten Sie von den Kartenanbietern.«

Der Marktleiter deutete auf die verschiedenen Nummern:

»Das hier sind EC-Kartennummern, hier eine Kreditkarte und hier hat jemand mit einer Kundenkarte bezahlt. Besitzer von Kundenkarten sind meist Unternehmer, die auf Rechnung kaufen.«

Zufrieden bedankte sich Christian. Noch ein kräftiger Händedruck und er stand wieder auf der Straße.

Zwei Striche bei 16.10 Uhr und 16.20 Uhr engten den Kreis potentieller Zeugen oder Täter deutlich ein. Er rief in der Leitzentrale an und gab die Nummern durch. Zwanzig Minuten später hatte er Namen und Adressen und die Bestätigung, dass keiner der Kunden einschlägig vorbestraft war. - Wäre ja zu schön gewesen! Als er den Zündschlüssel drehte, zeigte die Uhr am Armaturenbrett 20.45 Uhr! Noch Zeit, ein oder zwei der Kunden zu befragen.

Thomas Rothermel war direkt nach dem Einkauf zum Fußballtraining gefahren, was sein Trainer bestätigte. Und Jessica Herbst war eine überzeugte Autogegnerin. So schnell ging es nun also doch nicht. Entmutigt und wieder auf dem Boden der Tatsachen angelangt, knallte er seinen Fuß aufs Gaspedal, dass die Reifen quietschten.

Kurz vor ein Uhr, nach langem Grübeln und Spekulieren, fiel er in einen unruhigen Schlaf.

Kriminalinspektion Bergstraße, K10
Dienstag, 20. November 2012, 09.00 Uhr

Mit wenigen Sätzen schilderte Christian seine Hypothese vom Vorabend. Wie so oft hatte Bülow schnell seine Meinung gebildet:

»Na dann viel Spaß!«

Rombach spürte die Selbstzweifel von Christian:

»Wir müssen jeder Spur nachgehen. Bleib dran!«

Dann wandte er sich Lea Wessinghaus und Ferdinand Drömer zu, die in den Datenbanken recherchiert hatten:

»Habt ihr was bezüglich vergleichbarer Fälle gefunden?«

Lea blickte auf den vor ihr liegenden Datenauszug:

»Wir haben einen vergleichbaren Fall aus dem Jahr 2005 - Vergewaltigung mit schwerer Körperverletzung. Der Täter wurde 2010 vorzeitig aus der Haft entlassen. Allerdings starb er Mitte dieses Jahres unter etwas merkwürdigen Umständen während einer Kletterpartie im Heubacher Steinbruch. Fällt damit also für uns weg.«

Gerade als Lea den nächsten Satz beginnen wollte hakte Elisa nach:

»Was meinst du mit ›...unter etwas merkwürdigen Umständen‹?«

»Nun. Dieser Mann, Leon Silbereisen, war angeblich ein hervorragender Kletterer. Er hatte wohl die Steilwand in diesem Steinbruch geschafft, hatte allem Anschein nach gerade seine Seile zusammengelegt und war dabei abgerutscht. Er stürzte vierzig Meter senkrecht in die Tiefe und war sofort tot.«

»Ohne Fremdeinwirkung einfach so abgestürzt?«, fragte Elisa nach. Da schaltete sich Michael Raubart ein:

»Elisa, ich hatte den Fall damals bearbeitet. Es war tatsächlich sehr merkwürdig, dass dieser erfahrene Kletterer so blöd gewesen sein sollte, dort abzurutschen. Normalerweise entfernt man sich von der Abbruchkante, wenn man seine Sachen zusammenpackt. Theoretisch könnte ihn jemand in den Tod gestoßen haben. Natürlich! Denn da oben verlief etwa zehn Meter von der Kante entfernt ein Waldweg und die Absperrung kann man leicht überwinden. - Aber genau so gut kann Silbereisen einen Moment unaufmerksam gewesen sein. Wir hatten jedenfalls am Tatort keine Anhaltspunkte für Fremdeinwirkung gefunden. Weder Zeugen noch Spuren.«

Doch jetzt wurde auch Christian neugierig. Er malte sich die verrücktesten Szenarien an der Abbruchkante aus:

»Könnte sein Tod etwas mit der Vergewaltigung zu tun gehabt haben? Also mit der Tat, weswegen er eingelocht wurde?«

Rombach schaute irritiert auf. Dieses ›eingelocht‹ gefiel ihm gar nicht, schrieb es aber Christians Unerfahrenheit zugute.

»Hatten wir auch mitbedacht. Aber alle Befragten hatten ein Alibi und niemand aus der Familie des Opfers oder Freunden hätten wir einen Racheakt dieser Art zugetraut - definitiv nicht! Es gab keine Indizien in dieser Hinsicht.«

Christian wollte schon nachhaken, als Rombach eingriff:

»So Leute, jetzt ist es aber gut. Dieser Fall tut hier nichts zur Sache. Konzentrieren wir uns wieder auf das Wesentliche. - Bitte Lea, fahr mit deinen Recherchen fort!«

Lea schaute sich um. Als es ruhig blieb, nahm sie den Faden wieder auf:

»Wir konnten vier vorbestrafte Triebtäter herausfiltern. Drei davon haben ein einwandfreies Alibi. Nur Philip Weißhaupt, ein achtundvierzig-jähriger Mann aus Mörlenbach verstrickte sich während der Vernehmung immer tiefer in verschiedene Ungereimtheiten. Wir haben aus diesem Grund einen richterlichen Beschluss zur Hausdurchsuchung beantragt.«

»Sehr gut gemacht!«, freute sich Rombach.

Als Bülow den Besprechungsraum verließ, ging er nahe an Christian vorbei:

»Siehst du, so wird's gemacht! Da musst du noch sehr viel lernen.«

Wie ein begossener Pudel ging er hinaus auf den Flur. Elisa kam auf ihn zu:

»Was machst du denn für ein Gesicht? Hast du nicht gehört was Rombach gesagt hat? Alle Spuren verfolgen. Also auch deine. Und mach dir nicht immer gleich in die Hose, wenn mal nicht alles so klappt wie du es gerne gehabt hättest!«

»Ist ja schon gut!«

»Christian, ich schlage vor, dass wir uns die Befragung der Kunden des Elektronikmarkts aufteilen. Na, was hältst du davon?«

Christian grummelte:

»Ja, wenn du meinst...«

Am Abend trafen sie sich wieder in Elisas Büro. Christian war in Einhausen bei einem Herrn Weber, der leider gar nichts zum Fall beitragen konnte. Er kannte Nicole nicht und war nach dem Einkauf über die Seminarstraße nach Hause gefahren. Elisa hatte da weit mehr Erfolg. Das alte Ehepaar Nestler erinnerte sich an einen Vorfall mit einem Auto - zu der besagten Uhrzeit in der Fehlheimer Straße.

Nachdem sie die Aussagen der Nestlers an die Wandtafel geschrieben hatte, fasste sie zusammen:

»Etwa zwischen 16.15 und 16.20 Uhr stand laut dem Ehepaar Nestler ein Kleinwagen mitten auf der rechten Fahrbahn. Ich gehe stark davon aus, dass das unser gesuchtes Auto war und Nicole freiwillig mitgefahren ist.«

Elisa überlegte kurz, dann fuhr sie fort:

»Die Nestlers meinten, dass es ein älterer Kleinwagen gewesen sein könnte. Helle Farbe. Vielleicht grau oder silber.«

»Möglicherweise Opel oder Ford«, las Christian weiter.

»Genau. Und es war ein Mann. War ohnehin anzunehmen. So um die Dreißig. Kurze, helle Haare.«

Sie schauten sich an.

»Noch was?«, fragte Elisa.

Christian zuckte unsicher mit der Schulter.

»Von mir leider nein!«

Auf dem Weg zu Rombach kamen ihnen Bülow und Drömer entgegen. Ferdinand strahlte:

»Weißhaupt ist verhaftet. Bei der Hausdurchsuchung haben wir jede Menge pädophiles Datenmaterial sichergestellt. Und er hat eine frische Schramme am linken Kinn. - Wir werden morgen Vormittag die Vernehmung fortsetzen.«

Elisa hakte ein:

»Hat er kurze Haare?«

»Eine Glatze und einen ungepflegten Zehntagesbart.«

»Wie sieht es mit einem grauen oder silberfarbenen Kleinwagen aus?«

»Einen Twingo hat er. Hellblau. - Ist das wichtig?«

Elisa schüttelte mit dem Kopf.

In dieser Nacht verfolgten Christian schwere Alpträume. Er kämpfte an einem dunklen Abgrund um sein Leben.

Dann stürzte er in den Tod, um dort unten wieder an einem Abgrund zu stehen und von einem Monster noch tiefer in die Finsternis gestoßen zu werden. Immer wieder ein neuer Abgrund und immer wieder der Fall in die endlose Tiefe, bis er schweißgebadet erwachte.

Altkürfürstliches Gymnasium Bensheim
Mittwoch, 28. November 2012, 09.25 Uhr

»Und mit welchen Schülern wollen Sie konkret reden?«

Der Schulleiterin Frau Dr. Winter gefiel Christians Bitte ganz und gar nicht. Während des Unterrichts mit der ganzen Klasse reden zu wollen, empfand sie als absolut übertrieben und für ihre Schüler viel zu belastend. Doch der junge Kommissar bestand sehr freundlich, aber bestimmt darauf.

Über die ausladende Treppe stiegen sie in den ersten Stock. Klassizistische Fenster mit roten Sandsteinsimsen gaben einen einzigartigen Blick auf die Weinberge frei. Vor einer weißen Holztür mit Messingbeschlägen blieb Frau Winter stehen und drehte sich zu Christian.

»Bitte gehen Sie behutsam mit der Klasse um. Sie sind erst elf und zwölf Jahre alt.«

Christian nickte. Ihre Fürsorge rührte ihn.

Sofort verstummten die Schüler und blicken erwartungsvoll auf die Rektorin. An der Tafel konnte Christian mathematische Brüche erkennen. Nicht gerade seine Stärke.

»Herr Zankov, liebe Klasse 6a. Leider ist der tragische Tod eurer Mitschülerin noch nicht aufgeklärt. Darum ist Herr Berghoff von der Kriminalpolizei heute hier, um vielleicht von euch neue Hinweise zu erhalten.«

Bevor die Rektorin Luft holen konnte für einen neuen Satz, begann Christian:

»Guten Morgen. Ich bin Christian Berghoff von der Kriminalpolizei Heppenheim. Wie ihr, möchte auch ich, dass dieser gefährliche Mensch schnellstens eingesperrt wird.«

Die Schüler blickten gebannt auf Christian.

»Ich bin heute zu euch gekommen, weil ich mehr über Nicole erfahren möchte. Was sie liebte, hasste, was sie gern getan hatte und was nicht.«

Nach anfänglicher Scheu erhielt er einen guten Einblick in Nicoles Wesen. Über allem stand ihre offene, positive Art. Sie ging gern zur Schule, war eine gute Schülerin und liebte Tiere, speziell Pferde. Diese Liebe teilte sie in jeder großen Pause mit ihrer besten Freundin Marie, die eine Klasse höher war.

Für eine kurze Zeit vergaßen die Schüler, warum sie über Nicole redeten. Doch nach und nach legte sich die Tragödie wieder wie ein schwarzer Schleier über ihr kindliches Gemüt.

»Ihr habt mir sehr geholfen, ich danke euch allen. Ich wünsche euch noch einen schönen Tag – und haltet Nicole in euren Herzen für immer lebendig.«

Damit wandte er sich an die Rektorin. Sie kämpfte mit den Tränen. Kurz darauf standen sie wieder auf dem Flur. Erst jetzt spürte er, wie sein Herz schwer wurde. Er schaute auf die weiße Tür und hatte Mitleid mit der Klasse, die ihr Leben lang dieses traumatische Ereignis mit ihrer Schulzeit verbinden würde.

»Dann möchte ich gerne gleich mit dieser Marie reden.«

»Wenn es unbedingt sein muss.«

»Es muss!«

»Marie von Wiltrop ist eine Klasse über dieser – in der 7b. Kommen Sie bitte mit.«

»Das ist ja ein angenehmer Zufall. Ist Marie die Tochter von Frau Susanne von Wiltrop?«

»Ja, natürlich. Wieso fragen Sie?«

Ach, nichts Besonderes. Ich hatte mich vor Kurzem mit Frau von Wiltrop auf der Reitanlage unterhalten. In diesem Zusammenhang erwähnte sie auch ihre Tochter Marie und deren Freundschaft zu Nicole.«

Aus den Klassenzimmern vernahm er Satzfetzen. Wie friedlich Schulzeit eigentlich sein könnte. Auch seine Schulzeit war verklärt von sentimentalen Erinnerungen.

»Warten Sie bitte hier«, bestimmte Frau Winter streng, klopfte an die Tür und verschwand im Klassenzimmer. Kurz darauf stand Christian einem schlanken, hochgewachsenen Mädchen gegenüber.

»Du kanntest Nicole sehr gut. Ihr hattet ein gemeinsames Hobby, Pferde und reiten.«

Maries Augen begannen zu leuchten.

»Ja, Pferde sind, also waren unser Leben. In jeder Pause unterhielten wir uns darüber. Und wir nutzten jede Gelegenheit zu reiten. Meiner Mutter gehören ja zwei Pferde.«

»Für welches Pferd war Nicole, sagen wir mal, zuständig?«

»Sie pflegte Lucky Angel.«

»Und du hast ein eigenes Pferd?«

»Nein. Ich reite immer mit Black Sun, dem Pferd meiner Mutter. Und Nicole eben mit Lucky Angel, dem Pferd meines Vaters.«

»Du meinst das zweite Pferd deiner Mutter? Oder hab ich da was falsch verstanden?«

»Ja. Also nein. Das ist kompliziert. In unserer Familie ist einfach alles kompliziert.«

Marie sammelte sich und holte tief Luft.

»Also noch Mal! Beide Pferde gehören meiner Mutter.

Allerdings erhielt mein Vater nach der Scheidung das ausschließliche Besitzrecht für Lucky Angel. Er kann entscheiden, wer mit ihr reiten darf.«

»Ok. Verstehe - Ist dir sonst irgendetwas Ungewöhnliches bei Nicole aufgefallen? Hatte sie mal etwas erwähnt? Hatte sie engeren Kontakt zu Erwachsenen? Eventuell zu einem Mann?«

»Nein, da war nichts. Alles ganz normal.

»Denk bitte genau nach!«

Ihre Augen wanderten zur Decke, die Wand hinunter und wieder zu Christian:

»Nö. Echt nichts. - Nur mit Papa konnte sie halt recht gut. Die beiden machten ständig ihre Späße.«

Christian kramte aus seiner Innentasche die Visitenkarte heraus, die ihm Maries Mutter auf dem Reitplatz gab.

»Falls ich noch eine Frage habe. Ihr wohnt in Lorsch, wie ich hier sehe.«

»Da wohnen natürlich nur wir drei Frauen - meine Mutter, Vanessa meine Schwester und ich.«

»Ach ja. Die Scheidung.«

»Genau. Wenn Sie mit Papa reden wollen, der wohnt immer noch in Einhausen, im Finkenweg sechzehn.«

Christian notierte, bedankte und verabschiedet sich. Kaum hatte er sich umgedreht, kam Unruhe in ihm auf. Finkenweg. Finkenweg in Einhausen! Da war er doch erst vor wenigen Tagen. In der Sechzehn! Marie hatte schon die Türklinke in der Hand:

»Wie heißt dein Vater?«, rief er ihr zu.

»Weber. - Andreas Weber!«

»Wie bitte? - Weber?«

Sofort war er bei ihr:

»Warum Weber? Warum nicht ›von Wiltrop‹?«

»Ganz einfach, weil mein Vater nach der Hochzeit ›von Wiltrop‹ besser fand als Weber. Machte einfach mehr her.

Jetzt, nach der Scheidung, musste er allerdings wieder seinen früheren Nachnamen annehmen. Weber. Ganz einfach Weber.«

Ja. Da ist was dran, dachte Christian. ›von Wiltrop‹ hat was. Zumindest für Leute, die auf solche Äußerlichkeiten Wert legen.

»Besitzt dein Vater einen silbernen oder grauen Kleinwagen? Den großen Porsche habe ich schon gesehen.«

»Nein. Ganz sicher nicht.« Sie lachte. »Das wäre absolut unter seiner Würde.«

»Wie du vorhin sagtest, verstand er sich anscheinend sehr gut mit Nicole.«

»Ja schon. Nicole liebte sein Pferd und machte ihre Arbeit ausgezeichnet.«

Jetzt wurde es kritisch. Christian überlegte, wie er seine nächste Frage feinfühlig stellen könnte, so dass Frau Winter keinen Infarkt erlitt und Maries kleine Mädchenwelt erhalten bliebe. Aber wie er es drehte und wendete, es ging nicht.

»Könntest du dir vorstellen, dass Nicole in das Auto deines Vaters einsteigen würde?«

Die Rektorin schnappte nach Luft. Schlagartig erkannte sie die Brisanz dieser Frage. Marie hingegen antwortete völlig unbefangen:

»Ja, natürlich. Warum auch nicht?«

Nach einem kurzen Moment wurde aber auch ihr die Tragweite ihrer Antwort bewusst:

»Was meinen Sie damit? Dass Papa Nicole...? - Nein, nein! Das ist undenkbar! Er war zwar nicht der allerbeste Papa, aber er könnte nie jemand etwas antun. - Nein, hören Sie damit auf, das ist gemein!«

Marie brach in Tränen aus und rannte schluchzend zum Fenster. Sie hielt die Hände vor ihr Gesicht.

»Musste das sein?«, fauchte die Rektorin. »Von Feingefühl haben Sie auch noch nie etwas gehört...«, ging zu Marie und nahm sie in die Arme.

»Entschuldigung. Es tut mir außerordentlich leid«, murmelte Christian und starrte betreten auf die beiden Frauen.

»Danke. Ich finde allein hinaus«, meinte aber, »was ein scheiß Job!«

Zurück im Präsidium besprach er seine neuen Erkenntnisse gleich mit Elisa.

»Weber war zum fraglichen Zeitpunkt ganz in der Nähe von Nicole. Das belegt die Rechnung vom Elektronikmarkt. Und! Sie pflegte sein Pferd. Daher kannten sie sich recht gut. Doch er erwähnte bei meiner Befragung nichts davon. Das macht ihn meines Erachtens verdächtig.«

»Und die Personenbeschreibung und das Auto? - Chris. Das passt leider gar nicht.«

»Da hast du allerdings recht.«

Er wiegte mit dem Kopf lange hin und her. Elisa beobachtete ihn und war gespannt, was er da ausbrütete.

»Und wenn es sich bei dem Ganzen um eine Duplizität der Ereignisse handelte?«

Elisa war fasziniert. In den Tiefen ihres Gehirns spielte sie dieses Szenario durch.

»Du meinst, der graue Kleinwagen mit dem Dreißigjährigen hatte nichts mit der Mitnahme von Nicole zu tun? – Der hielt dort wegen etwas ganz anderem?«

»Richtig!«

»Und kurz davor oder danach stieg Nicole in den Porsche-SUV von Weber ein – ohne jeden Argwohn und völlig unbeobachtet?«

»Jupp!«

Christian strahlte sie an. Wie ein kleiner Junge, der eine gute Note geschrieben hatte und darauf wartete, gelobt und gedrückt zu werden. Eigentlich ein intelligenter und gut aus-sehender junger Mann, überlegte Elisa. Genauer gesagt, gut-aussehender, *sehr* junger Mann...

»Komm. Lass uns das gleich mit Rombach besprechen.«

Einhausen, Finkenweg 16
Freitag, 30. November 2012, 07.03 Uhr

Bülow hielt den Durchsuchungsbeschluss direkt vor seine Nase. Noch während Andreas Weber versuchte, einige Zeilen zu erfassen, schoben sich die Kollegen der Spurensicherung an ihm vorbei und schwärmten im Haus aus.

»Was soll denn das?«, erregte sich Weber.

Bülow warf ihm an den Kopf:

»Sie haben bei der Befragung bewusst falsche Angaben gemacht, beziehungsweise wichtige Fakten verschleiert und verheimlicht.«

»Ich habe nichts Unrechtes getan.«

Bülow schaute zu Christian, der fortfuhr:

»Sie waren zur fraglichen Zeit in unmittelbarer Nähe von Nicole. Und sie kannten Nicole. Und zwar sehr gut. Aus dem Reitverein. Doch Sie hatten das verschwiegen.«

»Sie hatten ja nicht gefragt!«

»Wollen Sie mich verarschen? So läuft das nicht«, fuhr ihn Christian an. Elisa gab ihm ein unmerkliches Handzeichen, etwas piano zu machen.

»Sie wurden als möglicher Zeuge befragt und hätten das erwähnen müssen. Haben das aber nicht und sind somit verdächtig, Nicole in ihrem Auto mitgenommen zu haben.«

»Was?«, schrie er. »Das darf doch nicht wahr sein. Sie unterstellen mir den Mord an Nicole? Das ist ja lächerlich.«

Elisa hakte ein:

»Gut. Lassen wir das mal für einen Moment. Wie aber erklären Sie uns Ihr Verschweigen der Bekanntschaft mit Nicole? Und kommen Sie mir bitte bloß nicht nochmal mit ›ich wurde ja nicht gefragt‹!«

Weber beugte sich aus seiner Giganto-Couch nach vorne und trank einen Schluck.

»Wissen Sie...«, begann Weber, »...ich habe mit der Sache nun wirklich nichts zu tun. Ich könnte doch einem Mädchen nichts antun.«

Seine Gesichtszüge wurden ernst und traurig.

»Ich habe Nicole gemocht. Aber auf eine rein väterliche Art. So, wie ich meine eigenen Mädchen mag.«

»Das war nicht die Antwort auf meine Frage«, meinte Elisa

»Es war wohl eine Kurzschlussreaktion, als Herr Berghoff mich befragte. Ich hatte Angst, dass er sich ein falsches Bild machte und ich in etwas hineingezogen würde. Ich hatte die Befragung nicht zu Ende gedacht.«

»Hmm«, meinte Bülow, »...auf jeden Fall werden wir Sie mitnehmen zwecks Fingerabdrücken und DNA.«

Zu Elisa gewandt:

»Ich schau mal, wie weit die SpuSi ist.«

Weber saß wie ein begossener Pudel in seinem Sofa, den Kopf nach unten geneigt, die Hände vor dem Gesicht. Christian wandte sich ihm zu.

»Da haben Sie sich in eine ganz blöde Situation hineingeritten.«

»Ich weiß. Aber ich bin unschuldig und das wird sich schnell klären.«

»Schaun wir mal.«

Plötzlich kam Bülow hereingerauscht.

»Kommt ihr beide bitte mal mit.«

Sie gingen zusammen in Webers Büro.

»Christian, das ist eine einzige Blamage. Im ganzen Haus nichts! Aber auch gar nichts, was irgendwie auf eine Beteiligung an der Tat hinweisen würde.«

»Das gibt's doch nicht!«

Verzweifelt suchte Christian Blickkontakt mit Elisa. Sie schaute betreten drein und zuckte nur mit der Achsel.

»Doch, das gibt es leider sehr wohl!«, packte Bülow noch obendrauf. »Wirklich peinlich. Aber das kläre ich mit Rombach, da kannst du Gift drauf nehmen!«, und rauschte aus dem Zimmer.

»Un idiota! - Mach dir nichts draus. Wir machen alle mal Fehler. Und ich zieh mir den Schuh hier auch an. Auch ich war überzeugt, dass wir den Richtigen haben. Weber nicht unter die Lupe zu nehmen wäre ein grober Ermittlungsfehler gewesen. So können wir ihn ausschließen.«

»Ist nicht gerade berauschend«, fügte Christian kleinlaut hinzu.

Kriminalinspektion Bergstraße, K10
Montag, 03. Dezember 2012, 10.30 Uhr

Ferdinand brachte das Team auf den letzten Stand in der Sache Weißhaupt.

»Leider keine guten Nachrichten. Die Computerspezialisten von der Kripo Darmstadt haben herausgefunden, dass Weißhaupt zur Tatzeit an seinem Computer saß und in einem Pädophilenforum im Darknet unterwegs war. Das war auch aller Wahrscheinlichkeit nach der Grund, weshalb er sich in Falschaussagen verstrickt hatte. Doch Nicole hat er ziemlich sicher nicht ermordet.«

Gemurmel erfüllte den Raum. Doch es kam noch dicker. Bülow setzte zum Gnadenstoß für das K10 an:

»Vor knapp einer halben Stunde kamen die Ergebnisse der Spurensicherung. Weber ist definitiv nicht der Täter. Weder Fingerabdrücke noch DNA stimmen mit den gefundenen Spuren am Tatort überein und auf seinem PC und Laptop ist auch absolut nichts Belastendes zu finden... – Leute, wir stehen wieder bei Null!«

Das saß. Alle schauten frustriert vor sich hin und in sich hinein. Christian verbarg sein Gesicht in den Händen. Sie hatten so viel Arbeit und so viel Engagement investiert. Und jetzt das.

Rombach wartete sehr lange. Dann ergriff er das Wort:

»Leute! Wir arbeiten gut. Wenn mal eine Spur erkaltet, oder sogar zwei, wie im Moment gerade, ist das kein Grund zu verzweifeln oder gar aufzugeben.«

Er schaute seine Mitarbeiter einzeln an, bis jeder seinen Blick erwiderte. Dann wurde er laut. Einem Trainer in der Halbzeitkabine gleich feuerte er seine Leute an:

»Kolleginnen! Kollegen! Wir geben nicht auf! Werft die Maschine neu an und dann kriegen wir den Mörder.«

Wieder schaute er reihum und wartete, bis der Letzte ihm zunickte.

»Zurück auf Los! Und alles, aber auch jede winzige Kleinigkeit nochmals auf den Kopf stellen und von allen Seiten betrachten! - Auf geht's!«

Die Mitglieder der SoKo hingen über den Akten, studierten jede Aussage, bewerteten jeden Beweis neu oder setzten Offensichtliches in einen anderen Zusammenhang.

Der Aktenstapel nahm auch Christian die Luft. Wie oft war er schon die gesammelten Werke der Ermittlungen durchgegangen, konnte aber keine Unstimmigkeiten erkennen. Er ging zum Fenster, was er immer tat, wenn er einmal nicht mehr weiter wusste. Doch die Luft war raus. Sie hatten keinen Ansatzpunkt mehr, keine Idee, in welche Richtung sie ihre Gedanken überhaupt lenken sollten. Und dazu immer noch dieses typisch deutsche Winterschmuddelwetter – nasskalt, trübgrau und trostlos. Am liebsten würde er sich zu Hause in eine warme Decke wickeln und zusaufen.

Die halboffene Tür wurde aufgestoßen und Christian aus seiner Winterdepression gerissen. Elisa stand in der Tür. Dunkelroter, eng anliegender Rollkragenpulli, hellblaue Hüftjeans, deren Gürtel nur knapp über ihrem Venushügel saß. Sie will mich fertig machen, mich in meinem eigenen Saft schmoren. Ohne jegliche Aussicht darauf, danach von ihr verspeist zu werden.

»Schau mal, was ich da gefunden habe.«

Sie reichte ihm die Kopie einer Rechnung des Elektronikmarkts: ›Racer Viper Gaming Maus – 149,98 €‹

»Der Marktleiter meinte, dass das eine Computermaus speziell für Computerspiele sei, und zudem noch eine der besten auf dem Markt. Ideal für Egoshooter und ähnliches, wo es auf High Speed ankommt. Wirst du daraus schlau?«

Christian schaltete im Bruchteil einer Sekunde von Venushügel auf Gaming Maus um. Weber mochte ja noch nicht so alt sein. Aber Egoshooter?

»Der spielt doch keine Egoshooter. Das passt einfach nicht zu ihm. Und seitdem wir sicher wissen, dass er als Verdächtiger nicht in Frage kommt, kann ich mir das noch weniger vorstellen.«

»Eben«, fügte Elisa ratlos hinzu.

Sie lehnte sich neben ihn an das Fenstersims.

»Ausgestellt auf Andreas Weber, Einhausen.«

Christian ging alle Details durch.

»Hier die Kundennummer. Und hier: Bezahlt per Kundenkarte auf Rechnung abzüglich drei Prozent Rabatt.«

»Da noch die Unterschrift«, deutete Elisa auf das Blatt. »Krakelig und unleserlich. Soll das Weber heißen?«

Auch Christian hatte so seine Mühe, aus den paar Hieroglyphen den Namen Weber abzuleiten.

»Sag mal, Elisa, haben wir irgendwo noch eine weitere Unterschrift von ihm?«

Sie stürzte aus dem Zimmer und kam kurze Zeit später mit dem Protokoll der Hausdurchsuchung zurück. Ein einziger Blick genügte und es war klar, dass die Unterschrift auf der Rechnung nicht von Andreas Weber stammte.

»Ich glaub's nicht. Chris, der deckt jemand. - Aber wen?«

»Seine Frau oder die Töchter wohl eher nicht.«

»Denk ich auch«, bestätigte Elisa und ergänzte:

»Mitarbeiter? - Immerhin hat er ein Architekturbüro.«

Elisa setzte sich auf den Platz von Sarah und warf den PC

an. Über die Datenbanken der Handels- und Architektenkammer fand sie recht schnell Webers Mitarbeiter – zwei Architektinnen, einen Bauingenieur und eine Sachbearbeiterin. Der Gegencheck in der Polizeidatenbank ergab nicht einmal den Hauch eines Anhaltspunktes für diesen Fall.

Elisa schaute hoch und starrte ausdruckslos durch Chris hindurch. Sie kamen nicht weiter. Merda!

Von tief unten ploppte eine Erinnerungsblase in Christians Bewusstsein.

»Auf dem Kaminsims stand ein Bild mit einem Jungen auf dem Pferd und einem Pokal in der Hand. Vielleicht sein Sohn?«

Elisa war überrascht.

»Wie? Er hat noch einen Sohn?«

»Vielleicht... Auf jeden Fall war es ein älteres Bild. Dieser Junge dürfte jetzt erwachsen sein. - Könnte der damit was zu tun haben?«

Sein Gesicht strahlte. Doch Elisa hob nur die Augenbrauen und presste ihre Lippen zusammen.

»Was...!?«, knurrte Christian sie unverstanden an.

»Überleg doch mal, Chris! – Vater, Sohn, DNA. Machts da klick?«

»Ach du meine Güte!«, rief er. »Bin ich bescheuert...«

Durch seine unbedarfte Art hatte er schnell mal einfachste kriminalwissenschaftliche Erkenntnisse außer Kraft gesetzt.

»Vergiss es! Kommt vor«, beruhigte ihn Elisa.

Sie ließ den Drehsessel einmal im Kreis drehen. Dann stand sie auf und ging zur Tür.

»Auch Offensichtliches muss auf den Tisch und kann dann wieder abgeräumt werden. Ganz normaler Vorgang. Capito? – Nur so kommen wir weiter.«

Sie ging aus dem Zimmer und kam wenig später mit einem Glas sprudelndem San Pellegrino zurück. Chris war mit seinem Latein am Ende. Elisa drehte sich zur Wand und betrachtete ihr Schaubild mit Nicoles Beziehungsgeflecht. Dann setzte sie sich wieder an den PC und gab gedankenverloren Webers Namen in die Datenabfrage ein.

Heiratete im Mai 1988 eine Olivia Lammert. 1994 wieder geschieden. 1997 zweite Heirat mit Susanne von Wiltrop. 2008 wieder geschieden. Kind aus erster Ehe: Sascha Weber, geboren am 07.10.84.

Elisa stutzte. Sascha wurde vier Jahre vor der Ehe mit dieser Olivia Lammert geboren? Vielleicht wollten sie nicht gleich heiraten – soll es ja geben.

Chris schaute interessiert auf Elisas Gesichtsausdruck, der sich fast alle fünf Sekunden änderte. Mal erstaunt, dann wieder nachdenklich und jetzt die Stirn in Furchen gelegt und hochkonzentriert. Hinter dem Kindeseintrag von Sascha Weber war ein blass-orangener Button mit einem Pfeil. Elisa klickte darauf und Chris hatte den Eindruck, dass sie mit dem Kopf in den Bildschirm eintauchen wollte.

»Komm mal bitte rüber und schau dir das an!«

Chris löste sich aus seiner Starre, lehnte sich neben Elisa auf den Schreibtisch und las:

»Sascha Weber. Mutter: Olivia Lammert, geborene Trost. Vater: Peter Lammert. – Angenommen an ›Kindes Statt‹ durch Andreas Weber am 01. Juli 1988.«

Elisa drehte sich zu Chris:

»Sascha ist nicht Webers leiblicher Sohn. Er hat den Jungen adoptiert.«

»Die erste Frau hat Sascha also mit in die Ehe gebracht. Er hat folglich keine genetische Verwandtschaft mit Andreas Weber und kommt damit als Verdächtiger in Frage.«

Sie lachten sich an und Elisa fragte:

»Und die Verbindung zu Nicole?«

»Hmm. – Gute Frage. - Der Reitverein möglicherweise. Dazu würde zumindest das Bild passen, das ich dort auf dem Kaminsims gesehen habe.«

Elisa wollte sofort zu Rombach. Doch Christian bremste sie sofort wieder ein.

»Elisa! Nein! Ich will nicht noch einmal so eine Schlappe erleben. Sonst ersäufe ich mich – in Wein oder Bier.«

Er hatte ein Schmunzeln auf ihre Lippen gezaubert:

»Das muss nun wirklich nicht sein. Gut! Gehen wir das Ganze kontrolliert an.«

»Ja. Kontrolliert. Finde ich gut.«

»Dann lass uns mal recherchieren, wo der Junge wohnt, ob er aktenkundig ist und so weiter«, schlug Elisa vor.

Christian setzte sich an seinen PC und durchsuchte die Datenbanken. Die Adresse war schnell gefunden: Bobstadt, Mozartstraße 12. Achtundzwanzig Jahre alt. Mit achtzehn eine Vorstrafe wegen Körperverletzung unter Alkoholeinfluss. Und mit neunzehn: Sexuelle Belästigung einer jungen Frau auf einem Straßenfest in Lorsch. Danach nichts mehr.

»Den sollten wir uns mal näher ansehen«, drängte Elisa.

»Lass uns aber zuerst einfach nur mal rausfahren und die Lage erkunden. Danach können wir Rombach immer noch einweihen.«

Der Rückschlag mit Weber hatte Chris anscheinend doch stärker zugesetzt, als sie gedacht hatte.

»Gut. Dann schauen wir uns den Mann zuerst mal aus der Ferne an.«

Bobstadt, Mozartstraße 12
Donnerstag, 06. Dezember 2012, 10.15 Uhr

Eine Frau mit roter Zipfelmütze spazierte an ihrem geparkten Auto vorbei. Sie grinsten und schauten ihr nach.

»Ist heute Nikolaustag?«, fragte Elisa verwundert.

»Ja, stimmt. - Dann schauen wir mal, ob uns der Nikolaus heute Abend beschenkt oder den Arsch versohlt«, witzelte Christian.

»Und du? Chris. Warst du auch immer schön artig?«

»Klaro. Immer. Kennst mich doch.«

»Genau!...«, lachte sie, »...deshalb hab ich ja auch so meine Bedenken.«

Wie meinte sie das? Christian war sich nicht sicher, ob er dieses Wortgeplänkel weiterführen sollte. Er riskierte es:

»Du wirst schon sehen, wenn er bei dir heute Abend seine Rute rausholt. Dann hast du nichts mehr zu lachen.«

»Kommt drauf an, wer den Nikolaus spielt...«

Hoppla. Diese Antwort hatte er von Elisa nicht erwartet.

»Wie meinst du denn das?«

Elisa fing an zu lachen.

»Na so wie ich es gesagt habe. Oder willst du vielleicht den Nikolaus spielen?«

Christian blieb die Spucke weg. Wollte sie ihn provozieren? Oder war sie so naiv, dass sie die Zweideutigkeit gar nicht verstanden hatte?

»Du brauchst doch nicht gleich rot zu werden. Ist doch nur Spaß.«

»Ich werde nicht rot.«

»Doch bist du.«

»Nein. Bin ich nicht.«

»Ach ist das süß.«

Sie hing an der Beifahrertür und beobachtete ihn amüsiert. Hatte sie gekifft, oder was? Erstens war er sicher nicht rot geworden. Vielleicht mal mit sechzehn. Und zweitens war rot werden bestimmt nicht süß.

Elisa beruhigte sich wieder:

»Na komm, Chris. Ist schon gut. Mach nicht so ein saures Gesicht.«

Er versuchte ein mildes Lächeln, als sie ihn plötzlich unsanft anstieß:

»Da! Das muss Sascha Weber sein.«

Elisa hob die Kamera mit dem Teleobjektiv und schoss eine Bildserie. Mit einem Koffer in der Hand ging Weber über den Rasen zu seiner Garage. Als er das Tor hochschob und das Licht anging, kamen sie aus dem Staunen nicht mehr heraus. Ein älterer, silbergrauer Kleinwagen stand da rückwärts eingeparkt.

»Chris, weißt du was das für ein Auto ist?«

»Hmm. Müsste ein alter Ford Escort sein, schätze ich.«

Weber packte den Koffer in den Wagen und verschwand nochmals im Haus.

»Du, der will abhauen«, rief Elisa. »Los schnell. Den schnappen wir uns.«

Sofort waren sie aus ihrem Auto und sprangen über die Straße. Da stand er schon wieder mit einer Superlarge-Sporttasche an der Tür.

»Guten Morgen Herr Weber. - Kriminalpolizei Heppenheim. Mein Name ist Batoni, das ist mein Kollege Berghoff. - Wollen Sie verreisen?«

Diese Begrüßung hatte er gewiss nicht erwartet. Langsam fasste er sich wieder.

»Ähm, ja. Will ich. Ski fahren.«

»Dürften wir Ihnen ein paar Fragen stellen?«

»Um was geht es denn?«

»Ach, ein paar Details zu einem Einkauf im Elektronikmarkt in der Fehlheimer Straße in Bensheim. - Schauen Sie...«

Chris hielt ihm die Rechnungskopie vor die Nase:

»Das ist ihre Unterschrift, ja?

»Äh. nein. Denke nicht.«

Oh. Ein ganz schlauer, stellte Christian amüsiert fest. Denkt aber auch nur von jetzt auf nachher.

»Gut, Herr Weber, dann zeigen Sie uns doch bitte Ihren Personalausweis.«

»Mein Geldbeutel ist noch in der Wohnung. - Kleinen Moment...«, und schob sich an der halboffenen Tür vorbei in das Haus.

Dann krachte die schwere Eingangstür ins Schloss, dass der Türrahmen vibrierte. Sie schauten sich irritiert an. Elisa ahnte Gefahr:

»Hoffentlich hat er keine Waffe. Nicht dass er noch durchdreht!«

»Ich schaue hinten. Ruf Verstärkung!«, rief Christian ihr im Laufen zu. Und schon jagte er um das Haus in den Garten. Gerade noch sah er, wie Weber über den niedrigen Zaun in den Nachbargarten sprang. Christian zog seine Waffe und hetzte hinterher. Durch den ersten, dann den zweiten Nachbargarten. Doch plötzlich schlug Weber einen Haken und sprang über eine niedrige Hecke. Sekunden später stoppte Christian am Rande eines Ackers. So weit das Auge reichte nur tiefer, durchnässter Lehmacker. Weber rannte noch die ersten zwanzig, dreißig Schritte, dann wurde er langsamer und langsamer. Dicke Erdklumpen klebten an seinen Schuhen und erschwerten das Vorwärtskommen.

»Weber! Bleib stehen! - Das hat doch keinen Sinn!«

Doch Weber kämpfte sich weiter. Christian steckte seine Waffe weg und schaute zu Boden. Auch das noch. Was das für eine Sauerei gibt. Mir bleibt auch nichts erspart.

Dann machte er den ersten Schritt und stapfte Weber hinterher, der mit Macht vorwärts drängte. Doch das Feld war riesig. Gut fünfhundert Meter im Quadrat, eingefasst von Feldwegen. Was ein Blödmann. Wo will der denn hin?

»Verdammt! Bleib stehen. Das bringt doch nichts!«

Weber drehte sich um und beschleunigte nochmals. Doch die nasse Erde schien ihn aufzusaugen. Wieder und wieder versuchte er, dem endgültigen Stillstand zu entkommen. Doch irgendwann schafften es seine Beine nicht mehr. Er konnte sie nicht mehr heben. Noch ein paar Meter krabbelte er, dann sank er völlig verausgabt auf die Knie und ließ sich auf den Hintern fallen. Mitten auf dem weiten Acker saß er da, keuchend, den Kopf auf der Brust.

Meter um Meter ackerte sich Christian an ihn heran. In der Ferne voraus sah er ein Polizeiauto mit Blaulicht den Feldweg entlangfahren. Auch weit links und rechts fuhren Blaulichter in Position.

Total erschöpft ließ er sich hinter Weber auf die Knie fallen. Zwei schnelle Griffe und die Handschellen ratschten ins Schloss.

»Blödmann. Das hätten wir uns sparen können!«

Doch anstatt einer Antwort begann Weber zu schluchzen.

Aber auch dafür hatte Christian kein Verständnis.

»Was soll das Geflenne? Das hättest du dir früher überlegen müssen, du Scheißkerl.«

Jetzt ein paar reinhauen. Wie gerne hätte er das getan. Oder ihm alles an den Kopf werfen, ihn beleidigen und anschreien. Doch wofür? Alles war geschehen. Nichts konnte dadurch rückgängig gemacht werden. So riss er ihn an den Handschellen nach oben, dass Weber fast die Arme auskugelten und er vor Schmerz schrie.

»Los jetzt. Hoch, du Stück Scheiße. Oder denkst du ich trag dich hier raus?«

Eine Stunde später durchsuchte die Spurensicherung Sascha Webers Wohnung. Es dauerte nicht lange, bis man Rombach nach oben rief. Der Kollege deutete auf den Beistelltisch aus Chrom und Glas. Darauf stand in starkem Kontrast eine alte, verschnörkelte Schatulle aus geschnitztem Erlenholz. In royalblauem Samt eingebettet, lag ein kleiner, heller Slip mit einem rosa Pony aufgenäht. Schmutzflecken und Blutspuren zeugten von einem albtraumhaften Ereignis.

Elisa lehnte am Fenster. Christian drehte gerade seinen Schreibtischsessel zu ihr, als Rombach und Bülow eintraten.

»Ach, da haben wir die beiden ja im Doppelpack. Dann machen wir das gleich in einem Aufwasch«, begann Rombach. »Gratulation. Sehr gute Arbeit. Nicht wahr Claus?«

»Ähmm, also ja, könnte man so sagen.«

Aber Rombach wollte auch noch einiges wissen.

»Ihr zwei wart gestern Nachmittag nach der Festnahme noch bei seinem Vater und habt ihn befragt. Wollte er durch seine Falschaussagen seinen Sohn schützen?«

Elisa stellte ein Bein vor das andere und verschränkte ihre Arme vor der Brust.

»Der war völlig fertig. Wie es aussieht, wollte er zu Anfang nur Zeit gewinnen, um mit seinem Sohn zu reden. Der hatte dann geschworen, nichts mit der Sache zu tun zu haben. Aber es kamen ihm große Zweifel und er war gestern

Vormittag angeblich nochmals bei seinem Sohn. Er bat ihn, sich freiwillig zu stellen. Als der das aber rigoros abgelehnt hatte, war er, wie er selbst sagte, zwischen Zweifel und Schuldgefühlen festgefahren.«

»Verstehe«, pflichtete Rombach bei. »Er konnte seinen Sohn nicht einfach über die Klinge springen lassen.«

Elisa blickte zu Chris, der den Faden aufnahm:

»Wie Herr Weber uns schilderte, hatte es Sascha wirklich nicht leicht, im Leben anzukommen. Seine Mutter verließ ihren Sohn nach fünfjähriger Ehe mit Andreas Weber wegen eines Anderen. Da war er gerade zehn. Drei Jahre später heiratete Weber, also jetzt der Adoptivvater, seine zweite Frau, Susanne von Wiltrop und bald darauf wurden die beiden Töchter Marie und Vanessa geboren. Wie er meinte, war das zu viel für seinen Sohn. Er hatte sich danach abgesondert, verschlossen und war mit achtzehn ausgezogen.«

Chris nippte kurz an seinem Kaffee.

»Weber liebte seinen Sohn und hätte ihm gerne einen besseren Start ins Leben gewünscht. Doch Sascha lernte nie, Vertrauen zu Frauen aufzubauen. So war dann auch die Ehe seines Sohnes kinderlos in die Brüche gegangen.«

Als Rombach und Bülow gegangen waren, drehte sich Christian wieder zu Elisa. Seine Augen lagen auf gleicher Höhe wie ihr Schoß. Oh Gott. Hatte er zu lange daraufgestarrt? Elisa kam einen Schritt auf ihn zu und legte eine Hand auf seine Schulter:

»Tolle Teamarbeit!«, und ging zur Tür. Sein Herz klopfte schneller. Oh Mann, was für eine Frau, schwärmte er. Das waren höchstens dreißig Zentimeter vom Paradies entfernt. Er musste aufstehen und zum Fenster gehen. Tja, Elisa, das wäre die richtige Frau. Aber keine Chance. Forget it!

Christian war mit sich zufrieden. Er verbrachte einen entspannten Abend zu Hause und ging früh ins Bett. Endlich sich fallen lassen und vergessen. Doch seine Seele war noch nicht dazu bereit. Sie rumorte und arbeitete und erschuf einen verzweifelten Kampf am dunklen Abgrund. Er wurde in einen Höllenschlund geworfen und sein Körper zerschmetterte in der Tiefe. Doch es öffnete sich ein weiterer Abgrund und erneut warf ihn das Monster in die Tiefe. Wieder und wieder zerbrach er am Boden, um abermals in die endlose Finsternis gestoßen zu werden, bis er mit rasendem Herz und schweißgebadet erwachte. - Was wollte ihm dieser Traum sagen? Er verstand es nicht.

Heidelberg, Altstadt
Samstag, 08. Dezember 2012, 19.10 Uhr

Endlich wieder ein freies Wochenende. Christian und Matti spazierten die Hauptstraße hoch. Das abendliche Heidelberg war weihnachtlich geschmückt, das Schloss in den schönsten Farben angestrahlt. Hier war Mattis Revier. Hier studierte Christians bester Freund Jura und hier fühlten sich beide am Wochenende am wohlsten. Matti wollte im Frühjahr sein zweites Staatsexamen ablegen und danach in Darmstadt antreten. Traumberuf: Staatsanwalt.

Die warme Luft schlug ihnen wie eine Wand entgegen, als sie die Tür öffneten. Noch vor dem Essen, beim ersten Bier musste Christian die aufregenden Einzelheiten der letzten Tage los werden. Matti interessierte sich sehr für Christians Arbeit. Denn die Schnittmengen mit seiner zukünftigen Tätigkeit waren beträchtlich.

Sie kannten sich schon vom Kindergarten und waren seitdem beste Freunde. Irgendwann kam dann die Begeisterung für die Kriminalistik hinzu, die beide von verschiedenen Seiten angingen.

»Und sonst? Alles klar bei dir?«, wollte Matti wissen. »Wir haben uns ja schon seit wie lange - seit gut drei Wochen - nicht mehr gesehen?«

»Ja, bis auf den Samenstau ist soweit alles ok.«

Matti lachte, dass man sich an den Nachbartischen nach ihnen umdrehte.

»Na, das wird schon! Du kannst heute Nacht daran arbeiten, ihn aufzulösen. - Mann! Du musst da einfach ein bisschen flexibler werden. Du bist zu sehr vorprogrammiert. Das war schon im Kindergarten so.«

»Ist ja gut...«, wollte Christian das Thema gleich wieder abbiegen.

Doch weit gefehlt. Es begeisterte seinen Freund.

»Unsere Kindergärtnerin. Wie hieß sie noch mal? Sonja, genau Sonja aus unserer Bärchengruppe. Ständig hattest du ihr Blümchen geschenkt.«

»Ist ja gut, Matti. Lass das!«

Christian war genervt. Manchmal konnte Matti dermaßen penetrant sein.

»Und dann in der Schule. Die junge Referendarin, Frau Oltersdorf. Mann warst du verknallt.«

Christian fauchte ihn an:

»Matti! Ist jetzt gut, hab ich gesagt. Es-ist-gut!«

»Kein Wort hast du rausgebracht, wenn sie dich was gefragt hatte.«

»Noch ein Wort und ich steh auf! Das ist mein Ernst!«

Matti schaute seinen Freund mitleidig an. Scheinbar saß der Stachel, ohne Freundin zu sein, doch wesentlich tiefer als er gedacht hatte.«

»Du hast keine Ahnung. Es ist alles noch viel schlimmer, als du es hier darstellst. Das ist doch alles Kikikram von gestern. Das Drama hat gerade erst richtig begonnen.«

Das machte Matti allerdings jetzt wirklich Angst.

»Was ist denn los, mein Freund?«

Chris wusste genau, dass er unverbesserlich blöd war. Aber was sollte er machen? Es kam über ihn wie ein Wirbelsturm, der ihn mit voller Wucht erfasst und mitgerissen hatte.

»Ich habe mich in Elisa verliebt.«

»NEIN!«, rief Matti wieder viel zu laut. Das war zu viel. Er musste seine ganze Kraft aufbringen, um nicht laut loszuschreien. Es grenzte schon an absurdes Theater, was

Chris da bot. Und doch litt er mit ihm. - Er kannte Elisa aus Christians Erzählungen. Aber von Liebe war bisher nie die Rede gewesen.

»Du suchst dir aber auch wirklich nur die höchsten Gipfel aus. Unter Mount Everest oder Matterhorn machst du es nicht.«

Er versuchte, ihn aufzumuntern:

»Chris, irgendwann kommt die Richtige, glaub mir. Die, die zu dir passt. Ich bin überzeugt, dass es nicht das Alter an sich ist, das dich zu den Frauen hinzieht, sondern ihre Reife. Du stehst halt nun mal nicht auf junge Partyhüpfer.«

Sein Freund hatte ja in manchem recht, aber er nervte. Christian musste auf die Toilette.

Er stand am Urinal und schaute zur Seite. Zwei Automaten mit Pariser – alle Farben, mit Noppen oder Erdbeergeschmack. Er fragte sich, ob sich das Geschäft damit überhaupt lohnte. Jedenfalls hatte er noch nie eine Packung Kondome auf einer Toilette rausgelassen. Na ja, er war auch nicht gerade der Heavy User.

Ein Betrunkener stellte sich an ein Urinal weiter hinten und stützte sich an der Wand ab. Als Christian gerade fertig war, rief der Betrunkene:

»Hey Kumpel, mehr als drei Mal geschüttelt ist gewichst!«, und bog sich vor Lachen, dass sein Strahl gegen die Wand spritzte. Blödes Arschloch, wütete es in Christian.

Eine höhere Gerechtigkeit

Hamburg, St. Pauli, Grubenstraße
Mittwoch, 13. März 2013, 23.55 Uhr

Die beiden Männer traten aus der schmalen Tür des kleinen Hochhausblocks. Sie drehten sich nach rechts und tauchten in den schwach beleuchteten Gehweg neben dem Spielplatz ein. Die dunkle Gestalt gegenüber, zwischen den Büschen der kleinen Grünanlage, sahen sie nicht.

Am Ende des Spielplatzes lösten sich zwei Schatten aus der Finsternis und gingen den beiden Männern entgegen. Wenige Schritte entfernt fassten sie unter ihre Lederjacken. Es klackte sechs Mal, als ob Kieselsteine auf das Kopfsteinpflaster fallen würden und die Männer sackten stumm in sich zusammen.

Die dunkle Gestalt aus der Grünanlage schlich über die Straße und klingelte an der schmalen Tür. Der Türsummer öffnete und sie huschte die Treppe hoch. Oben stand Tarik in Erwartung, dass seine Freunde nochmals zurückgekommen wären. Als er die schwarz gekleidete Frau mit der tiefen Kapuze einer Jedi-Ritterin auf den letzten Stufen sah, war es zu spät. In der Körperdrehung trafen ihn zwei Kugeln aus einem Schalldämpfer in Schläfe und Hals. Er fiel in den Wohnungsflur. Eine dritte Kugel durchbohrte den Hinterkopf und blieb im hellen Laminatboden stecken.

Um 00.18 Uhr fand ein Mann, der mit seinem Hund die letzte Runde drehte, die beiden leblosen Körper. Ihr Blut war in dicken Rinnsalen zur Straße geflossen. Kurze Zeit später bemerkte ein Hausbewohner auch den toten Nachbarn, als er dem Tumult auf der Straße nachgehen wollte.

Die Ermittlungen führten die Hamburger Kripo in das Milieu der osteuropäischen Einbrecherbanden. Die Vermutung lag nahe, dass diese Hinrichtungen Teil des Krieges um die Vorherrschaft in Hamburg sein könnten. Banden aus Serbien, Rumänien, Türkei, Albanien und Georgien lieferten sich schon seit Jahren erbitterte Kämpfe mit vielen Toten und Verletzten.

»Die Gendaten sind da!«

Kriminaloberkommissarin Nayla Celik starrte gebannt auf den Bildschirm.

»Olala. - Schau dir das mal an.«

Jetzt öffnete auch ihr Kollege Malte Stöver das Programm auf seinem PC.

»Die haben ja ganz ordentlich hier im Norden gewütet. Einbrüche und schwere Raubüberfälle im Zweiwochentakt.«

Dem getöteten albanischen Trio konnten zahlreiche Einbrüche und Raubüberfälle zugeordnet werden. Der Abgleich der Fingerabdrücke und Gendaten mit den an den Tatorten gefundenen Spuren ergab einen beängstigenden Pfad der Gewalt durch den Norden Deutschlands.

»Malte. Hast du das gelesen? 20. Januar 2012 in Bakum?«

Sie schaute über den Monitor hinweg zu ihrem Kollegen und stellte erschüttert fest:

»Der Überfall ist denen aber komplett aus dem Ruder gelaufen. Was eine Brutalität,« und fügte hinzu: »Es macht mich immer wieder sprachlos. Wenn man etwas raubt, muss man doch die Opfer nicht auch noch schwerstens verletzen. Das kapier ich nicht. Gerade bei so alten Leuten. - Ich kann mir das nur so erklären, dass da auch ganz viel Hass gegen unsere Gesellschaft und die Menschen mit dabei ist.«

»Nayla, diese Täter sind absolut gefühlskalt und verachten andere Menschen. Die ticken einfach nicht richtig.«

An jenem 20. Januar 2012 drangen die Drei nachts in das Haus eines alten Ehepaars in Bakum ein und schlugen es zunächst mit einem metallenen Gegenstand, vermutlich einem Totschläger, nieder. Dann fesselten und knebelten sie die Alten und umwickelten ihre Köpfe wie Mumien mit Panzerband. Durch einen Zufall blieb bei dem 84-jährigen Ehemann ein kleiner Spalt zwischen den Wicklungen frei. Doch seine 81-jährige Frau starb einen langen, qualvollen Erstickungstod. Auf dem Weg ins Krankenhaus erlitt der alte Mann einen schweren Herzinfarkt. Nach drei Monaten im Koma war er endlich erlöst.

Die Ballistiker identifizierten drei verschiedene Tatwaffen - alles nichtregistrierte Pistolen der Marke Zastava CZ-99, Kaliber 9x19mm. Hergestellt in Serbien von Zastava Arms. Da es weder Tatzeugen, noch sonstige Hinweise und auch keine Fingerabdrücke oder genetisches Material gab, deutete alles auf eine Ermordung durch Profikiller der serbischen Mafia hin.

Nayla schob ihren Schreibtischstuhl ruckartig nach hinten. Sie verschränkte ihre Arme vor der Brust:

»Es treibt mir immer wieder die Tränen in die Augen, wenn ich an dieses alte, unschuldige Ehepaar denke. Mist aber auch!«

Sie schluckte und schnäuzte in ein Papiertaschentuch. Malte nahm den Faden auf:

»Und jetzt sind die drei selbst tot. Wer weiß, wer da wirklich dahinter steckt. Es wird sehr schwer werden, oder fast unmöglich sein, diese Morde in diesem tiefen Bandensumpf aufzuklären«

Ein mildes Lächeln huschte über Naylas Mund. Sie schaute zum Fenster hinaus, hinauf zu den weißen Wolken und darüber hinweg:

»Ich weiß, es klingt blöd. Aber wer weiß, ob es vielleicht doch eine höhere Gerechtigkeit auf dieser Welt gibt?«

Im Namen des Volkes

Kriminalinspektion Bergstraße, K10
Mittwoch, 27. März 2013, 11.30 Uhr

Und nun schalten wir nach Darmstadt zu unserem HR3-Gerichtskorrespondenten Axel Niehammer:

»In dem deutschlandweit vielbeachteten Strafprozess um den gewaltsamen Tod der erst elfjährigen Nicole aus dem südhessischen Langwaden, sprach heute Vormittag das Landgericht Darmstadt sein Urteil. Der achtundzwanzigjährige Sascha W. wurde wegen Totschlags im Affekt zu fünf Jahren und sechs Monaten Haft verurteilt. Die Untersuchungshaft wird angerechnet. Sein Anwalt war mit dem Urteil zufrieden und stufte es als ausgewogen und annehmbar ein. Man wolle noch das schriftliche Urteil abwarten. - Die Staatsanwaltschaft hingegen kritisierte das für sie deutlich zu milde Urteil. Gegenüber HR3 äußerte sich deren Sprecherin dahingehend, dass das Gericht die außerordentliche Gewaltbereitschaft des Täters nicht angemessen würdigte. Die Staatsanwaltschaft wird die Möglichkeit einer Berufung eingehend prüfen.«

Wie versteinert stierte Christian das Radio auf der Fensterbank seines Büros an, als ob gleich jemand aus dem Lautsprecher springen und ›April, April!‹ rufen würde. Doch nichts dergleichen.

»Fünf Jahre und sechs Monate?«, platzte er heraus. Seine Kollegin Sarah Goldschmidt riss erschrocken den Kopf hoch.

»Fünf Jahre und sechs Monate für die Tötung eines unschuldigen Mädchens? Das darf doch nicht wahr sein.«

Hilfesuchend schaute er zu ihr hinüber. Doch sie konnte nur ein kurzes ›Tja...‹, hervorbringen und ratlos mit den Achseln zucken.

Die Reaktion von Sarah und ihr fatalistisches ›Tja...‹ brachten ihn wieder auf den Boden der Tatsachen zurück. Er würde tatsächlich kaum jemand finden, der seine Enttäuschung teilen würde. Außer einem väterlichen ›...du bist halt noch ziemlich neu, oder noch ziemlich jung...‹ könnte er nichts erwarten. Der Rechtsstaat hatte im Namen des Volkes Recht gesprochen und kein Kripobeamter würde sich dagegen auflehnen. Dafür würden Sie nicht bezahlt. Also setzte er sich wieder hin und fraß seinen Frust in sich hinein.

Als er zur Haustür hereinkam rief seine Mutter ihm zu:

»Hast du schon gegessen?«

»Kein Hunger!«

Und schon war sie aus der Küche:

»Was machst du denn für ein Gesicht? Ist dir eine Laus über die Leber gelaufen?«

»Lass mich bitte. Ich bin nicht zum Spaßen aufgelegt.«

Sofort veränderte sie ihren Tonfall und fragte besorgt:

»Ist was Schlimmes passiert, Chris?«

Er stellte seine Schuhe neben das Schuhschränkchen, zog seine Adiletten an und schlappte in seine Wohnung nach oben unter dem Dach. Sie blickte ihm besorgt nach. Chris blieb auf der Treppe stehen und murmelte:

»Nein Mama - nichts Schlimmes. Nur der scheiß Job. Ich erzähl's dir Morgen.«

Christian wohnte bei seinen Eltern, im Bensheimer Weg. Das hatte beträchtliche finanzielle Vorteile. Schon während des Studiums floss das Geld nicht gerade in Strömen. Und im Haus der Eltern war genug Platz. Er wusste, dass diese Idylle nicht ewig währen konnte und sollte. Er musste seinen eigenen Weg gehen und das bedeutete ganz logisch: ausziehen, eigene Wohnung suchen und auf eigenen Beinen stehen.

Chris sank auf einen Stuhl an seinem kleinen Esstisch. Er drehte sich zum Fenster und stützte sein Kinn auf beide Fäuste. Der azurblaue Frühlingshimmel stand in schreiendem Kontrast zu seiner dunkelgrauen und wolkenverhangenen Stimmung:

»Fünf Jahre und sechs Monate für das grausamste, was ein Mensch einem anderen antun konnte.«

Doch Christian kannte auch die Feinheiten der Rechtsprechung. Er wusste, wie die Gerichte tickten. Aber ob das auch gerecht war? Gleich nach den Radionachrichten ließ er sich den Urteilsspruch zufaxen.

Das Gericht hatte die Tat als Totschlag im Affekt eingestuft. Mit einer Urteilsbegründung, die er für sehr gewagt hielt und die den Täter stark begünstigte.

Er legte das Fax auf den Küchentisch und las die Passage noch einmal, die ihm das Blut kochen ließ:

»...war es kein Mord, da die Tötung nicht geplant, nicht heimtückisch und auch nicht zur Verdeckung einer Straftat begangen wurde. Vielmehr geschah die Tötung unplanmäßig nach heftigen Abwehrreaktionen des Opfers. Also im Affekt, um das Mädchen von weiteren Attacken abzuhalten. Der Tod von Nicole Gärtner war nicht Ziel des Geschehens. Der Missbrauch selbst wurde nach der Aussage des Sachverständigen der Rechtsmedizin, Professor Dr. Griesbacher, vom Rechtsmedizinischen Institut an der Universität Frankfurt, posthum, also *nach* dem Tod des Mädchens vollzogen. Mithin also handelte es sich nicht mehr um eine

Vergewaltigung im eigentlichen Sinne, da dabei das Opfer am Leben sein musste. Vielmehr war dieser Vorgang als Missbrauch einer Toten einzustufen, das laut Strafgesetzbuch als ›Störung der Totenruhe‹ gewertet wird.

Strafmildernd bewertete das Gericht, dass der Täter sich überaus reuig zeigte, die Tat umfänglich eingestand und bei der Aufklärung proaktiv mitwirkte. Dem psychologischen Gutachten des Sachverständigen Professor Dr. Lindemann vom Psychologischen Institut der Universität Gießen zufolge wäre eine Wiederholungstat auszuschließen, sofern der Beschuldigte an einer psychosozialen Therapie teilnehmen würde. Abschließend stellte das Gericht keine Gefährdung der Allgemeinheit nach Ablauf der Haft fest, demzufolge auch keine Sicherungsverwahrung angeordnet wurde, wie von der Staatsanwaltschaft beantragt.

Gezeichnet: Richter Volker Harz.«

Christian mixte sich einen ordentlichen Gin-Tonic. Drei Schritte, dann ließ er sich auf sein Sofa fallen und schaltete den Fernseher ein. Ihm war elend zumute, aber er wusste genau, er musste sich aus dieser Betroffenheit befreien. Sonst wäre er nicht für diesen Job geeignet, oder in einem Jahr in der Klapsmühle.

Er schaltete den Fernseher an. Schon wieder so ein scheiß Krimi mit so einem überarbeiteten Schmuddelkommissar, ohne Familie, ohne Freunde und Freizeit. Was eine arme Sau. Wenn ich so einen Job hätte würde ich mich erschießen.

Nach dem Studium hatte er sich als Kriminalkommissar bei der Kriminalpolizei Bergstraße in Heppenheim beworben. Am 05. Mai 2012, gerade zweiundzwanzig Jahre alt, trat er seinen Dienst im K10 unter Wolfgang Rombach an. Hier, in seinem Geburts- und Heimatort wollte er seine Laufbahn als Kommissar beginnen.

Doch heute musste er erkennen, dass dieser Beruf nicht einfach werden würde und dass zwischen dem gesprochenen Recht und der gefühlten Gerechtigkeit eine tiefe Kluft liegen konnte. Aber er war gewillt weiterzukämpfen.

Einige Gin-Tonic später fand er endlich innere Ruhe und Entspannung. Irgendwann legte er seinen Kopf auf ein weiches Sofakissen und erwachte gegen neun Uhr am nächsten Tag.

Geld stinkt nicht

Justizvollzugsanstalt Pfungstadt
Montag, 15. April 2013, 10.00 Uhr

»Herr Weber, lassen Sie mich Ihre Frage so umdeuten: Nicht was ich tun kann ist relevant. Nein! Was Sie selbst tun können ist entscheidend.«

Nach einer kurzen Gedankenpause fuhr Ehrenfeld, Sascha Webers Verteidiger, fort:

»Das Ziel einer Haftstrafe ist die Resozialisierung. Nicht die Strafe oder Sühne. – Und genau das ist ihre und unsere Chance. Man wird ihnen jegliche Unterstützung gewähren, um sie wieder auf den richtigen Weg zu führen.«

Seine Assistentin, Carla Milenova, schaute ehrfürchtig zu ihrem Chef. Ein sinnliches Lächeln umspielte ihre dunkelroten Lippen. Ihre vollen Proportionen pressten sich gegen die Innenseite ihres anthrazitfarbenen Kostüms. Sie wechselte ihre Haltung und schlug ein Bein über das andere. Ihr knallenger Rock rutschte nach oben und gab pralle Oberschenkel in schwarzen Strümpfen frei.

Wie alt wird sie sein, Ehrenfelds Stute, überlegte Weber beiläufig. Vielleicht Achtundzwanzig? - Viel zu alt!

Weber versuchte, eine Frage zu stellen, doch Ehrenfeld schnitt ihm das Wort ab:

»Einen Moment! Lassen Sie mich bitte diesen Gedanken zu Ende führen. Dann verstehen Sie, wie Recht, Sühne und Resozialisierung zusammenhängen und wie wir einen für Sie begehbaren Weg in die Freiheit finden können. - Allerdings werden sie danach auch verstehen, warum so viele Häftlinge wieder rückfällig werden. Aber das ist nun wirklich nicht mein Problem – verstehen Sie? Ich muss ja auch von etwas leben!«

Sein grollendes Lachen brach sich in dem leeren Besprechungsraum.

»Herr Weber, mal tacheles. Kein Politiker oder Richter will sie eigentlich hinter Gitter sehen. Davon hat niemand etwas. Sie kosten nur Geld und sind eine stinkende, eitrige Wunde im Fleisch der Demokratischen Neuzeit. Warum also sind sie hier? Ich sage es ihnen. Weil das Volk ›Brot und Spiele‹ will. Es will das Böse geächtet oder am Galgen baumeln sehen, damit es den Traum von Gerechtigkeit weiter träumen kann. Und um diese leere Hülle wieder und wieder aufzublasen steckt man Straftäter wie sie ins Gefängnis. Aber nicht zu lange. Das wäre ja inhuman.«

Wieder stieß er eine Lachsalve aus, die durch den Raum hallte.

»Inhuman! Bei Mord und Totschlag. Verstehen Sie?«

Grinsend stierte er Weber an, der seinem Blick ohne Regung standhielt.

»Nun gut! - Nach der Urteilsverkündung ist dann endlich für Mensch und Medien das globale Rechtsgleichgewicht wiederhergestellt und man wendet sich erneut seiner gewohnten Mittelmäßigkeit zu.«

Ehrenfeld machte eine Pause, die Weber schon als das mögliche Ende seines Plädoyers einstufte.

»Doch das Strafmaß ist nicht das Ende des Prozesses - wie naive Gemüter annehmen. Nein! Im Anschluss daran werden die Rabatte gewährt und es beginnt die Zeit der Feilscherei und Schacherei. Denn das deutsche Rechtssystem vergibt viele Rabatte wie garantierten Studiums- oder Ausbildungsplatz, Eheschließung über spezialisierte Institute, Besuch des Sexzimmers, Freigang, den offenen Vollzug, den Hafturlaub und als absoluten Höhepunkt die vorzeitige Haftentlassung.«

Er zog einen Taschenrechner aus seiner Aktenmappe.

»Lassen Sie mich mal rechnen. Sie müssten rein theoretisch 66 Monate sitzen. In Ihrem Fall erhalten Sie aber einen Rabatt von einem Drittel Hafterlass – reuig, geständig und so weiter… - Also, wenn ich richtig rechne, sind das immerhin 22 Monate. Das ist doch was!«

Ehrenfeld drehte sich zu seiner Assistentin, die ihren Schmollmund spitzte.

»Herr Weber! - Wenn Sie also meine Ratschläge befolgen sind sie definitiv in 3 Jahren und 8 Monaten hier raus. Das garantiere ich Ihnen. Wie gesagt, man will sie eigentlich nicht hier haben.«

Thorben Ehrenfeld lehnte sich entspannt zurück. Er genoss es, als freier Mensch den armen Hunden im Knast den Sinn ihres traurigen Daseins zu erklären. Aber er hatte auch die Waffen, um ihr Strafmaß so gering wie möglich zu halten: Intelligenz, Wissen und absolute Skrupellosigkeit. Und er war der Beste und Teuerste. Darauf war er besonders stolz. Wie schon die alten Römer sagten: Pecunia non olet – Geld stinkt nicht. Das war sein Leitmotiv.

»Was könnte ich konkret tun, was könnte mir nützen?«

»Hören Sie sich bei ihren Mitgefangenen zunächst einmal um, was aktuell zielführend ist und was nicht. Werden Sie zum Beispiel gläubig. Strenger Buddhist, Moslem oder Christ. Gehen sie regelmäßig in den Gebetsraum. Nehmen sie die Angebote der Hilfsorganisationen an. Machen Sie sich im Gefängnis nützlich. Besuchen sie die psychologischen Programme wie Antiaggressionstraining und ähnliche Fürze. Und unterstützen sie Einrichtungen wie Amnesty

International, den Weißen Ring oder Greenpeace. Klima zum Beispiel ist aktuell total angesagt.«

Er lehnte sich über den Tisch und wurde betont ernst:

»Und! - Werden Sie demütig, unterwürfig, hilfsbereit. Kriechen Sie diesen Psychologen, Helfern, Wärtern und auch der Anstaltsleitung in den Arsch. So tief Sie nur können.

Ehrenfeld kam außer Atem.

»Ganz wichtig! - Bleiben sie auf jeden Fall gewaltfrei.«

Weber begann sich auf diese Metamorphose zu freuen und war bereit sich zu geißeln. Für die Freiheit.

»Herr Ehrenfeld, ich habe sie verstanden.«

»Also! Machen sie was draus, aber nicht zu offensichtlich. Niemand will verarscht werden. Lassen Sie sich Zeit. Und in einem halben Jahr will ich hier einen neuen Sascha Weber sitzen sehen. Das kriegen wir doch hin, oder? Das bin ich meiner Berufsehre schuldig!«

Sie schauten sich noch eine Weile wortlos an. Dann drehte sich Ehrenfeld zu seiner Assistentin und nickte ihr zu. Sie lächelte sinnlich. Wie auf ein Kommando erhoben sich alle drei und verabschiedeten sich.

Wie ein kleines Kätzchen

Heppenheim, Gießener Straße
Freitag, 14. Juni 2013, 19.30 Uhr

Das Apartment im neunten Stock in der Gießener Straße war zwar nicht das Höchste der Gefühle. Aber für den Anfang, für die erste eigene Wohnung, gerade richtig.

Es ging jetzt doch sehr schnell mit dem Versuch, selbständig zu werden. Christian kam zu der Überzeugung, dass er als Kriminalkommissar nicht mehr das Mamasöhnchen spielen sollte und dass eine eigene Wohnung bei der Suche nach einer Partnerin Pluspunkte einbringen würde. Und ein guter Bekannter suchte einen Nachmieter.

Und dann war da diese merkwürdige Begebenheit mit dem Mann mittleren Alters, der vor der Tür links stand und klingelte. Christian kam gerade nach Hause:

»Na, Herr Nachbar, Schlüssel vergessen?«, wollte Christian ins nachbarschaftliche Gespräch kommen. Doch der drehte sich weg. Komischer Typ, dachte er noch. Aber auch am nächsten Tag, als er vom Fahrstuhl kam, stand ein älterer Herr vor der Tür. Also noch einmal das gleiche Spielchen, dachte Christian und fragte schmunzelnd:

»Na, Schlüssel vergessen?«

Auch dieser schaute verschämt zur Seite. Da war für den Kommissar alles klar. Denn weshalb war er bei der Kripo? Genau! Weil er eins und eins zusammenzählen konnte.

Seit dem Frühjahr beschäftigte Elisa und ihn eine Brandserie, die an der Bergstraße und dem vorderen Odenwald wütete. Das K10 ging definitiv von einem Brandstifter aus. Heute Abend wollte sich Christian mit einigen Unterlagen auf seinen Balkon setzen und sich in die offenen Fragen der Brandanschläge vertiefen.

Die Sonne stand noch hoch über seinem kleinen Südwest-Balkon und er machte es sich auf seiner Sonnenliege bequem. Der saftige Döner und sein Odenwälder Bier waren ein Genuss.

Da zog ihm Zigarettenrauch in die Nase. Er stellte sich an das Balkongeländer und beugte sich vor. Wie zufällig drehte er seinen Kopf nach links und blickte an der abgeschrägten Abtrennung vorbei. Und da stand sie. In einem hauchdünnen Seidenkimono, der kaum etwas verhüllte.

»Dobry den«, lächelte sie freundlich herüber. Christian blieb die Spucke weg. Hab ich auch ein Pech, haderte er mit sich selbst. Man denkt an nichts Schlimmes und versucht alles ein bisschen entspannter anzugehen und dann steht da ein Playboy-Model auf dem Nachbarbalkon. Das Leben kann schon hart und gemein sein!

Sie kamen ins Gespräch. Dann klingelte es bei ihr. Gegen neun klingelte es noch einmal. Danach war für heute der letzte Kunde von seinem Überdruck befreit.

Den Espresso in der Hand streckte sie ihren Kopf zu Christian herüber.

»Entschuldigung. Willst du auch einen?«

»Sag ich nicht nein!«

»Kommst du rüber zu mir?«

»Nein. Nicht so gerne.«

»Ah, verstehe«

Kurz darauf klopfte es an seiner Tür. Valea mit Espresso. Sie machten es sich auf seinem Balkon bequem und unterhielten sich bis lange nach Mitternacht über das Leben, die Liebe und ihre Träume. Bevor sie ging meinte sie:

»Aber du verrätst mich doch nicht?«

»Ich bin nicht bei der Sittenpolizei. Das hier geht mich nichts an.«

Constantinescu stand auf dem Briefkasten und auf der Klingel. Siebenundzwanzig Jahre jung, groß, schlank, lange glatte hellblonde Haare und Beine die nicht enden wollten. Fleischgewordene Sexphantasie.

Doch Christian unterließ jegliche Annäherungsversuche. Es machte ihn unsicher, dass sie Prostituierte war. Eigentlich wäre es ja überaus praktisch für ihn. Aber erstens wollte er nie für Sex bezahlen und zweitens hatte er das Geld dafür nicht – immerhin läppische vierhundert Euro pro Stunde, wie sie einmal auf seine drängelnde Frage preisgab.

Doch von Woche zu Woche kam ihm Valea immer näher. Sie wollte vor dem Fernseher mit ihm kuscheln, wollte umarmt und gedrückt werden. Und sie wollte zärtlich gestreichelt werden. Im Grunde war sie wie ein kleines Kätzchen.

An einem Sonntagabend übernahm sie die Initiative und steuerte übers Kuscheln auf Sex zu. Auf zärtlich-romantischen Sex. Ohne Kondom. Denn nur Kundenschwänze mussten Gummihütchen aufziehen, belehrte sie ihn. Christian hätte gerne jeden Tag mit ihr zwei drei Mal Liebe gemacht. Doch dafür hatte sie nur die freien Tage von Sonntag bis Dienstag reserviert. Valea wollte das strikt vom Job trennen.

Elisa spürte eine Veränderung bei Christian. Er hatte nicht mehr diesen sehnsüchtigen Dackelblick. Und er schaute auch nicht mehr jedem weiblichen Hintern nach – vielleicht nur noch jedem Zweiten. Entspannter, reifer kam er ihr vor. Christian war das nicht bewusst. Er fühlte sich in dieser Freundschaft mit Valea einfach wohl. Sie half ihm, seine Sehnsucht zu Elisa in geordnete Bahnen zu lenken.

Doch eines Tages im September fuhr ein dunkelblauer Bentley vor. Der Chauffeur kam hoch und trug ihre zwei Koffer zum Auto. Hinten saß ein gepflegter älterer Herr und wartete. Christian stand in der Tür zu ihrem Apartment, das er nie betreten hatte. Dann begleitete er sie zum Aufzug. Vor einer Woche hatte Valea ihm mitgeteilt, dass sie ausziehen würde:

»Das ist der Weg, den ich gehen muss. Du weißt das. Ich danke dir für deine Freundschaft.«

Es kam nicht überraschend. Christian wusste, dass sie einen reichen Mann suchte. Einmal erzählte sie ihm:

»Meine Familie in Rumänien ist groß, sehr groß. Und sie ist schrecklich arm. Ich habe nichts gelernt. Aber ich bin sehr hübsch - und das ist mein Kapital, für ein paar Jahre noch.«

Er wusste, dass unten genau dieser reiche Mann auf sie wartete. Sechzig Jahre alt. Dessen Frau vor drei Jahren starb und der seit einem Jahr Stammkunde bei ihr war. Er würde sie jetzt mit nach Mallorca nehmen auf seine Finca mit der Pferdezucht. Ja. Aus ihrer Perspektive hatte Sie recht. Auch dieser ungewöhnliche Weg konnte ein Lebensziel sein.

Sie umarmten sich lange. Tränen standen in ihren Augen.

»Vielleicht in einem anderen Leben, Christian...«

Die Brücke

Schindlerweiher bei Mammendorf
Donnerstag, 20. Juni 2013, 22.15 Uhr

Der Anruf kam unverhofft, die Nummer war unterdrückt. Der Mann kam ohne Umschweife auf den Punkt und schloss mit dem Satz: ›Übrigens – schöne Grüße aus Belgien von de Roos.‹ Den Namen kannte er gut. De Roos war ein Gleichgesinnter aus dem Darknet und er war sich jetzt sicher, dass er dem Anrufer vertrauen konnte.

Sein Blut begann zu pulsieren. Die Erregung war urplötzlich wieder in allen Fasern seines Körpers zu spüren. Aber auch die Angst, alles zu verlieren. Er sollte jetzt Nein sagen. Er musste Nein sagen, oder einfach auflegen. Sonst waren alle Schwüre, Vorsätze und Geißelungen umsonst. Doch er hörte weiter zu. Seine Gedanken verengten sich und zogen ihn in einen schwarzen Tunnel. Richtig und falsch verloren ihre Grenzen. Mit wehender Soutane rauschte er vom Schreibbüro in die Sakristei. Als er Jeans, Stiefel und Lederjacke anzog, war der hochgeschätzte Herr Pfarrer wieder der Internetavatar Gregorius. Er setzte sich in seinen VW Polo und fuhr in die späte Nacht hinaus.

Nach einer halben Stunde bog er von der Bundesstraße ab. Über einen holprigen Feldweg folgte er den GPS-Koordinaten in ein Wäldchen auf der anderen Uferseite eines kleinen Fischweihers. Im Scheinwerferlicht sah er einen dunklen Mercedes Vito, der unter den hinteren Baumreihen parkte. Seitlich davor ein Range Rover. Der Fahrer saß am Lenkrad, ein zweiter Mann stand neben der Fahrertür und rauchte eine Zigarette. Er begrüßte Gregorius.

»Der Kleine wird in zehn Minuten da sein. Da ist noch Zeit für ein kleines Bierchen. Komm, wir setzen uns rein.«

Der Fahrer reichte Gregorius und seinem Kollegen eine Flasche kühles Bier nach hinten, das er in einer Kühlbox vor dem Beifahrersitz verstaut hatte.

»Lasst uns anstoßen auf einen für alle gelungenen Abend. Bezahlen kannst du nachher. Wir vertrauen dir.«

Gregorius nahm die Flasche. Das Frischesiegel war unversehrt. Den winzigen Einstich im Dichtungsgummi der Bügelflasche konnte er unmöglich erkennen. Drei Mal ploppten die Verschlüsse. Drei Mal klangen die Flaschen aneinander.

Wenige Sekunden später verschwamm für Gregorius die Umgebung. Er hörte Worte und verstand sie, doch er war unfähig zu reden oder sich zu bewegen. Ein Mann stieg aus dem Transporter und kam zum Range Rover herüber. Er betrachtete den paralysierten Pfarrer genau, dann nickte er den anderen zu.

In den schwarzen Einweg-Overalls und den Gummihandschuhen wirkten die Männer gespenstisch surreal. Sie schauten hoch. Die Straßenlaternen auf der Brücke warfen ihren gelblichen Schein nach unten auf die Gleise. Vom Brückengeländer baumelten zwei kräftige Seile mit Schlaufen an ihren Enden.

Sie stellten den Stuhl, den sie vor einigen Tagen aus der Orgelempore mitgenommen hatten, auf die kantigen Granitsteine zwischen den Gleisen. Es war nicht einfach, den Willen- und Kraftlosen hochzuhieven und die Schlingen um seine Handgelenke zu schließen. - Alles war perfekt berechnet. Die Füße auf dem Stuhl abgestellt, hing er mit angewinkelten Knien in den Seilen. Einer knipste das Licht an seiner Casio an: 23.12 Uhr. Er hob seinen Daumen. Ein Tritt ließ den Stuhl zur Seite kippen. Die Schlingen quetschten sich in die Handgelenke und schnürten die Blutzufuhr fast vollständig ab. Gregorius' Füße baumelten nur wenige Zentimeter über dem Bahndamm. Dann tauchten die schwarzen Gestalten in die Dunkelheit neben den Gleisen ein.

Um 23 Uhr 14 Minuten passierte der ICE von Augsburg nach München auf dem Hochgeschwindigkeitsteilstück die Brücke mit zweihundertdreißig Stundenkilometern.

Die Scheinwerfer rasten auf Gregorius zu - immer größer, immer greller. Der Knall war ohrenbetäubend. Sein Körper zerplatzte an der ICE-Front und wurde über hundert Meter weit verteilt. Die Arme wurden vom Rumpf abgerissen und prallten, noch an den Seilen hängend, gegen die Brückendecke.

Durch die Befragungen der Vorgesetzten im bischöflichen Ordinariat stellte sich heraus, dass Pfarrer Peter Weller an schweren Depressionen litt. Dies konnte durch den Fund starker Antidepressiva untermauert werden. Nach Abwägung aller Fakten musste von einem Selbstmord in der Art einer Selbstvernichtung ausgegangen werden.

Zwei Zentner Kampfgewicht

S-Bahn nach Frankfurt-Sachsenhausen
Freitag, 28. Juni 2013, 22.20 Uhr

Das grelle Licht blendete ihn. Er zog seine schwarze Baseball-Kappe mit der siebenflammigen Granate und dem Schriftzug ›Legio Patria Nostra‹ (die Legion ist unsere Heimat) tief ins Gesicht. Nur noch wenige Haltestellen bis zum Frankfurter Südbahnhof. Die Waggons schaukelten in den nächsten Bahnhof: Neu-Isenburg. Als sich die Türen wieder schlossen spürte er sofort eine Veränderung in der Bahn. Bisher war es angenehm ruhig. Doch jetzt kamen aus dem vorderen Abteil Lachen, Machosprüche, Gockelgehabe. Aufgewachsen in Bornheim kannte er diese Art pubertärer Möchtegern-Angeberei. Er zog seine Kappe noch weiter über den kurzgeschorenen Kopf, rutschte tiefer in den Sitz und schloss wieder seine Augen. Einfach nur entspannen, von früher träumen, das war es, was er wollte.

Seine Gedanken verschwammen und gingen zurück in das Jahr 2008. Damals war er ein gefragter Türsteher und Geldeintreiber für Spielschulden. Er war jung und stark und ging keiner Auseinandersetzung aus dem Weg. Mit ein Meter fünfundneunzig und hundert Kilo Lebendgewicht machte er gewaltig Eindruck bei seinen Gegnern. Der erste Dan in Karate half zudem, manche Streitigkeiten kompromisslos zu klären. Seine Finanzen stockte er mit Hehlergeschäften auf. Mal da eine Nobelmarkenuhr, mal dort ein edles Schmuckstück. Abnehmer fand er unter den Frankfurter Partygängern genug. Doch irgendwann rückte ihm die Polizei auf die Pelle. - Und dann war da noch die Sache mit Lisa-Marie. Seine Freundin war schwanger. Abtreibung kam für sie nicht in Frage. Doch er fühlte sich viel zu jung, um einen vernünftigen Papa abzugeben. Von Beruf Türsteher. Super Voraussetzungen für die Gründung einer Familie. Panik machte sich breit.

Als ihm bei seinem Freund Hubbi eine Zeitschriftenstory in die Hände fiel, stand sein Entschluss fest: ›Ab in die Fremdenlegion‹. Er meldete sich im Rekrutierungsbüro in Straßburg. Danach die härtesten Militärtests und am Ende war er dabei.

Doch jetzt war er wieder in seinem Frankfurt. Ein Hauch von Melancholie wehte durch seine Gedanken. Die über alles geliebte Großmutter starb vor zwei Jahren, als er gerade in Mali stationiert war. Traurigkeit überfiel ihn wieder bei dem Gedanken, dass er bei ihrer Beerdigung nicht dabei sein konnte. Oma Theresa war sein Halt, sein Rückzug und sein Zuhause, seit Mutter an an Krebs starb und sein Alter sich zwei Jahre zuvor nach Indien aus dem Staub machte.

Oma hatte ihm ihre kleine Wohnung vererbt. Seit zwei Jahren war sie unbewohnt. Der gute alte Josef aus dem Erdgeschoss schaute hin und wieder mal nach dem Rechten.

Lautes Krachen riss ihn aus seinen Gedanken. Er schob seinen Mützenschild hoch. Wieder ein lauter Knall - jemand wurde mit Wucht gegen die Waggontür geschleudert. Er musste schmunzeln. Der Nachwuchs an Kleinkriminellen schien in Frankfurt wohl gesichert zu sein. Na wenigstens darauf konnte man sich im Leben verlassen. Trok konnte den Türbereich nicht ganz einsehen. Es mussten drei bis vier Typen sein, so zwischen sechzehn und neunzehn Jahren, die einen schmächtigen Jungen bearbeiteten. Ein kräftiger und korpulenter Lockenkopf blickte nach links und rechts durch die Gänge. Die wenigen Fahrgäste kümmerten sich nicht um das Geschehen und der Penner mit der Kappe in der hinteren Reihe schien zu schlafen oder war besoffen. Er schrie:

»Los, Handy und Kohle her, oder ich schmeiß dich aus dem Zug.«

Er packte den Verängstigten am Kragen und zog ihn zu sich hoch. Er zischte ihm ins Gesicht:

»Ich sag das nicht zwei Mal!«

Mit zittrigen Händen nestelte der Junge an seiner Jackentasche. Da schob sich ein junger Mann dazwischen:

»Wenn ihr nicht sofort aufhört, rufe ich die Polizei! Lass dein Geld stecken und komm weg hier.«

Die Angreifer schauten sich verdutzt an:

»Hey, was willst du, Alter. Willst du eine auf die Zwölf?«

Doch der junge Mann ließ sich nicht beirren, schnappte den verängstigten Jungen und zog ihn ans andere Ende des Abteils. Die Vier nickten sich grinsend zu. An der nächsten Haltestelle, Frankfurt Louisa, stieg der Junge aus und rannte wie von einer Tarantel gestochen davon. Am Bahnhof Frankfurt Süd verließ dann auch der junge Mann die Bahn, dahinter die vier Jugendlichen.

Fast hätte er die Haltestelle verträumt. Er wuchtete sich aus der Sitzbank. Noch seine Sporttasche - das ganze Gepäck wird erst nächste Woche per Spedition angeliefert – und mit wenigen Schritten war er an der Waggontür und sprang ins Freie. Trok blieb stehen, schloss die Augen und atmete die frische Abendbrise tief in sich ein. Wie lange war es her, dass er sein geliebtes Frankfurt nicht mehr gesehen hatte. Er war jetzt ein gemachter Mann, sinnierte er in den sternenklaren Nachthimmel. Die Abfindung von der Fremdenlegion konnte sich sehen lassen. Zunächst war das Geld allerdings für drei Monate gesperrt – damit es die Legionäre in ihrem Abschiedsrausch nicht gleich verhuren und versaufen konnten.

Die Bahn setzte sich wieder in Bewegung. Das rollende Rattern des Zuges verebbte, doch es kehrte keine Stille auf dem Bahnsteig ein. Am Abgang zur Straße vernahm er lautes Gezeter. Sein Blick drang durch die Licht- und Schattenfelder der Bahnsteigbeleuchtung. Er kniff seine Augen zusammen, um die Szenerie besser zu erfassen. Dreißig Meter vor ihm schlug eine alte Frau mit ihrem Regenschirm auf drei Jugendliche ein. Sie wehrten jeden Schlag wie den Landeversuch einer lästigen Fliege ab. Ruhigen Schrittes ging er auf diese ihm unverständliche Situation zu. Dann erkannte er die Zusammenhänge. Zwischen den Bahngleisen lag der junge Mann, zusammengekrümmt, den Kopf mit Händen und Armen geschützt. Der Lockenkopf stauchte auf ihn ein und versuchte immer wieder, seinen Kopf zu treffen.

Die Drei auf dem Bahnsteig hatten endgültig genug vom Gefuchtel der Alten und einer gab ihr einen Stoß auf die Brust. Sie torkelte nach hinten, ruderte mit ihren kleinen Ärmchen, so dass ihre Handtasche am Handgelenk kreiste und fiel rücklings in einen halbhohen Ligusterstrauch.

Sein Magen zog sich zusammen. Trok ließ die Sporttasche fallen und rannte den Bahnsteig entlang. Ihr Boss hob den Kopf. Alles danach hatte sein Verstand nur noch in Bruchstücken verarbeitet. Zwei Zentner Kampfgewicht kamen horizontal auf ihn zu. Im nächsten Moment traf der Absatz eines Kampfstiefels Größe 47 sein Gesicht. Die Gehirnnerven meldeten noch ein letztes, schmatzend-knirschendes Geräusch, als ob die Knochen eines weich gekochten

Suppenhuhns brechen würden – dann wurde es dunkel um ihn herum. Trok griff unter das Hosenbein seiner Cargohose und zog sein langes Legionärs-Kampfmesser aus dem Stiefelschaft.

»Los, helft der alten Frau!«, rief er den Dreien auf dem Bahnsteig zu.

Widerwillig zogen sie die alte Dame aus dem Liguster. Sie richtete ihre Kleidung und schimpfte wie ein Rohrspatz.

Der junge Mann, der in der Bahn dazwischen gegangen war, rappelte sich mühsam auf. Sein Gesicht war blutig.

»Ich glaube, du hast mir das Leben gerettet. Danke.«

Trok nickte kurz. Dann stieß er unsanft mit dem Fuß gegen den Körper des Lockenkopfs. Unter starken Schmerzen kroch dieser zum Bahnsteig. Seine Kumpel zogen ihn hoch, hakten sich unter und schleppten ihn zum Ausgang.

Zum Glück hatte die alte Dame nur leichte Kratzer an den Unterarmen. Sie bedankte sich bei Trok und tippelte zu dem verletzten jungen Mann. In tiefhessischem Dialekt fragte sie:

»No mei Bub, hon se dr arg wehgedun?«

Sie schaute sich seinen Kopf an. Mit ihrem Taschentuch tupfte sie das Blut ab.

»Wir müssen die Polizei rufen und einen Krankenwagen. Ihr habt doch bestimmt dieses neumodische Telefon?«

Trok verzog seinen Mund, als ob er in einen sauren Apfel gebissen hätte:

»Also da braucht Ihr mich ja nicht mehr. Das könnt ihr auch ohne mich erledigen.«

Lukas bemerkte sofort den Unwillen seines Retters und schloss sich seiner Meinung an.

»Ihr spinnt ja, die hätten dich totgeschlagen, wenn der hier...«, und dabei zeigte sie mit ihrem Daumen nach hinten zu Trok, »...nicht dagewesen wäre. Aber halb totschlagen ist ja heutzutage anscheinend normal!«

Sie schüttelte verständnislos den Kopf, schaute von Einem zum Anderen und meinte dann:

»Also gut, ihr kommt jetzt erst mal mit zu mir, damit ich euch verarzten kann.«

Auf Troks Einwand, er sei ja selbst gar nicht verletzt, entgegnete sie nur lapidar:

»Du hilfst mir! Oder soll ich den Bub allein schleppen?«

Sie duldete keine Widerrede.

»Wie heißt ihr beiden Bengels denn überhaupt? Ich bin die Oma Lisa. Alle im Viertel nennen mich so.«

»Lukas«, mehr brachte der Verletzte nicht heraus.

Sie musterte den muskulösen Mann:

»Und du Großer, hast auch einen Namen?«

»Trok.«

»Soll das ein Name sein?«

»Ja, natürlich. Te-eR-O-Ka. Einfach Trok«

Sie schaute ihn von der Seite an. Die beiden schienen ihr sehr suspekt.

»Kommt von Trommersbeck.«

Mit einem langgezogenen ›Aaaaaah‹ zeigte sie ihre Freude über die Auflösung dieses Rätsels.

In der Gutzkowstraße, vor einem klassizistischen Altbau nestelte sie ihren Hausschlüssel aus der Handtasche. Trok wuchtete den Verletzten in den zweiten Stock. Knarrend drehte sich die Tür in den Angeln und eine Welt aus lange vergangener Zeit öffnete sich. Dunkle, schwere Möbelstücke, die vor unendlicher Zeit für die Ewigkeit hergestellt wurden. Ein wuchtiger Wohnzimmertisch mit lackierter Oberfläche und Intarsien. In der Mitte eine bunte Vase mit

Blumen auf einem rautenförmigen, weißen Häkeldeckchen. Diese Wohnung vermittelte das Gefühl von selbst geschaffener Heimat, mit all den gelebten Bildern und Erinnerungsstücken. Sie verströmte aber auch eine wehmütige Einsamkeit, die durch die täglich zu schaffende Ordnung und Sauberkeit für eine gewisse Zeit erträglicher wurde.

Oma Lisa versorgte Lukas mit Jod, Pflaster und zwei Schmerztabletten. Zehn Minuten später schlief er auf ihrem Sofa ein. Sie holte zwei Flaschen Römer Pils und Trok trank das erste Glas in einem Zug aus. Es war köstlich. Mehr als zwei Jahre hatte er kein deutsches Bier mehr getrunken. Nur französisches oder afrikanisches Pipiwasser.

Er betrachtete ihr schlohweißes Haar, das von Falten zerfurchte Gesicht. Er sah ihre von Altersflecken übersäte Handrücken, ihre spindeldürren Finger mit den gepflegten Fingernägeln. Eine schöne Oma. Genau so würde jetzt auch seine Oma aussehen. Nur um einiges kräftiger. - Er machte sein Glas nochmals voll.

»Kommst auch aus Frankfurt?«

»Ja, Ja. Aus Frankfurt.«

»Und von wo genau?«

»Bornheim.«

»Aach a scheenes Fleckschе...«

Ihre hellwachen, graugrünen Augen schauten ihn lange an:

»Hast des Reden nicht erfunden, oder?«

Trok zuckte nur mit den Achseln. Sie griff über den Tisch und fasste seinen Unterarm:

»Des macht nix. Da musst halt mir zuhören. Nicht jeder hat so ein Mundwerk wie ich.«

Dann erzählte sie von sich und ihrem alten, geliebten Frankfurt. Von ihrer Kindheit im Zweiten Weltkrieg und dem Großangriff, von ihrer Ehe, ihrem verstorbenen Mann und ihren beiden Kindern.

Die hohe Standuhr schlug mit ihrem blechernen Gong ein Uhr. Oma Lisa bemerkte Troks ungläubige Reaktion. Zum Abschied umarmten sie sich. Erst als unten die Eingangstür ins Schloss fiel, ging sie zurück in ihre Wohnung. In der Hand hielt sie den Zettel mit Troks Handynummer. Sie legte ihn an ihren Platz am Wohnzimmertisch und strich ihn liebevoll glatt.

Er knipste das Wohnzimmerlicht an und stand in seiner alten Welt mit Wurstbrot zum Schulgang, Rippchen mit Kraut und am Sonntag mit den Onkels und Tanten Kaffeekränzchen mit Schmandkuchen. Die Zeit war stehen geblieben. Auch die hölzerne Wanduhr mit den römischen Ziffern beendete ihre überflüssig gewordene Zeitzählung an einem namenlosen Tag um Zehn nach Neun.

Er schaute ins Schlafzimmer. In Omas Bett wollte er heute Nacht schlafen. Sie hatte sich nach dem Tod von Opa Johann nicht von ihrem Ehebett trennen wollen. Trok kannte ihn nur aus Erzählungen und Bildern. Es muss ein liebevoller Mann gewesen sein. Er wäre sicher auch ein wunderbarer Opa geworden. Jedes Mal, wenn er daran dachte, schnürte es ihm die Kehle zu. Ein Betriebsunfall. Er war zum falschen Zeitpunkt am falschen Ort. Es war Feierabend und er fuhr mit seinem Fahrrad zum Werkstor, als es die Halle mit den Gastanks weggeblasen hatte.

Mit einem sanften Ruck öffnete er die Flügeltür auf den kleinen Balkon mit den patinagrünen Gitterstäben. Kühler war es geworden. Die Berger Straße lag wie ein schwarzes Band vor ihm. Es beschlich ihn Einsamkeit

Lukas hatte das große Los gezogen. Ein üppiges Frühstück mit Kaffee, Rührei, Speck und frischen Brötchen ließen ihn seine vielen blauen Flecken fast vergessen. Gegen zehn Uhr verließ er Oma Lisa. Mit einer herzlichen Umarmung und der Zusicherung, sie bald wieder zu besuchen, bedankte er sich bei ihr. In der Hoffnung, dass Trok ihr nicht böse wäre, notierte sie für Lukas dessen Telefonnummer.

Am Dienstag rief er Trok an und lud für den Abend ihn zum Essen ein. Seine blauen Flecken hatten mittlerweile ihre Farbe über violett und grün bis gelb verändert.

Er ließ sich in seinen Sessel plumpsen. Auf den achtzehn Quadratmetern plus Minibad die einzige Sitzgelegenheit. Vierhundert Euro kalt. Dafür musste er an der Tankstelle lange schuften. Leben musste er ja auch noch. Und im Herbst wollte er sein Physikstudium beginnen. Aber die Einladung für Trok musste sein, das war ihm ungemein wichtig.

Am Abend trafen sie sich im Gemalten Haus in Sachsenhausen. Zweimal Rippchen mit Kraut und ein Liter Apfelwein. Sie verstanden sich auf Anhieb.

Irgendwann waren sie bei der Legion angelangt. Doch Lukas merkte schnell, dass die Frage nach dem ›Warum‹ vermintes Gebiet war.

»Da ist mein Leben bisher deutlich ruhiger verlaufen. -

»Nur einmal war was los in unserem Dorf. Letzten November. Ein junges Mädchen aus unserer Nachbarschaft. Sie hieß Nicole, war gerade elf und wurde entführt, vergewaltigt und ermordet. Was ein Drama. Ich kannte die Kleine vom Sehen.«

»Haben sie das Schwein erwischt?«

»Ja, haben sie! Es war der Sohn eines Bekannten aus dem Reitverein.«

Mal sehn...

Frankfurt, Rotlintstraße
Samstag, 17. August 2013, gegen 22.00 Uhr

Jakob und Lukas fielen sich in die Arme. Sie hatten sich in Frankfurt aus den Augen verloren. Als Lukas dann die Einladung zur Geburtstagsparty auf seinem Handy las, freute er sich umso mehr, dass sein früherer Schulfreund Jakob Rosenfeld ihn nicht vergessen hatte.

»Marlies, komm mal bitte! - Meine Freundin, Marlies. Ich glaube, ihr kennt euch noch nicht.«

Sie umarmte und begrüßte die zwei mit Hallo und Küsschen. Dann tauchten Lukas und Trok in die Menge ein.

Irgendwann lehnten sie am hinteren Fenster der Küche. Trok redete und Lukas hörte abwesend zu. Er brauchte nicht lange, um den Grund für Lukas' Verträumtheit zu finden. Der Grund lehnte gegenüber im Türrahmen und unterhielt sich mit einem blonden Jungen. Sie war zierlich schlank, knapp ein Meter siebzig, mit dunkelbraunem Haar, das lang und glatt auf die Schultern fiel. Lukas' Augen klebten wie eine Fliege am Honig. Er war fasziniert.

»Ahaa...«, raunte Trok.

»Ja, ja...«, erwiderte Lukas wie in Trance und hakte verwirrt nach:

»Ähm..., was hast du gesagt?«

»Ich sagte nur ›Ahaa‹. Weiter nichts!«

»Wieso Ahaa? Verstehe ich nicht!«

Trok nahm einen Schluck aus der Bierflasche und deutete dezent mit seinem Kinn Richtung Küchentür.

»Quatsch!«

»Na dann ist ja alles okay«, meinte er und schaute Lukas amüsiert von der Seite an.

»So ein Blödsinn! Du phantasierst ja. Geh mal zum Arzt.«

Trok schmunzelte und verschränkte seine Arme vor der Brust. In diesem Moment wusste Lukas endlich, woran ihn Trok immer erinnerte. An Meister Proper oder den Weißen Riesen. Allerdings in der Version gutaussehend. - Lukas stellte seine leere Flasche ab und nahm sich ein neues Bier aus dem Kühlschrank. Mit einem coolen ›Sorry‹ zwängte er sich an der fremden Schönen vorbei, hinaus auf den Flur.

Über dem Türrahmen des größten Zimmers hatte jemand das Schild ›Tanzsaal‹ angebracht. Am hinteren Ende lehnte er sich lässig an die Fensterwand. - Wenig später betrat sie den Tanzsaal und lehnte sich ebenfalls an die lange Fensterfront, nicht weit entfernt. Im Schlepptau wieder der blonde Schönling, zwei Longdrinks in der Hand. Er wollte es nicht, doch der Zwang, zu ihr hinüber zu schielen war übermächtig. Plötzlich lächelte sie ihm zu. Lukas fiel fast die Flasche aus der Hand. Seine Finger verloren rapide an Kraft. Besser, er stellte die Flasche auf das Fenstersims.

Marlies drängte sich in den Raum. Alles an ihr war üppig und sinnlich – eine Walküre, direkt aus Wagners Ring des Nibelungen entstiegen. Jakob hingegen war ein Handtuch, mittelgroß und schlank, die langen, braunen Haare nach hinten gekämmt. Da er sie nicht mit Gel oder Wachs bändigte, fielen sie ihm ständig nach vorne ins Gesicht, was ihm wiederum etwas Extravagantes, Wildes und Künstlerhaftes verlieh.

Marlies ging direkt auf das Mädchen zu und umarmte sie. Beste Freundinnen, wie es schien. Sie lachten und alberten herum. Aus den Augenwinkeln nahm Marlies wahr, dass

Lukas auffallend unauffällig ihre Freundin beobachtete. Als ob sie eine Eingebung hätte ging sie die wenigen Schritte auf Lukas zu, hakte sich bei ihm unter und zog ihn mit.

»Ach! Übrigens, kennt Ihr euch schon? Das ist Lukas, ein früherer Schulfreund von Jakob. Das ist Kathrin. Und der Hübsche hier ist Nikolas.«

Und dann rauschte Marlies auch schon wieder ab. Es entwickelte sich ein schwerfälliger Smalltalk. Doch Nikolas verlor bald das Interesse an dem Gequatsche und wandte sich einer Frau in engen Lederjeans und durchsichtiger Paillettenbluse zu. Lukas schluckte trocken. Das ging ihm jetzt doch zu schnell. Nervosität kam auf. Jetzt beeindrucken, was Außergewöhnliches erzählen – aber was? Doch schnell konnte er seine Klischees wieder einpacken, denn seine Traumfrau war nicht von der Sorte ›so, jetzt unterhalte mich mal!‹

Ohne langen Anlauf fragte sie, was er denn so mache und wo er wohne. Danach klopften sie verschiedene Themen ab und blieben bei der Musik hängen. Gerade auch, weil sie feststellten, dass sie gleichermaßen neben der aktuell angesagten auch klassische Musik liebten.

Wie einfach es mit Frauen sein konnte. Doch immer wieder zogen dunkle Wolken durch seine Gedanken. Er hatte ihn fast vergessen - Nikolas, ihren Freund. Es war vorauszusehen, dass sein Interesse für Kathrin wie eine Seifenblase platzen musste. - Kathrin ahnte Lukas‘ quälende Gedanken. Ganz unaufdringlich, in einem Nebensatz über den Besuch eines Konzerts verpackt, fügte sie hinzu:

»...und das fanden Nikolas und ich einfach genial. Mein Bruder liebt nämlich klassische Musik ebenso wie ich.«

›Rrrrummms!‹ - Mit einem ohrenbetäubenden Getöse viel ihm ein Stein vom Herzen. So mächtig, dass er sämtliche

Decken bis in den Keller durchschlug und dort einen riesigen Krater hinterließ.

Sie zwängten sich hinaus auf den Flur, wo es etwas ruhiger war. Kathrin lehnte an der Wand. Als er seinen letzten Satz über die Morgenstimmung von Edvard Grieg in ihr Ohr transportiert hatte, nahm er seinen Kopf nicht mehr zurück, sondern drehte ihn so, dass ihre Lippen nur wenige Zentimeter voneinander entfernt waren. Für einen Sekundenbruchteil stand die Erde still. Ihre Augen trafen sich und versanken ineinander. Mit einem Ruck wandte sich Kathrin ab.

»Also, ich werde mir nochmal was zum Trinken holen.«

Sie schob ihre zierliche Gestalt an Lukas vorbei und drehte sich um:

»Und du? Kann ich dir was mitbringen?«

Lukas stand wie betreten vor der Wand – diese Nähe, ihre Augen, der Duft.

»Ähmm, ja ...ähmm, also ja, ich komme mit.«

Jede Bewegung, sogar die seiner Augen verursachten stechende Schmerzen. Er lag auf einer alten, unbezogenen Matratze in der Ecke eines Zimmers. Mosaikartig fügte sich ein Bild zusammen. Kathrin und ihr Bruder waren irgendwann nach Mitternacht gegangen. Als er sie fragte, ob sie sich wieder sehen könnten, lachte sie und meinte zu ihm kokett: ›mal sehn...‹

Na prima. - Mal sehn. - Wie das nun wieder funktionieren sollte? - Eine weitere Nachfrage über das Wie, Wann, Wo wäre in diesem ganzen Bussi-Bussi-Verabschiedungstrubel allerdings fehl am Platz gewesen.

Lukas kramte weiter in seinen Erinnerungen, doch die Gedächtnisspur wies beträchtliche Lücken auf, teils tiefe schwarze Löcher, in denen die Gedächtnismoleküle spurlos verschwunden waren. Danach war die Gedächtnisspur leer – gelöscht, oder gar nicht erst beschrieben.

Er packte seine Klamotten und trottete wie ein Zombie in die Küche. Irgendwo musste doch noch eine Flasche Mineralwasser zu finden sein. Er trank sie in einem Zug leer. Unglaublich, wie köstlich Wasser schmeckte. Kurz darauf ließ er die Haustür mit einem leisen Klacken hinter sich zufallen.

Der Sonntag verflüchtigte sich im Restalkohol. Gegen achtzehn Uhr war Lukas geistig so weit wiederhergestellt, dass er Marlies anrufen und ihr Kathrins Telefonnummer entlocken konnte. Aber erst am Mittwoch hatte er den Mut, sie anzurufen.

Als er ihre Stimme hörte wurde ihm heiß und kalt zugleich. Es kam ein lockeres Gespräch zustande, freundlich, nett, unverbindlich. Für Lukas‘ Geschmack zu unverbindlich. Sie wand sich wie ein Aal, als er ein Treffen vereinbaren wollte. Ihre spielerisch-schnippische Art, keine Zeit für ein Treffen zu finden, ließ ihn daran zweifeln, ob sie wirklich auf seiner Welle surfte. Mal war es der Klavierunterricht, dann das Tennistraining, am Wochenende die Familie und ja, Sie hatte echt viele Termine. War Kathrin eine Fata Morgana? - Seine einst gewaltige Welle brach sich an den vorgelagerten Felsen, schäumte am Ufersaum auf und verlor sich im flachen Sand.

»Tja, schade, aber da kann man wohl nichts machen«, hörte er sich tonlos sagen.

Wie? - Vielleicht könnte sie es am Achtundzwanzigsten einrichten? Mittwochnachmittag in Frankfurt?

»Ja, das wäre toll, fünfzehn Uhr, Vor dem Operncafé? Ja, da freue ich mich«, sprudelte es aus ihm heraus.

Noch eine Woche. Lukas kam das unendlich lange vor. Doch er hatte nicht mit Trok und Jakob gerechnet. Die beiden machten jeden Tag Programm - Edersee, Rebstockbad, Mainufer, Zoo und abends durch die Kneipen von Sachsenhausen. Lukas schleppten sie überall mit, ob er wollte oder nicht. Er war überrascht wie gut sie sich verstanden und wie schnell dann doch diese eine Woche verging.

Frankfurt, Alte Oper
Mittwoch, 28. August 2013, 16.08 Uhr

Unter den Arkaden des Haupteingangs war es angenehm kühl. Seit vorgestern ging der bisher durchwachsene Sommer in den Hitze-Endspurt. Die Anzeige an der Viktoria-Apotheke stand auf 34 Grad. Jede Bewegung bedeutete Schweiß.

Aus dem Gewühl der vorbeifließenden Passanten löste sich eine junge Frau und kam über den gepflasterten Vorplatz auf ihn zu. Mit einem leisen, pfeifenden Geräusch blies er seinen Atem aus. Anerkennung, Begeisterung, aber auch Nervosität schwang darin mit. Ihre langen Haare wehten in der heißen Sommerluft. Ihr offenes Lächeln löste Lukas' innere Spannung aber auf ein erträgliches Maß.

»Hi Lukas!«

»Ich freue mich, dass es geklappt hat«, meinte er und Kathrin erwiderte ironisch, mit einem breiten Lächeln:

»Eine Einladung ins Operncafé kann ich nun beim besten Willen nicht ausschlagen«.

Sie arbeitete in einem der verspiegelten Bankenhochhäuser als Bankkauffrau. Gerade im Frühjahr hatte sie die Ausbildung abgeschlossen. Im Operncafé, vor der imposanten Kulisse der Alten Oper, entfaltete sich eine wunderbare Unterhaltung über Musik, Job, Studium, Reisen und Hobbys. Latte Macchiato und Cappuccino schmeckten köstlich. Sie zahlten getrennt, darauf bestand Kathrin und Lukas fand es insgeheim ganz angenehm. Da standen sie nun mitten auf dem Opernplatz und lächelten sich an.

»Und jetzt?«, fragte Kathrin, wobei sie leicht ihre Achseln hochzog und die Arme dabei ausbreitete. Sie wirkte wie ein kleines, unschuldiges Mädchen, das gespannt auf ein neues Spiel wartete. In diesem Moment wusste Lukas, dass es für ihn nur noch diese eine Frau geben würde. Er liebte ihr Aussehen, ihre Ausstrahlung, ihre offene Art, ihre Bewegungen. Mal erschien sie ihm intellektuell, mal fraulich, mal sexy oder kindlich.

»Na, was ist? Hat's dir die Sprache verschlagen?«

Dabei stupste sie mit ihrem Zeigefinger gegen seine Brust.

»Ähm, nein, ähm also, ich war grad in Gedanken...«

»Das habe ich bemerkt...«

Jetzt erst musste er sich eingestehen, dass er keinen Plan hatte. Sein einziger Plan war, Kathrin zu sehen.

»Lass uns mal durch die Fressgass und über die Zeil spazieren, danach sehen wir weiter«, schlug Kathrin vor.

Es wurde ein wunderbarer Nachmittag, dem noch viele folgen sollten.

Am 02. November waren Kathrins Eltern im Wellness-Wochenende. Ein romantisches Candlelight-Dinner mit Lasagne, Feldsalat und einem Barolo machte den Anfang. Als sie anschließend in ihrem Zimmer waren und Kathrin zuletzt die High Heels wegkickte und ihre hochgesteckten Haare öffnete, wusste Lukas, dass sie endlich ihre selbstauferlegten Grenzen einreißen wollte.

Lukas war begeistert, dass Trok weiterhin Oma Lisa besucht hatte. Er hatte ein schlechtes Gewissen, weil er schon länger nicht mehr bei ihr war und mit Kathrin noch nicht ein einziges Mal. Gleich in der kommenden Woche stand er auf ihrer Matte, Kathrin an der einen Hand und ein Geschenk in der anderen.

Ende August flogen sie alle zusammen für drei Wochen nach Mallorca in den Urlaub. Trok und seine beiden Freundinnen Janina und Laura, die er auf der Party in der Rotlintstraße kennen gelernt hatte. Auch Jakob und Marlies waren mit dabei. Sie hatten in Can Picafort eine Villa mit drei Schlafzimmern und Pool gemietet. Unvergesslich die Tage am Strand, die Ausflüge mit den Jeeps ins Landesinnere, die romantischen Sommernächte an ihrem Gartenpool oder am Meer. Dieser Urlaub schweißte sie fest zusammen.

Nur rein platonisch

Kriminalinspektion Bergstraße, K10
Freitag, 27. Juni 2014, 15.30 Uhr

»...und daher wird Kriminaloberkommissar Michael Raubart zum Kriminalhauptkommissar befördert. Ich gratuliere Ihnen im Namen der Polizeidirektion Heppenheim.«

Christian freute sich mit seinem Kollegen. Michael hatte es wirklich verdient. Er war eine Stütze des K10, das konnte man mit Fug und Recht behaupten.

Das Essen war ein Gedicht und der italienische Rotwein hob die Stimmung. Der Abend war tropisch warm. Michael hatte seinen engsten Kollegenkreis in das Restaurant Rossini in Bensheim eingeladen - Sarah, Elisa, Ferdinand und Christian.

Als Elisa den Parkweg entlang kam, in ihrem farbenfrohen Sommerkleid, vergaß Christian fast zu atmen. Knapp drei Jahre waren es, dass er mit Elisa zusammenarbeitete. Wie oft hatte er sie schon gesehen und wie oft hatte er von ihr geträumt. Doch so verführerisch weiblich hatte er sie noch nie wahrgenommen. Wenn sie lachte, spürte er ihre sinnliche, selbstbewusste italienische Art. Er liebte sie mit seiner unerwiderten Liebe.

Gegen elf servierte der Chef des Hauses noch einen Grappa. Etwas später verabschiedete sich die Gruppe lautstark unterhalb der Parktreppen von Michael. Seine Frau wartete schon mit dem Auto. Die übrigen hakten sich unter und schwankten zum nahegelegenen Bahnhof. Sarah und Ferdinand nahmen den Zug nach Zwingenberg.

Mit Schwung rissen sie die hinteren Türen eines Taxis auf und ließen sich in die Rücksitze fallen. Christian bestand darauf, dass zuerst Elisa nach Hause gefahren würde. Sie wohnte hier im Ort. Ausgelassen, witzig frech, unterhielten sie sich über den schönen Abend. Jedes Mal war er elektrisiert, wenn ihre Finger mit den pink-rosa lackierten Fingernägeln seinen bloßen Arm berührten. Er war nahe daran, der sexuellen Faszination zu erliegen und sie einfach zu küssen. Doch er war sicher, dass er sich nur eine schockierte Zurückweisung einfangen und die Freundschaft zu ihr verlieren würde. Zwischen Bensheim und Auerbach bog das Taxi rechts ab, den Hang hinauf. Es hielt vor einer Jugendstilvilla mit romantischen Türmchen und Erkern.

Die Unterhaltung stockte abrupt. Ihre Blicke trafen sich. Leise nagelte der Dieselmotor vor sich hin. Christian beugte sich zu Elisa:

»Das war ein schöner Abend. Sollten wir unbedingt mal wiederholen. Mit den anderen zusammen, meine ich.«

Es entstand ein unangenehmes Schweigen, das der Taxifahrer mit Hessisch-Odenwälder Dialekt unterbrach:

»Ei wie. Wolle se jetz, oddr wolle se nedd? Isch muss weider!«

Elisa zog Christian zu sich und flüsterte ihm etwas ins Ohr. Er zog seinen Geldbeutel heraus und bezahlte die Fahrtkosten großzügig mit einem Zwanziger.

»No also, geid doch«, grummelte der schnauzbärtige Ur-Hesse und schmunzelte.

Über knarzende Holztreppen stiegen sie in den zweiten Stock unterm Dach. Elisa ging voraus. Ihre Hüften wiegten sich direkt vor Christians Augen und sein Penis drückte gegen die Hose. Und genau das war das Problem. Elisa hatte nur gefragt, ob sie noch ein Gläschen Wein zusammen trinken wollten. Er wusste, dass die Frage leider nur rein platonisch gemeint war.

Ihre Wohnung war entgegen dem Alter und dem nostalgischen Flair der Villa italienisch-modern eingerichtet.

»Du kannst schon mal den Wein aufmachen. Er steht auf der Küchenablage. Die Gläser findest du schon...«, und verschwand durch eine Tür neben dem Eingang.

Mit den Gläsern in der Hand traten sie auf die große Dachterrasse. Unter ihnen breitete sich ein kleiner Park mit verstreut stehenden Ahornbäumen aus. Elisa und Christian merkten auf ein Mal, dass sie sich nicht nur beruflich verstanden. Sie zählten ihre Lieblingssongs auf, ihre Lieblingsfilme und freuten sich jedes Mal voll Begeisterung, wenn sie wieder eine Gemeinsamkeit gefunden hatten.

Als Christian von der Toilette zurück kam tauchte er in eine völlig verwandelte Kulisse ein. Das Licht war aus und Eros Ramazzotti umschmeichelte die Nacht. Auf der Terrasse brannten Teelichter. Elisa stand am Geländer und schaute über den Park hinweg. Eine Silhouette von ebenmäßiger Schönheit. Sie drehte sich zu ihm um.

»Komm, lass uns tanzen.«

Elisa legte ihren Kopf an seine Schulter und sie drehten sich eng umschlungen im Takt. Sie spürten den Körper des anderen unter der leichten Sommerkleidung. Chris hatte mit seiner Erregung zu kämpfen und es war ihm klar, dass sie sein festes Glied bemerken musste. Doch entgegen seiner Annahme, ging sie nicht auf Distanz, sondern rieb ihren Unterleib daran. Dann nahm sie den Kopf zurück und schaute ihm in die Augen.

»Gefalle ich dir?«

Chris war wie vor den Kopf gestoßen. Hatte er das richtig verstanden? War sie schon so betrunken, oder wollte sie ihn nur testen, mit ihm spielen?

»Natürlich, schon lange. Das weißt du doch.«

»Warum zeigst du es mir dann nicht?«

Sie öffnete ihre vollen Lippen. Da begriff er, dass sie ihn haben wollte, heute Nacht. Leidenschaftliche Küsse waren ihr kurzes Vorspiel. Danach flogen die Kleider vom Leib und sie bugsierte Chris auf eine Sonnenliege. In höchster Erregung setzte sie sich auf seinen harten Penis und ließ ihn langsam in sich gleiten. Schon nach wenigen Bewegungen ihrer Hüften kam Chris in ihrer Vagina. Gott, wie peinlich, dachte er und begann irgendetwas wie eine Entschuldigung zu stammeln.

»Chris, mach dir nichts draus. Du bist jung, noch so jung«, hauchte sie ihm zu. - War sie so erfahren mit jungen Männern, oder hatte sie einfach ein ganz besonderes Einfühlungsvermögen in seine Seele und seinen Körper? Denn sein Glied gab keinen Millimeter nach. Sein Samen quoll aus ihrer Scheide während Elisa wieder ihren Ritt anzog. Sie hob und senkte sich immer wilder, bis sie in Extase erbebte.

Dieser Sommer war ihr Sommer. In der Dienststelle blieb ihr Verhältnis geheim. Nur Ferdinand und Michael bemerkten die atmosphärische Veränderung zwischen den beiden.

Es gab keinen Tag, an dem ihre Lust nicht zum Ziel kam. Christian fühlte sich wie im Paradies. Manchmal, wenn er morgens aufwachte, die Augen noch geschlossen, bekam er Panik, dass es nur ein Traum war und Elisa nicht neben ihm lag. Für ihn war es Liebe. Die ganz große Liebe mit der Frau seiner jahrelangen Träume und er glaubte, dass Elisa ähnlich fühlte.

Doch mit dem Herbst kam auch der quälende Abschied. Elisa zog sich immer mehr zurück, war gereizt oder meinte unpässlich zu sein. Angst machte sich breit. Verlustangst. Er spürte, wie sie ihm langsam entglitt. Was er auch anstellte, er konnte nichts dagegen tun. Wie auf einer schiefen Ebene ging es in die Tiefe – ohne Halt und Ausstieg. Jede Frage und Bitte verlief im Nichts. Er konnte es einfach nicht begreifen. Sie lebten im Hier und Jetzt. Alles andere war doch egal – dachte er! Doch so war es nicht. Elisa dachte weiter.

An einem Tag Mitte Oktober, bat sie Christian, mit ihr nach der Arbeit spazieren zu gehen. Sie gingen hinauf zur Heppenheimer Altstadt und tranken ein Bier in einer Kneipe. Dort eröffnete sie ihm ihre Gedanken und die daraus resultierende Entscheidung. Christian war gerade fünfundzwanzig geworden. Sie war dreiunddreißig. Es würde auf Dauer nicht gutgehen, davon war sie überzeugt. Christian war für Elisa zu jung für ein gemeinsames Leben, so wie sie es sich vorstellte. Noch war Zeit für sie, den Richtigen zu finden.

Doch sie dachte noch viel weiter. Sie durfte Christian nicht an sich binden. Er hatte erst sein Leben begonnen und sollte eine Frau finden, die auch altersmäßig zu ihm passen würde. Ihre Entscheidung war unglaublich schwer, aber sie war fest davon überzeugt, dass sie notwendig und richtig war.

Tränen rannen über ihr Gesicht. Dann stand sie auf, gab ihm einen zärtlichen Kuss auf die Wange, streichelte durch sein Haar und ging. Christian saß noch lange da. Als er von der Bedienung gefragt wurde, ob er noch etwas wünsche, antwortete er nicht. Seine Augen wurden feucht. Er konnte es nicht verstehen.

Dieser Herbst und der anschließende Winter waren gnadenlos schrecklich. Jedes Mal, wenn er Elisa sah, schnürte es ihm die Brust zu. Für beide kostete es fast unmenschliche Kraft, ihren Job weiter gemeinsam auszuüben. Doch sie wussten, er musste getan werden.

Für immer und ewig

Frankfurt, Alte Oper
Samstag, 11. April 2015, 22.35 Uhr

Kathrin und Lukas standen auf der breiten Eingangstreppe der Alten Oper. Trotz der Kühle wollten sie die Eindrücke von Wagners ›Ring des Nibelungen‹ bei einem kleinen Abendspaziergang ausklingen lassen. Kathrin hakte sich unter. Jetzt waren sie ziemlich genau eineinhalb Jahre zusammen und glücklich und verliebt wie zu Beginn. Sie konnten sich ein Leben ohne den Anderen nicht vorstellen.

Wie ein altes Ehepaar schlenderten sie zur Bockenheimer Anlage, einem kleinen Park mit See, der sich hinter dem Opernhaus anschloss. Die Wege waren gut beleuchtet. Eine lose Prozession von Operngästen hatte den gleichen Weg eingeschlagen.

»Und, was meinst du?«

Kathrin drehte sich zu ihm und verkniff ein Auge.

»Es war einen Versuch wert. Vielleicht fehlt mir der nötige Intellekt, aber diese Schwermütigkeit ist mir doch etwas zu viel.«

Lukas stimmte seiner Freundin zu.

»Diese wuchtige, orchestrale Musik hat mich schon sehr beeindruckt. Aber die Handlung war mir zu pathetisch, zu theatralisch. Ich kann's nicht anders erklären.«

Sie kamen an der Wasserfontäne vorbei, umrundeten noch den Spielplatz und bogen in den gegenüberliegenden Uferweg ab. In wenigen Minuten würde sie dieser zum Opernplatz zurückbringen. Die anderen Operngäste strebten gerade aus weiter nach Hause oder in die Innenstadt.

Auf dieser Seite des Sees war es unversehens still und menschenleer. Die Laternen schienen spärlicher gesät als auf dem Weg gegenüber. Drüben am anderen Uferweg konnten sie hin und wieder Personen und kleine Gruppen ausmachen, die durch einen Laternenschein huschten und im Zwischendunkel verschwanden. Kathrin kuschelte sich noch enger an Lukas. Ihr Gespräch verebbte. Am Wegesrand standen in losem Abstand einsame Parkbänke. Es war noch zu kalt für die Liebespaare, die an Sommerabenden gerne hier saßen.

Im Halbdunkel zwischen zwei Laternen machten sie einen flächigen, dunklen Schatten aus. Als sie näher kamen löste er sich auf und sie erkannten vier Männer. Zwei saßen auf der Bank, zwei jüngere hockten auf der Rückenlehne. Lukas und Kathrin verzögerten unwillkürlich ihren Schritt, doch es wäre in Ihren Augen überzogen gewesen, umzudrehen. Immerhin gingen Sie in einem Park inmitten Frankfurts spazieren. Mit einem flauen Gefühl in der Magengegend nahm Lukas den Schritt wieder auf um zügig an der Gruppe vorbeizugehen.

Doch das Nichtgehoffte trat ein. Die beiden auf dem Hochsitz sprangen auf den Weg. Der Kleinere von ihnen baute sich vor Lukas auf. Dahinter ein schlanker junger Mann. Er wirkte unsicher.

»Hey! Wo soll's denn so spät noch hingehen?«, fragte er. Lukas dachte, dass eine freundliche Geste das Beste wäre:

»Na Jungs, alles klar? Wir wollen zurück zum Auto.«

Der Kleine fixierte Lukas. Er schien gerade mal achtzehn zu sein, knapp eins siebzig, aber stämmig und muskulös:

»Wenn du hier vorbei willst, Alter, musst du schon was abdrücken.«

Lukas schaute zur Parkbank. Die zwei dort waren deutlich älter und größer und regelrechte Kraftpakete - Hals und Handrücken tätowiert. Mit einem kurzen Ziehröhrchen zogen sie sich aus einem flachen Koksdöschen das weiße Pulver in die Nase. Sie kicherten wie zwei kleine Jungs und stachelten die beiden Wegelagerer weiter an:

»Na los Jo, zeig mal was du drauf hast!«

Ein Schritt zur Seite und Jo schlug Kathrin die Jackenkapuze nach hinten. Er war sichtlich überrascht und pfiff anerkennend.

»Ey, Alter! Was für ein Teil. Schaut euch mal seine kleine Hure an. Geile Zuckerschnecke!«

Dabei streichelte er Kathrin über ihr Haar.

»Pfoten weg!«, schrie Lukas und stieß ihn zurück. Er packte Kathrin an der Hand und wollte zurücklaufen. Aber der Dünne versperrte ihnen den Weg.

»Jungs, so wird das nichts!«

Der mit den abrasierten Haaren und Vollbart stand auf und war mit drei Schritten bei Lukas. Seine Faust traf ihn wie ein Vorschlaghammer am Kopf. Lukas sackte zusammen und schlug vornüber mit dem Gesicht auf den Kiesweg. Kathrin schrie auf und warf sich auf die Knie.

»Was wollt ihr von uns. Lasst uns doch gehen. Ihr könnt alles von uns haben.«

Kathrin zitterte am ganzen Körper. Sie streichelte Lukas' Kopf. Da packte sie der kleine Jo und riss sie hoch:

»Ey Mufa, schau sie an. Wär das mal wieder was für uns?«

Der Glatzköpfige grub seine kräftigen Finger in Kathrins Wangen und fixierte sie wie in einem Schraubstock. Er drehte ihr Gesicht in alle Richtungen. Mit der anderen Hand fasste er unvermittelt zwischen Kathrins Hosenbeine und grinste:

»Ey Lupus, die ist echt voll nass. Ich schwör dir, die fährt total auf mich ab. Ihre Fotze tropft schon durch die Hose.«

Mufa packte Kathrin im Nacken und schob sie vor sich her. Die zwei Jüngeren schleppten Lukas nach, der noch völlig benommen war. Hinter der Bank fiel das Gelände leicht ab, zu einer Baumgruppe mit Büschen. In einiger Entfernung gaukelten die Lichter der internationalen Hotels und Banken eine heile Welt vor.

Sie warfen Lukas auf die Erde und Jo stellte ein Bein auf seinen Nacken. Lukas war unfähig sich zu bewegen. Seine Augen übermittelten dem Gehirn nur Zerrbilder. Lupus packte Kathrins Kopf und verkrallte sich in den Haaren.

»Zieh dich aus, oder dein Freund stirbt auf der Stelle!«

Sie flehte ihn an, ihm nichts zu tun und bot ihr ganzes Geld an. Lupus kam ganz nahe an ihr Gesicht und hauchte:

»Geld haben wir genug – aber so ein unschuldiges Täubchen wie dich gönnen wir uns mal so von Zeit zu Zeit.«

Lukas drehte seinen Kopf und sah, wie Lupus seine Zunge weit herausstreckte und breit und nass über Kathrins Gesicht leckte. Lukas schrie, wollte sich hochrappeln, Doch dann zerbrach ein Fußtritt sein Jochbein. Unvorstellbarer Schmerz durchjagte seinen Schädel. Ein zweiter und dritter Tritt gegen den Kopf nahmen ihm das Bewusstsein.

Lupus wollte keine Zeit verlieren und riss Kathrins Bluse auf. Da wusste sie, dass sie nur noch eine einzige Chance hatte und stauchte ihr Knie mit voller Wucht zwischen seine Beine. Er krümmte sich vor Schmerz und ein reflexartiger, harter Faustschlag gegen ihre Schläfe ließ sie taumeln. Dann sackten ihre Beine weg.

Stechender Schmerz durchbohrte seinen Kopf. Es war still. Die Männer waren verschwunden. Etwas entfernt lag

Kathrin. Die Bluse aufgerissen, ihr Unterleib entblößt. Sie hatte den Kopf zu ihm gewandt. Ihr Blick war kalt und leer.

Unter irrsinnigen Schmerzen robbte er an seine Freundin heran. Er wollte um Hilfe rufen, aber war zu schwach, um seine Stimme zu den Wohnhäusern zu schicken. Lukas zog ihre Hose zu sich heran und bedeckte sie damit. Seine Lippen berührten ihre. Er spürte ihren Atem, so warm und feucht. - Doch immer seltener hob sich ihr Brustkorb. Immer schwerer ging ihr Atem. Dann schlossen sich ihre Augen. Er würde diesen Augenblick nie vergessen. Wie ein Brandmal brannte er sich in sein Gehirn ein – unauslöschlich für ewig.

»Verlass mich nicht! Kathrin, tu mir das nicht an! Bitte, bitte, bleib bei mir! Bitte bleib!«

Er glaubte wahnsinnig zu werden. Diese Ohnmacht, diese Schmerzen. Alles war unwirklich, unvorstellbar, unerträglich monströs. Er legte seine Wange ins Gras und küsste ihren Hals. Noch einmal atmete sie tief aus. Er schaute zu ihrem Mund und wartete. Nichts geschah, Nichts. Panik schoss durch ihn hindurch.

»Atme, Kathrin, bitte atme«, flehte er sie an. Doch ihre Brust hob sich nicht mehr. Ihre Gesichtszüge entspannten sich. In diesem Moment erfasste Lukas den endlosen Abschied. Es war die unendliche Trennung. Er kroch höher und flüsterte in ihr Ohr:

»Ich liebe dich. Kathrin, ich liebe dich! Für immer und ewig.«

Dann verließen ihn die Kräfte. Noch bevor er in einer schweren Bewusstlosigkeit versank meinte er, dass Kathrin seine Worte auf dem Weg hinüber in die Ewigkeit gehört hätte und dort auf ihn warten würde. Egal wohin ihr Weg gehen möge, er wollte ihr folgen.

Institut für Rechtsmedizin, Universität Frankfurt, Montag, 13. April 2015, 10.15 Uhr

»Könnten Sie uns jetzt bitte die entscheidende Todesursache nennen?«

Sie wollte die Frage nicht in dieser Schärfe stellen. Doch Oberkommissarin Burger war unzufrieden, nach all den erschütternden Details zu dieser Gruppenvergewaltigung noch nicht die entscheidende Todesursache zu kennen. Professor Griesbacher kannte die Ungeduld der Kommissare und nahm sie ihnen auch nicht krumm. Aber bei der Definition der Todesursache mussten die Ursächlichkeiten in absolut präzise und unzweideutige Worte gefasst werden, die keinen Spielraum mehr zuließen. Das war eine Kunst, die er wie kein anderer beherrschte. Leider erntete er dafür kaum Lorbeeren – zumindest nicht von Kommissaren.

»Frau Burger. Der Tod trat durch Herzversagen ein. Was aber in vielen Fällen die letztliche Todesursache ist. Wichtig für uns aber ist zu wissen, was dieses Herzversagen konkret ausgelöst hatte.«

Er zog die Minikamera heran und warf den geöffneten Schädel auf einen Monitor.

»Ein mit Wucht ausgeführter Schlag zertrümmerte das linke ›Os Temporale‹. Der als Schläfenbein bekannte Knochen ist an dieser Stelle nur drei bis vier Millimeter stark. Sie sehen hier, dass mehrere Schädelsplitter in das Gehirn eingedrungen sind und ein schweres Schädel-Hirn-Trauma verursachten. Die daraus folgende Gehirnblutung und der damit einhergehende Schädelüberdruck legten sukzessive die Steuerungsfähigkeit des Gehirns lahm, was zuletzt zum Tode durch Herzversagen führen musste.«

Es war totenstill im Seziersaal. Die Anwesenden standen starr und stumm vor dem jungen, geschändeten Körper.

Oberstaatsanwalt Kemmler schüttelte den Kopf, als ob er aus einer Trance erwachen müsste.

»Danke Herr Professor für Ihre Arbeit.

Als sie draußen auf dem Hof standen, atmeten sie erst einmal tief durch. Juliana Burger und ihr Kollege Yasin Arslan waren völlig geschafft. Er schlug vor:

»Wir müssten unbedingt ins Krankenhaus fahren und mit dem Freund der Toten sprechen.«

»Mit Lukas Dillinger. Ja, natürlich. - Aber ich brauch zuerst mal einen starken Kaffee!«

Er hob seinen Daumen.

Sie fuhren zum Yachtclub unten am Main, bestellten einen Latte und Espresso und setzten sich draußen an einen kleinen Tisch.

»Üble Sache. Da wird's einem ganz anders«, meinte Yasin.

»Ja! Total irre! Die Schweine müssen wir schnellstens kriegen!«

Yasin schüttelte wieder und wieder den Kopf. Frankfurt war hart für ihn. Der Vierunddreißigjährige ließ sich von Weilburg an der Lahn für fünf Jahre hierher versetzen - aus der beschaulichen Provinz in den Fleischwolf Frankfurt. Denn das deutlich höhere Gehalt konnte er gut gebrauchen für den geplanten Hausbau.

Juliana drehte sich zur Seite, fuhr sich mit einer Hand durch das halblange, dunkelblonde Haar und schaute über den ruhig dahinfließenden Main. Die drei Jahre jüngere Kollegin aus dem Ostend atmete die Frankfurter Luft gewissermaßen schon seit ihrer Geburt. Je älter sie geworden war, desto mehr hatte sie diese Stadt aber mit ihrer Gewalt und ihrem Großstadtdreck konfrontiert. Sie meinte erkannt zu haben, dass der Horror von Jahr zu Jahr zunahm und die natürlichen Hemmschwellen immer mehr fielen.

Sie drehte sich wieder Yasin zu:

»Und so etwas passiert mitten in Frankfurt. Ich kann das nicht fassen. Das geht einfach nicht in meinen Kopf rein!«

»Mmh. Vollkommen abartig!«

Kriminalinspektion Frankfurt, K10
Dienstag, 14. April 2015, 09.05 Uhr

»Kolleginnen, Kollegen! Juliana und Yasin wollten gestern Lukas Dillinger befragen. Er ist ja, wie ihr wisst, Opfer und Zeuge zugleich. Ist aber noch nicht vernehmungsfähig.«

Bernd Wenger, Erster Kriminalhauptkommissar und Leiter der Frankfurter Kriminalinspektion KI10, schaute in die Runde.

»Und noch zwei weitere Tiefschläge, die wir verkraften müssen. Kai, du bitte.«

»Gestern kamen die Ergebnisse der DNA-Analysen. Aus der Samenflüssigkeit konnten drei verschiedene DNA-Spuren gesichert werden.

Kai Elsner blätterte in seinen Unterlagen:

»Leider aber keine Treffer in der Gen-Datenbank. Und Fingerabdrücke konnten auch nicht sichergestellt werden. Diese haften leider nicht auf Kleidung und Haut. - Wir stehen also ganz arm da.«

»Danke Kai.«

Wenigstens hatte Anna Rausch Positives zu vermelden:

»Ich habe mit Leyla zusammen die beiden Jogger befragt, die die Opfer gefunden hatten. Etwa zweihundert Meter weiter vorne beobachteten sie, wie vier Männer aus dem Unterholz gerannt kamen. Alle drehten ihre Köpfe weg. Zwei kräftige Männer, circa ein Meter fünfundachtzig, vielleicht um die Dreißig bis Fünfunddreißig. Ein stämmiger, kleinerer Mann, circa ein Meter siebzig und höchstens zwanzig Jahre alt, sowie ein sehr schlanker junger Mann, vielleicht ein Meter fünfundsiebzig und wahrscheinlich noch unter Zwanzig. Alle hatten dunkle Kleidung mit

Kapuze an. Weitere Zeugen gab es nicht. Und die Mantrailerhunde liefen leider ab der Hauptstraße ins Leere.«

Paul Wolpert, langjähriger Kenner des Frankfurter Milieus vertraute auf seine Kontakte:

»Ich hoffe, dass unsere Informanten aus der Szene irgendetwas aufschnappen. Mein Gefühl sagt mir, dass die Täter aus Frankfurt kommen und keine unbeschriebenen Blätter sind. Vielleicht nicht im Bereich Gewaltkriminalität, das mag sein.«

Wenger fasste zusammen.

»Wir haben also drei verschiedene Samen-DNA. Das heißt, dass ein vierter Mann nicht aktiv an der Vergewaltigung teilnahm. Allerdings wissen wir nicht, wer tatsächlich den tödlichen Schlag ausgeführt hatte. - Da kämen wiederum alle vier Beteiligte in Frage.«

Eine Woche später versuchten es Juliana und Yasin nochmals bei Lukas Dillinger. Doch das brachte nichts. In der Verbrecherkartei konnte er niemand wiedererkennen und bei der Erstellung eines Phantombilds war er auch keine Hilfe. Er konnte sich eigentlich an nichts mehr erinnern. Diagnose: Retrograde Amnesie durch die schweren Kopfverletzungen.

Bad Soden, Friedhof
Donnerstag, 23. April 2015, 23.15 Uhr

Lukas bog in die Falkenstraße und stand wenige Meter später vor dem Eingangstor zum Friedhof. Gegenüber kleine Mehrfamilienhäuser und hier der dunkle Garten der Ewigkeit. Mit einem Seitsprung war er über dem niedrigen Tor. Seine Augen mussten sich erst an die völlige Dunkelheit gewöhnen. Dann setzte er sich mit schweren Schritten in Bewegung. Er drehte sich nicht mehr um. Vor ihm ruhten die, die das Elend hinter sich hatten. Sie waren ohne Schmerz und Last. Hinter ihm lag Mord und Totschlag, Bosheit, Neid und Hass.

Kein Laut war mehr von der anderen Seite des Universums zu hören. Er spürte einen Hauch von Geborgenheit.

Da bist du ja, Kathrin, redete er zu sich selbst, als er den aufgeschütteten Grabhügel sah. Kränze, Blumen und Kerzen überall auf dem Grab und den angrenzenden Wegen. Auf dem Holzkreuz stand in goldener Schrift:

›Kathrin Neumann - In ewiger Liebe.

*12.07.1994 †07.03.2015.‹

Lukas streichelte die aufgehäufte Erde:

»Bald bin ich wieder bei dir...«

Kurz nach sieben zog Waldemar Kaminsky den Reißverschluss seines olivgrünen Parkas bis ganz nach oben. Sein Atemnebel umhüllte ihn. Mit klammen Fingern setzte er sich seine schwarze Mütze auf und streifte die dicken Handschuhe über. Dieses Jahr waren die Aprilnächte eisig kalt. Das Außenthermometer an der Aussegnungshalle zeigte gerade mal zwei Grad an.

Wie jeden Morgen machte er sich zum Kontrollgang durch das Totengelände auf. Er musste gleich bei den neuen Gräbern vorbeischauen. Besonders bei dem Grab der jungen Kathrin Neumann. Es war in den letzten Tagen zu einer Pilgerstätte geworden.

Schon von Weitem erkannte Herr Kaminski, dass etwas Ungewöhnliches neben ihrem Grab lag. Eine Decke vielleicht? Er ging die engen Wege zwischen den Gräbern hindurch und wenige Schritte später stand er vor einem auf dem Rücken liegenden jungen Mann. Herr Kaminski ging in die Hocke. Ein Handgelenk war blutverkrustet, die Erde darunter rot gefärbt. Er fasste an den Hals und versuchte einen Puls zu ertasten. Der Körper war eiskalt. Kaminski schüttelte betroffen den Kopf und drückte Zeige- und Mittelfinger nochmals tiefer in die seitliche Halsgrube. Spürte er da ein kaum wahrnehmbares, verzögertes klopfen? Sofort rief er die 112 an. Höchstwahrscheinlich kommen sie umsonst, vermutete er. Aber vielleicht hat der Arme noch eine Chance.

Der einsame Wolf

Frankfurt, Altstadt
Freitag, 24. April 2015, 20.20 Uhr

An der Konstabler Wache stieg Lukas aus der S-Bahn und kaufte sich von seinem restlichen Geld eine Flasche billigen Obstschnaps und eine Flasche Rotwein. Damit setzte er sich auf eine Bank am hinteren Rand des Platzes und nuckelte an der Schnapsflasche.

Seine Familie und Freunde waren erleichtert, dass er den Selbstmordversuch überlebt hatte. Lukas hingegen erkannte bitter, dass er auch hier versagte. Noch bevor die Nachtschwester mit den Schlaftabletten durchging hatte er seine Sachen gepackt und war aus dem Bad Sodener Krankenhaus geschlichen.

Er hüllte sich in seinen Parka und zog die Baseballmütze tief ins Gesicht. Tränen rannen ihm über die Wangen. Hin und wieder gesellten sich Obdachlose zu ihm, wollten ein Gespräch beginnen. Doch Lukas blickte nicht auf, reagierte nicht. Bald ließen sie ihn wieder in Ruhe, den einsamen Wolf, der plötzlich in ihrem Nachtrevier aufgetaucht war.

Morgen für Morgen baute sein Gehirn das gewaltige Panorama seiner unermesslichen Tragödie aufs Neue auf. Immer die gleichen Bilder, immer dasselbe Ende – unendliche Trauer und Hilflosigkeit. Die maximalste Entfernung von Glück. Dann trank er, bis sein Geist einige Gänge zurückschaltete.

An einem Morgen, als er die Flasche vor sich abstellte, wusste er, dass der schnelle Tod für ihn zu einfach und feige wäre. Er war verdammt, das Ende mit Qualen zu erleiden. Mit dieser Gewissheit trottete Lukas in den Vormittag hinein.

Die Tage vergingen im Delirium. Die Passanten nahmen ihn kaum wahr. Doch es gab auch Menschen, für die Lukas sichtbar blieb. Für eine alte Dame, die er Oma Lisa nannte. Sie brachte ihm hin und wieder eine heiße Suppe. Etwas anderes konnte er kaum in seinem Magen behalten. Einmal im Monat schaute ein älterer Mann, den er noch nie gesehen hatte, nach ihm. Auch Trok, Jakob und Marlies, die Eltern und manche Verwandte kümmerten sich um ihn. So gut es ging und so weit er es zuließ. Doch Lukas verwahrloste immer mehr. Der massive Alkoholkonsum ließ seine Gesichtshaut austrocknen und rissig werden. Er stank aus dem Mund wie ein Misthaufen. Sein Körper war klapperdürr und es plagten ihn Magen- und Darmschmerzen. Ein dünner Vollbart verdeckte sein Gesicht und unter seiner ständig getragenen Baseballmütze hingen strähnig-fettige Haare.

Wenigstens fror er im Sommer nicht so sehr. Er sah in die Sonne. Ihr Licht war nicht mehr warm-golden, wie früher. Es war grell und kaltweiß. Die Nächte verbrachte er jetzt im Freien. Wenn er gegen Nachmittag den Alkoholpegel auf Höchststand getrieben hatte, lag er schutzlos in der prallen Sonne. Sein Gesicht war braungebrannt, mit roten Entzündungspusteln und Verbrennungen, trocken und rissig, die Lippen aufgeplatzt. Oma Lisa hatte immer Wundsalbe dabei, um die schlimmsten Verbrennungen zu lindern und jeder flößte ihm Wasser ein, so viel und so gut es ging. Doch der Sommer in diesem Jahr war heiß und unerbittlich.

Im September tauchte eine junge Frau auf und kümmerte

sich regelmäßig um Lukas. Dann nahm sie ihn in den Arm und tröstete ihn. Oft weinten sie miteinander und betrauerten ihr Schicksal. Doch Sandra Gärtner, die ältere Schwester der getöteten Nicole aus Langwaden, war stark und hatte im Leben wieder Fuß gefasst.

Damals, als der Mord an ihrer kleinen Schwester im Jägersburger Wald geschah, war sie Au-Pair-Mädchen in den USA. Nach Nickis Tod blieb sie bei ihren Eltern. Doch weder sie noch ihr Vater konnten verhindern, dass ihre Mutter immer tiefer in die Depression abglitt und sich nach einem halben Jahr im nahen Wald erhängte. Sandra konnte es nicht mehr aushalten und reiste Hals über Kopf zurück in die USA. Es war ihr Ausweg aus dem Wahnsinn und der amerikanische Alltag gaukelte Normalität vor.

Zwei Jahre später erhielt sie von ihrem Vater einen Brief aus Pattaya. Er hatte jetzt ein kleines Hotel und würde sich sehr freuen, wenn sie ihn eines Tages besuchen käme.

Es ist Zeit

Frankfurt, Altstadt
Mittwoch, 02. Dezember 2015, 17.45 Uhr

Endlich schnappten die Handschellen zu. Paul Wolpert, von der Frankfurter Kripo, hatte den richtigen Riecher. Er erhielt einen Tipp von einem Informanten. Nach wenigen Tagen konnten die DNA-Spuren vom Tatort zwei Männern aus dem Frankfurter Bahnhofsviertel zugeordnet werden: Thomas ›Lupus‹ Weimar und Mustafa ›Mufa‹ Özdemir. Wenige Tage später war auch der dritte und vierte Tatverdächtige in Haft. Alle gehörten einer Bande an, die von Einbrüchen und Hehlerei lebte. Allerdings waren sie noch nie wegen Gewaltdelikten festgesetzt worden. Entweder hatten sie keine verübt, was Wolpert aber kaum glauben konnte, oder die Vergewaltigungsopfer brachten die Straftaten nicht zur Anzeige.

Seit Tagen war es nachts weit unter Null Grad. Lukas setzte sich auf das Fenstersims eines Schaufensters, zog die Flasche Ouzo aus dem Mantel und trank. Es war noch früh am Nachmittag und er grub in seinen Erinnerungen nach dem letzten Treffen mit Trok. Hatte er ihn gestern getroffen, oder war es vor einer Woche? Er wusste es nicht. Seine Erinnerungen an ihn verschmolzen mit den Erinnerungen an Kathrin. Und schon wieder kreisten die Gedanken um die eine Gewissheit, dass er schuld war. Schuld, den Spaziergang vorgeschlagen zu haben, schuld, nicht umgedreht zu sein und schuld, Kathrin nicht verteidigen zu können. Doch in diese Gewissheit hatte sich seit wenigen Wochen unmerklich ein neuer Gedanke eingeschlichen und in seinem innersten seelischen Kern festgefressen. Nicht er war für Kathrins Tod letztlich verantwortlich – es waren einzig und allein die vier Männer! Daraus bildete sich ein neues Gefühl, das sich den Weg in sein Bewusstsein bahnte. Das Gefühl der Wut und Rache.

Nicht dass er sich von jeglicher Schuld freisprach. Nein. – Aber es war der Anfang einer rationalen Betrachtung seiner Tragödie.

Wenige Tage vor Weihnachten pfiff ein eisiger Ostwind durch die geschäftige Einkaufsstraße, die festlich geschmückt und strahlend erleuchtet war. Die Zeil platzte aus allen Nähten. Der ältere Herr, der jeden Monat bei ihm vorbeischaute und ihn unterstützte, kam seit wenigen Wochen jetzt fast täglich zu ihm.

Lukas hatte sich unter der Hauptwache verkrochen. In den Gängen der Allianz-Passage bereitete er sich ein Lager. Er hatte seine Dämonen heute schon sehr früh mit Kräuterlikör verjagt. Zwischendurch biss er in eine Laugenbrezel und spülte sie mit dem Gesöff hinunter. So saß er da, den Kopf zum Boden geneigt, und gab sich seinen Rauschphantasien hin.

Gegen Mittag beugte sich der ältere Herr zu ihm hinunter und rüttelte ihn an der Schulter.

»Es ist Zeit Lukas! Steh jetzt auf und komm mit!«

Die entschlossenen Worte wirkten hypnotisch. Der Mann reichte ihm die Hand und zog ihn auf seine wackeligen Beine. Als er protestierte, dass da noch seine Decken und Getränke lagen, erwiderte der Mann:

»Das brauchst du nicht mehr. Lass es einem anderen.«

Lukas schwankte und der Mann hakte ihn bei sich ein.

Schließlich schafften sie es heraus aus dem Untergrund, drehten sich nach rechts Richtung Börse und verschwanden unter den Tausenden Weihnachtssuchenden.

Die Gerichtsverhandlung gegen die vier Täter fand Ende März statt. Lukas saß wie versteinert auf der Nebenklägerbank im Saal 104. Die Hände gefaltet, als ob er beten wollte. Er presste die Finger so fest ineinander, dass sie blutleer weiß waren. Der Saal hatte sich geleert. Ein Justizbeamter deutete Schließbewegungen an.

Vier Jahre neun Monate, vier Jahre zwei Monate und zwei Jahre Gefängnis, sowie ein Jahr auf Bewährung. Für Lukas war es die absolute Niederlage. Das Urteil war nach heutiger Rechtsprechung allerdings zu erwarten gewesen:

Die sichergestellten DNA-Spuren konnten eindeutig Weimar, Özdemir und Jovanovic zugeordnet werden. Sie wurden als die Vergewaltiger überführt. Gebre Tulu war an der Gruppenvergewaltigung nicht direkt beteiligt. Allerdings konnte das Gericht den Schlag gegen den Kopf, der zum Tode von Kathrin führte, keiner bestimmten Person nachweisen.

Die leitende Richterin Birte Konstantin zog daraus den Schluss, dass sie ›in dubio pro reo‹ (im Zweifel für den Angeklagten) keinen der Angeklagten für den eigentlichen Tod schuldig sprechen konnte. Gerade auch, weil sich Weimar und Özdemir gegenseitig beschuldigten, den Schlag ausgeführt zu haben und die übrigen Tatbeteiligten schwiegen.

Die wiedergekehrte Ruhe

Seligenstadt
Montag, 24. Oktober 2016, 05.38 Uhr

Der Gefangene rüttelte an den in die Wand eingelassenen Eisenschellen. Wie ein X stand er tief unten in dem kalten Mauergewölbe, am Ende einer Steintreppe.

»Lasst mich frei, ihr Hunde...!«, schrie er, »...oder ich werde euch eure Kinder nehmen!«

Die Worte hallten durch einen endlos langen Treppenaufgang, der sich im Dunkeln verlor. Er hörte, wie dort oben eine schwere Tür aufgedreht wurde. Der metallische Gleichschritt eisenbeschlagener Stiefel drang zu ihm herunter. Drei Ritter in hell glänzenden Stahlrüstungen und geschlossenem Visier stiegen zu dem Gefangenen hinab. Das Donnern ihrer Schritte schwoll von Stufe zu Stufe an und die Schwerter schlugen gegen ihre Seiten.

Dann standen die drei Ritter vor dem Gefangenen. Mit schrillem Schleifgeräusch zogen sie ihre Schwerter, stellten die Schwertspitze auf den Boden und umfassten den Knauf. Nur das Prasseln der Fackeln war noch zu hören. Dann rief der erste Ritter dem Gefangenen zu:

»Schuldig!«,

Noch zwei Mal hallte der Schuldspruch von den feuchten Mauern zurück. Im Gleichklang der Bewegungen hoben die Ritter ihre Schwerter und rammten sie in die Seiten und in den Bauch des Geketteten - wieder und wieder. Das Blut spritzte in Fontänen auf ihre Rüstungen, doch es perlte daran ab wie Regentropfen auf einem Lotosblatt. Höllischer Schmerz breitete sich über seine Eingeweide aus und ließ ihn erzittern. Er schrie seine brennenden Qualen durch den schier endlosen Gang hinauf zum Licht.

Endlich ließen ab. Sie drehten sich um und stiegen mit schweren Schritten wieder hinauf zum Tor.

Das Blut pulsierte aus den klaffenden Wunden und hörte nicht auf zu fließen. Es stieg höher und höher und überschwemmte das Verlies. Die zähe Flüssigkeit schwappte von einer Stufe zur nächsten. Und als der Blutsee an die achte Stufe schlug, bog er seinen Kopf in den Nacken und schnappte nach Luft. Doch das Blut überschwemmte Mund und Nase. Instinktiv hielt er die Luft an. Nur nicht atmen. Den Reflex unterdrücken. In seinen Augen platzten die Adern. Als das letzte Sauerstoffmolekül verbraucht war riss er den Mund auf und wollte nach Luft schnappen. Doch es strömte nur warmes, zähes Blut in seine Lungen. - Ein unendlicher Schmerz durchzog den Oberkörper, als ob ihm ein glühendes Schwert durch den Rachen gebohrt würde. Im Blut versunken, sah er über sich den schwachen Fackelschein durch die Oberfläche schillern.

Er hustete, schrie, weinte und fasste sich an die Brust. Er riss die Augen auf, japste nach Luft und spürte den kalten Schweiß auf seinem Gesicht, seinem Hals und Oberkörper. Sein Herz raste. Nur langsam konnte er sich beruhigen.

Sascha Weber setzte sich auf die Bettkante, stützte die Stirn in seine Hände und atmete tief durch. Noch von dem Geträumten schwer gezeichnet murmelte er:

»Ihr werdet mich nicht besiegen! Das schwöre ich euch. Ihr werdet mich nicht aufhalten!«

Mit einem langgezogenen Stöhnen atmete Weber aus:

»Was ein verfluchter Traum – schon das zweite Mal!«

Er warf sich den Bademantel über und ging nach unten.

Es hatte keinen Sinn mehr, sich nochmals hinzulegen. Außerdem wartete noch viel Arbeit.

Wie jeden Morgen genoss er sein Frühstücksritual. Bald war auch der Kaffee durch den Trichter gelaufen. Er schnitt eine Brotscheibe ab, bestrich sie mit Butter und belegte sie dick mit Wurst- und Käsescheiben. Dann setzte er sich an das kleine Tischchen und schaute nach draußen. Er schenkte sich Kaffee ein und kippte drei gehäufte Löffel Zucker dazu. Er liebte diese morgendliche Stille.

Ein kleiner Schluck stand noch in der Tasse, den er schnell hinunterkippte. Weber stellte sie in die Spülmaschine, goss sich ein Glas Mineralwasser ein und trank. Er öffnete das Fenster. Jetzt, Ende Oktober, war es morgens schon recht frisch. Bald würde der November nasskaltes Wetter bringen, was seine Arbeit erschweren würde.

War da hinten eine Bewegung – am Ende seines Gartens? Im Gebüsch vor der roten Backsteinmauer? – Er drehte sich um und griff nach der Brille auf dem Küchentisch. Als er wieder hinausschaute, konnte er gerade noch einen Schatten erkennen, der über die Mauer glitt.

Er stand wie versteinert da. Was war das? Er konnte es nicht richtig einordnen – die Entfernung, die Büsche, die Dämmerung. Immerhin war sein Garten gut an die fünfzig Meter lang.

Für eine Katze war der Schatten zu groß. Ein Hund? Ja – aber wäre sehr ungewöhnlich. Vielleicht ein Fuchs? Die streunten hier ständig herum.

Weber überlegte und starrte auf die Mauerstelle. Vielleicht aber hatte er einen Einbrecher überrascht? Je länger er darüber nachdachte, desto mehr meinte er, den Schatten einem Menschen zuordnen zu können.- Er musste gleich nach

Einbruchspuren suchen. Und eine Waffe wollte er sich schon lange in Tschechien oder Polen besorgen.

Ein kurzer Stich in seiner Herzgegend riss ihn aus seinen Gedankenspielen. Er trank sein Glas leer und stellte es auf den Spültisch. Noch ein Stich, wie mit einer langen Nadel mitten durchs Herz. Er fasste sich an die linke Brust und drückte und presste darauf. Sein Herz begann zu rasen. Ihm wurde heiß und schwindelig. Er drehte sich zum Fenster, atmete tief die frische Luft ein und hielt sich an der Fensterbank fest.

Weber versuchte einen klaren Gedanken zu fassen. Was sollte er tun? Notarzt anrufen? Nein, es würde schon wieder vergehen. Doch ein durchdringender, langanhaltender Stich in den Bauchraum löste Panik in ihm aus. Seine Knie wurden weich, kalter Schweiß quoll aus allen Poren. Das Herzrasen sprang über in langsame, wuchtige Schläge, die seinen Körper erzittern ließen. Noch ein letzter, mächtiger Schlag und das Herz setzte aus. Wie von Sinnen hechelte er nach Luft. Noch einmal bäumte sich sein Lebensmuskel auf und pumpte mit einem donnernden Schlag den lebensspendenden Sauerstoff ins Gehirn – und verstummte. Sein Sinusknoten sandte keine Impulse mehr aus. Alles drehte sich. Weber war noch bei Bewusstsein und spürte, dass sein Herz tot war. Wie vom Blitz getroffen sackte er in sich zusammen. Sieben Minuten später, als der letzte Sauerstoff im Gehirn verbraucht war, fuhr es auf Nulllinie herunter und löste Webers Organverbund auf.

Am Ende des Feldwegs hielt ein fensterloser Van. Die Schiebetür öffnete sich und zwei dunkle Gestalten sprangen ins Wageninnere. Lukas legte das braune Fläschchen mit der Gummipipette wieder vorsichtig in die wattierte Schachtel zurück. Dann brauste der Van davon.

Niemand vermisste ihn. Niemand fragte nach ihm. Die Nachbarn, die in diesem ländlichen Vorort verstreut wohnten, registrierten nur die wiedergekehrte Ruhe durch den fehlenden Baulärm.

Der Postbote hatte den Auftrag, Pakete in der Filiale zu lagern, sofern sie Herr Weber nicht annehmen würde. Doch am folgenden Samstag fuhr ein junger Aushilfsfahrer die Strecke. Er kannte die Regelung nicht oder hatte sie vergessen. Als niemand öffnete, wollte er das Paket auf der Terrasse abstellen. Er blickte durch das offene Küchenfenster. Zehn Minuten später war Polizei und Notarztwagen zur Stelle.

Der Notarzt untersuchte eingehend den Leichnam. Er stellte den natürlichen Tod durch akutes Herzversagen fest. Die beiden Polizisten sahen sich im Haus um. Weder an dem Toten noch in seiner Wohnung war Ungewöhnliches festzustellen.

Zwei Stunden später holten die Bestatter die Leiche ab. Sie informierten am gleichen Tag noch Webers Vater in Einhausen, der die Leiche seines Sohnes in der darauffolgenden Woche einäschern ließ und im kleinsten Kreise beisetzte.

Kriminalinspektion Bergstraße, K10
Mittwoch, 09. November 2016, 10.52 Uhr

»Was machst du denn noch hier? Ich war der Meinung, dass du schon auf dem Weg ins schöne Nordhessen bist?«

Sein Kollege Michael Raubart stemmte beide Hände in die Hüften und blieb mitten auf dem Flur stehen.

»Noch ein paar Unterlagen. Dann bin ich weg«, und schob sich um Michael herum in sein Büro.

Michael schüttelte den Kopf über die Hektik des Kollegen. Er ging ihm nach und blieb im Türrahmen stehen:

»Du kannst dich sicher noch an den Fall von vor vier Jahren erinnern – Nicole Gärtner?«

Christian hob seinen Kopf und war gespannt.

»Ja logo! Draußen bei Langwaden. War doch mein erster bedeutender Fall. Der kam wohl dieses Jahr vorzeitig frei?«

»Sascha Weber. Genau der!«

Michael verschränkte seine Arme vor der Brust.

»Und der ist jetzt tot.«

»Wie!- Tot!«

»Na tot halt – mausetot! Hauptkommissar Wenger, Chef der Kripo Frankfurt, hat uns informiert. Aber darum geht's anscheinend gar nicht! Weber starb schon vor zwei Wochen an einem Herzinfarkt. Wurde auch schon eingeäschert.«

Und wieder machte er eine seiner souveränen Gedankenpausen, die seine Zuhörer ob seiner Gemütlichkeit auf die Palme bringen konnte:

»Aber jetzt kommt's! Beim Ausräumen seines Hauses haben die Arbeiter etwas sehr Interessantes entdeckt. Mehr wollte Wenger nicht sagen. Er meinte nur, dass wir uns das selbst anschauen sollten.«

Es war, als ob er um Jahre zurückgebeamt würde. Zu seinem ersten Fall, der ihn noch Monate in Gedanken und Träumen verfolgt hatte.

»Tja, das werde ich mir dann mal anschauen müssen. Hast du die Nummer von Wenger?«

»Immer langsam mit den jungen Pferden! Nicht du sollst nach Frankfurt fahren, sondern Ferdinand. Ehrlich gesagt verstehe ich das auch nicht. Aber du kennst ja Bülow. Ist wohl nicht gerade dein bester Freund.«

Christian schüttelte den Kopf. Wollte ihm dieser Arsch schon wieder eins auswischen? Nachdem Wolfgang Rombach mit allen Ehren und großem Abschlussfest in seinen wohlverdienten Ruhestand verabschiedet wurde, kungelten die Spitzen der Polizei und Politik Claus Bülow zu seinem Nachfolger aus.

»Nö! So nicht mein Lieber!«, ereiferte sich Christian. »So nicht...!«, und stürmte aus seinem Büro, klopfte an der offenstehenden Tür von Bülow und trat sofort ein.

»Was soll denn das schon wieder? Ferdinand soll nach Frankfurt fahren? Und ich nicht?«

»Dafür hast du doch keine Zeit!«, versuchte Bülow zu beschwichtigen. »Du musst doch gleich zum Seminar fahren. Oder sehe ich das falsch? - Und außerdem...«

Christian schnitt ihm das Wort ab:

»Nichts außerdem... - Ich war damals so nahe an dem Fall dran. Ich muss das zu Ende bringen! - Und zum Seminar komme ich immer noch.«

»Hör mal! Ich habe entschieden, dass Drömer hinfährt und dabei bleibt es!«

Doch Christian gab nicht nach:

»Ich werde hinfahren und wenn du dich auf den Kopf stellst!«

»Spiel dich nicht so auf, Berghoff! Und denk daran, dass du keinen Rombach mehr hinter dir stehen hast.«

Doch Christian drehte sich nur um und ging ohne ein weiteres Wort.

»Verdammt noch mal!«, schrie ihm Bülow hinterher. »Aber nimm Drömer mit. Hast du verstanden?«

Drei Minuten später sauste Christian über den Flur und steckte kurz noch seinen Kopf in Raubarts Büro:

»Danke dir!«

»No problem. Es geht doch nichts über ein harmonisches Betriebsklima.«

Ferdinand und Christian fuhren in getrennten Wagen. So konnte er später von Seligenstadt aus weiter in den Norden zu seinem Seminar fahren.

Als Bernd Wenger das Heppenheimer Nummernschild sah, stieg er aus seinem silbergrauen Opel Vectra aus und winkte sie heran. Seine Kollegen Juliana Burger und Yasin Arslan warteten schon am Gartentor. Bis auf eine kurze Begrüßung war der Frankfurter Erste Kriminalhauptkommissar recht wortkarg. Erst im Haus legte er sein Wissen offen:

»Hier lag Sascha Weber. Kopf und Oberkörper im Flur, Beine noch in der Küche.«

Bevor Christian Luft holen konnte, erklärte er mit strenger Bestimmtheit:

»Natürlicher Tod – akutes Herzversagen! Zweifelsfrei vom Notarzt festgestellt!«

Christian versuchte, sich die Lage des Toten vorzustellen.

»So, dann gehen wir mal raus auf die Terrasse.«

Durch Sand und Staub ging es an den Baumaterialien im Wohnzimmer vorbei auf die Terrasse und über einen Weg mit Holzdielen zum Rand eines Swimmingpools. Er war bis oben mit Erde und Bauschutt gefüllt. Christian fragte sich, ob das nun wirklich relevant sei.

»Na, Weber hat wohl ganz ordentlich gebuddelt!«

Doch Wenger nickte nur kurz. In den wenigen Minuten seit ihrem Zusammentreffen war Christian klar geworden, dass Wenger nicht der große Redner war. Worte waren wie kleine Belohnungen, die er spärlich verteilte. Und er machte es spannend. Sehr spannend. Er wollte sie schockieren, das spürte er deutlich.

Wenger ging die Kellertreppe hinunter und nach hinten, bis sie vor einer schweren Stahltür standen. Mit zwei BKS-Schlüsseln schloss er die schwer gesicherte Tür auf. Ab hier kam Christian tatsächlich ins Grübeln. Hatte Weber womöglich Leichen vergraben? Mit einer Handbewegung deutete Wenger die Größe des Raumes an, der leer war und gut zwanzig Quadratmeter maß.

»Das hier war als Vorraum zur Hölle geplant.«

Er blickte direkt in Christians Gesicht, um seine Reaktion zu sehen. Doch der ließ sich nicht irritieren. Schaute sich ruhig um, konnte aber außer Werkzeug und Malerutensilien nichts Ungewöhnliches ausmachen.

Der Raum hatte keine Fenster. Etwas verloren stand ein einzelnes, türbreites, weiß-lackiertes und leeres Bücherregal an der Längswand. Von Vorhölle also nun gar keine Spur. Doch es war offensichtlich, dass jetzt etwas passieren musste, denn sonst wäre Wengers Dramaturgie völlig daneben gewesen. Und das konnte er sich bei diesem weit über die Landesgrenzen hinweg bekannten und erfolgreichen Alten Hasen nun wirklich nicht vorstellen.

Wenger ging zum Regal, griff hindurch und öffnete eine versteckte Klappe. Er tippte einen Zahlencode ein und mit einem Klacken schnappte eine geheime Tür auf. Jetzt erst konnte man erkennen, dass das Bücherregal an einer dicken, mit weißer Raufaser tapezierten Stahltür verankert war. Wenger schob sie auf. Mit weit ausholender Höflichkeitsgeste forderte er die Heppenheimer auf, einzutreten. Unsicher schritten sie auf den dunklen Wanddurchlass zu. Christian überschritt als erster die erhöhte Türschwelle. Plötzlich knipste Wenger das Licht an und sie standen in einem modern eingerichteten, eng möblierten Apartment. LED-Strahler leuchteten den Raum aus. Am Kopfende des länglichen Raumes dominierte ein französisches Bett, davor standen zwei Sessel.

Mit einem Schlag erfasste Christian den Begriff Vorhölle, da er jetzt in der Hölle stand. Er drehte sich zu Ferdinand und schüttelte fassungslos den Kopf. In einer Nische war eine Kochecke eingerichtet und links davon stand die Tür zu einem kleinen Bad mit Dusche und WC offen. Die Innenseite der Haupttür war mit etwa dreißig Zentimeter Dämmung versehen. Irritierend waren auch die rosafarbenen Blümchen und Figürchen auf der Tapete, das Kinderspielzeug und die Puppen in einem Weidenkorb. Über dem Bett hing ein überdimensionierter Spiegel, auch seitlich links und rechts an der Wand. Davor stand ein Kamerastativ – über dem Bett war eine zusätzliche Halterung dafür angebracht

Wenger hatte sein Ziel erreicht, die Heppenheimer Kollegen sprachlos zu sehen.

»Zum Glück hat ihm das Schicksal einen Strich durch die Rechnung gemacht! Wir haben das akribisch untersucht. Er hat den Raum noch nicht genutzt. Aber lange hätte es sicher nicht mehr gedauert, bis hier... - Na Sie wissen schon.«

Yasin fügte hinzu:

»Auf seinem PC haben wir haufenweise kinderpornographisches Material sichergestellt. Das wird gerade ausgewertet. Aber man kann jetzt schon sagen, dass wir damit ein ansehnliches Netzwerk von Pädophilen ausheben werden.«

Ihren Gedanken nachhängend, gingen Sie wieder nach oben. Als Christian nochmals nach links in die Küche blickte erschien ihm ein Gedanke wichtig:

»Ich frage mich, ob Weber herzkrank war, oder ob er Medikamente nehmen musste. - Ist da was bekannt?«

Er ahnte nicht im Geringsten, welche Lawine er mit diesen Fragen lostreten würde:

»Wissen Sie was *ich* mich frage?«, fauchte Wenger seinen Heppenheimer Kollegen an. »*Ich* frage mich, welcher weltfremde, von Humanduselei besoffene Richter dieses Schwein nur für fünf Jahre eingebuchtet hat. Und welcher schwachsinnige Psychodoktor ihm eine positive Sozialprognose ausstellte!«

Wenger kam Christians Gesicht sehr nahe. Sein Kopf glühte, seine Worte waren mit Spucke vermischt:

»Und! - *Ich* frage mich, welcher hirnlose Richter durch die vorzeitige Haftentlassung unsere Kinder in allerhöchste Gefahr gebracht hat.«

Christian versuchte etwas einzuwenden, geradezurichten, zu beschwichtigen, doch er kam nur zu einem kurzen:

»Ja, schon...«

»Und ein Letztes...!«

Wengers Atem stockte. Er holte tief Luft:

»Ich sage Ihnen...«, und tippte mit seinem Zeigefinger mehrmals heftig auf Christians Brust:

»...ich bin gottfroh, dass dieser Perverse das Zeitliche gesegnet hat.«

Wenger bemerkte einen Spucketropfen auf Christians Hemd. Als er ihn dezent abwischen wollte, verschmierte er ihn mit seinem staubigen Finger.

Christian war weiß wie die Wand. Wengers unprofessionelle Art hatte ihn schockiert. Mit einer angedeuteten Handbewegung bat Wenger alle Anwesenden zur Tür hinaus, schloss ab und drehte sich Christian nochmals zu. Wie verwandelt, betont ruhig und sanftmütig erklärte er:

»Wissen Sie, Herr Kollege. Ich meinte nur, es wäre wichtig für die Heppenheimer Kripo, das hier zu sehen und in den Abschluss ihres Falles mit einzubeziehen.«

»Herr Wenger, dafür sind wir Ihnen auch dankbar...«

Wenger sammelte sich:

»So, und jetzt können Sie sich über mich beschweren. – Einen schönen Tag noch.«

Dann marschierte er zu seinem Auto. Christian glaubte, Genugtuung und Zufriedenheit in seinem Gang zu erkennen.

»Was ein Arschloch!«, fauchte er ihm nach. Welch ein Unterschied zu seinem alten Chef Rombach. Diese Großstadt hatte anscheinend schon sehr abgefärbt, glaubte er zu wissen. Auf jeden Fall wusste er, dass Frankfurt im Jahr 2015 die gefährlichste Stadt Deutschlands war, mit circa zweihunderttausend Straftaten und rund neuntausend Gewaltdelikten. Er war froh, dass er in diesem Moloch nicht arbeiten musste.

Juliana Burger versuchte zu beschwichtigen:

»Mach dir nichts draus. Er ist ein guter Chef. Und wenn man weiß, was er in vierzig Jahren Kripo Frankfurt gesehen hat, kann man ihn sogar verstehen – und er hat wirklich alles gesehen. In jeden noch so tiefen menschlichen Abgrund hat er geschaut. Glaub mir!«

Schmunzelnd fügte sie hinzu:

»Und vergiss nicht – Heppenheim ist nicht Frankfurt...!«

Der vieldeutige Satz klang für Christian wie der Spruch aus einem chinesischen Glückskeks. Er konnte alles oder nichts bedeuten.

Wieder auf der Straße, wandte sich Yasin Arslan zu den beiden Heppenheimer Kommissaren:

»Was haltet ihr davon, wenn wir noch einen Kaffee zusammen trinken? So zur Entspannung.«

Ferdinand lehnte ab, da er zurückfahren musste. Christian wägte noch ab, ob das zeitlich passen könnte. Doch gegen den nächsten Satz war kein Kraut gewachsen:

»Na komm schon, wir laden dich ein«

Gut Ding will Weile haben

Bergfreiheit, Hotel Hardtmühle
Mittwoch, 09. November 2016, 16.10 Uhr

Natürlich kam Christian zu spät. Doch das Seminar war über die Vorstellungsrunde noch nicht hinausgekommen.

Manchmal dauert es nur Minuten und man weiß, dass man sich mit einem Menschen versteht. So wie mit Fabian, dem Kollegen aus der Nähe von Augsburg. Er war in seinem Alter. Der erste Abend war dem Kennenlernen und fachlichen Austausch vorbehalten. Aber morgen Abend wollten sie gleich mal losziehen und ein Bierchen trinken.

Sie spazierten durch die stimmungsvoll beleuchtete Altstadt von Bad Wildungen, hinaus ins Kurviertel. Noch vier weitere Kollegen waren mit von der Partie. Das Hemingway schien genau das richtige zu sein - Cocktailbar mit Kuba-Ambiente und proppenvoll.

Wie bei fast allen Seminaren von Berufsgruppen, letztlich drehte sich ihre Unterhaltung nur noch um Fachthemen - ungewöhnliche Fälle, lustige Anekdoten, grausige Szenarien. Christian musste die gestrigen Ereignisse und den dazugehörigen Fall loswerden. Thomas Horvath, der Ruhigste unter ihnen, räusperte sich:

»Wie sich manche Schicksale doch ähneln.«

Mehr kam nicht. Er machte auch keine Anstalten, weiter zu reden. Stattdessen nahm der kleine, beleibte Kollege seinen Daiquiri, lehnte sich zurück und nippte genüsslich am Glas. Die anderen blickten sich amüsiert an. Fabian zuckte mit der Achsel und zischte ungeduldig:

»Ja und? – Wer gackert muss auch legen!«

Thomas hüstelte etwas verlegen und blickte in sein Glas, als ob er die Worte in seinem Cocktail finden würde.

»Naja! Wir hatten mal einen Fall in Stralsund, der gewisse Parallelen aufweist. Also ich meine entfernt, vielleicht doch sehr entfernt.«

»Na dann erzähl mal! Du siehst, wir sind neugierig«, versuchte Christian ihn zu ermuntern.

»Also gut. Ein Familienvater hatte jahrelang die eigene Tochter missbraucht. Ein Arzt schöpfte endlich Verdacht, als die Dreizehnjährige wegen schwerer Unterleibsschmerzen in der Notaufnahme landete. Die früheren Ärzte müssen blind gewesen sein – ebenso ihre Lehrer, Nachbarn et cetera. Aber das kennen wir ja zur Genüge!«

Alle nickten betroffen. Thomas zog mehrmals an seinem Cocktailhalm und fuhr endlich fort:

»Das Mädchen kam in ein Heim, der elfjährige Bruder zu Pflegeeltern. Der Vater musste für zwei Jahre ins Gefängnis, die Mutter bekam ein Jahr auf Bewährung und verschwand danach in Holland.«

Er atmete tief durch.

»Jenny wurde drogensüchtig und erhängte sich auf dem Dachboden des Mädchenheims. Eine Woche, bevor ihr Vater rauskam. Dieser zog dann nach Baabe, das im Süden der Insel Rügen liegt. Arbeitete in einer Pizzeria in der Küche. Und ein Jahr später war er tot – mit achtunddreißig Jahren.«

Horvath blickte um sich und war erstaunt, dass alle wie gebannt auf ihn starrten.

»Und weiter?«, drängte Serkan aus Berlin.

»Wir haben folgendes ermittelt: Nachts, nach der Arbeit, hatte man sich immer außerhalb am Fischerstrand getroffen

– zum Saufen und so. Und irgendwann ist er dann rausgeschwommen und kam nicht mehr zurück. Am übernächsten Tag fand man seine Leiche am Hundestrand von Sellin, drei Kilometer nördlich.«

»Herzversagen?«, fragte Tabea aus Rosenheim.

»Tod durch Ertrinken – ja! Herzversagen – nein! Er hatte massiv Wasser in den Lungen. Also lebte er noch im Moment des Ertrinkens.«

Alle nickten.

»Für Fremdeinwirkung gab's aber keine konkreten Hinweise. - Keine Kampfspuren, keine Feindseligkeiten innerhalb der Sauftruppe. Niemand hatte etwas gesehen. Nur an einem Fußgelenk fand man eine minimale Einschnürung, die aber höchstwahrscheinlich von Unterwasserpflanzen herrührte. Die Rechtsmediziner stellten hohe Mineralstoffverluste infolge des sehr hohen Alkoholkonsums fest. Diese führten vermutlich zu Muskelkrämpfen in Verbindung mit Orientierungsverlust.«

»Eine Ähnlichkeit ist schon vorhanden,«, grübelte Christian. »Ein Gewaltverbrecher, der relativ jung und relativ kurz nach seinem Gefängnisaufenthalt verstirbt.«

Serkan gab aber zu bedenken:

»Ja und? - Menschen sterben nun mal.«

Christian nickte.

»Ja, schon...«

Dann war das Thema aber auch schon erledigt.

Man trank und unterhielt sich reihum mal mit dem einen und anderen. Aus dem Augenwinkel beobachtete Christian eine Gruppe Frauen weiter hinten. Sie unterhielten sich angeregt und lachten viel. Ein Gesicht stach ihm in die Augen. Halblange, wellige, hellbraune Haare umspielten ein wunderschönes Gesicht. Die Augen strahlten, wenn Sie lachte.

Er wandte sich wieder ab, um kurz darauf erneut hinüberzuschauen. Das Gesicht zog ihn magisch an.

Nur selten wanderten ihre Augen durchs Lokal. Doch in einem dieser wenigen Momente trafen sich ihre Blicke, saugten sich für Sekunden ineinander. Erschrocken wie zwei Ertappte, drehten sie sich weg. Doch der Virus hatte sich schon festgesetzt, war mit Lichtgeschwindigkeit ins Gehirn und von dort in alle Nervenzellen des Körpers multipliziert worden. Der Zwang, abermals diesen Blick zu suchen, war unwiderstehlich. Die Augenblicke dehnten sich, bis sie sich zu einem kurzen Lächeln aufschaukelten.

Als er diese schönen Augen wieder suchte, waren sie weg. Gefühlspanik stieg auf. Die Freundinnen saßen aber noch am Tisch.

Der schmale Flur zu den Toiletten war viel zu kurz. Langsamer konnte er nicht mehr gehen, dachte er. Zum Glück hingen an der Wand Veranstaltungstipps. Seine Augen kurvten ziellos über die Plakate, bis endlich die Tür zur Damentoilette aufging. Sie war gut einen Kopf kleiner, sportlich schlank, doch sehr feminin. Christian drehte sich zu ihr und versperrte damit unbeabsichtigt den Weg. Sie schaute ihm tief in die Augen und lächelte ihn mit dem schönsten Lächeln der Welt an:

»Entschuldigung! Dürfte ich bitte vorbeigehen?«

»Ähm ja natürlich. - Übrigens, ich bin Christian.«

Schnippisch erwiderte sie:

»Schön für dich. – Aber trotzdem würde ich jetzt gerne weitergehen.«

»Oh pardon! Ich wollte dich nicht bedrängen!«

Sagte es und trat endlich beiseite. Doch sie blieb noch für einen kurzen Moment stehen, lächelte ihn an und schüttelte ungläubig den Kopf. Christian begriff es als die allerletzte Chance. Das Spiel war noch nicht entschieden. Noch stand es unentschieden und sie gingen in die Verlängerung:

»Sorry! Ich hoffe, dass ich nicht zu aufdringlich bin. Aber ich wollte dich gerne kennenlernen.«

Mit einem Lachen versuchte sie ihre Verblüffung zu überspielen. Seine Beine begannen nachzugeben, das Herz pochte in der Magengrube und ihm war speiübel. Hatte er das gerade wirklich gesagt? Er kam sich wie fremdgesteuert vor. Das wird ein Desaster, war er sich sicher. Aber es war zu spät für einen Rückzieher – da musste er nun durch.

»Na du gehst aber ran! Sag mal, machst du das immer so?«

Was sagt man da am besten?

»Nein! Das ist eigentlich nicht meine Art. Ich kann es dir ehrlich gesagt nicht erklären. Und mir selbst eigentlich auch nicht. Aber es gibt Momente im Leben, da muss man schnelle Entscheidungen fällen und über den eigenen Schatten springen!«

Ironisch hakte sie nach:

»Aha! Und so ein Moment ist nun gerade eben!?«

Christian schmunzelte verlegen. Seine Mundwinkel zitterten leicht:

»Genau!«

»Und was nun?«

Sie merkte, dass sie entgegen ihrem Gefühl zu abweisend reagierte. Es schmeichelte ihr durchaus, dass dieser junge Mann sie so unkonventionell ansprach. Zudem sah er auch noch gut aus. In wenigen Sekunden hatten ihre Sinne unbewusst das Wesentliche abgecheckt: Groß, schlank, sportlich, kurze Haare. Und - ganz wichtig: gepflegt und eine überaus sympathische Stimme.

»Fangen wir zum Beispiel damit an wie du heißt.«

»Isabel. – Aber ich muss jetzt wirklich wieder zu meinen Kolleginnen.«

Enttäuschung machte sich breit. Aber was hatte er denn erwartet? Das war eine komplett unausgegorene Hauruck-Aktion - Kolleginnen, fremde Stadt et cetera. Das konnte er knicken. Sie ging an ihm vorbei und drehte sich unvermittelt noch einmal um:

»Nachher gehen wir übrigens noch in den ›Club Rom‹ in Borken. Vielleicht sieht man sich ja zufällig!«

»Jaaa!«, jauchzte er in sich hinein und blickte ihr begeistert nach.

Gegen Halbelf fuhren Tabea, Serkan und Thomas mit dem Taxi zurück ins Hotel. Fabian und Lars waren begeistert von Christians Idee.

Sie bestellten erst mal drei Bier und stießen auf den tollen Abend an. Es dauerte etwas, bis er Isabel fand. Nach dem Tanzen unterhielten sie sich angeregt an der Bar im hinteren Bereich. Christian war fasziniert von ihr. Sie sprühte vor Energie, war ein durch und durch positiver Mensch und sah seiner Meinung nach auch noch unwahrscheinlich gut aus. Dieses Jahr war sie gerade dreiundzwanzig geworden.

Er erfuhr, dass sie Finanzbeamtin war und dass sie sich vor zwei Jahren von Groß-Gerau nach Fritzlar versetzen ließ. Er meinte herausgehört zu haben, dass es im weiteren Sinne mit einer gescheiterten Beziehung zu tun gehabt hatte.

Gegen Halbzwei drängten ihre Arbeitskolleginnen darauf, endlich aufzubrechen. Sie tauschten schnell noch ihre Mailadressen und Handynummern aus und versprachen, sich zu melden.

Gleich am Montagabend rief er Isabel an. Christian hatte auf ein baldiges Treffen gehofft und bekam schon den ersten Dämpfer. Zum Jahresschluss hatte sie Urlaubssperre. Da war bei ihnen ›Land unter‹, wie sie es ausdrückte. Aber über Weihnachten wäre sie bei ihren Eltern in Groß-Gerau.

Am Donnerstag nach Weihnachten trafen sie sich in Auerbach im ›Blauen Aff‹ zu einem urigen Abendessen. An diesem Abend hatten ihn Amors Liebespfeile endgültig zur Strecke gebracht. Christian hoffte auf einen Kuss zum Abschied, musste sich aber mit einem Küsschen auf seine Wange begnügen.

Silvester hatten sie beide schon verplant und danach fuhr sie mit Eltern und Freundin zum Skifahren nach Österreich. Er tröstete sich mit dem Sprichwort: ›Gut Ding will Weile haben‹. Hoffentlich traf das auch in seinem Fall zu.

Kein Entrinnen

Schwarzwald bei Löffingen
Dienstag, 07. März 2017, 22.45 Uhr

Wenige Meter vor dem Waldbad Löffingen bog der VW Multivan links ab und verschwand im Wald. Im Schritttempo schaukelten sie über die holprigen Waldwege, spärlich vom Standlicht geführt. Eine schmale Lichtung öffnete sich. Dahinter hatten die schweren Baum-Erntemaschinen eine Gasse geschlagen, die noch tiefer in unwegsames Waldgebiet führte. Doch nach fünfzig Metern saßen sie auf dem Mittelstreifen auf. Walter fluchte und schlug auf das Lenkrad. Sein Beifahrer blieb ruhig:

»No problema! Maximo dreißig Metros. Wir machen mit Fuß. Vamos!«

Sie gingen nach hinten und öffneten die Ladeklappe. Che zog eine der beiden eingerollten Plastikplanen zu sich heran. An Armen und Füßen trugen, schleiften und rutschten sie den neunzig Kilo schweren Toten in den dunklen, unwegsamen Schwarzwald. Die Bäume aus diesem Waldgebiet wurden im letzten Herbst gefällt. Jetzt waren die Waldarbeitertrupps in eine andere Gemarkung weitergezogen und würden hier frühestens in zehn bis fünfzehn Jahren wieder Bäume fällen.

»Aqui!« raunte Che.

Nachdem sie in das Zweizimmer-Apartment eines Hochhauses in Überlingen eingedrungen waren, schoben sie alle Möbel zur Seite und legten eine große reißfeste Plastikplane aus. Sie drehten die Sicherungen heraus, ließen die Rollläden herunter und setzten sich auf die Couch. Sie warteten, bis Pohl und sein Kumpane vom Kampfsporttraining zurückkamen. Che hatte seine entsicherte Czeska 75 auf dem Schoß, das Nachtsichtgerät noch hochgeklappt.

Die Tür öffnete sich und der Lichtkegel der Etagenbeleuchtung fiel in den engen Flur und verlor sich vor dem Wohnzimmer. Jemand fluchte, dass das Licht nicht funktionierte. Dann ging mit einem Klacken das Etagenlicht aus und die Eingangstür schloss sich. Völlige Dunkelheit umgab sie.

»Verdammte Scheiße. Ich seh nichts mehr.«

»Kein Problem. Hab im Nachttisch eine Taschenlampe.«

Che wartete im Dunkeln:

»Pohl!«, rief er ihm zu. »Du bist schuldig!«

Marco Pohl drehte sich reflexartig zu der Stimme. Dann war das kurze Tock-Tock der 9mm-Patronen aus dem Schalldämpfer zu hören. Als er noch stand und schon tot war, drehte sich sein Kamerad blitzschnell zur Flucht um. Aber es gab kein Entrinnen. Ein zweimaliger Feuerstoß beendete auch seine Existenz.

Loses Reisig überdeckte eine mit Holzbohlen abgedeckte Grube. Sie wickelten die Folie auf und warfen den Toten hinein. Dann holten sie den nächsten Sack. Walter goss zwei große Kanister Desinfektionslösung über die Leichen. Die Holzdielen warfen sie längs hinein und schaufelten die Grube zu. Reisig, Laub und Äste verdeckten die Stätte, als ob nie jemand hier gewesen wäre. Nach einigen Monaten würde sich die Erde setzen, aber es würde in dem hügeligen Gelände nicht auffallen. Und irgendwann würde der schwarze Wald den Mantel des Vergessens über der Gruft ausbreiten.

Pohl und sein Komplize hatten die Ruhestätte gefunden, die ihnen gebührte. Der exzessive Mord an dem rumänischen Arbeiter, der vor einigen Jahren im Überlinger Stadtpark seine letzte Zigarette nicht hergeben wollte, war gesühnt.

Die Mauer des Schweigens

Kriminalinspektion Bergstraße, K10
Dienstag, 14 März 2017, 09.25 Uhr

»Hochstädter. Hallo Christian!«

Stille.

»Wer ist bitte am Apparat?«

»Hey, ich bin's – Fabian! Fabian aus dem Seminar in Bad Wildungen.«

»Mensch Fabian, Pardon! Ich stand total auf der Leitung.«

Sie unterhielten sich zunächst über Belangloses, bis Fabian fragte:

»Und? Wie geht's Isabel?«

»Sehr gut – glaube ich wenigstens.«

»Was soll das heißen? Ist daraus nichts geworden?«

»Zieht sich so. Aber lass mal, reden wir lieber von etwas anderem.«

»Schade. Wirklich sehr schade. Ich hatte geglaubt, dass sich da zwei gesucht und gefunden haben. Das fing doch an dem Abend damals so gut an, nachdem du sie in der Bar angesprochen hattest. Dort im Hemingway.«

Dann war es still. Christian wollte dazu keinen weiteren Kommentar abgeben.

»Tja, sehr schade! Aber nun gut! - Also, warum ich überhaupt anrufe. - Du bist doch der Spezialist für ungewöhnliche Todesfälle. Ich hätte da was für dich.«

»Ach! Bin ich das?«

Er war verblüfft, dass man ihm so schnell dieses Etikett auf die Stirn gepappt hatte.

»So mehr oder weniger schon, oder?«

»Na, dann leg mal los.«

»Also, pass auf! - Vor knapp vier Jahren wurde hier ein Pfarrer von einem ICE überrollt. Ich war damals noch nicht hier. Laut den Akten stellte er sich auf einen Hocker, band seine Hände an zwei Seile, die er zuvor an einem Brückengeländer befestigt hatte. Dann wird er den Hocker weggestoßen haben, denn an den Handgelenken fand man tiefe Einschnürungen. Der ICE erledigte den Rest. Muss ein furchtbarer Anblick gewesen sein.«

»Das ist ja absolut irre.«

»Ja. Verrückt! – Seine Vorgesetzten von der Katholischen Kirche wiesen auf starke Depressionen hin. Man fand tatsächlich haufenweise Antidepressiva in seiner Wohnung. Trotzdem recherchierten unsere damaligen Ermittler weiter in alle Richtungen, denn die Todesart war schon echt schräg. Sie und die Rechtsmedizinerin kamen aber letztlich doch zu dem Schluss, dass es Selbstmord gewesen sein musste. Sie fanden keinerlei Hinweise oder Motive für eine andere Todesursache.«

Fabian schnaufte einmal tief durch.

»Doch vor wenigen Wochen kam es in seiner ehemaligen Kirche zu schwerem Vandalismus. Der Altar, Marmor- und Gipsstatuen und die alte Orgel wurden mit grober Gewalt zerstört. Ein riesiger Schaden, sag ich dir.«

»Jetzt bin ich aber gespannt...«

»Wart mal ab. - Der Täter war schnell gefasst. Als aber die Kollegen vom Einbruchsdezernat den neunzehnjährigen Mann verhörten, kam furchtbar Ekelhaftes zutage. Dieser gab an, als Kind von besagtem Pfarrer über viele Jahre hinweg missbraucht worden zu sein. Jetzt, als junger Mann, wollte er sich endlich auf seine Art rächen. Da sich der Pfarrer leider auf feige Weise aus der Verantwortung gestohlen hatte, wollte er sich wenigstens an der Institution ›Katholische Kirche‹ rächen. Denn diese trug seiner Meinung nach eine große Mitschuld an seinem Leid.«

Christian war entsetzt.

»Das ist einfach zum Kotzen. – Unter uns! Ich kann den jungen Mann sogar verstehen.«

»Stimmt! - Und dann kam ich ins Spiel. - Es lag jetzt der Verdacht nahe, dass er oder jemand aus seinem Umfeld den Tod des damaligen Pfarrers herbeigeführt hatte. Durch intensive Recherchen und angedrohter Hausdurchsuchung am Bischofssitz bröckelte die kirchliche Mauer des Schweigens und wir erfuhren, dass der liebe Herr Pfarrer erst drei Jahre vor seinem Tod an seinen letzten Ort versetzt worden war. In seinen bisherigen Gemeinden kam es gegen ihn zu Anschuldigungen und Anzeigen wegen Missbrauchs von Minderjährigen und Schutzbefohlenen.

Seine Kirche bog das alles wieder zurecht. Die Anzeigen wurden zurückgezogen, weil die Kirche üppige Zahlungen leistete. Den Pfarrer versetzte das Bistum einfach in eine andere Gemeinde und alles war für sie erledigt.«

»Das glaube ich nicht...! Einfach versetzt und der konnte weitermachen?«

»Genau so!«

»Und? Hatte jemand mit dem Tod des Pfarrers zu tun?«

»Wir haben alle möglichen Spuren verfolgt, wirklich jeden Stein umgedreht und alle Personen befragt, die ein Motiv haben könnten. Doch wir fanden keinerlei Verbindungen.«

Es wurde still in der Leitung.

»Im Zuge der Ermittlungen konnten wir auf dem damaligen Kirchencomputer verschlüsselte Dateien mit üblen pädophilen Handlungen sicherstellen. Auch Eigenmaterial mit kleinen Jungen, die an Kinderfreizeiten teilnahmen.«

»Ein harter Job in diesem Bereich. - Und weiter?«

»Nichts weiter. Nach Abwägung aller Fakten musste der Staatsanwalt weiterhin von Selbstmord ausgehen.«

Christian war völlig irritiert. Auf einmal war er wieder mit einem Missbrauchsfall konfrontiert, der mit dem frühen Tod des Täters endete. Er war froh, dass Fabian ihm diesen Fall erzählte. Aber jetzt hatte er ein weiteres Puzzleteil, das nirgends reinpasste.

»Gab es einen Abschiedsbrief?«

»Nein. Nichts. Das war uns auch etwas aufgestoßen.«

»Könntest du dir eine Fremdeinwirkung dennoch vorstellen?«

»Sagen wir mal so..., vorstellen kann ich mir sehr viel. Die Todesart war schon sehr ungewöhnlich und die Ausführung für eine einzelne Person doch recht umständlich, aber auf jeden Fall machbar. Theoretisch könnte das natürlich auch jemand aus Rache durchgezogen haben. Doch wie schon gesagt, fanden wir dazu keine Anhaltspunkte und müssen davon ausgehen, dass der Pfarrer seine Vernichtung selbst so dramatisch inszeniert hatte.«

Sie unterhielten sich noch ein Weilchen und versprachen, in Zukunft häufiger miteinander zu telefonieren. Vielleicht sogar sich mal zu besuchen.

Christian stützte sein Kinn auf. Dann kratzte er mit den Fingern über sein schlecht rasiertes Gesicht. Hatte er es mit mehreren verdeckten Morden zu tun? Er hatte das Gefühl, als ob es ihn überall juckte.

Mal sehen, was das Internet dazu hergibt. - Doch zunächst musste er wissen, wie viele Morde es überhaupt in Deutschland gab. Die Polizeiliche Kriminalstatistik von 2016 hatte unwiderlegbare Zahlen:

Vollendete Morde waren es 761. Aber bei Totschlag stand die Zahl 1.657. Er rechnete: 2.418 Tote durch Gewalttaten. Deutlich höher als in 2015.

Er schüttelte den Kopf. Diese Zahlen waren für ihn schon etwas beängstigend – höher als er vermutet hatte. - Dann scrollte er zum nächsten Abschnitt und stieß gleich auf die Taten gegen die sexuelle Selbstbestimmung. Er rechnete schnell die wichtigsten, wie Vergewaltigung, sexuelle Nötigung und Missbrauch, zusammen und las auf seinem kleinen Taschenrechner: 26.511. Darin war aber eine Zahl enthalten, die am schwierigsten zu verkraften war: 12.019 Kinder, die im Jahr 2016 missbraucht wurden.

›Unfassbar‹, stieß er aus. ›Das ist doch nicht möglich!‹ Es schüttelte ihn. Aber sogleich dachte er, wie gut es war, dass es solche Menschen wie Elisa, ihn und seine Kollegen gab.

Sein Blick hing wie angesogen an den Zahlen und er überlegte. Ob auch Informationen zu verdeckten Morden zu finden wären? - Und schon zeigte die Suchmaschine das Ergebnis:

›Viele Morde in Deutschland bleiben unentdeckt.‹

Er überflog die Zeilen: 2016 gab es 761 offiziell registrierte Mordfälle. Kriminologen schätzten die Dunkelziffer aber auf eintausendzweihundert, manche sogar auf bis zu zweitausendvierhundert zusätzliche unentdeckte Morde. Pro Jahr und nur in Deutschland!

Er las die Zahlen nochmals. So viele? Pro Jahr? Das konnte er sich nicht wirklich vorstellen. Woher wollte man denn das wissen? - Doch auch diese Frage beantwortete das Internet. Manche Täter gestanden ihre Taten irgendwann von selbst. Auch wurden Täter wegen eines Mordes gefasst und gestanden danach weitere Morde, die noch gar nicht bekannt waren.

Christian war schockiert. Wenn die Schätzungen zu verdeckten Morden richtig waren, dann legten sie aber auch den Schluss nahe, dass der sexuelle Missbrauch, inklusive Kindesmissbrauchs, ebenfalls um das Vielfache über den bekannten Zahlen liegen musste. Vielleicht bei Vierzigtausend, Fünfzigtausend oder gar noch weit darüber. Jeder einzelne Fall ein unfassbares Schicksal für das Opfer.

Dann las er weiter und erfuhr, dass die Leichenschau keine ärztliche Routineuntersuchung war. Für einen Hausarzt war es sehr schwer, unter all den natürlichen Todesfällen einen mit verdeckter Fremdeinwirkung zu erkennen. Hinzu kam, dass in Deutschland maximal fünf Prozent der Toten in die Gerichtsmedizin kamen. Die Politik hatte Jahr für Jahr die Finanzmittel dafür zusammengestrichen. - In Skandinavien waren es 30 Prozent.

Heppenheim, Gießener Straße
Donnerstag, 16. März 2017, 19.40 Uhr

Christian holte zwei Bier aus dem Kühlschrank. Nach dem Lauftraining saßen die beiden Freunde gerne zusammen und bequatschten dies und das.

Matti, sein bester Freund seit den Kindertagen, war nun schon drei Jahre ›Richter auf Probe‹. Mit den Abgründen der menschlichen Seele war er also inzwischen bestens vertraut. Und er war sein Freund. - Wenn nicht Matti, wem sonst sollte er von seiner Vermutung erzählen?

Seine Überlegungen waren viel zu vage und spekulativ für das Kommissariat und auch noch zu früh für Elisa. Er wollte nicht ihre kostbare Zeit beanspruchen und möglicherweise nur vergeuden.

»Ich weiß jetzt von vier Fällen, in denen ein ehemaliger Gewaltverbrecher einige Zeit nach der Haftentlassung verstarb – durch Kletterunfall, Herzinfarkt, Ertrinken und Selbstmord mit ICE...«

»Ok. So was soll's geben, habe ich mal gehört.«

»Jetzt mach dich nicht lustig über mich. Ich weiß ja auch, dass das nicht gerade spektakulär klingt.«

Das waren zwar interessante Zusammenhänge, aber dennoch konnte Matti den Gedankengängen von Christian nicht sehr viel entgegenbringen.

»Auch Verbrecher sterben nun mal. - Aber abgesehen davon. Was könnte denn deiner Meinung nach hinter all dem stecken?«

»Du brauchst gar nicht so affig nachzuhaken«, antwortete Christian verärgert. »Vielleicht Opfer oder Angehörige von Gewaltverbrechen, die über das Internet Aufträge an Berufskiller weitergeben? Über Chatrooms, das Darknet, mit codierten Begriffen, Mund-zu-Mund-Weitergabe unter Opfern oder so ähnlich? - Was weiß ich...!«

Matti war geplättet. Er lehnte sich weit zurück.

»Mein lieber Freund! Das ist aber ganz starker Tobak. Das weißt du schon, oder? Das muss ich erst mal sacken lassen. Sorry.«

Er trank aus seiner Bierflasche und betrachtete gedankenverloren das Etikett der Flasche. Dann hakte er nach:

»Hast du ein bisschen mehr als diffuse Vermutungen?«

Christian war diese Frage sichtlich unangenehm.

»Nicht so direkt. Eher Indizien.«

»Nicht gerade viel. Aber mal konkret. Wie könnte ich dir helfen?«

»Ich müsste wissen, ob es noch weitere Fälle gibt, die in dieses Raster fallen.«

Matti kratzte sich an der Wange und grübelte.

»Verstehe. - Ich schau mal, was sich da machen lässt und halte meine Augen und Ohren offen. Aber das braucht seine Zeit. - Versprich dir bitte nicht zu viel davon.«

»Gut. Das wäre super.«

Ein Anfang war gemacht. Ab jetzt wollte auch Chris nebenher recherchieren. Denn sein Verdacht war nicht mal ein Anfangsverdacht. Nicht mal ein Indiz. Es war ein Bauchgefühl, mehr nicht. Und wegen seines Bauchs wollte er sich nicht zum Idioten der Kriminalpolizei machen.

Sie tranken schweigend von ihrem Bier. Keiner wollte dieses unausgegorene Thema weiter in Bewegung halten.

»Wie steht's eigentlich mit Isabel?«

»Mmh. Geht so.«

Matti stutzte. So eine negative Antwort hatte er eigentlich nicht erwartet.

»Was los?«

»Ich glaube, das wird nichts. Wir treffen uns viel zu selten. Sie hat einfach zu wenig Interesse an mir, denke ich.«

»Geht's etwas genauer?«

»Schau. Wir hatten uns ein Mal im Januar, dann im Februar und zuletzt Ende März getroffen. Es war sehr schön und harmonisch. Aber sonst nichts. Küsschen zum Abschied und das war's. - Jetzt wollte ich für Ende April wieder was ausmachen. Du weißt, sie kommt nur ein Mal im Monat zu ihren Eltern nach Groß-Gerau. Und da schrieb sie mir diese Nachricht: ›Geht leider nicht. Hab das Wochenende schon was vor.‹ - Hey, da ist doch was faul, oder?«

Zunächst sagte Matti nichts. Er schaute seinen Freund an, der geknickt in seinem Sessel lümmelte.

»Wenn bei dir die Frauen nicht gleich Hurra schreien und die Initiative ergreifen verläuft alles im Sand. Chris, ich kenne dich. - Genau deshalb stehst du so auf etwas ältere Frauen. Die haben meist mehr Erfahrung und wissen was sie wollen.«

Da hatte Matti einen wunden Punkt getroffen.

»Jung ist sie schon.«

»Wie alt nochmal?«

»Dreiundzwanzig.«

»Mann, bist du ein Hornochse. Das passt doch perfekt. - Und ich finde es eigentlich gut, dass sie nicht gleich mit dir in die Kiste steigt!«

Bei dem Thema Beziehungen könnte sich Matti jedes Mal über seinen Freund aufregen. Immer dasselbe Thema: Angst vor Verlust. Dann werden irgendwelche Probleme herbeigeredet wie zu jung, zu kompliziert oder ähnliches. Und zum Schluss wird tatsächlich nichts daraus.

»Hast du ihr schon mal gesagt, wie toll du sie findest und

dass du mit ihr gerne zusammen sein möchtest? Oder vielleicht sogar, dass du sie liebst?«

Christian wiegte mit dem Kopf hin und her.

»Ja schon. - Irgendwie.«

»Mensch Chris! Immer wenn es drauf ankommt agierst du wie ein Phlegmatiker. - Du kannst nicht immer warten, bis dich eine wachküsst. Ich glaube, du hast da was in den Märchen falsch verstanden. Du bist nicht das Dornröschen! - Hallo! Du bist der Prinz! Also handle auch so. Denn wie du das machst funktioniert das normalerweise nicht zwischen Männlein und Weiblein. Du musst schon was riskieren. Und wenn es auch mal schief geht.«

Chris hörte sich die Standpauke mit zerknirschtem Gesicht an. Vielleicht hatte Matti recht. Doch Matti war noch nicht fertig:

»Und glaub mir. Egal wie weit die Emanzipation fortgeschritten ist. In der Regel musst eben du den ersten Schritt machen. Und ich habe Schritt gesagt, nicht Schrittchen. Also beweg deinen Arsch und sag ihr, dass du sie liebst!«

Diese Wahrheiten taten weh. Sie kratzten tief an seinem Selbstbild. Vielleicht war bei Isabel nicht die Offenheit die Gefahr für Verlust, sondern die Zurückhaltung? Er hoffte, dass es noch nicht zu spät war.

»Ich habe sie noch nicht ein einziges Mal da oben in Bad Wildungen besucht. Schlimm, oder?«

Matti konnte nur fassungslos den Kopf schütteln.

Christian erkannte bitter, wie wenig er sich um diese Beziehung wirklich bemüht hatte. Wie wenig er ihr gezeigt hatte, dass er sie mochte. Und wie gerne er mit ihr zusammen sein wollte. Er hatte es einfach laufen lassen. Nach dem Motto: Wer nicht viel investiert, verliert auch nicht viel.

»Morgen ist Freitag. Ich fahr hoch zu ihr!«

»Das ist eine sehr gute Entscheidung.«

Christian wollte das Versäumte schnellstens aufholen und hoffte inständig, dass es noch nicht zu spät war.

»Ich drück dir die Daumen. Und in meinem nächsten Leben werde ich Psychotherapeut und du wirst mein einziger Patient. Davon werde ich bestens leben können - bis an mein Lebensende.«

Es war noch nicht zu spät. Ein traumhaftes Wochenende in Bad Wildungen war der Beginn einer unvergleichlichen Liebe. Von da an fuhr er mindestens ein Mal im Monat zu ihr hoch. Und Isabel kam zu ihm, wenn sie ohnehin ihren monatlichen Elternbesuch machte. So verging die Zeit wie im Flug.

Das Heiligtum

Mannheim, an der A6
Dienstag, 30. Mai 2017, 06.50 Uhr

Er schaute aus dem Küchenfenster. Alles war ruhig. Von seinem Wohnhaus aus, das den hinteren Querabschluss des U-förmigen Areals bildete, konnte er sein gesamtes Reich überblicken. Links schlossen sich Werkstätten und Lagerräume an, die sich vierzig Meter bis zur Straße hin zogen. Seine drei Bullterrier lagen dort neben dem hohen Gittertor im Gras. Rechts gegenüber stand ihr Clubhaus.

Slap zog seine Kutte an, ohne die er nicht einen Meter vor die Tür ging. Seine Frau meinte, dass sie froh sei, dass er sie wenigstens nicht im Bett anlassen würde.

Das Center Patch mit dem gehörnten Teufelsgesicht und dem eckigen Schriftzug ›Dark Satanics‹ flößte jedem Respekt ein und gab ihm Macht. Als Offizier wurde ihm die Verantwortung für das Clubgelände mit den hohen Sicherheitszäunen übertragen. Dafür durfte er auch hier mit seiner Frau wohnen.

Wie jeden Morgen, noch vor dem Frühstück, machte er einen Rundgang. Seine Hunde sprangen ihn freudig an. Er tätschelte sie, klopfte liebevoll auf ihr Fell. Slap überquerte den Hof zum Clubhaus. Ein altes, zweistöckiges Fachwerkhaus mit hohem Giebel und das Heiligtum des Rockerclubs. Kaum hatte er die massive Tür geöffnet, sprangen die drei Terrier ins Haus. Er füllte ihren Wassernapf auf. Es war noch dunkel in dem rustikal eingerichteten Hauptraum. Er knipste das Thekenlicht an.

Eine gewaltige Detonation brach durch die Decke und sprengte das Dach weg. Die Druckwelle blies sämtliche Fenster und Türen nach draußen. Slap und seinen Hunden platzten die Lungen und ihre Gliedmaßen wurden abgerissen. Sekunden später stand das ganze Haus in Flammen.

Die polizeiliche und feuerwehrtechnische Untersuchung wies schnell auf eine Gasexplosion hin. Die Spezialisten vermuteten, dass das Gas wegen einer losen Schraubverbindung ausgeströmt war. Da die Anlage sehr alt war, könnte sich diese durch die ständigen Rohrvibrationen selbst gelöst haben. Eine vorsätzliche Handlung konnte allerdings auch nicht ausgeschlossen werden.

Es wäre für jedes Mitglied oder jeden Gast ein Leichtes gewesen, die Schraube schnell zu lösen, denn der Heizungsraum lag direkt gegenüber der Herrentoilette und war nicht abgeschlossen. Die Befragung aller gestern anwesenden Personen erwies sich jedoch als Sackgasse. Man fand auch keine Hinweise auf einen Einbruch oder Manipulationsspuren. Zwar überprüfte die Kripo Mannheim rund um ihren Hauptkommissar Jan Dreifuß auch die Möglichkeit eines Racheakts einer konkurrierenden Rockergang. Doch sie fanden auch hier keinerlei Verdachtsmomente, wer die Dark Satanics so machtvoll schädigen wollte.

Das gesamte Areal wurde von Kameras erfasst, die Aufnahmen stets zwei Wochen gespeichert. Es war eine unglaubliche Fleißaufgabe, diese Daten zu sichten. Letztlich konnte auch da nichts Tatrelevantes gefunden werden. Nichts Auffälliges unter den Mitgliedern, den Gästen oder den Gaffern am Gittertor.

Kriminalinspektion Bergstraße, K10
Montag, 10. Juli 2017, 08.25 Uhr

»Hallo Herr Dreifuß. Mein Name ist Christian Berghoff, Kripo Heppenheim.«

»Hallo Herr Kollege. Was liegt an?«

»Sie hatten vor Kurzem einen Fall, bei dem ein Rocker in die Luft gesprengt wurde.«

»Ja. Richtig.«

»Ich arbeite da an einer Sache, bei der verschiedene Taten möglicherweise auf ein und denselben Täter hindeuten. Und ihr Fall passt in etwa in das betreffende Raster.«

»Verstehe.«

»Ich möchte aber keine umständliche Akteneinsicht beantragen. Mich würde vielmehr ihre persönliche Einschätzung interessieren. Ist der Fall glasklar, oder gibt es doch noch irgendwelche offenen Fragen?«

»Nein. Wir gehen definitiv von einem Unfall aus. Auch auf den Überwachungskameras nichts besonderes. Hin und wieder Gaffer vor dem Tor. Sonst normaler Betrieb, wenn man das bei dieser Klientel so sagen kann.«

Christian hätte gerne Zweifel herausgehört. Doch damit konnte Dreifuß nicht dienen.

»Verstehe. Und die Videos? – Wäre es möglich, diese einzusehen? - Ich würde die gerne mal selbst unter meinen Aspekten durchschauen.«

Die Leitung schien plötzlich leer zu sein. Dann antwortete Dreifuß:

»Sie meinen, so auf dem kleinen Dienstweg?«

»So dachte ich mir das. Ja.«

Dreifuß lachte.

»Ich denke, dass sich das machen ließe. Am besten, ich lade die Daten auf unseren FTP-Server und schicke Ihnen das Passwort für den Download per Mail. - Und wenn Sie was finden – bitte melden.«

»Natürlich. Und vielen Dank. Sie haben was gut bei mir.«

Sein Freund Matti war ein schlauer Fuchs. Denn er war es, der zuerst von dem Mannheimer Fall erfuhr und daraufhin seinen ehemaligen Kommilitonen Nico Hofer von der Mannheimer Staatsanwaltschaft kontaktierte. Dieser erwähnte in ihrem Gespräch beiläufig etwas aus der Vorgeschichte des Explosionsopfers. Und bei diesen Sätzen wurde Matti hellhörig:

»Lars Reimann war mehrfach vorbestraft. Unter anderem wegen versuchten Mordes und fahrlässigen Totschlags. Das brachte ihm fast zehn Jahre Knast ein. Der Idiot wollte damals den Oberboss der ›Red Demons‹ in einer italienischen Pizzeria abknallen. Doch der Demons-Chef hatte überlebt. Dabei ging aber ein Schuss daneben. Der Querschläger traf eine unbeteiligte Frau in den Hinterkopf, die mit ihrem Mann und zwei Kindern zum Abendessen war. Sie war sofort tot. Echt grauenvoll, oder?«

Genau das war es, wonach sie suchten. War der Tod von Reimann möglicherweise ein später Racheakt für die tote Frau? - In den kommenden Tagen trudelte das Datenmaterial nach und nach ein. Zum Glück hatten die Mannheimer Kollegen spezielle Ereignisse mit dem dazugehörigen Zeitstempel erfasst.

Jeden Abend wartete Christian, bis alle gegangen waren und durchforstete dann die Videos bis spät in die Nacht. Doch nichts war zu sehen, was ihn hätte weiterbringen können. Es war frustrierend.

Sogar am Freitag ackerte er bis nach dreiundzwanzig Uhr. Allerdings mit ganz schlechtem Gewissen. Denn Isabel wohnte seit Januar bei ihm in der Gießener Straße. Sie konnte sich zum Jahreswechsel ins Finanzamt Darmstadt versetzen lassen. Endlich waren sie zusammen und Isabel hatte es auch nicht weit zu ihren Eltern. Jetzt fehlte ihnen nur noch eine größere Wohnung.

Als er endlich durch war, musste er sich eingestehen, dass diese Spur ein ›Schuss in den Ofen‹ war. Zum Glück hatte er Elisa nicht in seine Fiktion eingeweiht, was er mal kurz überlegt hatte. Aber mit einer Fantasystory wollte er sie wirklich nicht belästigen.

Am Samstag zog Chris mit Isabel, Matti und dessen neuer Freundin Melissa durch die Kneipen und Bars der Heppenheimer Altstadt. Er wollte endlich abschalten und von Mannheim nichts mehr wissen.

Es wurde ein ausgelassener Abend mit gutem Essen, vielen guten Drinks und phantastischem Sex mit Isabel. Sonntag früh um fünf hatte er so einen Druck auf der Blase, dass er dringend auf die Toilette musste. Den Geschmack in seinem Mund konnte er nicht definieren. Irgendetwas zwischen vergorenem Bier und fauligen Eiern. Sein Körper brannte nach Mineralwasser. Als er schlaftrunken nach einem Glas griff kam ihm eine Idee, die ihn nicht mehr los ließ.

Am Montagabend, als wieder alle gegangen waren, nahm er sich nochmals die Videos der beiden Kameras vor, die das Haupttor und die Zäune mit den Metallstäben links und rechts davon im Visier hatten. Immer wieder tauchten dort Personen auf, die einen schnellen Blick auf das Böse erhaschen wollten. Christians Einfall bestätigte sich. Viele der Gaffer hielten sich am Zaun- oder Torgitter fest.

In der Materialkammer holte er ein DIN A3-Blatt. Darauf zeichnet er den gesamten Absperrbereich zur Straße hin – jeden einzelnen Gitterstab und jede einzelne Querstrebe. Dann sprang er zu den Zeitstempeln, die in der Liste mit der Bezeichnung ›Fremde Person im Außenbereich‹ geführt wurden. Er zeichnete jede Stelle exakt ein, an der in den letzten zwei Wochen vor dem Anschlag Finger das Eisen berührt hatten. Es waren viele, doch nicht zu viele.

Am darauffolgenden Tag rief er Dreifuß an und erklärte ihm seinen Gedanken, alle Fingerabdrücke sicherzustellen, die er auf seiner Zeichnung markiert hatte. Es dauerte, bis er ihn überzeugt hatte. Aber Dreifuß musste letztendlich eingestehen, dass die Idee ein interessanter Ermittlungsansatz war.

Am Donnerstag, den 21. Juli meldete sich Dreifuß wieder:

»Herr Berghoff. Treffer! Ein gewisser Frank Schulte aus Thannenberg in Sachsen. Ein Stein im Schuh ließ ihn Halt am Gitter suchen. Wurde 1998 an der Grenze bei Görlitz festgenommen. Da wollte er zwei Makarov-Pistolen und ein Baikal-Jagdgewehr nach Deutschland schmuggeln. Er bekam eine hohe Geldstrafe.«

»Herr Dreifuß, haben Sie schon konkrete Schritte eingeleitet?«

»Das geht jetzt seinen normalen Gang. Wir haben die Informationen gleich an die Kripo Dresden übergeben. Die sollen mal schauen, ob er in unseren Fall verwickelt sein könnte. Oder ob er einfach nur ein Gaffer wie jeder andere war. Mal abwarten...«

Das war der Moment, Elisa in seinen Verdacht einzuweihen. Christian brauchte ihre Einschätzung. Sie war eine erfahrene Kriminalistin und könnte seine Vermutungen auf Logik und Plausibilität hin abklopfen.

Am nächsten Morgen war sein erster Weg in Elisas Büro. Er schilderte ihr seine suspekten Fälle. Mal runzelte sie die Stirn, dann kratzte sie sich wieder am Ohr, stöhnte leise auf oder verzog den Mund. Überzeugte Begeisterung sah anders aus.

Doch dann öffnete Elisa die Polizeidatenbanken und fand schnell was sie suchte. Frank Schulte, geboren 12.11.60 in Thannenberg/Sachsen. War zunächst Techniker im volkseigenen Betrieb ›VEB Glashütter Uhrenbetriebe‹. Danach war er bis zur Wende im November 1989 in der Dresdner Bezirksleitung der FDJ, also der DDR-Jugendorganisation, tätig. 1998 Vorstrafe wegen illegaler Verbringung von Waffen nach Deutschland. Arbeitete zuletzt als Verwalter des Hotels ›Golden Hills‹ in Thannenberg.«

»Und jetzt?«, fragte Christian ein wenig ratlos.

Elisa musste sich eingestehen, dass an Christians Verdacht schon etwas dran sein könnte. Doch noch war der Fall Reimann nur ein einzelner Anschlag. Sie tippte vielmehr bei allen seinen vermeintlichen Morden auf individuelle Racheaktionen, die unabhängig voneinander stattgefunden hatten. Falls es überhaupt verdeckte Morde waren und nicht einfach nur ungewöhnliche Unfälle, oder ungewöhnliche, aber dennoch natürliche Todesfälle...«

»Wir sollten nichts überstürzen«, empfahl sie.

»Meine Rede!«, stimmte Christian ihr zu. »Erfolg und Blamage liegen hier eng beieinander.«

»Genau deshalb. – Also sollten wir zunächst mal abwarten, was die Dresdner Kollegen rausfinden. Parallel können wir alles zu Schulte und dessen Umfeld zusammentragen. – Lass uns am Montag gleich in Dresden anrufen.«

Am darauffolgenden Montag trafen sie sich gleich nach der Lagebesprechung. Christian rief in Dresden an und stellte auf laut. Kriminaloberkommissarin Clarissa Schubert bearbeitete den Fall:

»Wir wollten am vergangenen Freitag gleich eine Personenüberprüfung bei Frank Schulte vornehmen.«

Hoppla, dachte Christian anerkennend. Richtig flott, die Sachsen!

»Doch der Vogel war ausgeflogen. Hatte wohl einen Tipp erhalten. Deshalb hatten wir sofort für Samstag eine Hausdurchsuchung beantragt.«

Die Kollegin aus Dresden teilte ihnen mit, dass sie verschiedene brisante Dokumente gefunden hatten. Darunter auch eine Zeichnung des Rockergeländes an der A6 bei Mannheim, mit dem Datum ›19.03.‹. Christian sah zu Elisa und runzelte die Stirn. Denn der Anschlag fand definitiv am ›20.03.‹ statt. Da hatte Schulte wohl kurzfristig umdisponieren müssen.

Nach dem Gespräch holte Christian zwei Cappuccino und stellte sich an das Fenster neben Elisas Schreibtisch.

»Gestern sprach ich mit den Darmstädter Kollegen für Cyberkriminalität. Laut deren Informationen werden im Darknet immer wieder Auftragskiller gesucht und wohl auch gefunden. Einige Fälle konnten aufgedeckt werden. Die Dunkelziffer schätzen die Kollegen allerdings sehr hoch ein. Denn gefasst werden meist nur die Erstkiller und die etwas besseren Novizen, die schon für ein paar Tausender einen um die Ecke bringen.«

»Was? - für so wenig Geld?«, war Elisa schockiert.

»Ja, du hast richtig gehört. - Die Meister werden nur ganz selten gefasst, oder aber, wie der Iceman Richard Kuklinski, nur durch einen dummen Zufall. Julio Santana, der angeblich über 500 Aufträge ausgeführt hatte, ist immer noch auf freiem Fuß. - Es könnte ja sein, dass wir es hier auch mit einem Meister, oder sogar mehreren, zu tun haben?«

»Incredibile! Vielleicht war es doch gut, dass du so stur dran geblieben bist. - Übrigens war ich auch nicht untätig.«

Elisa blätterte ihre Notizen durch.

»Ich hab da einen weiteren Fall gefunden, der mir etwas suspekt erscheint: Drei Albaner, die 2013 in Hamburg-St.Pauli nachts in einer Seitenstraße erschossen wurden. Sie waren Mitglieder einer Einbrecherbande. Die Hamburger Kripo ging davon aus, dass ihre Ermordung im Zusammenhang mit dem Bandenkrieg gegen die Serbische Mafia stand. Zumal die Mordwaffen aus Serbien stammten. - Doch eine Sache machte mich stutzig. Bei einem dieser Einbrüche kam ein altes Ehepaar ums Leben. – Ob das was zu bedeuten hat?«

Christian nickte bedächtig mit dem Kopf. Elisa schaute nochmals auf ihren Block:

»Ach ja! Und der Fall mit diesem abgestürzten Kletterer? Den Michael bearbeitet hatte. - Den müssen wir auch im Auge behalten.«

Auge um Auge

Heidelberg, Neckarwiese
Montag, 24. Juli 2017, 22.20 Uhr

»Na endlich! Wo bleibst du denn so lange.«

Stuppi kam von der Uferstraße herüber zum Wasserspielplatz. Sophie zitterte am ganzen Körper, obwohl es noch gut und gern fünfundzwanzig Grad sein mussten. Jacky, ihre Freundin, stand daneben und drehte ihre langen, verfetteten Haare zu Löckchen.

»Hallo Mädels, sorry. War heute aber auch echt strange. Mein Ticker war total late.«

»Mensch laber nicht so blöd rum!«

Sie gingen zum Neckar hinunter und liefen am Ufer entlang flussabwärts. Da und dort lagen noch Leute auf der Neckarwiese und genossen den Abend mit Musik, Rotwein und Dope. Unter einem einzelnen Baum setzten sie sich.

Stuppi reichte den beiden Frauen die Tütchen. Das Ritual konnte beginnen. Feuerzeug, Löffel, Essigsäure, Aufkochen, Aufziehen, Abbinden. Schon hunderte Male gemacht. Sie akzeptierten, dass Stuppi nicht fixte. Blieb auch mehr für sie übrig. Er kiffte lieber, wenn sie mit Heroin oder ähnlichem zugedröhnt waren.

Vor zwei Monaten tauchte Stuppi in Heidelberg auf. Mal sahen sie ihn in der Unteren Straße, mal in der Kurfürsten-Anlage. Er grüßte immer und irgendwann sprach er sie an. Ob sie vielleicht Stoff hätten. Zum Rauchen? Es entwickelte sich ein loser Kontakt. Wenn die beiden Dreiundzwanzigjährigen klamm waren, konnten sie sich auf ihn verlassen. Irgendwie schaffte es Stuppi immer, ihnen aus der Patsche zu helfen. Und bisher waren sie auch stets in der Lage, ihm alles zurückzuzahlen.

Aber Montage waren verfickte Scheißtage, um die nötige Kohle für einen Schuss zusammen zu bekommen. Freier waren an diesem Tag Mangelware und Touris, die sie hätten beklauen können, waren auch keine da. Die ersten Busse mit Glotztouris kamen erst ab Dienstag. Dann war wieder ›paradise‹. Doch heute war genau wieder so ein verfickter scheiß Montag!

Stuppi war cool. Mit seinem Vollbart, den weiten, indischen Hosen, dem Batikshirt und den Jesuslatschen sah er wie ein aus der Zeit gefallener Guru aus.

Er drehte sich entspannt einen Joint und blickte sich um. Die nächsten Leute waren gut hundert Meter entfernt – in der Dunkelheit nur zu erahnen.

Sophie klopfte auf ihre Spritze, zog mit den Zähnen den Gummischlauch fester und drückte die Nadel in ihre Vene. Jacky zappelte vor lauter Gier so herum, dass Stuppi Angst hatte, sie würde es nicht packen. Aber dann saßen die beiden völlig gelöst vor ihm, die Oberkörper nach vorne gebeugt. Noch ansprechbar.

Er beobachtete sie eine Weile. Total kaputte Frauen. Die Drogen hatten sie gefährlich und unberechenbar gemacht. Tickende Zeitbomben für ihre Mitmenschen. Vielleicht hätte was aus ihnen werden können, wenn sie in ihrem früheren Leben nicht irgendwo falsch abgebogen oder vielleicht besser behandelt worden wären. Aber das war Schnee von gestern.

»Ich wünsche euch eine gute Reise Mädels. Auf nimmer wiedersehn.«

Sie hoben ihre Köpfe. Sophie lallte:

»Was soll das? Quatsch nicht so eine verfickte Scheiße.«

»Ja, verfickte Scheiße...«, plapperte Jacky nach.

Ihre Glieder wurden immer schwerer. Die Atmung und der Herzschlag verlangsamten sich. Wundervolle Harmonie kehrte in Körper und Geist ein.

»Könnt ihr euch noch an den Mann erinnern, den ihr platt gemacht habt? Bernhard Friese! Wegen hundertachtzig Euro? Mit einem Eisenrohr. Und dann in den Neckar geworfen. Da hatte er noch gelebt.«

Vor eineinhalb Jahren hatten sie an einem absolut total katastrophalen, beschissen verfickten Montag, einem Mann ein Eisenrohr über die Rübe gezogen. Ja! Unten bei der Stadthalle. Er kam gerade aus dem Restaurant und ging über die Straße an den Neckar. Vielleicht frische Luft schnappen, oder pissen? - Wenn er nicht so geizig gewesen wäre, der alte Sack. Gab ihnen nur fünf Euro, aber hinten im Geldbeutel steckten die großen Scheine.

Da lagen die kurzen Eisenrohre einer Baustelle und Jacky gab ihm eine auf den Glatzkopf und weg war er. Schnell die Taschen geleert und den Typ in den Neckar geworfen.

»Ja, ihr Lieben. Zwei Jahre habt ihr gekriegt - auf Bewährung. Weil ihr unzurechnungsfähig ward. So ein Witz!«

Sophie versuchte aufzustehen, doch die Beine versagten und sie sackte in sich zusammen. Aber sie rappelte sich nochmals auf die Knie. Ihr Speichel floss aus ihrem halb offenen Mund. Atemlos hechelte sie:

»Was willst du?«

»Gerechtigkeit! Ganz einfach. - Auge um Auge. Zahn um Zahn. Das kennt ihr doch. - Und über den Schuss braucht ihr euch keine Gedanken zu machen. Schenke ich euch.«

Er machte eine kurze Pause.

»Euer goldener Abschied – mit dem kostbarsten Stoff, so rein und clean, wie ihr ihn noch nie in euren Adern hattet.«

Jacky war nicht mehr ansprechbar und kippte nach hinten in die Wiese. Sophie versuchte ihre Arme hochzuwerfen, doch dadurch kippte sie nach hinten, rollte die Böschung hinunter und verschwand im Neckar. Eine Hand hing noch zwischen den Kieselsteinen, dann zog sie das Wasser mit.

Stuppi packte seine Sachen zusammen, schaute noch nach Jacky und stellte fest, dass die Atemlähmung eingetreten war. Das Gesicht hatte sich blau verfärbt. Er drehte sich nicht mehr um und verschwand über die Furchgasse.

In der hessischen Pampa

Darmstadt, Staatsanwaltschaft
Freitag, 28. Juli 2017, 10.30 Uhr

»Bevor wir beginnen, möchte ich Ihnen, Frau Batoni, zu Ihrer Beförderung zur Kriminaloberkommissarin gratulieren. Herzlichen Glückwunsch.«

Vor knapp einem Monat fand die Zeremonie im K10 bei der Kripo Heppenheim statt. Die kleine Feier am Abend in einem Heppenheimer Altstadtrestaurant, oben am malerischen Marktplatz, erinnerte Christian an die erste Nacht mit Elisa. Wäre er nicht in Isabel verliebt, wäre es ein wehmütiger Abend voller Melancholie geworden. So wurde es ein mitreißendes, feuchtfröhliches Fest.

Staatsanwalt Stornebeek ließ die Jalousien herunter und Christian warf ihr Wissen über einen Beamer an die Wand.

»Wir haben bisher aus dem Zuständigkeitsbereich anderer Kripostellen sechs Tote aus vier Fällen eruiert, die angeblich eines natürlichen Todes, durch Selbstmord oder einen Unfall starben. Plus einen Toten aus unserem Zuständigkeitsbereich, der eine Frau vergewaltigte und schwer verletzte und der beim Klettern unter ungewöhnlichen Umständen abstürzte.«

Elisa schaltete sich ein und führte weiter aus:

»Die Ermittlungen bezüglich des Kletterers wurden von unserem Kommissariat, genauer gesagt von Michael Raubart, geleitet. Es fanden sich zwar auch hier keine Hinweise auf Fremdeinwirkung, dennoch passt der Fall exakt in unser Suchraster. - Wie auch immer - Identisch für alle Fälle gilt, dass diese Toten immer im Vorfeld ein Gewaltverbrechen begangen hatten.«

Dass es zu diesem Treffen kam war Schwerstarbeit gegen die ablehnende Haltung ihres Vorgesetzten Bülow. Wäre Elisa und ihre Überzeugungskraft nicht mit im Boot gewesen, hätte er Christian sicher zur Schnecke gemacht. So war Bülow unsicher geworden. Zumindest konnten sie erhebliche Zweifel in seine Gedankenwelt pflanzen, die er nicht einfach wegwischen konnte. Denn wenn an der Sache was dran wäre und er hätte nicht gehandelt… - Gute Nacht.

Jetzt saß Bülow neben seinem Vorgesetzten, Kriminaloberrat Dirk Nowak. Eine intensive Diskussion entbrannte unter den Anwesenden, ob es tatsächlich Zusammenhänge zwischen den aufgezeigten Todesfällen gab. Und ob Schulte oder andere Personen darin involviert waren und Mordaufträge ausführten.

Nach langem Hin und Her musste Stornebeek anerkennen:

»Indizien sind tatsächlich vorhanden, das ist nicht zu leugnen.«

»Aber was steckt hinter den Tötungen, wenn es sie denn tatsächlich gegeben hatte?«, wollte Nowak wissen. »Was wären die Motive gewesen?«

»Unsere Vermutung ist...«, begann Christian, »...dass Auftragsmörder Liquidierungen von Gewaltverbrechern vollstrecken. Gegen Bezahlung. Da wird viel Geld im Spiel sein! Möglicherweise von Personen angeheuert, die eine Straftat, im Besonderen ein Gewaltverbrechen, rächen wollen. Vielleicht überlebende Opfer, Angehörige, Bekannte oder einfach Personen, die sich von einem speziellen Gewaltverbrechen in irgendeiner Weise betroffen fühlten.«

Elisa fuhr fort:

»Die Kontakte könnten über das Internet, Chatrooms, das Darknet, über Selbsthilfegruppen, Psychologen oder ähnliche Kreise weitergegeben worden sein.«

Die Gesichter ihrer Zuhörer wurden immer länger. Denn die Ungeheuerlichkeit war so groß, dass schon allein der Gedanke daran auf eine massive innere Abwehr stieß. Aber, wie Stornebeek anmerkte:

»Jetzt, wo ich von den Indizien Kenntnis habe, kann und darf ich diese Angelegenheit nicht ignorieren. Aber ich kann Ihnen auch sagen, dass mir das nicht leicht fällt. Die Schlussfolgerungen aus diesem Sachverhalt sind nämlich absolut urgewaltig. - Ich muss genau im Auge behalten, was wir damit ins Rollen bringen.«

Er beugte sich verschwörerisch über den Tisch:

»Wenn wir hier danebengreifen, sind wir wirklich bis auf die Knochen blamiert. Dann sehen wir uns irgendwo in der hessischen Pampa wieder.«

Doch Stornebeek war auch ein kluger Ermittlungsleiter:

»Wir gehen sukzessive vor, um den Anfangsverdacht zu erhärten. Ohne gleich alle Hühner aufzuscheuchen.«

Er schaute von Einem zum Anderen:

»Schulte hat mutmaßlich den Anschlag gegen den Rocker bei Mannheim durchgeführt. Das legt schon die Zeichnung mit seinen Fingerabdrücken nahe, die bei ihm zu Hause in Thannenberg gefunden wurde. Daher sollten wir hier einhaken und mit den Kollegen in Dresden zusammenarbeiten. - Und als Begründung werde ich angeben, dass wir an einem ähnlich gelagerten Fall arbeiten und nach möglichen Überschneidungen suchen.«

Zu weit gedacht

Thannenberg
Dienstag, 15. August 2017, 09.35 Uhr

Es würde ein heißer Tag werden. Sie saßen auf der halbhohen Mauer neben dem Gasthof, in dem sie übernachtet hatten. Ein hellgrauer VW Passat bog in die schmale Zufahrt und hielt neben ihnen. Das Beifahrerfenster ging nach unten.

»Wo soll's denn hingehen? Kann ich euch ein Stück mitnehmen?«

»Ja, gerne. Wie wär's denn mit dem nächsten Eiscafé?«, schlug Elisa vor. Lachend stieg Kriminaloberkommissarin Schubert aus dem Wagen.

»Guten Morgen. Ich bin Clarissa, eure Begleiterin. Na, hab ich nicht ein tolles Wetter für euch bestellt?«

»Fast schon zu toll. Das sieht nach viel Schweiß aus«, gab Elisa zu bedenken.

»Wo wollt ihr denn beginnen, ihr Lieben?«

Elisa schaute zu Christian:

»Am besten gleich mal in der Wohnung von Schulte.«

»Na dann bitte einsteigen.«

Die beiden verstanden sich auf Anhieb. Die gleiche überschwängliche Art, die liebevolle Freundlichkeit und nicht zu vergessen, das ausgeprägte Mitteilungsbedürfnis.

Christian wusste, dass er damit nicht gleich zurechtkam. Es war ja nicht so, dass er das schlecht fand. Doch diese Woge an Lebensfreude musste erst einmal seine inneren Barrieren überwinden. Zudem hatte er letzte Nacht wieder diesen schrecklichen Alptraum, bei dem er tiefer und tiefer in einen Abgrund geworfen wurde und zerschmetterte - in einem finsteren Höllenschlund, einsam, verlassen und unendlich traurig. Dieser Traum hatte ihn wieder einmal völlig fertig gemacht.

Ein paar Straßen weiter parkte Clarissa vor einem aus unverputzten Granitsteinen gemauerten Haus. Es hätte auch ein Gebäude einer Burg sein können, so wuchtig und trutzig wie es dastand. Sie schien die Gedanken zu erahnen:

»Es wurde vor vielen Jahrhunderten erbaut. Ich glaube so 12. Jahrhundert oder so und gehörte zum alten Rittergut auf dem Berg. Hier unten im Tal wohnte seit eh und je der Stallmeister. Und der hieß seit Urzeiten Schulte.«

Clarissa durchtrennte das Polizeisiegel. Im Haus umfasste sie der Hauch des Vergangenen. Sie fühlten sich in die 50er-Jahre zurückversetzt. Alles war ordentlich aufgeräumt. Auf dem Küchentisch stand noch die Kaffeetasse und ein kleiner Teller mit Besteck.

»Wir denken, dass er sehr spontan aufgebrochen ist. Möglicherweise hatte er am Morgen, noch beim Kaffee eine Warnung erhalten.«

»Wo habt ihr die Zeichnung vom Rockergelände gefunden?«, wollte Elisa wissen. Clarissa winkte mitzukommen. In Schultes Arbeitszimmer öffnete sie die rechte Schublade des Schreibtisches und griff unter die Schreibtischplatte. Und schon schnappte eine sehr flache, geheime Schublade auf, in die man ein paar wenige Blätter nur legen konnte.

»Hier drin lag sie. - Nur das eine Blatt, weiter nichts.«

Elisa und Christian sahen sich weiter in dem Raum um. Dann durchstreiften sie das ganze Haus, vom Dachboden bis zum Keller. Sie suchten nichts besonderes, sondern wollten sich nur einen Eindruck verschaffen, wie Schulte lebte. Denn die Kripo Dresden hatte hier schon alles auf den Kopf gestellt.

Als sie durch waren, schlug Clarissa vor:

»Wir könnten jetzt zu seiner letzten Arbeitsstätte fahren oder aber auch zu seiner Jagdhütte.«

»Dann zuerst zur Jagdhütte«, meinte Christian.

Durch dichten Tannenwald ging es hinauf zum Falkenstein. Unterhalb der Gipfelkuppe bog Clarissa ab und folgte einem schmalen Waldweg bis zu einer weiten, sandigen Lichtung. Unter den hinteren Tannen versteckte sich eine Blockhütte vor der flirrenden Sommerhitze.

Clarissa stellte das Auto in den Schatten. Dann überquerten sie die Lichtung. Links ein Plumpsklo in einem Holzhäuschen mit ausgeschnittenem Herz. Daneben ein langer Holzstoß.

»Hoffentlich hat er nichts in der Scheißgrube versteckt!«, sorgte sich Christian. Elisa drehte sich angewidert ab und hoffte insgeheim, dass er recht hatte.

Clarissa durchtrennte das Polizeisiegel. Sie tapsten in die stickige Dunkelheit, öffneten die Fenster und entriegelten die Fensterläden. Frische Luft. In der linken Ecke stand ein gemauerter offener Kamin. Davor zwei bequeme Ohrensessel. Daran schlossen sich ein alter Kohleherd und ein Geschirrschrank an. Ein schwerer Eichentisch mit Sitzbank und Stühlen nahm die Mitte des Raumes ein. Hinten an der Wand zwei Betten.

Die Dielen knarrten. Von den Wänden starrten Tierköpfe auf sie herab. Clarissa betrachtete einen nach dem anderen:

»Hier wollte ich bestimmt nicht schlafen. Stell dir vor, du wachst auf und die Tieraugen glotzen dich an. - Ist doch gruselig, oder?«

Elisa nickte verständnisvoll. Christian konnte mit diesem Gedankenspiel irgendwie nichts anfangen. - Die Dresdner Kripo hatte auch die Jagdhütte schon spurentechnisch untersucht. Leider aber nichts Wesentliches gefunden. Daher nahmen Elisa und Christian den Innenraum nur allgemein in Augenschein.

Doch Christian hatte die leise Hoffnung, dass sie trotzdem etwas Verwertbares finden könnten. Vielleicht etwas, das nur für ihre ganz spezielle Sichtweise relevant war.

Er ging zu dem offen Kamin:

»Das wäre doch eigentlich ein ideales Versteck für irgendwelche Geheimsachen, oder nicht?«

Auf den Knien betastete er jeden Mauerstein und steckte seinen Kopf in den Kaminabzug. Ruß bröselte auf ihn herunter.

»Scheiße noch Mal. – Aber da ist nichts!«

Er nahm einen der Ohrensessel und stellte ihn etwas zurück. Dann setzte er sich und starrte den Kamin an.

»Leute, ich muss mal eine rauchen«, meinte Clarissa.

»Ich leiste dir ein wenig Gesellschaft.«

Und schon war er allein mit dem Kamin. Wo könnte man da etwas verstecken, grübelte er. Im Mauerwerk? In den Luftauslässen? War die hintere Kaminwand eigentlich ein Teil der Außenwand, oder stand sie direkt davor?

Christian strich über sein Kinn. Dann ging er hinaus.

»Na, wie steht's?«, fragte Elisa.

»Ich muss da mal was nachschauen.«

»Wir gehen wieder rein. Hier draußen ist es uns entschieden zu heiß.«

An der linken Stirnseite der Jagdhütte war ein kleiner Holzschuppen angebaut. Den wollte er genauer unter die Lupe nehmen.

Einzelne Lichtstrahlen fanden ihren Weg zwischen den Holzbrettern in das Halbdunkel. Das trockene Kaminholz war von links nach rechts hüfthoch an die Außenwand der Jagdhütte gestapelt. Gegenüber lehnte verschiedenes Gartengerät. Ungewöhnlich war, dass am hinteren Ende das Holz auf einen halben Meter nur drei bis vier Reihen hoch gestapelt war.

Wer nimmt denn die Holzscheite von der Seite? Man nimmt sie normalerweise von oben. Sonst könnten sie doch abrutschen.

Christian kniete sich hin und entfernte die wenigen Holzscheite bis zum Boden. Dann tastete er die Wandbretter ab. Knapp über dem Boden erfühlte er einen Spalt. Da noch einen. Doch es war zu schummrig, um etwas zu erkennen.

Er ging zurück in die Hütte und ließ sich von Clarissa die Autoschlüssel geben:

»Ich brauche eine Taschenlampe. Da hinten ist es viel zu duster.«

Er holte eine LED-Stablampe aus dem Kofferraum und ging zurück. Auf halbem Weg vernahm er ein Motorengeräusch, das auf dem Waldweg näher kam. Ein Geländewagen, vielleicht ein Lada, parkte rückwärts neben ihrem Auto. Freund oder Feind? Er wusste es nicht und musste schnell entscheiden. Zurück in die Hütte wäre keine gute Idee. Falls es gefährlich werden würde, säßen sie zu Dritt in der Falle. Christian wollte auf jeden Fall auf Nummer sicher gehen und sprang hinter den Holzstoß neben dem Plumpsklo. Per Sprachnachricht schickte er eine Warnung an Elisa.

Eine Frau in Camouflagehose und schwarzem Trägershirt, dahinter ein jüngerer Mann in Jeans und T-Shirt, standen geduckt am Rand der Lichtung. Sie waren unschlüssig, ob sie weitergehen sollten. Ihre Blicke strichen über den

Platz. Alles schien ruhig. Nur der VW Passat, der hier geparkt war, irritierte sie. Doch sie mussten unbedingt in die Jagdhütte, egal wer da gerade drin war.

Die Frau zog eine Waffe, lud durch und entsicherte sie. Dann schlichen die beiden auf die Jagdhütte zu. Christian musste mit dem schlimmsten rechnen. Sollten sie in die Hütte eindringen, könnte es zur Eskalation kommen. Er musste handeln und zog seine Pistole.

»Stehen bleiben, Polizei! - Und Hände hoch!«

Die beiden stoppten, drehten sich langsam zu Christian um und hoben ihre Hände. Elisa und Clarissa hatten sich an Fenster und Tür mit gezückten Waffen in Deckung gebracht.

»Hallo Herr Kollege!«, rief die Frau ihm zu. »Keine Panik! Wir sind auch von der Polizei – Sächsischer Staatsschutz!«

Sie sprach ruhig und entspannt. Doch Christian blieb wachsam. So blöd war er nun auch wieder nicht. Das konnte ja jeder sagen...

»Waffe auf den Boden legen und Ausweise zeigen! - Gaaanz langsam, wenn ich bitten darf!«

Er kam hinter dem Holzstoß hervor, seine schussbereite Waffe genau auf die Frau gerichtet. Sie ging ganz vorsichtig in die Hocke und senkte ihre Hand mit der Waffe behutsam zu Boden.

Doch blitzartig und unerwartet riss sie die Pistole wieder hoch und feuerte. Ein harter Schlag gegen die linke Brust ließ Christian herumwirbeln. Es war diese eine Millisekunde, die er vorausgedacht hatte. Die Waffe schien schon auf dem Boden zu liegen. Was für ein unverzeihlicher Fehler, jagte es durch sein Gehirn. Er taumelte, wollte abdrücken, doch da durchschlug ein zweiter Schuss seine rechte Hüfte. Ein stechender Schmerz raste durch sein Bein bis in die Zehenspitzen. Er spürte es nicht mehr und brach zusammen. Sein Puls begann zu rasen.

Über den sandigen Boden hinweg hörte er Pistolensalven aus der Jagdhütte krachen und sah, wie die Frau zu Boden ging. Sein Blick verschwamm. Die Umgebung löste sich wie in einem Zerrspiegel auf. War das der Höllenschlund, in den er in seinen Alpträumen gestoßen wurde? Doch jetzt spürte er keine Angst. Er stürzte nicht in die Dunkelheit und zerschmetterte am Grund - er schwebte empor. Sein Herzschlag dehnte sich und tiefe Entspannung legte sich über ihn. Er spürte keinen Schmerz mehr. War das hier das Ende? Hatte sich sein Schicksal genau diesen sonnigen Sommertag für den Abschied von Allem ausgewählt? Es war so leicht, zu vergehen. Dunkelheit verengte seinen Blick bis zu einem kleinen Punkt. Er wollte noch etwas sagen. Dann hatte er verloren.

Den Begleiter der Frau, der verdeckt hinter ihr stand, traf nur ein Streifschuss. Er floh zum Auto. Clarissa sprang zuerst zu der Angreiferin und sicherte ihre Waffe. Dann verfolgte sie den Flüchtenden. Doch der hatte das Auto schon gestartet und jagte den Waldweg hinunter. Ihre Schüsse trafen nur noch den Kofferraum, konnten ihn aber nicht mehr stoppen.

Elisa warf sich über ihren Kollegen und tastete seine Halsschlagader.

»Porca puttana! – Chris, hörst du mich? – Chris?«

Die Angst, dass er tot sein könnte, erfasste sie wie ein Donnerschlag. Sie schüttelte seinen leblosen Körper und klatschte auf seine Wangen. Es kam keine Reaktion. Dann drückte sie ihre zittrigen Finger nochmals tief neben seinem Adamsapfel in den Hals. - Ein schwaches, stark verzögertes Pulsieren. Er lebte - noch. Als Clarissa zurückkam hatte sie den Verbandskasten unter dem Arm. Sie legten einen Druckverband an, verbanden die Hüftverletzung und drehten ihn in die stabile Seitenlage. Sie hofften, dass das Herz nicht getroffen war. Elisa prüfte in kurzen Abständen seine Atmung und Puls.

Lukas jagte den Lada Geländewagen durch den Wald, hinunter zur Hauptstraße und weiter Richtung Leipzig. Der Schock saß ihm in den Gliedern. Doch nicht aus Angst. Schon gar nicht aus Angst, verletzt zu werden, oder etwa sein Leben zu verlieren. Damit hatte er abgeschlossen. Nein! Er war völlig aufgewühlt, dass ein Polizist angeschossen oder vielleicht sogar getötet wurde. Das war nicht seine Mission.

Clarissa saß wie angeklebt auf dem gelben Plastikstuhl vor dem Eingang zur Intensivstation. Elisa ging unentwegt den Flur auf und ab. Jedes Mal, wenn sich die Tür öffnete, blieb sie wie versteinert stehen um dann zu erkennen, dass sie noch warten mussten. Sie sprachen kein Wort.

Wieder öffnete sich die Tür und Oberarzt Dr. Kruse kam auf sie zu.

»Die Not-OP verlief den Umständen entsprechend gut. Wir müssen jetzt abwarten.«

»Und was heißt das genau?«, fragte Elisa nach.

»Sind sie Angehörige?«

Die Polizistinnen zückten ihre Ausweise:

»Gut. - Herr Berghoff erlitt einen Durchschuss der linken Schulter oberhalb des Herzens. Er hatte verdammtes Glück, dass das Herz nicht getroffen wurde. Darüber hinaus erlitt er einen Steckschuss in der Wirbelsäule.«

Der Schreck jagte durch ihre Glieder und die schrecklichsten Szenarien platzten vor ihr inneres Auge.

»Doch er hatte auch hierbei unglaubliches Glück im Unglück. Das Projektil wurde durch den Hüftknochen abgebremst und abgelenkt. Es steckt nun in L4, also dem vierten Lendenwirbel und drückt auf das zentrale Nervensystem im Rückenmark. Leider inoperabel. Da ist wirklich gar nichts zu machen. Eine OP würde wohl unweigerlich zu einer Querschnittslähmung führen.«

Dr. Kruse machte eine kurze Pause

»Aber! Und das ist hier das Positive. Das Projektil hat das Rückenmark nicht verletzt und keine Nerven durchtrennt.«

Wird er wieder gesund?«, wollte Clarissa wissen.

Das ist relativ. Er wird wohl lebenslang starke Schmerzmittel nehmen müssen.«

Christian war verkabelt und aus dem Infusionsbehälter tropfte Schmerzmittel. Als Elisa seine Hand nahm öffnete er die Augen. Halb in Trance und mit schwerer Zunge stammelte er: »Ich weiß, wie es um mich steht. - Ich bin selbst schuld.«

Dann brach er ab, schloss für einen Moment die Augen:

»Hab einen Sekundenbruchteil zu weit gedacht.«

Seine Kolleginnen schauten ihn stumm an. Christian fiel es schwer, die Augen offen zu halten. Doch dann zwang er sich zu reden:

»Elisa. - Ich glaube, ich habe in dem Holzschuppen was gefunden. Knapp über dem Boden lose Bretter...«

Dann dämmerte er wieder in einen traumlosen Nachnarkoseschlaf.

Am nächsten Tag, in Clarissas Büro in Dresden, kam für alle völlig unerwartet die Nachricht herein: Täterin identifiziert - Tatjana Pavlova. Ehemalige Mitarbeiterin des SWR, dem russischen Dienst für Außenaufklärung. 47 Jahre alt. Seit 2012 im russischen diplomatischen Sicherheitsdienst in Leipzig tätig.

Was sollte das schon wieder bedeuten, rätselte Elisa. Wir suchen Schulte und schnappen eine russische Geheim-agentin? Am Nachmittag fuhren Elisa und Clarissa nochmals hoch zur Jagdhütte. Sie lösten die Bretter. Dahinter befand sich die gemauerte Rückseite des Kamins. Sie hebelten zwei lose Kaminsteine heraus und fanden dahinter eine flache Geldkassette. Sie lachten und klatschten sich ab. Dann brachen sie das Schloss auf und waren sprachlos.

Gleich am nächsten Morgen fuhren sie ins Krankenhaus. Zum Glück hatte Clarissa die Erlaubnis erhalten, Elisa noch weiter zu begleiten. Und sie hatte Elisa angeboten, dass sie ein paar Nächte bei ihr schlafen könnte.

Clarissa wartete im Krankenhaus-Café und Elisa jagte durch die Flure. Als sie eintrat und ihren Kollegen so verletzt daliegen sah, kam ihr alles nicht mehr so wichtig vor. Sie wollte zuerst wissen, wie es ihm ging.

»Kann ich dir eigentlich gar nicht sagen. So lange ich am Tropf hänge geht es mir gut. - Na ja, schmerztechnisch. Mal sehen, wie das später mit den Tabletten wird...«

Elisa nickte schwer bedrückt. Dann begann sie mit den Neuigkeiten zu der Frau, die auf Christian geschossen hatte und endete mit den Sätzen:

»Du weißt, dass ich nicht rachsüchtig bin. Aber dieses eine Mal sage ich ›die hat's verdient‹. - Sgualdrina!«

Anfang letzten Jahres begann Elisa einen Tanzkurs und es dauerte nicht lange, bis sie auf rosaroten Wolken schwebte. Jens war zehn Jahre älter. Seine Scheidung war durch und die beiden Kinder aus dem Haus. Sie verstanden sich auf Anhieb. Jens konnte ihr *die* Liebe und Sicherheit geben, die sie sich immer wünschte. Sie war glücklich.

Dann zog Elisa die Geldkassette aus ihrem Rucksack.

»Kommen wir zur Jagdhütte. Du hattest den richtigen Riecher. Tatsächlich haben wir das hier gefunden:«

Sie grinste ihn an und zeigte ihm zwei Plastikbeutel.

»Ecco a voi! 15.000 Euro in bar und dieser Zettel. Neun mit Edding geschwärzte Zeilen. Aber darunter diese eine lesbare:«

›Unterföhring 18.08.17 Baumann RH, TP‹

»Die geschwärzten Zeilen könnten Einsatzorte für Attentate gewesen sein«, erwägte Elisa.

»So leid es mir tut, Elisa. Aber es könnten auch einfach nur irgendwelche Jagdtermine oder sonst was sein.«

»Im Prinzip ja. Wenn wir aber die Hintergründe betrachten, scheinen Mordtermine naheliegender. Ich meine, Schulte hat einen Anschlag verübt, dann die Kassette mit so viel Geld und auch noch so geheim versteckt.«

»Hmm. - Auch wieder recht«, musste Christian eingestehen. Er drehte sich zu ihr:

»Ich vermute, dass Schulte diese Liste geführt hatte. Allerdings könnte ich ihm hier kein Kürzel zuordnen. Nur TP. Könnte das die Tatjana Pavlova sein?«

»Maledetta! Du hast recht. Und diese Pavlova wollte das alles holen. – Ist nichts draus geworden.«

Elisa überflog nochmals das Papier:

»Wenn TP das Kürzel für Pavlova ist, muss sich Schulte jetzt einen Ersatz für die Sache in Unterföhring suchen.«

Ihre Augen blieben starr auf dem Stück Papier hängen und unvermittelt platzte sie heraus:

»Chris, der wievielte ist heute?«

»Da fragst du definitiv den Falschen.«

Der Blick auf das Handy jagte ihr einen gewaltigen Schreck ein.

»Das gibt's doch nicht. Fast hätten wir etwas übersehen.«

Sie deutete aufgeregt auf die letzte Zeile des Zettels:

»Da schau: Unterföhring, 18.08.17, Baumann, RH, TP.«

Sie konnte es nicht glauben.

»Das ist Morgen! - Ich muss sofort los. Merda!«

Doch Christian bremste sie:

»Noch fünf Minuten, bitte. Damit wir den Rest klären.«

Er setzte sich etwas auf:

»Eine Idee: Vielleicht kann man die geschwärzten Zeilen wieder sichtbar machen? Dann könnte Dresden die Daten an die entsprechenden Polizeistellen weiterleiten und die müssten wiederum klären, ob an den Terminen tatsächlich jemand starb und ob der Tod sogar ein Verbrechen war.«

»Werde ich nachher gleich an Clarissa weitergeben.« Christian grübelte weiter:

»So könnten viele Rätsel nach und nach gelöst werden. Aber Elisa, machen wir uns nichts vor. Letztlich müsste erst einmal eine Tat aufgearbeitet und bewiesen werden. Bei den Altfällen sind vielleicht einige Tote eingeäschert. Und dann die Kürzel. Sie sind auch kein Beweis für eine Tatbeteiligung. TP könnte auch Thomas Peters bedeuten.«

»Das ist schon richtig. Aber ich sehe keinen anderen Weg, hinter die Geheimnisse der Toten zu kommen.«

Elisa beugte sich vor und gab ihm ein Küsschen auf die Wange:

»Ich bin so froh, dass du noch lebst.«

Ihre Augen füllten sich mit Tränen. Christian war gerührt

»Aber jetzt muss ich los!«

Dieses kalte, blaue Licht

München-Unterföhring
Freitag, 18. August 2017, 23.45 Uhr

Dieter Baumann lachte in die Dunkelheit. War das ein geiler Abend. Der Dänemann hatte gesessen - und ruckzuck war die Lippe dick. Wollte mich anmachen, der Suffkopf.

»Hör mal, Pauli...«, hab ich ihm gesagt. »...noch ein Wort und du wirst Blut saufen! - Dein Blut!«

Aber diese Schwuchtel wollte nicht hören. Also gab es Blut – viel Blut.

Baumann bog mit seinem klapprigen Damenfahrrad in die Bauhofstraße ein. Er hatte kein Licht und Straßenlaternen gab's hier draußen auch nicht. Aber er kannte die Gegend in- und auswendig und meinte, dass er auch mit verbundenen Augen nach Hause finden würde. Sogar im Vollrausch. - Gierig zog er an seiner Kippe und die Funken flogen im Fahrtwind.

Mit so einem Gesocks musste er sich jetzt abgeben. Doch er wollte wieder ganz nach oben. Die Kacke mit der Lissi, der dämlichen Schnepfe, hatte ihn total zurückgeworfen. Was musste die auch immer so viel saufen und ihn dann ständig angeifern. Zwei, drei harmlose Watschen und da lag sie unterm Tresen. War einfach nur dumm gefallen. Und dabei hatte sich die blöde Kuh zwei Zähne ausgeschlagen und den Kopf angestoßen. Weiter nichts! - Und für so was dann zwei Jahre Knast – nur wegen der dämlichen Bewährung, die noch lief. Einfach nur kleinlich von diesem dreckigen Richter. - Scheiß Staat!

Elisa war mit dem ICE von Dresden gekommen und saß nun mit den Kripokollegen aus Ismaning in der Polizeistation von Unterföhring und wartete. Vielleicht würde sie der Einfall des Kollegen Oberwendt endlich weiter bringen. Jeden Moment musste der Anruf des Chefs der hiesigen Post kommen. - Sie suchten eine Person mit Namen Baumann, die aller Wahrscheinlichkeit nach in eine frühere Gewalttat verstrickt war. Die Personenabfrage erbrachte zwei Adressen – ein Rentnerehepaar und eine fünfköpfige Familie. Alle unbescholten und absolut unverdächtig. Auch in ganz Bayern fanden sie keinen Baumann, der eines Schwerverbrechens beschuldigt wurde. Es musste also einen weitere Person mit dem Namen Baumann geben, der aber hier nicht gemeldet war. Ihre letzte Hoffnung lag jetzt bei den örtlichen Postboten.

Und endlich kam die ersehnte Nachricht. Der Chef der hiesigen Post teilte ihnen mit, dass eine Zustellerin einen Dieter Baumann in ihrem Bezirk hätte, der auf einem stillgelegten Betriebsgelände in einem Wohnwagen leben würde.

Vor dem Isarkanal bog Baumann ab und überquerte den verlassenen Betriebshof. Ganz hinten am Kanal, unter den hohen Buchen, hatte er seinen Wohnwagen stehen. Luggi hatte gemeint, ›Stell deinen Wagen erst mal auf meinem alten Hof ab. Bis du was Besseres gefunden hast‹. Baumann war sich sicher: Mit Luggi und Ivo einen richtigen Bruch, dann war er wieder da. Dann würde er wieder oben auf der Sahne schwimmen und nicht mehr in diesen stinkigen Pennerkneipen mit den verratzten Deppen rumhängen. Dann ginge es wieder in die Clubs und Bars nach München – Puppen tanzen lassen.

Er stellte sein Rad hinter den Wohnwagen. Es war eine milde Sommernacht. Grillen zirpten. Der warme Föhnwind kam aus dem Süden über die Alpen. Er blickte über den dunklen Isarkanal und zog genüsslich an seiner Zigarette. Als Kettenraucher kostete das schon einen Batzen Geld. Aber drauf geschissen. In ein paar Wochen würde er sich die Kippen wieder mit Fünfzigerscheinen anzünden.

Der Himmel schien auf einmal bläulich zu schimmern. Dieses Licht kannte er doch. Dieses kalte, blaue Licht in der Nacht. Dann das Martinshorn. Er drehte sich zur Zufahrt und hoffte, dass sie vorbeifahren würden.

Verdammte Scheiße. Nein. Was wollten die hier? Hatte einer ihren Plan ausgequatscht? Drei Polizeiwagen kamen auf ihn zu. Er griff an die Türklinke des Wohnwagens.

»Habe ich die Pläne alle weggeräumt?«, schoss es ihm durch den Kopf. Er riss die Tür auf und stieg hinein.

Eine Stichflamme schlug ihm ins Gesicht. Dann explodierte der Wohnwagen. Die Feuersäule jagte in den Nachthimmel und erhellte den Isarkanal. Ein brennendes Inferno, aus dem es kein Entrinnen gab.

Die Brandspezialisten hatten die Ursache schnell gefunden. Der Drehknopf des Gasherdes war geöffnet. Baumann musste vergessen haben, ihn zu schließen. Für eine andere Erklärung gab es keinen Grund oder Hinweise.

Doch Elisa wusste es besser. Denn die Tat war auf dem Notizblatt von Frank Schulte vorbestimmt und Baumann hatte ganz sicher Dreck am Stecken. Und zwar viel mehr, als die Körperverletzung, für die er ins Gefängnis musste.

Aber Sie konnte nicht ahnen und vielleicht würde sie es auch nie erfahren, warum Baumann wirklich ermordet wurde. Vielleicht aber würde sich eines Tages doch jemand melden und ihnen erzählen, dass er im Knast einen Homosexuellen monatelang gequält und vergewaltigt hatte. Dass sich Marcel bei den Wärtern immer wieder beschwerte, sie ihn aber nur ausgelacht hatten. Und dass sich dieser Marcel irgendwann in einer Nacht ins Bett legte, sich zudeckte, die Pulsadern aufschlitzte und verblutete.

Sie konnte auch nicht ahnen, dass auf der anderen Seite des Isarkanals zwei Männer auf einer Bank saßen und das Geschehen mit ihren Ferngläsern verfolgt hatten.

Minimalziel

Dresden, Kleingartenanlage
Mittwoch, 06. September 2017, 07.30 Uhr

Clarissa Schubert lehnte an ihrem silbergrauen Zivil-Passat und zog an der Zigarette. Die Kommissarin aus Dresden drehte sich zum offenen Beifahrerfenster:

»Hoffentlich hat er es nicht ganz so eilig. Damit ich wenigstens fertig rauchen kann.«

»Und ich würde gerne noch fertig frühstücken...«

Sie lachten. Elisa biss in ihr Croissant und nahm einen kräftigen Schluck aus dem ›ToGo-Kaffeebecher‹.

Die Sonne hatte sich heute noch nicht sehen lassen und sollte das laut Vorhersage auch nicht vorhaben. Vielmehr stand die Regenwahrscheinlichkeit bei neunzig Prozent. Aber auch davon war nichts zu sehen. Wettervorhersagen, meinte Elisa, waren wie Münze werfen. Einfache Fifty-Fifty-Chance.

Gestern war sie angereist und konnte wieder auf Clarissas super bequemer Couch übernachten. Sie wohnte in Börnchen, einem kleinen Kaff an der B170. Da hatte sie eine bezahlbare Dreiraumwohnung und eine schnelle Anbindung an Dresden. Denn Dresden war für Clarissa einfach unbezahlbar, wie sie einmal achselzuckend anmerkte.

Die Dresdner Kripo hatte Heppenheim angeboten, bei einem Schlag gegen Schulte und sein Umfeld dabei zu sein. Und das wollte sich Elisa definitiv nicht entgehen lassen.

Endlich hatten sie Frank Schulte ausfindig gemacht. Als er aus Thannenberg verschwand, hatte er allem Anschein nach Unterschlupf in der Dresdner Umgebung gefunden. Die Heppenheimer Kripo hoffte, dass endlich der Anschlag auf Reimann, den Rocker aus Mannheim, aufgeklärt werden konnte und vielleicht noch einiges andere darüber hinaus.

Im Polizeifunk herrschte weitgehende Ruhe. Nur gelegentlich funkte ein Streifenwagen und gab seine Position durch. Clarissa warf ihre Kippe in einen Gulli und stieg wieder ein.

»So, jetzt kann's von mir aus losgehen!«, strahlte sie Elisa an. »Den schnappen wir uns heute, das fühle ich.«

»Na da hoffe ich, dass auf deiner Gefühlsebene alles in Ordnung ist...«, meinte Elisa ironisch.

»Aber hallo! So was von in Ordnung, sag ich dir...!«

Vor einer Woche wurde Frank Schultes Handy im Dresdner Westen geortet. Die angepeilte Funkzelle deutete darauf hin, dass er sich dort irgendwo in einer Kleingartenanlage versteckt hielt. Ein eigenes Grundstück war allerdings nicht eingetragen. Mehrere Polizeibeamte, getarnt als Kleingärtner durchstreiften zwei Tage lang die Wege in der Anlage. Am Freitagnachmittag hatten sie ihn. Er saß vor einer unscheinbaren Gartenhütte und rauchte eine Zigarette.

IT-Spezialisten installierten auf dem Nachbargrundstück einen IMSI-Catcher, mit dem sie sich zwischen Schultes Handy und den umliegenden Funkmasten schalten konnten. Ab da hörten sie alle Gespräche mit. Doch Schulte war nicht sehr gesprächig. Eigentlich war er gar nicht gesprächig, denn er machte sein Handy am Freitagabend aus und erst am Sonntag um 21.00 Uhr wieder an. Er wählte den Anschluss einer Kneipe in der Chemnitzer Altstadt:

»Bitte geben Sie mir Herrn Weinstein!«

Kurz darauf war ein Mann mit leicht sächselndem Dialekt am Apparat. Schulte fragte:

Mittwoch 10.00 Uhr? Wie immer?«

Und erhielt die knappe Antwort:

»Wie immer!«

Also musste er bald hier rauskommen. Clarissa hatte am Ende der Drescherhäuser Straße geparkt und so konnten sie die ganze Straße und die seitlichen Querparkplätze der Anlage bestens einsehen.

Endlich kam der Funkspruch, dass er sich auf den Weg gemacht hatte. Kurze Zeit später trat er aus dem Tor der Kleingartenanlage, ging an den parkenden Autos entlang und stieg in einen Audi A2. Clarissa und Elisa nahmen die Verfolgung auf. Über die Lübecker Straße auf die A4, Richtung Chemnitz. Drei Zivilfahrzeuge lösten sich bei der Verfolgung ständig ab. Nach gut einer Stunde fuhr er bei Chemnitz Ost ab und hielt auf dem Parkplatz neben der HEM-Tankstelle.

Ein junger Mann stieg ein. Dann ging die Fahrt weiter durch Lichtenau und am Gewerbegebiet vorbei. Elisa funkte die Kollegen an, sie abzulösen. Die Gefahr war groß, dass er sie bemerkte, nach all den Abzweigungen und Richtungsänderungen im Ort. Doch die beiden Kollegenfahrzeuge wurden von zwei Schwerlasttransportern ausgebremst.

Schulte fuhr über die Bahngleise, verzögerte stark und bog scharf rechts ab in die Amtmannstraße. Wieder ging es durch ein Gewerbegebiet. Und da war es passiert. Diese Abzweigung war eine zu viel. Es war offensichtlich, dass ein Auto hinter ihm her war. Er beschleunigte an den Lagerhallen vorbei hinaus aus der Ortschaft, Richtung Garnsdorf. Ihre Deckung war aufgeflogen. Jetzt galt es, das Minimalziel zu erreichen – Schulte.

Mit hoher Geschwindigkeit raste er an den weiten Feldern vorbei. Die langgezogene Linkskurve schaffte er gerade noch so. Die inneren Räder hoben sich leicht ab und der Staub vom Straßenrand wirbelte auf. Doch die gleich darauf folgende Neunzig-Grad-Kurve überstieg jegliche technische Fähigkeiten eines modernen Fahrzeugs. Er riss das Lenkrad herum und schleuderte breitseitig in den linken Straßengraben. Der abrupte Aufschlag wirbelte das Auto nach oben. - Wie ein Windrädchen zwirbelte es durch die Luft. Dann krachte es auf Räder und Unterboden, federte nochmals hoch und blieb mit weit aufgerissenen Türen auf dem Dach liegen. Wie ein Maikäfer auf dem Rücken.

Ihr Auto rollte langsam auf die Unfallstelle zu. Sie waren wie hypnotisiert. War das wirklich gerade geschehen? Das war kein Film, das war echt. Sie schauten sich mit offenem Mund an, bis Elisa endlich reagierte:

»Ruf die Kollegen. Und den Notarzt. - Ich schau, ob da noch was zu machen ist.«

Sie rannte über den ausgetrockneten Ackerboden, der schon seit Wochen nach Regen lechzte. Sofort roch sie das auslaufende Benzin, das neben dem heißen Auspuff und Katalysator austrat und auf den Boden floss. Sie wusste, ihr blieb nur noch wenig Zeit, bis der Wagen explodierte oder in einem Inferno ausbrannte.

Schulte hing kopfüber in seinem Gurt. Blut tropfte aus seinem Kopf auf das weiß verkleidete Innendach. Er war noch bei Bewusstsein. Sein Beifahrer war nicht ansprechbar. Ob bewusstlos oder tot konnte sie nicht erkennen.

Elisa stützte Schultes Kopf und Genick. Dann durchtrennte sie den Gurt mit ihrem Messer und er plumpste mit dem Hintern auf das Innendach des Autos. Sie drehte sich um und sah, wie Clarissa über die Ackerschollen hüpfte. Gemeinsam hievten sie ihn aus dem Fahrzeug und zogen ihn weg.

Als sie dem Beifahrer helfen wollten, schoss eine Stichflamme aus dem Kofferraum. Sie sprangen nach hinten und konnten sich gerade noch retten. Eine weitere Stichflamme brach durch den Innenraum und setzte das Auto vollständig in Brand. Meterhohe Flammen schlugen aus den Türen und fauchten zum Himmel. Doch Clarissa gab noch nicht auf. Sie rannte zurück zum Auto und kam mit einem Feuerlöscher zurück. Der Körper des Beifahrers hatte schon Feuer gefangen und brannte lichterloh. Sie schaffte es zwar, die Flammen einzudämmen, doch für den jungen Mann kam ihre Hilfe zu spät. Mit Tränen in den Augen stand sie an der Beifahrerseite und starrte den verkohlten Oberkörper an.

Ging schon besser

Kriminalinspektion Bergstraße, K10
Montag, 25. September 2017, 08.55 Uhr

Der erste Arbeitstag im Büro, nach einer fünfwöchigen Reha-Therapie in Bad Bertrich. Nach und nach kamen alle Kollegen in sein Büro und drückten ihre Freude aus, dass er wieder da war. Elisa trat als letzte ein, umarmte ihn überglücklich und blieb. Natürlich wollte sie zuerst wissen, wie es ihm ging. Aber da blockte Christian komplett ab und meinte nur:

»Ging schon besser. Aber zum Quatschen bin ich heute nicht ins Büro gekommen. Also leg mal los.«

Wow! Das saß. - Das konnte ja noch heiter werden, befürchtete Elisa. Na dann...

»Dass wir Frank Schulte gefasst haben, weißt du ja schon. Aber wie wir ihn gefasst haben, weißt du vielleicht nicht.«

Sie erzählte ihm die ganze Story und endete mit einem großen Bedauern:

»Schulte wollte jemand treffen. Und zwar irgendwo nördlich von Chemnitz und Lichtenau. Die Straße, die er fuhr, geht nach Garnsdorf und verzweigt sich dort. Beide Straßen fächern sich nach einigen hundert Metern aber nochmals weiter auf. Also unmöglich herauszubekommen, wohin er wollte.«

»Schade. Das wäre mal was gewesen«, meinte Chris.

»Tja, wirklich sehr bedauerlich.«

»Und sein Beifahrer?«

»Ein gewisser Jan de Fries aus Holland. Er verbrannte vor meinen Augen. Es war grauenhaft.«

Ihre Augen wurden feucht.

»Aber es war so heiß. Die Flammen hätten uns verbrannt. Wir konnten einfach nichts tun!«

Christian humpelte zu ihr und nahm sie in den Arm.

»Du hast keine Schuld. Ihr habt getan was möglich war. – Lass es ruhen!«

Als sich Elisa wieder beruhigt hatte, fuhr sie fort:

»De Fries war ein unbeschriebenes Blatt. Er muss wohl ganz neu zu Schulte hinzugestoßen sein. - Übrigens haben wir auch den Telefonanschluss überprüft, den Schulte anrief. Ein gut besuchtes Lokal in der Chemnitzer Altstadt. Leider konnten sich die Bedienungen nur äußerst vage an den Mann erinnern, der sich als Herr Weinstein ausgab.«

Elisa schaute auf ihre Fingernägel und hob wieder den Kopf:

»Die Kollegen aus Chemnitz bleiben aber dran und versuchen, diese Spur weiter zu verfolgen.«

»Aber wenigstens habt ihr Schulte! Und jetzt sitzt er in Weiterstadt im Untersuchungsgefängnis. – Elisa! Das ist ein grandioser Erfolg. Gratuliere.«

Christian schleppte sich wieder zu seinem Schreibtisch und ließ sich in den Sitz fallen.

»Schau, der erste Tatverdächtige einer vermutlich sehr langen Serie, den wir gefasst haben.«

»Ja, du hast recht. Immerhin ein Anfang. - Übrigens. - Nachdem Schultes Verletzungen versorgt waren, wurde er Stornebeek zur Haftprüfung vorgeführt. Ich war mit dabei.«

Sie schaute Christian direkt an und schmunzelte:

»Ich kann dir sagen, dieser Schulte ist ein eigenartiger Typ. Der nahm das alles ganz locker und gelassen. Lächelte meist und hatte eine ganz klare Strategie. - Er leugnete nicht, die Zeichnung des Mannheimer Rockergeländes, die in seinem Haus gefunden wurde, angefertigt zu haben. Aber von der Geldkassette aus der Jagdhütte auf dem Falkenstein wusste er nichts und den Namen Tatjana Pavlova, also die vom russischen Geheimdienst, hatte er auch noch nie gehört.«

Elisa setzte sich auf den Besucherstuhl und schlug ihre Beine übereinander.

»Das Problem ist, dass Schulte nachweislich seine Hütte an jeden vermietet hatte, der jagen, Feste feiern oder mal in so einer Hütte im Wald übernachten wollte. Aufzeichnungen gäbe es darüber nicht und an die Namen könne er sich auch nicht mehr erinnern. - Hinzu kommt noch, dass theoretisch jeder, also nicht nur die Mieter der Jagdhütte, Zugang zu dem Holzschuppen hatten. Zumindest jeder, der ein Vorhängeschloss knacken konnte.«

Christian verzog säuerlich sein Gesicht.

»Da ist was dran. - Waren auf den Geldscheinen oder der Liste Fingerabdrücke?«, wollte Christian wissen.

»Auf den Scheinen unzählige, aber nicht seine und auch von niemand, der erkennungsdienstlich erfasst wurde. Das gleiche auf der Liquidierungsliste mit den Einsatzdaten.

Elisa zuckte fast entschuldigend mit den Schultern und fuhr fort:

»Übrigens liegt jetzt auch das graphologische Gutachten zu der Eintragung auf der Todesliste vor, die sich auf den Mord an Dieter Baumann aus Unterföhring bezog. Aber! – Nicht Schultes Handschrift. - Ich fasse mal kurz zusammen: Seine Jagdhütte, sein Schuppen, aber nicht seine Fingerabdrücke und auch nicht seine Handschrift. Und was schließen wir daraus?«

»Sag mal, bin ich hier in der Schule? Eine weitere Person, logisch.«

»War nicht so gemeint. Mein Temperament, du weißt doch...«

Mürrisch erwiderte Christian:

»Ist ja schon gut. Komm, mach weiter.«

Elisa war geknickt. Ihr wurde bewusst, dass die Schmerzen nicht nur Christians Körper quälten, sondern auch allmählich seine Seele verändern würden.

»Zu der Beteiligung an einer kriminellen Vereinigung befragt, lachte Schulte sich halbtot und erklärte, dass er mit diesem ›Rockerarsch‹, wie er Reimann titulierte, noch ein Hühnchen zu rupfen gehabt hätte. Aus früheren Tagen. Alles andere sei absurd. Und das interessante daran ist, dass Reimann vor der Wende tatsächlich auch in der DDR lebte - in Pirna, dreißig Minuten von Thannenberg entfernt. Dort war er kein unbeschriebenes Blatt. Saß wegen Schlägereien, Diebstahl und Erpressung im DDR-Knast.«

Christian zog sich aus seinem Schreibtischstuhl hoch, fasste sich an die Seite und hinkte zum Fenster

»Ich kann nicht lange sitzen. Das brennt dann wie Feuer. Am besten ist stehen oder liegen.«

Er lachte gequält:

»Liegen ist hier ein bisschen schlecht.«

»Aber stehen, Chris. Beantrag schnellstens einen Schreibtisch den man hochfahren kann. Dann bist du flexibler.«

»Mal schaun...«

Er zog aus seiner Hosentasche eine Verpackung und knipste eine Tablette in seinen Mund. Mit einem Schluck Wasser spülte er sie hinunter.

Elisa saß auf ihrem Stuhl wie ein Häuflein Elend. Ihr Magen schnürte sich zusammen und sie meinte Christians Traurigkeit zu fühlen.

»Mach weiter, Elisa, bitte!«

Sie presste für einen Moment ihre Lippen zusammen.

»Der Schulte gab auch noch ganz entspannt zu Protokoll, dass das mit den Fingerabdrücken auf den Gitterstäben ein idiotischer Fehler gewesen sei. Ohne Handschuhe da hinzufassen. Man ist halt kein Profi und alt und vergesslich.«

Christian schüttelte den Kopf:

»Schulte ist unglaublich raffiniert und ausgekocht. Aber mich täuscht er nicht. Der letzte geschwärzte Eintrag auf der Liste war bestimmt der vom Reimann-Anschlag. Da könnte ich wetten. - Hat das Labor eigentlich was herausgefunden?«

»Ach ja. Gut dass du fragst. Aus den neun geschwärzten Einträgen konnten Schriftfragmente entziffert werden. Der Rest war durch die Tinte so durchtränkt, dass nichts mehr zu machen war. Sie versuchen jetzt aus den Bruchstücken Tatorte und Opfernamen zu rekonstruieren.«

»Ach Gott. Was für eine Sisyphusarbeit.«

Christian drehte sich zum Fenster und blickte über den Polizeihof. Von hier konnte er sogar den Empfangsbereich von Frau Rosario sehen.

»War sonst noch was?«

»Im Moment klopft die Dresdner Kripo Schultes persönliches Umfeld nach Hinweisen ab. Das scheint aber eine rein sächsische Veranstaltung zu werden. Hier in unserer Nähe gibt es eigentlich nur eine eher unbedeutende Verbindung, mit der wir bei Gelegenheit mal Kontakt aufnehmen sollten. Ein gewisser ›von Greifenburg‹, der ihm einmal vor Jahren einen Job vermittelte.«

Elisa überlegte, ob sie nicht etwas vergessen hatte.

»Ach! Und noch was. Der hessische Staatsschutz hat sich in die Ermittlungen zu Schulte eingeschaltet. Die wollen den Fall auf ihre Prioritäten hin überprüfen. Angeblich soll es eine Anweisung geben, dass bei Gewaltverbrechen ehemaliger SED-Mitglieder automatisch der Staatsschutz eingeschaltet werden muss. - Ich weiß aber nicht, ob das wirklich stimmt.«

Königstein
Dienstag, 03. Oktober 2017, 09.55 Uhr

An einem steinernen Torbogen mit der Inschrift ›von Greifenburg‹ ließ Elisa das Fenster herunter und drückte den Anmeldeknopf. Sie lächelte in die Kamera.

»Frau Batoni, Kripo Heppenheim. Wir sind angemeldet.«

Das gusseiserne Tor drehte sich auf und sie fuhren in weitem Bogen den Hang hinauf. Oben auf dem Vorplatz stellten sie das Auto ab und schauten zurück ins Tal. Ganz da hinten über den Bäumen, verschwommen im Großstadtdunst, ragten die Frankfurter Bankentürme in den Himmel.

Sie gingen um den beeindruckenden Rundbrunnen, mit den vier wasserspeienden Löwenköpfen und der Statue eines Ritters in silberner Rüstung und gezogenem Schwert. Die Front der imposanten Villa verlief links und rechts hin zu vorgesetzten Ecktürmen. Sie verliehen dem herrschaftlichen Haus das Aussehen einer wehrhaften Burg. Daran schloss sich nach links und rechts ein hoher Zaun an, hinter dem kräftige Rottweiler auf und ab liefen und die Fremden beäugten. Eine weite Freitreppe führte zum Eingang, über dem in den Stein gemeißelt war:

›Villa von Greifenburg – 1865‹.

Sie mussten nicht lange warten, bis Herr von Greifenburg sie begrüßte. Er war ein hochgewachsener, hagerer Mann, wohl etwas über siebzig. Eine ausgesprochen elegante Erscheinung - eigenwillig aristokratisch gekleidet in roter Hose und grünkariertem Jackett, kultiviert und redegewandt.

Christian winkte ab, als er gebeten wurde, sich zu setzen: »Nein danke. Ich stehe lieber.«

»Einen Kaffee?«

Elisa und Christian bejahten. Von Greifenburg forderte drei Kaffees durch eine Gegensprechanlage an und wenige Minuten später stand alles auf dem kleinen Tischchen.

Elisa begann:

»Sie kennen Frank Schulte. Sind sie auch im Bilde, was ihm vorgeworfen wird? – Mord an einem Rocker in Mannheim und Beteiligung an einer kriminellen Vereinigung.«

»Verehrte Frau Batoni. Der Geschäftsführer des Hotels ›Golden Hills‹ in Thannenberg informierte mich schon.«

Er machte eine lange Pause und holte tief Luft:

»Ich bin zutiefst erschüttert über das, was ich zu Herrn Schulte gehört habe. Bitte verstehen Sie mich. Ich kann das einfach nicht in Einklang mit dem Frank Schulte bringen, der mir einmal begegnet ist.«

Von Greifenburg drehte seine Kaffeetasse langsam im Kreis und schüttelte den Kopf.

»Schulte war, soweit ich mich erinnern kann, ein äußerst freundlicher und hilfsbereiter Mensch. Ich hätte nie gedacht, dass er zu so etwas fähig wäre.«

Christian hakte ein:

»Woher kannten sie Frank Schulte eigentlich?«

»Kennen ist zu viel gesagt. Eigentlich kannte ich nur seinen Vater Karl. Frank selbst ist ja viel jünger als ich. Doch unsere Familien verbinden Jahrhunderte. Verstehen Sie? - Als er nach der Wende keine Arbeit fand, im Erzgebirge war das damals äußerst schwierig, hatte ich ihn als Hausmeister für das Hotel ›Golden Hills‹, oberhalb von Thannenberg, empfohlen. Sie müssen wissen, dass das heutige Hotel früher ein Rittergut und über Jahrhunderte unser Stammsitz war. Frank Schultes Großvater Wilhelm war der letzte Stallmeister, bis die Kommunisten uns enteigneten.«

Herr von Greifenburg überlegte, dann fuhr er fort:

»Meines Wissens war die Geschäftsführung sehr zufrieden mit Herrn Schulte.«

Der heiße Kaffee machte Christian schwer zu schaffen. Er schwitzte. Seine Stirn wurde feucht und aus dem offenen Hemdkragen spürte er, wie die dampfende Hitze seines Oberkörpers nach oben stieg.

»Könnte ich bitte ein Glas kaltes Wasser haben?«

»Natürlich. - Geht es Ihnen nicht gut?«

Etwas zu bissig antwortete Christian:

»Einfach ein Glas kaltes Wasser. Ja?«

Wie er jetzt schon diese Fürsorge der Anderen hasste. Sie meinten es gut. Aber sich daran zu gewöhnen, dass der Gegenüber erkennt, dass etwas nicht stimmt, war einfach deprimierend für ihn. Er konnte sich nicht damit abfinden, dass sich sein Leben so gravierend verändert hatte.

Es verging keine Minute, bis eine Flasche kaltes Mineralwasser und ein Glas auf dem Tisch standen. Elisa kam auf Schulte zurück.

»Hatten Sie nochmals Kontakt zu Herrn Schulte? Vielleicht gerade in letzter Zeit?«

Herr von Greifenburg verneinte. Ihr Leben und ihre Wege hätten wirklich keinerlei Schnittpunkte. Elisa bat ihn, sich sofort zu melden, falls Schulte mit ihm Kontakt aufnehmen würde. Dann gab sie ihm ihre Visitenkarte. Von Greifenburg bedankte sich und entnahm aus einem vergoldeten Schmuckkästchen seine Visitenkarte.

»Sie können mich gerne auch auf meiner Privatnummer anrufen, falls Sie ein dringendes Anliegen haben.«

Dann schrieb er auf die Rückseite seine Handynummer.

Eine tiefe Wunde

Gieshof
Sonntag, 15. Oktober 2017, gegen 11.00 Uhr

Der Oktober hatte nochmals mildes Spätsommerwetter über das Land verteilt. Die Sonne brach durch die Wolken.

Wieder schrubbte der mattschwarze 5er-BMW über den hochstehenden Mittelstreifen des Feldwegs.

»Ey Alter, mein ganzer Unterboden wird zerkratzt. So eine Scheiße!«

Seine Brüder wippten die Köpfe weiter im Takt des Rap. Vor zwei Stunden waren sie in Berlin losgefahren. Aus einer Weltstadt ins Niemandsland - in so kurzer Zeit. Echt Krass!

Langsam zockelten sie durch das flache Land des Oderbruchs, durch Gieshof, dann links und weiter der Oder und der polnischen Grenze entgegen.

»Sie haben das Ziel erreicht«, säuselte eine zarte Frauenstimme aus dem Navi. Ein altes, verlassenes Gehöft, das dem Zerfall der Zeit überlassen wurde. Sie kontrollierten ihre Waffen und steckten sie in den hinteren Hosenbund. Dann öffneten sie die Fenster. Es war still. Nur das Rauschen der Bäume im Wind war zu hören.

Aus dem ehemaligen Wohnhaus links traten zwei Männer heraus. Militärisch kurz geschorenes Haar, runde Gesichter und bulliger Körperbau. Sie blieben stehen und schauten zu ihrem Wagen. Dahinter ein schmächtiger Typ in Jeans und langem, schwarzem Shirt mit dem verwirrenden Aufdruck: ›Verschenke nichts – nur Verachtung‹.

»Karim, du bleibst im Wagen, wie abgemacht. Na dann los!« Sie kannten die zwei Polacken, gingen auf sie zu und stießen ihre Fäuste zum Gruß gegeneinander. Der junge Mann lehnte noch in der Haustür. Die Vier besprachen sich kurz. Dann ging Ali wieder zum Auto und kam mit einer Plastik-Kühltasche zurück.

Sie überquerten den Hof und verschwanden hinter den Stallungen. Der Typ mit dem schwarzen T-Shirt folgte in weitem Abstand.

Die Polen links und rechts lotsten ihre Besucher zwischen vermodernden Misthaufen und altem, verrostetem Ackergerät hindurch.

»Penunze in altem Schweinestall – weißt du!«

Dabei lachte Roman laut und aufdringlich.

»Dort wir testen deinen Stoff und du bekommst Penunze. Und Geschäft ist kompletny!«

Alle lachten und Baran fügte hinzu:

»Solche Geschäfte gefallen mir – schnell und ultrakorrekt!«

Es war nicht das erste Geschäft mit den Polen.

Bretter krachten. Holz zersplitterte. Der Boden unter ihren Füßen gab nach. Noch schienen sie zu schweben. In diesem Bruchteil einer Sekunde erkannten sie, dass sich die Polen unmerklich etwas seitlich entfernt hatten. Ali und Baran wollten rennen, doch sie traten ins Leere. Die Schwerkraft übte den ihr zugedachten Job unerbittlich aus und sie platschten in die dickflüssige, nach fauligen Eiern stinkende Güllegrube. Sie spürten keinen Boden und hielten sich schwimmend an der Oberfläche.

»Ey, Kollega, was ist denn das für eine Scheiße? Zieht uns raus. Schnell!«

Die Polen verschränkten nur ihre Arme und standen wie versteinert am Rand der betoneingefassten Grube und schauten in die Tiefe. Zuerst glaubten Baran und Ali noch an einen dummen kleinen Unfall. Aber die eiskalten Blicke der Polen ließen keinen Zweifel zu – sie waren in der Falle. Aber warum? Wollten sie das Geld *und* den Stoff? Das wäre ihr Todesurteil.

Sie versuchten sich hochzuziehen. Doch der Grubenrand war mehr als einen Meter über Ihnen und die Wände ekelerregend glitschig. Je mehr sie strampelten und sich streckten, um den Rand zu fassen, desto schneller spürten sie eine Benommenheit, die sich von Atemzug zu Atemzug weiter ausbreitete.

»Weißt du! Der Junge in Berlin war Pole. Ihr habt einen Fehler gemacht, einen ganz schweren Fehler. Doch deutsche Richter sind Schlappschwänze – wollten keinen Stress mit eurem Clan.«

Jetzt dämmerte es den beiden. Das alles hier war ein abgekartetes Spiel. Es ging nicht um einen Deal mit der Polenmafia, es ging einzig und allein um sie selbst. Baran versuchte zu verhandeln:

»Verdammte Scheiße! Der Kleine hätte in dem Café nur aufstehen müssen, als ich seinen Platz wollte. Ist unsere Stadt, ist unser Gesetz! Hat meine Ehre beschmutzt.«

Roman beugte sich in die stinkende Grube und schrie ihn an:

»Scheiß auf deine Ehre. Ihr habt ihn später auf der Straße fast totgeschlagen. Junge war neunzehn und liegt seit Monaten im Koma. Hatte Leben noch vor sich. Ist jetzt Wrack, du Arschloch.«

»Ey Mann! - War Missverständnis mit dem Kleinen. Komm, vergessen wir das!«

Roman schüttelte verständnislos mit dem Kopf.

»Fick dich! - Missverständnis!«

Doch Baran gab nicht auf:

»Unsere Familie wird euch töten. Ihr seid jetzt schon tot!«

Roman und Marek lachten.

»Uns gibt es nicht. Wir sind nur eine Einbildung in deinem Kopf – eine Fatamorgana.«

Ihre Lungen, ihre Adern füllten sich mehr und mehr mit dem giftigen Güllegas. Das hochaktive Nervengift Schwefelwasserstoff begann seine zerstörerische Wirkung. Ali warf wie wild seinen Kopf hin und her. Die Augen traten aus den Höhlen, das Gesicht färbte sich lila, Speichel und Blut tropften aus Mund und Nase. Dann kippte der Kopf nach vorne. Einige Sekunden noch lag der Oberkörper auf der dicken Brühe. Dann schwebte er regungslos auf den Grund.

Baran zog seine Pistole, doch die Polen traten zurück und waren aus seinem Blickfeld verschwunden. Trotzdem drückte er ab. Einmal, zweimal. Dann versagte die Waffe.

Marek hob eine zersplitterte Holzlatte auf und stieß sie Baran ins Gesicht. Blut schoss aus seinem zerfetzten linken Auge und der gerissenen Wange. Er schrie und japste nach Luft und wenige Atemzüge später blockierte das Nervengas seine Atemmuskulatur. Dann gab der Körper nach und pendelte in die Tiefe.

Karim blickte sich panisch um. Woher kamen diese Schüsse? Er stieg aus und ging hinter dem Auto in Deckung. Dann schlich er mit gezogener Pistole an den Ställen entlang. Die Polen standen vor einem offenen Loch, dieser Möchtegern lehnte etwas entfernt an der Stallwand.

»Ey, was ist da los?«, rief er ihnen zu.

»Hilf uns! Sind hier reingefallen!«, schrie Marek zurück.

Misstrauisch näherte er sich. Doch er konnte seine Brüder nicht sehen.

»Holt sie raus, oder ich knall euch alle ab!«

Sie hoben ihre Hände hoch:

»Hey! Wir können da nichts dafür. Sind einfach reingefallen. Ich schwör dir, Mann!«

Karim zielte auf Marek:

»Ihr habt meine Brüder erschossen – ich habe es gehört. Jetzt seid ihr dran. - Was habt ihr nur gemacht…?!«

Lukas hatte sich schon aus der Wand gelöst. Seine Rechte schob sich unter das Shirt und zog eine Makarov PM. Das Geschoss durchschlug von unten Karims Hinterkopf. Blut und Gewebe spritzten aus seinem Gesicht. Eine Sekunde lang stand der tote Körper noch, dann brach er in sich zusammen. Lukas gab ihm einen Stoß in die Seite und er platschte in die grünbraune Gülle.

Am Abend fuhren sie den BMW über einen kleinen Feldweg nach Polen und zerlegten ihn.

Eine Woche später sollte der Clan den Krieg gegen die Polenmafia verkünden. Doch es hatte sich schnell herausgestellt, dass diese nichts mit dem Verschwinden der drei Männer zu tun hatte. Eine unsichtbare Macht riss eine tiefe Wunde in ihre Familie.

Nichts für schwache Nerven

Thannenberg
Freitag, 27. Oktober 2017

Hinter Eisenach wüteten die Schmerzen wie ein Monster, das seinen Rücken von innen auffraß. Christian spürte jede Unebenheit, jedes Steinchen auf der Straße wie einen Schlag mit dem Hammer gegen seine Wirbelsäule. Es war fast unerträglich. Er biss die Zähne zusammen und hechelte, als ob er Wehen hätte.

Endlich hielt der Wagen auf dem Rastplatz. Nur mit Elisas Hilfe schaffte er es aus dem Auto. Er hielt sich an der Dachreling fest und dehnte seinen Rücken weit nach hinten. So könnte er für die Nervenbahnen Platz schaffen, wie sein Physiotherapeut ihm riet. Es half tatsächlich etwas.

»Elisa, das war eine total bescheuerte Schnapsidee von mir, mitzufahren.«

»Hier, trink zuerst mal was, dein Gesicht glüht ja wie ein Hochofen.«

»Ich dachte, ich schaff das mit ein paar Tabletten zusätzlich. Aber heute geht nichts mehr. Hol mir bitte schnell aus meiner Tasche die kleine Verpackung, Tilidin steht drauf.«

Zehn Minuten später konnte sich Christian wieder aufrichten. Er streckte und drehte sich, als ob nichts geschehen wäre.

»Du kannst dir nicht vorstellen wie schön das ist, wenn der Schmerz nachlässt.«

Christian stellte auf seinem Handy den Timer auf sechs Stunden.

»Dann hau ich mir den nächsten Hammer rein.«

Spät am Abend kamen sie in Thannenberg an und übernachteten wieder im gleichen Gasthof an der Straße hoch zum Hotel. Sie erhofften sich neue Erkenntnisse zur Person Schulte und dem Personenumfeld der Jagdhütte. Es lag ihrer Meinung nach aber auch nahe, dass es im Dorf Mitwisser gab. Eine Befragung der Jagdkameraden könnte sie da möglicherweise weiterbringen. Dazu hatten sie vorab eine Liste der relevanten Personen erstellt.

In der Nacht überfielen Christian schreckliche Alpträume. Mehrmals wachte er schweißgebadet auf, schleppte sich ins Bad und wusch sich mit einem Waschlappen ab. Eine Kombination aus Verletzungstrauma und Nebenwirkungen der Tabletten, wie er vermutete.

Als er am Morgen mühsam in seine Kleider schlüpfte, fiel ihm Bülows Rat wieder ein. Fahr nicht da hin. Lass das Elisa machen. Du machst dich kaputt. Hätte er mal befolgen sollen.

Überhaupt hatte sich Bülow ihm gegenüber verändert. Nicht viel, aber doch spürbar. Die Schussverletzung hatte auch ihn zum Nachdenken gebracht.

Der heiße Cappuccino zum Frühstück war ein Fehler. Kaum hatte er ihn getrunken, überfiel ihn eine Hitzewelle, die ihm den Schweiß auf die Stirn trieb. Er war verzweifelt.

»Wenn ich keinen Kaffee mehr vertrage, kann ich mich gleich begraben lassen!«

Ein Leben ohne seinen geliebten Cappuccino konnte er sich nicht vorstellen. Ohne Essen und Trinken, ja. Aber nicht ohne Cappuccino. Das war eine seiner wenigen übriggebliebenen Genüsse. Sex tot, Sport tot, Party tot und vieles mehr – tot. Aber bitte nicht der Cappuccino.

»Chris, versuch mal, den etwas kälter zu trinken, oder sogar ganz kalt. Vielleicht liegt es ja nur an der Temperatur!«

Er wollte es ausprobieren.

Punkt Acht nahm er die starken Tabletten ein. Sie waren zwar schon auf Morphinbasis, aber er wollte diese Ermittlung hier zügig und halbwegs schmerzfrei abschließen.

Zuerst fuhren sie hoch zum Hotel ›Golden Hills‹. Weithin sichtbar thronte das ehemalige Rittergut auf dem Berg. Mit einem prächtigen Herrenhaus und umstehenden Gutshofgebäuden. Wunderschön restauriert und für die Zwecke eines erstklassigen Hotels mit Spa-Bereich ausgebaut. Teure, wirklich sehr teure Autos standen auf dem Kiesplatz davor.

Den Weg hier hoch hätten sie sich allerdings sparen können. Der Hotelmanager konnte nichts Neues zu Schulte beitragen. Schulte war für die Instandhaltung der Gartenanlagen und des Hotels zuständig. Er war sehr kompetent, verantwortungsvoll und zuvorkommend. Nichts, was an ihm irgendwie unangenehm aufgefallen wäre. Privat kannte ihn der Hotelmanager gar nicht.

Die Mitarbeiter des Hotels waren nicht gerade gesprächig. Fast schon abweisend. Man befürchtete allgemein negative Auswirkungen auf das Hotel und die Urlaubsregion rund um Thannenberg und auf ihre Arbeitsplätze.

Diese Distanz ihnen gegenüber erfuhren sie auch schon heute Morgen im Gasthof. Niemand konnte oder wollte etwas sagen. Jeder winkte ab, wenn er den Namen Schulte hörte oder es um die Schießerei im Falkenwald ging. Dieses Déjà-vu hatten sie später auch im Café, beim Friseur und bei den Nachbarn des Stallmeisterhauses. Kaum anders erging es ihnen bei der Befragung der Jagdkameraden. Egal, welche Frage sie stellten, sie mauerten und erzählten nur das Allernötigste. Es herrschte ein strenger Korpsgeist. Wäre es nicht um eine Mordermittlung gegangen, hätten sie diesen kameradschaftlichen Zusammenhalt vielleicht sogar akzeptiert. - Dennoch hatten Elisa und Christian nicht den Eindruck, dass diese Personen schwerwiegendes Wissen verheimlichen würden.

So schlenderten sie die Hauptstraße entlang bis zu der Dreiecks-Kreuzung. In der Mitte eine grüne Insel mit Statue und Parkbank. Ein alter Mann saß dort, seinen Rollator neben sich gestellt, und genoss die milde Oktobersonne. Zwischen den Beinen hatte er eine Flasche Bier, von der er hin und wieder nippte.

»Entschuldigen Sie bitte. Darf ich mich zu ihnen setzen?«, fragte Elisa.

»Ei, hübsche Mädsche immer! Und der junge Mann?«

»Steht lieber.«

»Recht so, hat noch junge Beine. Der braucht noch keinen Rollator«, lachte er Christian zu. Doch der verzog nur sein Gesicht. Wenn der wüsste...

Wir sind von der Kriminalpolizei...«, begann Elisa und der Rentner reagierte prompt und lachte:

»Hoppla. Bin ich mit meinem Rollator wieder zu schnell gefahren?«

Elisa musste lachen.

»Das interessiert uns nicht. - Aber wir interessieren uns für Frank Schulte und seine Jagdhütte. Sie haben das doch mitbekommen, dass da oben ein Polizist angeschossen wurde.«

Der alte Mann drehte sich zu Elisa. Er wurde sehr ernst:

»Die Welt wird immer schlechter. Die Menschen haben keinen Respekt mehr vor dem anderen Leben.«

Er schüttelte verständnislos den Kopf:

»Erst der Hitler, dann die Stasi und dann denkt man im Westen ist alles besser. Falsch gedacht!«

»Mmh. Aber wir sind da, das aufzuklären. Vielleicht können Sie uns helfen?«

»Ich bin jetzt nicht gerade der größte Freund der Polizei. Weißt du, wir aus dem Osten sind da etwas vorgeschädigt.«

»Nur ein paar Fragen«, himmelte Elisa den Alten an.

»Bei einer so schönen Frau kann ich nicht nein sagen.«

»Danke, das ist nett von Ihnen«, erwiderte Elisa.

»Hatte Herr Schulte Freunde oder Bekannte, mit denen er sich häufiger traf?«

»Tja, da war nicht mehr viel. Er lebte sehr zurückgezogen, seit er den Krebs besiegt hatte. Und kurz darauf starb auch noch seine Frau bei einem Verkehrsunfall. Wie viel Pech manche Menschen haben...!«

Er drehte sich Elisa zu und schaute ihr in die Augen:

»Auch so eine Sache. - Früher hatten wir fast keine Toten durch Autounfälle. Und heute? Tausende, sag ich dir!«

Seine Hand ging zu der Flasche Bier.

»Der Trabi war zwar eine echt lahme Gurke! Aber keine Toten! - Keine Toten!«

Christian ging langsam vor dem Rentner auf und ab. Die Schmerzen waren im Moment gut abgedeckt. Nur so ein leichtes Ziehen bis zum Oberschenkel. Der Alte nahm einen Schluck aus seiner Flasche. Sie warteten, ob er nochmals den Faden finden würde. Und tatsächlich...

»Ja, er ging gerne jagen. Durch die Jagd hatte er noch einige Kameraden.«

Dann hob er den Kopf:

»Mit dem Ronny aus dem Nachbardorf. Ja, mit dem Ronny Hartmann war er gerne jagen. Da oben im Falkenwald. - Und dann übernachteten sie in seiner Jagdhütte. Genau in der, wo der Polizist...!«

Christian blieb abrupt stehen.

»Ronny Hartmann?«

»Genau. Heißt eigentlich Ronald.«

Die beiden Kommissare schauten sich gebannt an. Ronald Hartmann. - RH, wie das Kürzel auf der Todesliste bei Baumann/Unterföhring. Der in seinem Wohnwagen verbrannte.

Noch bevor sie nachfragen konnten winkte er die beiden näher zu sich heran. Dann schaute er sich um und flüsterte so, wie man Geheimnisse weitergibt:

»Die waren doch früher beide in der Partei. Aber der Ronny, das war ein ganz Spezieller. Der wollte immer hoch hinaus. Der war dann auch bei der Stasi. Und keiner im Dorf verstand, warum der Fränki mit dem Stasi-Ronny. Aber ich glaube, es war einfach die Leidenschaft für das Jagen.«

Er trank aus der Flasche und wischte sich den Mund ab. Christian warf ein:

»Das war aber auch wirklich eine schlimme Sache mit den Kommunisten.«

»Hallo Hallo! Jetzt aber nicht so flott, junger Mann. Unser Land hatte auch viel Gutes und ganz viel davon vermissen wir heute sehr. Nur das mit der Stasi, das hätt‘ nicht sein müssen.«

Christian stellte sich hinter Elisa und hielt sich an der Rückenlehne der Bank fest. Er dehnte sich etwas. Aber so unauffällig, dass man denken könnte, er sei nur leicht verspannt. Er wollte nicht, dass er hier einen Versehrtenbonus erhielt. Es wäre ihm äußerst unangenehm gewesen, auf einer Stufe mit dem rollatorschiebenden Mann zu stehen.

»Der Fränki war dann irgendwann ab nach Dresden und kam erst wieder nach der Wende hierher zurück. Da war sein Vater schon tot. Der starb verbittert über seinen Sohn, kurz vor dem Mauerfall.«

Er nahm wieder einen ordentlichen Schluck und Christian fragte ihn:

»Der Schulte und der Hartmann. Gingen die nach der Wende auch noch zusammen jagen?«

»Ei freilich. Eigentlich waren die immer wieder mal da zum Jagen – vorher und nachher. Später kam dann auch noch der Timo dazu.«

Plötzlich ließ er seinen Kopf hängen und starrte auf den Rasen.

»Ja der Timo – der arme Timo...«

Elisa legte ihm den Arm um.

»Was haben Sie denn?«

»Ach, die Erinnerungen. Die sind nicht immer schön.«

Er drückte mit dem Fingerknöchel auf sein rechtes Auge, als ob etwas reingeflogen wäre.

»Ach, wir leben hier im schönsten Teil Deutschlands und im allerschönsten Teil von unserem schönen Sachsen und doch ist das Böse auch hier eingezogen.«

Er drehte sich wieder Elisa zu. Seine Nasenlöcher waren feucht und sie reichte ihm ein Taschentuch. Er schnäuzte kräftig und steckte es in seine Hosentasche.

»Wollen Sie uns noch etwas erzählen? Wir hören Ihnen gerne zu.«

Ein mildes Lächeln zog über seine Lippen und er nippte schnell noch einmal an seiner Flasche.

»Was ich jetzt erzähle ist nichts für schwache Nerven und kleine Mädsche. Also einfach Tschüss sagen, wenn's zu viel wird.«

Elisa und Christian schauten sich an. Sie waren neugierig, was jetzt kommen würde und kamen näher.

»So ab Mitte der Nullerjahre war dann immer der junge Timo aus Wiesenbach mit den beiden beim Jagen. Der war auch Mitglied im Jagdverein Thannenberg. War ein ganz junger Mann. Vielleicht Vierundzwanzig, frisch verheiratet und seine Jaqueline war im vierten Monat schwanger.

Mit seinen Tätowierungen sah er zwar richtig gruselig aus – war er aber gar nicht. Ein ganz ruhiger und angenehmer Zeitgenosse war er. Bloß mit Geld konnte der nicht umgehen und hat wohl in Dresden mit den Falschen Geschäfte gemacht.«

Er atmete kurz durch und holte dann nochmals Luft:

»Eines Abends fuhren zwei Männer mit einem teuren Sportwagen vor. Die Polizei meinte, es wäre im Haus zum Streit wegen der Schulden gekommen und dann wär das wohl eskaliert.«

Der Alte schüttelte den Kopf.

»Kurz gesagt. Die Zwei haben Timo bewusstlos geschlagen und seine Frau vergewaltigt. Sie verlor dadurch das Kind und lebt seither völlig umnachtet in einem psychiatrischen Pflegeheim bei Dresden. Die beiden Typen, Geldeintreiber einer Dresdner Mafiabande, bekamen je vier Jahre.«

Elisa zuckte zusammen und ihr Gesicht versteinerte sich. Sie bemerkte, dass Christian zu zittern begann und sich entkräftet auf den Rollatorsitz niederließ. Auch der Rentner bemerkte das, hatte aber keine Kraft und Lust, daraus einen Spaß zu machen. Nach Spaß war es niemand mehr.

»Und dieser Timo. Was ist aus ihm geworden?«, wollte Christian wissen.

»Der hat gewartet. Gewartet und gewartet. Vier Jahre lang. Und seine Frau gepflegt.«

Er drehte sich wieder Elisa zu:

»Aber Obacht, jetzt wird's wirklich übel. – Ich hab euch gewarnt - ihr habt noch die Chance zu gehen.«

Sekunden der Stille und Reglosigkeit folgten.

»Also dann: - Damals fanden Pilzsammler im Köhlerwald zwei abgenagte Schädel mit leeren Augenhöhlen, weit ab von den üblichen Wegen. Als sie dem Gestank nachgingen, kamen sie an zwei blutgefüllte Löcher. Zuerst wussten sie gar nicht, was das sein sollte. Erst der Notarzt und die Feuerwehr brachten Licht in das grausige Geschehen.

Er atmete wieder einmal ganz tief durch, bevor er zum finalen Horror ansetzte.

»Na gut. - Die zwei Verbrecher, die Timos Frau vergewaltigt hatten, wurden gefesselt und geknebelt und in den Waldboden eingegraben, dass nur noch die Köpfe herausschauten. Dann hat er ihnen eine Kartoffelpampe über den Kopf geschmiert und sie dem Wald überlassen.«

Der Rentner verzog den Mund, als ob er überlegte, sein Wissen doch für sich zu behalten. Doch er hatte begonnen, jetzt musste er es auch beenden.

»Zuerst kamen die Vögel und pickten ihnen die Augen aus. Bei lebendigem Leib! Könnt ihr euch das vorstellen? - Dann krochen die Würmer und Käfer in Nasen und Ohren. - Scheußlich! - Den Rest erledigten die Wildschweine, Wölfe und Füchse. Die haben die Köpfe nach und nach abgefressen und abgenagt. Laut dem Arzt, der immer die Leichen untersucht, haben die zwei das noch über Stunden lebend mitbekommen. Die Schmerzen und der Horror müssen für die beiden unvorstellbar gewesen sein. - Erst als die Tiere sich an den Hals gemacht hatten, verbluteten sie recht zügig. - Als man die Schädel fand waren sie völlig abgenagt und voller Maden. Sogar das Hirn war nicht mehr da. Die

Hälse der Männer waren bis zu den Schultern abgefressen. Tiefer kamen die größeren Tiere nicht.

Es dauerte, bis die beiden Kommissare dieses Bild zulassen konnten. Doch dann griff Elisa blitzschnell zu einem Taschentuch und hielt es sich vor den Mund. Sie wendete sich ab, weil sie befürchtete zu erbrechen. Christians Rücken brannte augenblicklich wie Feuer. Der Schmerz breitete sich zur Brust aus und er hechelte, um Luft zu bekommen.

»Ich hab's euch ja gesagt! – Nichts für schwache Nerven.«

Er hob seine flache Hand an die Stirn, damit die Sonne ihn nicht blendete, schaute in den Himmel und wartete.

Doch dann wollte Elisa mehr dazu wissen:

»Wie sollte das denn gegangen sein? Zwei erwachsene Männer in den Wald schleppen und so tief eingraben?«

»Na die waren zunächst betäubt worden. Gemerkt hatten die beiden das anscheinend erst, als sie bis zum Hals im Boden steckten - Hände und Beine auch noch gefesselt.«

»Das hat der Nolte aber ganz sicher nicht allein gemacht?«, hakte sie nach.

»Wohl eher nicht. Auf jeden Fall ist der Timo seitdem spurlos verschwunden und untergetaucht. Hinweise zu irgendwelchen Helfern gab es aber keine.«

»Der Timo...«, fragte Christian dazwischen, »...wie hieß der denn mit vollem Namen?«

»Nolte. - Timo Nolte.«

»Ok. – Und wer könnte ihm geholfen haben? Da muss es doch wenigstens Vermutungen seitens der Polizei gegeben haben.«

»Natürlich hatte man Hartmann und Schulte gleich im Verdacht. Aber Hartmann war schon Jahre zuvor weggezogen und die Polizei konnte ihn nicht finden. Schulte hatte ein hieb- und stichfestes Alibi von seinen Jagdfreunden. Egal was die Kripo aus Dresden auch anstellte, sie konnten das Alibi nicht widerlegen.«

Er schaute seine beiden Zuhörer nacheinander an und zuckte mit den Achseln. Dann hob der Alte seine Flasche gegen die Sonne und prüfte, wie viel noch drin war. Anscheinend war er mit dem Restinhalt nicht zufrieden, denn er wackelte mit dem Kopf. Elisa verstand das als dezente Andeutung, was Flüssiges springen zu lassen:

»Ich hole Ihnen schnell noch eine Flasche. Gibt es die drüben im Café?«

»So ist es. Und da würde ich auch nicht nein sagen.«

Er saugte den allerletzten Tropfen aus der Bierflasche und legte sie in sein Rollatorkörbchen.

Keine fünf Minuten später kam Elisa mit einer Flasche kühlem Bier zurück.

Kriminalinspektion Bergstraße, K10
Mittwoch, 28. Oktober 2017, 10.30 Uhr

Nach der anstrengenden Rückfahrt hing er noch tagelang in den Seilen, bis sich seine Schmerzrezeptoren wieder auf ein erträgliches Maß beruhigt hatten. Elisa merkte sofort, dass Christian schwer angeschlagen war. Er zog heute sein rechtes Bein stärker nach, als er sich an ihrer Tür vorbeischleppte. Elisa ging ihm in sein Büro hinterher. Sie musste ihm die Neuigkeiten von heute Morgen gleich mitteilen.

»Gestern Nachmittag war hier anscheinend noch richtig was los. Unser Telefonat mit Bülow bezüglich Ronny Hartmann hatte eine gewaltige Kettenreaktion ausgelöst.«

Christian lehnte an seinem Fenster und schaute sie fragend, vielleicht sogar etwas grimmig an. In diesem Augenblick wurde ihr bewusst, dass sie kaum noch miteinander lachten und sich sein Gesichtsausdruck sehr verhärtet hatte.

»Bülow erstattete gestern sofort Bericht an seinen Vorgesetzten, Kriminaloberrat Nowak, und den Staatsanwalt Stornebeek in Darmstadt. Der wiederum kontaktierte den Staatsschutz. Die hatten darum gebeten, alles zu Schulte weiterzuleiten. Die Anweisung, du weißt schon.«

Elisa ging im Büro langsam auf und ab.

»Natürlich hat der Fall durch die Person Hartmann eine neue Dimension erreicht. Das Kürzel RH auf der Todesliste gehörte ziemlich sicher zu Ronny Hartmann, der ein ehemaliger Mitarbeiter der DDR-Staatssicherheit war.«

»Ja, der nette Rentner in Thannenberg hat uns da auf die richtige Fährte geführt.«

»Chris! – Aber jetzt ist er auch leider weg, unser Fall. - Als die vom Staatsschutz das Wort ›*Stasi*‹ hörten, haben sie uns und Dresden den Fall entzogen. Das ist jetzt eine Staatsschutz-Angelegenheit. Alle Akten müssen noch heute Vormittag an das BKA in Wiesbaden übergeben werden und Hartmann wurde zur Fahndung ausgeschrieben. Verdacht auf Gründung einer kriminellen Vereinigung.«

»Irre! Was vermuten die denn? - Dass die Stasi wieder auferstanden ist?«

»Nicht ganz so schlimm, Chris. Aber zumindest gehen die Überlegungen in diese Richtung.«

»Hmm. Da könnte schon was dran sein«, überlegte Christian. »Alte Stasis tun sich zusammen. Es sind immerhin die Besten auf dem Gebiet der verdeckten Operationen. Und ziehen einen Auftrag nach dem anderen durch.«

»Eine Möglichkeit, Chris. Aber nur eine von mehreren. – Könnte es nicht auch sein, dass sich einige Spezialisten von damals zusammengetan haben, um ehemalige Verräter oder Feinde zu liquidieren? Klingt für mich plausibler, oder?«

»Du hast recht. Das ist gar nicht so abwegig«, stimmte Christian zu. »Aber denk dran, dass es schon sehr auffällig ist, dass unsere Toten immer selbst jemand getötet oder schwer verletzt haben.«

Doch Elisas bisher uneingeschränkte Zustimmung zu Christians Theorie hatte Risse bekommen. Sie gab zu bedenken:

»Was ist aber mit Baumann aus Unterföhring, der durch eine Gasexplosion in seinem Wohnwagen umkam? - Der letzte auf der Liste aus der Jagdhütte. - Meinst du, den jagt jemand in die Luft wegen einer mittelschweren Körperverletzung? Der saß nur deshalb zwei Jahre, wegen des ellenlangen Vorstrafenregisters und seiner Bewährung.«

»Hmm.- Vielleicht hast du recht und ich habe mich zu sehr auf die Gewaltopferschiene begeben. Denn das passt einfach alles nicht zusammen. Sonst müsste Baumann ja einen Mord oder ähnliches begangen haben. Von dem die Polizei nichts weiß, aber seine Mörder schon. Wäre natürlich theoretisch möglich, aber doch eher unwahrscheinlich.«

Elisa hob ihre Hände, als ob sie sagen wollte ›Wer weiß das schon. Alles ist möglich.‹ Christian presste seine Lippen zusammen. Da musste er seiner Kollegin recht geben. Gerade dieser Baumann ließ ihn echt an seiner Theorie zweifeln. Der passte absolut nicht ins Schema.

Dann kam Elisa hinter Christians Schreibtisch:

»Lass mich mal an deinen Computer.«

Sie öffnete das Programm zur Personensuche.

»Ich hab heute Morgen schon zu Hartmann recherchiert. Schau mal: Jahrgang 1959. Kam schon mit Neunzehn zur Staatssicherheit. Hatte dort ganz klein angefangen und sich in kurzer Zeit hochgearbeitet. Zuletzt Oberleutnant zbV.«

»ZbV?«, fragte Christian nach.

»Hier. Zur besonderen Verwendung. Ausgebildet für spezielle Auslandseinsätze – Spionage, Sabotage, Entführungen und Liquidierungen.«

»Also doch ein Stasifall?«, fragte Christian. »Immerhin haben wir einen Oberleutnant zbV und auch eine russische Geheimagentin.«

»Oder die Besten töten im Auftrag von wem auch immer. Eigentlich ist beides denkbar, Chris.«

Sie drehte sich zu ihm zum Fenster und fügte hinzu:

»Dennoch stellt sich in beiden Szenarien die Frage nach dem Motiv. Warum tun sie das?«

Die leicht angelehnte Tür ging auf und Michael Raubart füllte den Rahmen aus.

»Es gibt Neuigkeiten. Gerade reingekommen. Zunächst mal: Heute Vormittag findet eine Hausdurchsuchung bei

Hartmann statt. Zweitens. Der Geflüchtete von der Jagdhütte war Lukas Dillinger, ein junger Student aus Frankfurt. Ein Kollege von der Frankfurter Kripo hatte ihn auf deinem Phantombild eindeutig erkannt.«

»Danke, Michael. Das hilft uns weiter«, freute sich Elisa. Christian kramte in seiner Hosentasche nach seinen starken Tabletten und knipste eine in den Mund. Elisa reichte ihm ohne zu fragen seine Flasche Mineralwasser.

Michael stand immer noch im Türrahmen. Eigentlich wollte er nicht fragen. Aber es brannte ihm auf der Seele zu erfahren, wie es Christian momentan ging.

»Und?«

»So sechs von zehn.«

Das war mittlerweile die allseits bekannte Methode, seinen Zustand zu beschreiben. Und jeder wusste, dass es nur um den Schmerz ging. Nur der Schmerz bestimmte die Freude oder das Leid seines Lebens.

Michael schaute zu Boden, dann wieder zu Christian.

»Mach's gut.«

Es war unangenehm, Christians Qualen mitzuerleben. Manche fragten sich, wie das Elisa aushielt und andere hätten ihn am liebsten nach Hause geschickt. Nur um dieses Leiden nicht sehen zu müssen. Doch Elisa wusste, dass er zu Hause eingehen würde wie eine Primel und womöglich noch auf dumme Gedanken käme.

Allerdings hatte Christian auch Bülow klar gemacht, dass er bei jeglichen Bestrebungen in dieser Hinsicht sofort dagegen klagen würde und als Behinderter sicher beste Chancen hätte, zu gewinnen. Aber das wollte niemand im K10.

Sie stand auf und nahm Christian die Flasche Mineralwasser wieder ab. Er ging ein paar Mal mit schmerzverzerrtem Gesicht hin und her.

»Ist gleich vorbei. Die Tablette wirkt schnell.«

Elisa ließ die Polizeiprogramme durchlaufen.

»Lukas Dillinger, geboren 1992 in Langwaden. - Ach sieh mal an, aus Langwaden. - Student. Verlor 2015 seine Freundin durch einen Raubüberfall mit Gruppenvergewaltigung. In Frankfurt in der Bockenheimer Anlage.«

Elisa stutzte und schob sich ganz nahe an den PC.

»Bockenheimer Anlage? Mitten in Frankfurt? Santo cielo, wie ist die Stadt krank. - War dann einige Zeit obdachlos. Danach nicht mehr aktenkundig geworden.«

»Und jetzt ist er als Killer oder Rächer unterwegs. Zwar hat er nicht auf mich geschossen, aber er war dabei.«

Elisa wurde stutzig:

»Das ist ja alles total verzwickt. Dann kann ich meine Stasi-Verrätertheorie eigentlich auch gleich wieder einpacken. Denn dieser Dillinger war ganz sicher nicht bei der Stasi. - Oder es ist so, dass alte Stasi-Granden gezielt junge Leute für ihre Sache rekrutieren. Möglicherweise unter Betroffenen oder Angehörigen von Gewalttaten.«

Sie drehte den Schreibtischstuhl zu Christian.

»Die Ermittlungen zu diesem Komplex sind gut vorangeschritten. Ein Großteil geht auf unser Konto.«

Dann senkte sie den Blick zu Boden:

»Aber um welchen Preis? Ich frage mich, ob sich das gelohnt hat. Und ich komme zu dem Ergebnis, dass nicht!«

»So kannst du das nicht sehen. Wir konnten den ersten Verdacht nicht einfach beiseite wischen und sagen, geht uns nichts an. Danach entfaltete sich eine fatale Eigendynamik.«

Christian schaute zum Fenster hinaus:

»Ich hatte eben Pech – Schicksal! Aber wir würden das beim nächsten Mal doch wieder genau so angehen, oder?«

Elisa zuckte nur mit der Schulter.

Die Ermittlungen des Staatsschutzes konzentrierten sich auf die Hypothese, dass mehrere ehemalige Spezialisten der DDR-Staatssicherheit heimlich ihre Gegner, Feinde und Verräter liquidieren würden.

Allerdings taten sie sich schwer, konkrete Motive zu den jeweiligen Todesfällen zu finden. Auch den gemeinsamen Nenner, der die Getöteten miteinander verband, konnten sie nicht finden. Dass diese oft auch Gewaltverbrechen begangen hatten, sahen sie nicht als ermittlungsrelevant an. Diese Tatsache war hingegen eher noch der Beweis, dass sie sich in einem hochkriminellen Umfeld bewegen würden.

Das erschwerte leider aber auch Elisas und Christians Suche nach den Hintergründen der verdeckten Morde erheblich. Obwohl sie nicht mehr offen und aktiv ihrem Verdacht nachgehen konnten, sammelten sie weiterhin Daten und Fakten. Sie waren überzeugt, dass der Staatsschutz so gewaltig in eine Sachgasse rasen würde, dass er zum Schluss weder vor noch zurück könnte. Dann wäre die Zeit für eine neue Sicht auf die Dinge gekommen. Dann könnten sie endlich ihre Theorie offen weiterverfolgen.

In vielen deutschen Kriminaldienststellen hatte sich ohnehin schon herumgesprochen, dass in Heppenheim die Fäden für Morde, die als Unfälle, Selbstmorde oder Vermisstenfälle verschleiert wurden, zusammenliefen. So konnten sie eine umfangreiche Mappe dazu erstellen.

Wie der Hinweis auf den Fall zweier Männer aus Überlingen, die seit Ende 2016 vermisst wurden. Die von jetzt auf gleich aus ihrem Leben verschwanden – ohne jeglichen Hinweis zu hinterlassen. Keinen Brief, keine Kontakte mehr zu Freunden, keine Bankaktivitäten, ohne Personalausweise und so weiter.

Die zuständige Oberkommissarin Kofler fand indessen heraus, dass Marco Pohl und Bojan Vukoja circa sieben Jahre davor auf brutalste Weise einen rumänischen Arbeiter totschlugen – im Überlinger Stadtpark. Er hatte den kleinen Fehler begangen, seine letzte Zigarette nicht hergeben zu wollen.

Frau Kofler rief in Heppenheim an und endete mit den Sätzen:

»Dieser Gewaltexzess ist unfassbar, Frau Batoni. Aber ungewöhnlich ist auch, dass die damaligen Täter jetzt spurlos verschwunden sind. Wir sind uns sicher, dass sie nicht abgetaucht sind. Wir gehen von einer Tötung der beiden aus. – Ist das nicht vielleicht ein Fall für sie?«

Nur in einer Höhle

Bensheim, Ernst-Ludwig-Straße
Donnerstag, 12. April 2018, 11.15 Uhr

»Päckchen für Frau Batoni. Könnten Sie das bitte annehmen?«, krächzte es durch die Gegensprechanlage. Es war nicht das erste Mal, dass Frau Tolgren für ihre Mieterin aus dem Dachgeschoss Sendungen angenommen hätte. Heute war es schon wieder ein neuer Paketdienst. Das kleine Päckchen für Elisa nahm sie entgegen und legte es auf der Kommode im Flur ab. Dann schob sie ihren Rollator zurück ins Wohnzimmer, setzte sich wieder an das Fenster und wartete auf ihren Mann. Bald würde er mit dem Mittagessen kommen, das er immer vom Metzger in Auerbach holte.

Gegen Abend wurde es lebhafter auf ihrer Straße. Herr und Frau Tolgren saßen am Fenster und erzählten sich wie immer die letzten Neuigkeiten über die Nachbarn, spekulierten und philosophierten und vergaßen dabei die Zeit und die Probleme des Alters. Und irgendwann fuhr auch Elisa mit ihrem kleinen Elektro-Smart vor.

Frau Tolgren wurde ganz aufgeregt.

»Das Paket. Ich geb es Elisa gleich, wenn sie hereinkommt.«

Und schon griff sie ihr Hilfsgefährt und schob sich in den Flur. Ihr Mann schaute ihr kopfschüttelnd nach. Er war mit seinen achtundachtzig Jahren noch sehr rüstig und wesentlich besser zu Fuß unterwegs. Doch er kannte sie zu gut. Es wäre eine Todsünde gewesen, Agatha anzubieten, das Paket zu übergeben. Denn das dann unweigerlich auf ihn hereinbrechende Gezeter über seine Überfürsorglichkeit wollte er sich gerne ersparen. So schaute er ihr liebevoll nach, wie sie zur Tür wackelte. Wenn sie demnächst die neue Hüfte bekommt, so hoffte er, könnten sie vielleicht sogar wieder kleine Spaziergänge machen – wie früher.

Walther Tolgren war immer wieder erstaunt, wie flink seine Frau mit dem Rollator war. Zuweilen aber auch etwas hektisch. Er beugte sich von seinem Fensterplatz nach hinten, um einen kurzen Blick auf Elisa zu erhaschen und ihr ein ›Hallo‹ zuzurufen, wenn die Tür aufging. Agatha nahm das braune Päckchen von der Kommode und legte es auf ihren Rollatorsitz. Dann beugte sie sich vor, die Wohnungstür aufzuschließen. Mit ihrer blauen Strickjacke streifte sie das Paket und es fiel zu Boden.

Die Explosion zerriss den Rollator und jagte unzählige Metallsplitter durch Agathas Beine. Sie brach zusammen. Ihre Schmerzensschreie erfüllten das ganze Haus. Elisa stand fassungslos und mit offenem Mund im Treppenhaus und blickte durch die aufgesprengte Wohnungstür auf den blutverspritzten Flur und ihre Vermieterin, die sich schwer verletzt auf dem Boden krümmte.

Ronny Hartmann klatschte den Bergsträßer Anzeiger auf den Küchentisch:

»Hat ja super geklappt...«, fauchte er sarkastisch. »Ich glaubte, du bist ein Profi. Und dann so was...«

Er drehte sich wieder weg, stützte seine Arme auf der Arbeitsplatte der Küchenzeile ab und schüttelte den Kopf. Mats Linder überflog die Zeilen:

›Attentat in Bensheim. - Dreiundachtzigjährige Frau von Paketbombe schwer verletzt. Keine Lebensgefahr. Ein Bein muss amputiert werden. Der Anschlag galt vermutlich einer im selben Haus wohnenden Kriminalkommissarin. - Bisher noch keine heiße Spur.‹

Er schob die Zeitung von sich und drehte sich um:

»Ist Scheiße. Ja, gebe ich zu. Aber was hat die Alte da an dem Paket rumzufummeln.«

Ronny Hartmann ging wortlos um den Küchentisch. Dann schaute er Linder in die Augen:

»Dieser Juniorkommissar hat sein Pfund schon abbekommen. Und jetzt wollten wir die Kleine aus dem Verkehr ziehen und nicht die Oma. - War so abgemacht, oder?«

»Mann, Ronny. Die Tussi kriegen wir auch noch. Beim nächsten Mal klappt's hundert Prozent.«

»Dein Wort in Gottes Ohr. Zumindest hat sie eine unmissverständliche Warnung erhalten, dass mit uns nicht zu spaßen ist.«

Er ging hinter Linder vorbei und stupste ihn mit der Faust gegen die Schulter:

»Also lass dir was einfallen. Aber zügig, wenn ich bitten darf.«

Dann legte er im Gehen lässig seine rechte Hand zu einem angedeuteten militärischen Gruß an seine Schläfe und öffnete die Wohnungstür.

»Aber nächstes Mal mit Erfolgsgarantie! - Ist das klar!«

Das Päckchen hatte eine Sprengfalle, die beim Öffnen auslösen sollte. Doch durch den Aufprall auf den Boden musste sich ein Draht gelöst haben und die Sprengfalle wurde aktiviert.

Agatha Tolgrens Bein konnte zum Glück noch gerettet werden. Mit unzähligen Metallschrauben und -platten wurde es stabilisiert. Elisa besuchte sie jeden Tag und bat immer wieder um Verzeihung. Frau Tolgren antwortete einmal:

»Mädchen, ich hab den Krieg überlebt und die Vertreibung aus meiner Heimat. Dann wird mich das hier auch nicht unterkriegen. - Du hast dir nichts vorzuwerfen!«

Doch Elisa konnte sich nicht von den schweren Schuldgefühlen befreien. Sie war der felsenfesten Überzeugung, dass sie ihre Vermieter in den unerbittlichen Kampf zwischen Gut und Böse hineingezogen hatte.

Was Frau Tolgren auch an Gegenargumenten brachte, Elisa konnte und wollte nicht mehr dort wohnen.

Auch das Argument von Christian, dass sie nur in einer Höhle niemand in Gefahr bringen könnte, ließ sie nicht gelten. Am übernächsten Wochenende zog Elisa zu ihrem Partner Jens nach Gadernheim, hinauf in den Odenwald.

Untergegangene Träume

Heppenheim, Tulpenweg
Montag, 16. April 2018, 08.05 Uhr

»Vergiss nicht, dass ich dich sehr liebe!«

Er drehte sich auf dem Treppenabsatz um und lächelte Isabel zu. Dann kämpfte er sich die Treppen hinunter.

Seit mehr als einem Jahr wohnten sie hier. Mit welcher Begeisterung, welchen Hoffnungen und Träumen waren sie eingezogen. Doch Christian sah einen Traum nach dem anderen platzen. Mit dem 15.08.17 hatte sich alles verändert. Er verstand es nicht, dass Isabel bei ihm bleiben wollte. Was hielt sie noch? - War es Mitleid, Nostalgie oder Hoffnung?

An diesem Wochenende hatte er sie aufgefordert, auszuziehen und ihn zu verlassen. Er wollte nicht mehr mit den untergegangenen Träumen leben. Es schmerzte ihn, wie Isabel ihr Leben mit ihm vergeudete. - Ja. Er liebte sie unendlich. Aber genau deshalb sollte sie ihr Glück mit einem anderen suchen. Seine Schmerzen und die vielen Tabletten verhinderten ein befriedigendes Sexualleben. Und damit schwand auch der Traum von Kindern. Mit ihm gab es keine tollen Urlaube, keine interessanten Ausflüge, keine ausgelassenen Feste. Doch Isabel konterte mit ihrer Liebe und dem Glauben an ein Wunder. Sie ließ sich nicht davon abbringen, dafür zu beten.

Er musste letztlich kapitulieren und akzeptieren, dass sie eine hoffnungslose Optimistin war, mit einem hoffnungslosen Glauben an Gott und das Gute in der Welt.

Warum?

Dorf Tirol, Hochmuth
Freitag, 25. Mai 2018, 09.10 Uhr

Das musste er sein. Circa eins fünfundsiebzig, fünfundvierzig Jahre alt, korpulent, rundes feistes Gesicht mit Kinnbart. Das gute Essen hatte seinen Körper im Laufe der Jahre umgeformt. Der breitkrempige Strohhut verdeckte seine lichten Haare. Er blieb an der Weggabelung stehen, schaute auf seine Handy-App und wieder auf die Wegweiser. Dann nahm er den Weg links den Berg hinunter. Nur wenige Wanderer gingen diesen anspruchsvollen Steig. Der Vellauer Felsenweg war steinig und schmal. An der Abbruchkante des Berges entlang - rechts der steile Fels, links der tiefe Abgrund.

»Wollen Sie vorbei, junger Mann? Ich glaube Sie haben ein flotteres Tempo drauf als ich.«

Mit einem Lächeln im Gesicht musterte er den jungen Wanderer. Es gefiel ihm was er sah. Stegmüller hielt sich mit beiden Händen am Stahlseil fest und drückte sich an die Felswand. Lukas schob sich vorsichtig vorbei.

Stegmüllers Augen wanderten an dem jungen Mann auf und ab. Schlank, knackiger Hintern und vorne war anscheinend auch einiges in der Hose. Nur um die Brust ein bisschen schwach.

»Schönen Tag noch. Und Hals und Beinbruch«, verabschiedete sich Lukas. Doch er sagte sich: Lass ihm Zeit, um den nötigen Mut zu finden. Denn sie hatten ausgiebig recherchiert und kannten Stegmüllers Vorlieben.

Betont langsam drehte sich Lukas zum Gehen um, blickte nochmals auffordernd in Stegmüllers Augen und lächelte. Schnell hatte dieser die Signale des jungen Mannes erkannt.

»Wollen wir nicht ein Stück zusammen gehen? Ein wenig Unterhaltung täte uns beiden vielleicht gut.«

»Warum nicht.«

Nach wenigen hundert Metern waren sie beim Du. Doch eine Unterhaltung auf diesem gefährlichen Weg und dazu noch im Gänsemarsch zu führen, war nicht einfach. Also ließen sie es sein. Dafür hielten sie öfter an und ergötzten sich an dem phantastischen Fernblick. In diesen Momenten näherte sich der ältere Herr lässig und berührte Lukas, wie es Freunde oft tun, wenn sie sich miteinander unterhalten. Lukas erwiderte die Gesten und ermunterte so seinen Wegbegleiter zu noch intensiveren Phantasiegebilden.

Der Weg verlief steil hinauf und bog hinter einem Felssporn in einen Felseinschnitt. Dort oben blieben sie stehen. Ein unbeschreibliches, fast unwirkliches Panorama öffnete sich ihnen. Als ob sie vor einer unendlichen Weite stehen würden. Lukas' Augen tasteten unmerklich den Weg vor und hinter ihnen ab. Niemand war zu sehen.

»Thorsten. Mach mal ein Foto von mir.«

Lukas reichte ihm sein Handy. Dann positionierte er sich am höchsten Punkt des Weges breitbeinig auf dem Felsgestein. Die Arme ausgebreitet, als wolle er die ganze Welt umarmen. Thorsten fühlte sich zu dem jungen Mann hingezogen. Er bildete sich ein, dass Lukas ihn umarmen wollte.

»Los. Jetzt du Thorsten.«

Behutsam schoben sie sich wieder aneinander vorbei.

»Ich mach das Bild mit meinem Handy und schick dir nachher die Bilder zu.«

Zögerlich suchte Thorsten die richtige Position auf diesem freien Klippenvorsprung. Noch hielt er sich vornübergebeugt am Seil fest. Schließlich lösten sich seine Hände und er stellte sich auf. Ganz nah am Abgrund. Er wollte hier nicht als Angsthase auf dem Bild verewigt werden. Lukas stellte den Bildausschnitt ein, brach aber ab. In einem milden, geradezu liebevollen Ton kam er auf Thorsten zu:

»Das sieht nicht gut aus, Thorsten! Komm. Lass mich das mal machen. Dein Jackenkragen ist ja total verdreht.«

Stegmüller war gerührt über die freundschaftliche Geste. Lukas richtete Hemd- und Jackenkragen. Er lächelte ihn an. Seine flache Hand berührte Thorstens Brust. Ganz zärtlich strich er über seine Jacke.

Er hauchte einen Kuss – und stieß zu. Nicht stark. Nicht aggressiv. Gerade so, als ob er eine Tür zudrücken wollte. Zentimeter um Zentimeter näherte sich Thorstens Körper der Tiefe. Der Point of no Return war schon im Moment des Stoßes überschritten.

»Du bist schuldig am Tod von Nesrin Yilmaz.«

Stegmüller ruderte wie wild mit den Armen. Er konnte nicht schreien. Dieser Satz hatte sein Denken blockiert und in panische Erinnerungssuche versetzt. Im Angesicht des nahen Todes sollte angeblich das Leben im Zeitrafferfilm durch das Hirn jagen. Nicht bei Thorsten Stegmüller. Sein Gehirn hatte nur noch eine einzige Aufgabe zu erfüllen: Warum? - Warum sterbe ich - jetzt und hier?

In Bruchteilen von Sekunden setzte es die Mosaikstücke zusammen und fand die Schublade ›Yilmaz‹. Fein säuberlich verschlossen und versiegelt.

›Nesrin Yilmaz. Einundzwanzig Jahre alt, zu Hause überfallen, vergewaltigt, erwürgt. Von Einem, der sechs Monate zuvor eine achtundsiebzigjährige Frau in ihrer Wohnung überfallen, brutal zusammengeschlagen und vergewaltigt hatte.‹

Als psychologischer Sachverständiger sah Stegmüller keine Flucht-, Verdunkelungs- oder Wiederholungsgefahr und plädierte auf Haftverschonung bis zur Hauptverhandlung. Drei Tage vor der Hauptverhandlung brach der Täter in Nesrins Wohnung ein.

›Schuldig!‹, lautete das Urteil gegen sich selbst, bevor seine rechte Hüfte an einem Felsvorsprung abgerissen wurde und Fleisch und Knochen sich in der Luft verteilten. Er spürte keinen Schmerz. Sein Blut war mit Adrenalin überflutet. Noch bevor sein Kopf auf einem Steinblock im Talgrund zerplatzte und sein Gehirn über das felsige Gestein spritzte, begriff er seinen Tod und den Tod der damaligen Haftrichterin als Gesamtwerk der Vernichtung der Versager.

Das Auto der Richterin wurde in einer langgezogenen Linkskurve von einem entgegenkommenden und bis heute nicht ermittelten LKW geblendet und von der Straße abgedrängt. Sie prallte gegen einen unausweichlich dastehenden Alleebaum und verbrannte.

Lukas löschte die Bilder auf dem Handy, das weder SIM-Karte noch Vertrag hatte. Er schaute in die Ferne und atmete tief durch. Die frische Bergluft mit Tannenharzgeruch füllte seine Lungen bis in die tiefsten Kapillargefäße.

Oder raffiniert!

Wiesbaden, City-Parkhaus
Samstag, 01. Juni 2019, 11.10 Uhr

Elisa drehte sich zum Beifahrersitz. Auf Christians Stirn zeichneten sich Schweißperlen ab. Er stützte seine Hände in den Rücken und machte ein Hohlkreuz.

»Alles ok?«

Er spürte genau den Unterton in dieser kurzen Frage. Die Zweifel, ob sie das Richtige taten. Die Zweifel, ob er dem gewachsen sei. Mehr als ein Kopfnicken war ihm die Frage nicht wert. Er musste einfach noch schnell eine zusätzliche Tilidin einnehmen.

Ein Schreckgedanke jagte wie ein Stromschlag durch seinen Kopf. Die Tabletten waren nicht wie immer in seiner rechten Hosentasche. Panik. Linke Hosentasche? Gesäßtasche? Schnell klopfte er alle Jackentaschen ab. Nichts! - Nicht einmal ein leeres Aluplättchen.

Das konnte nicht sein! Christian drehte sich zu Elisa. Sie sah das Entsetzen in seinen Augen.

»Meine Tabletten! Weg! Einfach weg!«

»Oh nein! - Schau noch Mal in Ruhe nach.«

Doch alle Taschen hatte er schon mehrmals durchsucht. Die Tabletten waren weg.

»Ganz ruhig. Überleg, wo du sie zuletzt gesehen hast.«

Christian ging den Vormittag im Zeitraffer rückwärts. Und da hakte die Erinnerung ein.

»Das gibt's doch nicht. - Die waren leer und ich wollte aus unserem Medizinschränkchen eine neue Packung holen.«

Er schüttelte wild den Kopf.

»Vergessen! Unfassbar. - Das gibt eine Katastrophe.«

»Dann brechen wir ab. Deine Gesundheit ist wichtiger.«

»Bist du verrückt?«, schrie er Elisa an.

Erschrocken zuckte sie zurück.

»Sorry Elisa. Das war nicht persönlich gemeint. - Aber wir können jetzt nicht einfach tschüss sagen. Ich will das durchziehen, und wenn es das Letzte ist, was ich auf zwei Beinen hinbekomme!«

Elisa war schockiert. Dieser gnadenlose Wille bis zur Selbstaufopferung machte ihr Angst.

»Ich hab noch eine Vierhunderter Ibu.«

»Ok. Ist zwar wie ein Tropfen auf den heißen Stein, aber besser als nichts.«

Christian zog sich am Haltegriff aus dem Auto und schaute sich um. Das Parkdeck war mit Autos gut gefüllt. Vereinzelt huschten Menschen Richtung Ausgang.

Ihr Plan war, unauffällig das Parkhaus abzusuchen, zu beobachten und vielleicht Fotos zu machen. Im günstigsten aller Fälle könnten sie sogar zugreifen.

Elisa begann ihre Beobachtungstour im Untergeschoss. Christian nahm den Fahrstuhl nach oben auf das Außendeck. Von da an waren sie auf sich allein gestellt.

Der gestrige Anruf, kurz vor Fünf, mit unterdrückter Nummer, brachte Christian mit einem Schlag unter immensen Zugzwang.

»Du hast noch was gut bei mir. Hör genau zu.«

»Mit wem spreche ich?«, wollte er wissen.

»Unwichtig! Hör zu!«, kommandierte der Anrufer.

»Morgen um Elf-Dreißig trifft Hartmann seinen Boss. City-Parkhaus Wiesbaden.«

Dann war die Leitung tot. Christian konnte es kaum glauben. War bei Hartmann noch nicht das Ende der Fahnenstange? War noch einer über ihm, der Alles lenkte? Er war fasziniert und entsetzt zugleich.

Seit über einem Jahr drehten sie sich im Kreis – Staatsschutz und Kripo Heppenheim Hand in Hand im Dreivierteltakt. Ronny Hartmann war nicht aufzuspüren und sein Umfeld schien ebenfalls in Deckung gegangen zu sein.

Seit sie die Liste mit dem Kürzel RH in der Jagdhütte gefunden hatten, verlor sich seine Spur. Sie hatten gehofft, über Frank Schulte an ihn heranzukommen. Doch Schultes Unfall bei der Verfolgungsjagd in der Nähe von Chemnitz hatte diese Hoffnung zunichte gemacht.

Christian ging davon aus, dass dieser Anruf wieder Schwung in den Fall bringen würde. Doch Bülow und Nowak waren gestern Abend schon gegangen. Wochenende. Er erreichte Bülow auf seinem Handy. Nach heftiger Diskussion einigten sie sich darauf, dass Christian das BKA informieren sollte. Von Heppenheim aus könnten sie ohnehin nichts ausrichten.

Doch der Anruf beim BKA machte alles noch kurioser. Hatte Christian geglaubt, dass sein Hinweis begeistert aufgenommen würde, belehrte ihn Oberkommissar Wildfang eines Besseren. Selbstsicher wies er Christian darauf hin, dass er wohl einer gewaltigen Falschinformation aufgesessen sei.

»Im Vertrauen, Herr Berghoff. Wir erhielten von einem unserer Informanten einen Hinweis, dass Hartmann tatsächlich morgen Vormittag seinen obersten Chef treffen soll. Aber nicht in Wiesbaden, sondern im Parkhaus am Stuttgarter Flughafen.«

Christian war platt. Und Wildfang setzte mit der Überheblichkeit eines BKA-Mannes nach:

»Es wäre schon extrem dreist, sich in Wiesbaden, am Hauptsitz des BKA, zu treffen.«

»Oder raffiniert!«, warf Christian ein.

Wildfang lachte und wünschte noch ein schönes Wochenende. Doch Christian war überzeugt davon, dass sein Hinweisgeber authentisch war. Und er meinte auch sicher zu wissen, wer es war.

Christian wollte trotz der hochkochenden Schmerzen unauffällig seine Parkdecks nach den Gesuchten durchforsten. Doch das Pulsieren in seinem Rücken wurde von Minute zu Minute heftiger und vernebelte Christians Sinne.

Mit dem Außendeck war er fertig. Er biss auf die Zähne und fuhr in den vierten Stock hinunter. Jeder Schritt wurde zur Qual. Glühende Messer durchbohrten seine Eingeweide. Er musste sich an einem Auto festhalten. Zum ersten Mal kam ihm der Gedanke, abzubrechen. Er brauchte dringend seine Medikamente. Sonst würde er bald schreiend auf dem Boden liegen, oder die Besinnung verlieren. Er hätte nur Elisa anfunken müssen, doch er schleppte sich weiter. Nur noch dieses Deck, dann runter zum Auto und weg.

Christian zitterte am ganzen Leib. Mit seiner Linken tatschte er sich haltsuchend von einem Auto zum anderen. Mit der anderen Hand hielt er seine Pistole in der rechten Jackentasche fest umschlossen. Nicht mehr weit, dann hatte er es geschafft. Da vorne war der Aufzug. Er hielt sich an der Dachreling eines Mercedes SUV fest und atmete tief durch. Er streckte sich und versuchte, sich Erleichterung zu verschaffen.

Da ging die Tür zum Vorraum der Fahrstühle auf. Fünf, sechs Autos von ihm entfernt, trat Ronny Hartmann auf das Parkdeck. Christian erkannte ihn sofort und er sah in dessen Augen, dass auch Hartmann wusste, welchem Gegner er gegenüber stand. Dahinter ein älterer, grauhaariger, hochgewachsener Mann. Eine dritte Person duckte sich und rannte nach rechts hinter ein Auto. Die Überraschung ließ alle erstarren.

Dann fiel die Stahltür ins Schloss. Hartmann griff in die Innentasche seiner Jacke. Im selben Moment zog Christian seine fest umklammerte HK38 und feuerte zwei Mal. Hartmann fasste sich an den Bauch, fiel nach hinten gegen die Wand und rutschte nach unten. Zwei lange Blutspuren zeichneten sich an der Mauer ab. Zwischen seinen Fingern quoll Blut heraus.

Ohne ein Wort nahm der ältere Mann die Hände hoch. Christian ging hinter einem Fahrzeug in Deckung, zielte aber weiterhin auf den Mann. Die dritte Person konnte er nirgends sehen.

»Auf den Boden legen!«, schrie er dem Grauhaarigen zu. Dieser ging langsam auf die Knie. Gerade wollte sich Christian aufrichten, als eine Schmerzattacke in gewaltigen Wellen vom Rücken in sein rechtes Bein und in den Kopf jagte. Alles drehte sich - die Autos, der Boden, die Wände. Das Neonlicht flirrte in seinen Augen. Der Schmerz nahm ihm jegliche Kraft und riss ihn zu Boden. Er klatschte mit der Stirn gegen eine Autoscheibe und kippte seitlich auf den grauen Beton. Bewegungsunfähig lag er zwischen den Autos und stöhnte. Der Mann erhob sich lächelnd, zog seine Pistole und bewegte sich vorsichtig auf Christian zu. Dann lud er seine großkalibrige Czeska durch und zielte auf Christians Kopf.

Ein Schuss hallte durch das Parkdeck und durchschlug die Schädeldecke. Blut spritzte über ein Autodach. Dann sackte er auf die Knie, kippte mit dem Oberkörper nach vorne und klatschte mit der Stirn neben Christians Kopf auf den Beton. Der schwere Mann nahm ihm die Luft. Verschwommen sah er die beiden Autoseiten, darüber die vergilbten Neonröhren und dazwischen ein Gesicht. Er kannte es. Von der Jagdhütte und aus den Fahndungsfotos. Doch seine Schmerzen ließen keine weitere Erinnerung mehr zu und schalteten sein Bewusstsein ab.

Lukas steckte seine Waffe weg. Dann stieß er den Mann mit seinem Stiefelabsatz zur Seite.

Als Wildfang und sein Kollege Schmidgall vom BKA eintrafen, hing Christian schon am Tropf. Der Notarzt hatte die Tropfgeschwindigkeit schon mehrmals nachjustiert, bis das Morphium endlich seine schmerzbefreiende Wirkung entfaltete. Hartmann war schon abtransportiert.

»Mensch Berghoff! Sie machen Sachen mit Ihren ständigen Alleingängen.«

Wildfang schüttelte mit dem Kopf und Elisa war sich nicht sicher ob aus Verzweiflung oder aus Bewunderung.

»Wenn ihr nicht auf uns hört...«, konterte Elisa.

Gleich am Montagvormittag stand Wildfang mit dem Leiter des Staatsschutzes, Gruppe ST32 beim BKA, Kriminalrat Kleinscheck, an Christians Krankenbett. Wildfang druckste herum und wusste nicht, wo er anfangen sollte, bis sein Chef eingriff.

»Lass mal, Jonas. - Herr Berghoff, ich muss unumwunden zugeben, Sie hatten recht. Wir bedauern außerordentlich und wünschen Ihnen baldige Genesung.«

Er nickte Wildfang zu, der jetzt den Blumenstrauß hochhielt, den er bisher an seiner Hand kopfüber baumeln hatte. Die Schachtel Mercie legte er auf das Nachttischchen und suchte nach einer Blumenvase, die er in einem Schränkchen neben dem Waschbecken fand. Kleinscheck fuhr fort:

»Stuttgart war ein Ablenkungsmanöver. Sie hatten den besseren Informanten. - Wissen Sie wer er war?«

»Nein. Der Anrufer war äußerst kurz angebunden und hatte seinen Namen nicht genannt.«

»Sagt ihnen der Name Konrad Mehrheim etwas?«

Doch Christian zog nur die Augenbrauen hoch.

»Er war Oberst bei der Stasi.«

»Und?«

»Tja, der lag jetzt tot neben Ihnen. – Allerdings haben Sie ihn nicht erschossen, das wissen wir schon. Wer aber war es dann?«

Kleinscheck wartete und war gespannt auf die Antwort. - Christian wusste, dass diese Frage kommen würde. Heute früh noch hatte er mit sich gekämpft, wie er antworten sollte. Seinen Retter schützen oder benennen? Es wäre einfach gewesen, sich auf ein ›...hab nichts mehr mitbekommen...‹ zurückzuziehen. Doch der Kommissar in ihm siegte:

»Lukas Dillinger.«

»Ach nee!«, bemerkte Wildfang überrascht. »Ein alter Bekannter aus ihren Nachforschungen an der Jagdhütte. Sieh an...«

»Jonas«, warf Kleinscheck ein, »du könntest schon mal vorgehen und gleich Druck auf die Fahndung Dillinger machen.«

Als Wildfang aus der Tür war, schob er den Besucherstuhl an Christians Bett und setzte sich.

»Ihnen sagt der Name Mehrheim also nichts.«

Christian zog seine Mundwinkel nach unten und schüttelte den Kopf.

»Oberst Konrad Mehrheim gehörte dem Ministerium für Staatssicherheit an. Abteilung HVA, also Hauptverwaltung Aufklärung und unterstand direkt Markus Wolf. Mehrheim war bei der Stasi ein ganz hohes Tier. Verkehrte oft und gern bei Mielke in Wandlitz.«

Christians Augen wurden immer größer.

»Bis zur Wende 1989 war er als Leiter der Abteilung 18 zuständig für Spionage, Sabotage, Entführungen, Liquidierungen und ähnlichem. Da war er gerade mal sechsunddreißig. Voll auf Karriere gebürstet und ein knallharter Typ, der keine Gnade kannte.«

Kleinscheck räusperte sich.

»Soll ich Ihnen etwas zu trinken einschenken?«

Christian nickte. Es fiel ihm schwer zu reden. Seine Zunge war schwer wie Blei. Durch die starken Schmerzmittel hörte sich seine Aussprache an, als ob er besoffen sei.

»Wir gehen aktuell davon aus, dass Mehrheim der oberste Kopf einer in Kleinzellen organisierten kriminellen Organisation war. Die ersten Auswertungen seiner Wohnung legen nahe, dass er drei oder vier regionale Kommandoführer unter sich hatte, von denen einer davon Hartmann war. Darunter verläuft sich allerdings das Ganze in Kleinstgruppen, die unabhängig voneinander agieren. In so einer Kleinstgruppe verorten wir auch Frank Schulte und Lukas Dillinger. Diese Kampfzellen aufzubrechen und zu überführen wird die schwerste Arbeit für uns alle werden.«

Wie zur Bestätigung seiner eigenen Worte nickte er mit seinem Kopf mehrmals nach.

»Zu Anfang rekrutierte diese Organisation ihre Mitglieder unter ehemaligen Stasimitarbeitern. Aber sie streckten auch gezielt ihre Fühler nach Opfern einer Gewalttat, nach deren Angehörigen, oder anderen rachewilligen Personen aus dem Opferumfeld aus.«

Christian setzte sich auf und Kleinscheck reichte ihm die Tasse mit Tee.

»Bei der Auswahl gingen sie hochprofessionell vor. Extrem vorsichtig und konspirativ.«

»Motiv?«, flüsterte Christian gepresst.

»Ermordung von Gewalttätern als Geschäftsmodell, würde ich sagen. Aber da sind wir noch nicht so weit. Es scheint aber so zu sein, dass sie Aufträge für Rachemorde annahmen. - Und dafür gibt es scheinbar einen nicht zu verachtenden Markt - über das Darknet, Selbsthilfegruppen und ähnlichem.«

Kleinscheck machte ein nachdenkliches Gesicht und fuhr fort:

»Diese Taten waren sicher nicht moralisch-ethischer, sondern rein finanzieller Natur.«

»Und das Geld?«

»Sie meinen den Killerlohn? - Da tappen wir noch im Dunkeln. Wir müssen nach und nach die komplizierten Geldflüsse rekonstruieren. Bis da unsere Finanzspezialisten durch sind... - Darknet, Bitcoins. Verstehen Sie?«

Kleinscheck schaute zu, wie Christian die Tasse leertrank. Dann nahm er sie ihm ab.

»Eine Theorie haben wir natürlich schon. Einige Unterlagen weisen in eine bestimmte Richtung. Das Geld könnte zumindest teilweise für die Aufbesserung der Renten und sonstiger Unterstützungen alter Stasigenossen gedient haben. Die ganz Alten bekommen ja wirklich nur knapp über dem Existenzminimum. - Und der ganze Stasihaufen hält noch so richtig zusammen!«

Christian schaute Kleinscheck direkt an und meinte, einen bewundernden Unterton in seinem letztem Satz vernommen zu haben.

Verzweifelt versuchte Christian, den roten Aufrissfaden an der Mercieschachtel zu greifen. Kleinscheck wollte ihm helfen, doch er lehnte ab. Mit den Zähnen erfasste er eine Ecke der dünnen Plastikhülle, riss sie auseinander und gab sie ihm. Dann ging er die einzelnen Sorten durch und entschied sich zuerst für Nougat.

Kleinscheck schmunzelte und fuhr fort:

»Es wird lange dauern, bis wir das alles aufgedröselt haben. Und dann diesen Kommandos auch noch die entsprechenden Morde zuzuordnen, die, schlimmer kann es gar nicht sein, als gar keine geführt werden. Die deutschen Kripostellen werden viel zu tun haben.«

Am Nachmittag kam Elisa zu Besuch. Christian erläuterte ihr die Details, die er am Vormittag vom BKA-Leiter Kleinscheck erfahren hatte. Sie lächelte stolz über ihren gemeinsamen Erfolg gegenüber dem BKA.

Sie gingen die Aktion im Parkhaus nochmals minutiös durch und tauschten ihre Eindrücke und Erkenntnisse dieses dramatischen Tages aus. Sie waren sich einig, dass diese Begegnung mit Mehrheim auch katastrophal hätte enden können.

Elisa beugte sich vor und roch an den Blumen. Sie rümpfte die Nase über den ihrer Meinung nach zu intensiven Geruch. Dann schaute sie Christian lange ausdruckslos an, als ob sie in eine andere Sphäre abgetaucht wäre. Christian kannte diesen Gesichtsausdruck und wartete. Endlich schnappte sie nach Luft:

»Für das BKA scheint ja alles gelaufen zu sein. Oberflächlich gesehen könnte man ihnen natürlich zustimmen.«

»Und nicht oberflächlich, sondern tiefgründig?«, hakte Christian nach.

»Schau, Christian. Wenn ich diese ganze Thematik betrachte und ihr eine Überschrift geben müsste, würde ich die Worte ›Schuld, Sühne, Rache und Gerechtigkeit‹ verwenden. Das sind rein ethisch-moralische Begriffe. Sie haben wenig mit Rationalität zu tun. - Ich meine, was hat Mehrheim, ein ehemaliger Stasi-Kommandant und seine Mitstreiter mit dieser Art von Gerechtigkeit zu tun? - Außer dass sie damit natürlich auch Geld verdienen.«

Sie hob fragend ihre Hände:

»Wenn sie ihre besonderen Fähigkeiten und Kenntnisse wirklich richtig zu Geld machen wollten, wäre es meines Erachtens nach viel schlauer, Mordaufträge von Kriminellen und Geheimdiensten in aller Welt anzunehmen – wie so eine Söldnertruppe. Diese Jobs wären wesentlich lukrativer. - Aber nein, sie haben sich ganz speziell auf Recht und Gerechtigkeit fokussiert. - Findest du das nicht auch merkwürdig?«

Christian schaute nach oben. Er versuchte, sich in dem grellen Weiß der Zimmerdecke die Beweggründe für Mehrheims Feldzug auszumalen. Zweifel huschten durch sein Deckengemälde und nahmen Form an.

»Kann ich sogar nachvollziehen. Aber was bringt es? - Die Sache ist abgeschlossen. Andere müssen jetzt nur noch die Einzelfälle aufdröseln. - Oder meinst du etwa, dass es noch tiefer geht?«

»Ich weiß es nicht und habe auch keine Beweise. Aber mein Gefühl sagt mir, dass wir noch nicht den Kern des Übels freigelegt haben. Da ist noch mehr. - Glaub mir!«

Diese nachdrückliche Bestimmtheit machte jetzt auch Christian zusehends unsicher. Elisas Gefühle hin oder her. Auf jeden Fall war Mehrheim sicher kein heiliger Samariter und Märtyrer. Er war definitiv ein eiskalter und berechnender Todesstratege.

»Da könnte was dran sein, Elisa. Wir sollten deine Hypothese behutsam weiterverfolgen und Augen und Ohren offen halten.«

Elisa strahlte. Sie war überzeugt, dass ihr Instinkt sie nicht im Stich lassen würde und sie das letzte Türchen noch nicht geöffnet hatten.

Die Ironie des Schicksals war, dass Ronny Hartmann im selben Krankenhaus lag, nur in einem anderen Gebäude. Ihm musste ein Stück Dickdarm entfernt werden. Sonst war er mit den Bauchdurchschüssen ganz glimpflich davongekommen.

Doch Hartmann machte sich keine Hoffnungen mehr. Vor der Tür saß seine Bewachung, in wenigen Tagen würde er in ein Gefängniskrankenhaus verlegt werden und die nächsten Jahre durfte er gesiebte westdeutsche Luft atmen.

Hier war sein Weg zu Ende, der 1995 in Berlin-Glienicke begonnen hatte. An dem Tag, als er seinen Kollegen Otto Grasulke besuchen wollte. Der hinten in seinem Garten am Baum hing und sich das Leben genommen hatte. Doch Otto war nicht nur einfach ein Kollege aus dem Ministerium für Staatssicherheit, er war auch sein Freund.

Hartmann spürte wieder die Gefühle, die er vor über vierundzwanzig Jahren hatte, als er unter dem Erhängten stand. Er war wütend über die neuen Verhältnisse gewesen. Über den Staat BRD, der ihnen das Existenzrecht absprach. Er wusste auch, wie verbittert und niedergeschlagen Otto war.

Otto Grasulke schaffte den Umschwung nicht mehr. Vielmehr wollte ihn nicht schaffen. Er hatte abgeschlossen. Eigentlich hatte er schon am 09. November 1989 abgeschlossen. Als er aus seinem Büro in der Normannenstraße, der Zentrale des MfS, vertrieben wurde, ging für ihn nicht nur ein Staat unter. Die Wessis hatten ihm den Sinn fürs Weiterleben genommen. Der Kampf für den Sozialismus war verloren. Der Klassenfeind hatte gesiegt und fiel wie eine Heuschreckenplage über sein geliebtes Land her und saugte es aus.

Wenn Hartmann an diese Zeit dachte, überfiel ihn Wehmut und Bitterkeit. Und dann die gnadenlose Hetzjagd, gleich nach der Wende, gegen jeden aus dem Ministerium für Staatssicherheit - von der Putzfrau bis zum Generalmajor. Plötzlich waren sie heimatlos und arbeitslos. Sie waren Ausgestoßene. Und die mickrige Westrente von gerade einmal 802 Westmark war ein Witz. Zu wenig zum Leben und zu viel zum Sterben.

Hartmann stand von seinem Stuhl auf und schaute hinaus über Wiesbaden. Viele aus ihren Reihen zerbrachen zu dieser Zeit und begingen Selbstmord. Damals, als die BRD-Inquisitoren und Kapitalisten rüberkamen, und die Staatsfeinde der DDR aus ihren Löchern krochen. Doch irgendwann überdeckten die riesigen Probleme der großkotzig angekündigten ›blühenden Landschaften‹ die Rachegelüste der Wessis und das Spießrutenlaufen hatte ein Ende.

Nur! Das Rad der Geschichte hatte sich weitergedreht – ein Zurück gab es nicht. Und er, Ronald Hartmann, wollte weitermachen – weiterleben.

Der Anruf an dem Abend, als die engsten Freunde um Otto trauerten, entschied seine weitere Zukunft. Am Telefon war sein ehemaliger Führungsoffizier Konrad Mehrheim. Er konnte sich noch genau an seine Worte erinnern:

»Ich habe vom Tod unseres Kameraden gehört. Wir alle trauern mit euch.«

Ihm fiel wieder ein, wie erstaunt er war, dass die alten Kanäle noch so gut funktionierten.

»Haltet durch. Ich bin an etwas ganz Großem dran, das uns wieder nach oben und in eine sichere Zukunft bringen wird. Nicht mehr lange, dann geht es los! - Viele Grüße an die Mannschaft.«

Und es wurde etwas ganz Großes. Etwas, das ihnen wieder Lebensinhalt und verlorenes Selbstbewusstsein zurückgab - durch eine Geheimorganisation, die für Recht und Gerechtigkeit sorgte.

Hartmann musste damals nicht lange überlegen. Mit der Aufgabe, die ihm gestellt wurde, konnte er sich zu einhundert Prozent identifizieren. - Gewaltverbrecher so zu bestrafen, wie sie es verdient hatten und dabei auch noch Geld zu verdienen, sah er als einen legitimen Auftrag an.

Es war eine gute Zeit – er bereute nichts.

Auf dem Radar

Frankfurt, Bahnhofsviertel
Samstag, 15. Juni 2019, 17.20 Uhr

An diesem Samstag tauchte Jakob Rosenfeld, der Freund von Lukas und Trok, zum ersten Mal in das Bahnhofsviertel ein. Mit seinem lässig-frechen Auftreten fand er schnell Anschluss. Fragte jemand nach seinem Namen, so sagte er, dass man ihn ›Chips‹ nennen würde. Ein Einfall, der darauf zurückzuführen war, dass er in seiner Kindheit tatsächlich so genannt wurde. Wegen der Vorliebe für Kartoffelchips.

Das Frankfurter Bahnhofsviertel war genau so, wie man sich solch ein Viertel in Reinkultur vorstellt. Bars, Kneipen, Restaurants, Ladengeschäfte. Direkt daneben Sexshops, Striplokale und Bordelle. Darüber Altbauwohnungen.

Im Viertel ging es meist um Sex, Alkohol, Drogen. Jakob vertickte Ecstasy und Speed, gelegentlich auch Viagra für die nötige Härte bei einer schnellen Nummer. Mit der Zeit war er unter den Partygängern, Sexsuchenden und Workaholics bekannt als Spezialist für Muntermacher. Er achtete darauf, nur in kleinem Rahmen zu dealen, so dass die Clans keine Konkurrenz in ihm sahen. Nach wenigen Wochen gehörten auch Mufa Özdemir und Jo Jovanovic zu seinen Kunden. Von da an hatte er die beiden auf dem Radar.

Jovanovic kam Mitte 2017, Özdemir Anfang 2019 vorzeitig aus dem Gefängnis. Tafari Gebre Tulu hatte sich im Frühjahr 2018, gleich nach der Bewährungsfrist, in seine Heimat abgesetzt. Nur Weimar, der als Haupttäter der

Gruppenvergewaltigung in der Bockenheimer Anlage verurteilt wurde, saß noch im Knast.

Wie ein Puzzle setzte Jakob alle Informationen zu einem Bild zusammen. Sie gehörten zu einer Bande, die sich auf Einbrüche, Raub, Diebstahl und Hehlerei spezialisiert hatten. Weimar war der unangefochtene Boss.

Lukas und seine Freunde Trok und Jakob planten seit einem Jahr einen Rachefeldzug gegen die Mörder seiner Freundin Kathrin. Mit dabei war auch Sandra Gärtner, die Schwester der ermordeten Nicole aus Langwaden. Von Anfang an verzichteten sie auf elektronische Kommunikation. Nur über persönliche, konspirative Treffen formten sie ihr Vorhaben immer konkreter aus. Der Countdown lief.

Am 25. Juni 2019 nahm Jakob im ›Le Café‹ ein üppiges Frühstück zu sich und trank einen großen Milchkaffee. Gegen Elf bummelte er auf dem linken Gehweg die Elbestraße entlang zum Main. Gegenüber, vor einem gelben Haus hatten sich rund fünfzehn junge Männer versammelt.

Da bog der schwarze AMG in die Straße ein und hielt bei der wartenden Menge. Weimar stieg aus. Jubelgeschrei zog durch die Häuserschlucht. In Siegerpose reckte er beide Hände zum Victory-Zeichen in die Höhe.

Wenige Tage nach seiner Haftentlassung wurde sein langjähriger Freund ›Hells‹ schwer verletzt ins Krankenhaus eingeliefert. Durch mehrere Schläge gegen den Bauch war die Milz geplatzt. Eine Notoperation rettete sein Leben. Erstaunlicherweise konnte er die Angreifer nicht beschreiben. Danach war jedenfalls die alte Rang- und Hackordnung im Viertel wieder hergestellt.

Eisige Kälte stieg auf

Frankfurt, Mainufer
Samstag, 21. September 2019, 01.55 Uhr

Nur wenige Autos fuhren über den Untermainkai. Ein älterer Herr mit seinem kleinen Hund spazierte vorbei. Der Yorkshire Terrier hob an einer Straßenlaterne das Bein, dann kläffte er zu den Büschen der Uferwiese hinunter, bis sein Herrchen den Kleinen weiterzog.

Lukas war aufs äußerste angespannt. Der Kreis schloss sich. Der Tag war gekommen, an dem abgerechnet wurde.

Sie spähten die Mainwiesen entlang und warteten. Plötzlich stieß ihn Trok an und setzte gleich einen Funkspruch ab. Da kamen sie. Das Endspiel konnte beginnen.

Nachdem die zwei dunklen Gestalten an ihnen vorbeigegangen waren und die Treppe hoch zur Uferstraße nahmen, lösten sie sich aus ihrem Versteck und folgten mit Abstand.

Jakob, den man im Bahnhofsviertel nur als ›Chips‹ kannte, schaukelte entspannt aus der anderen Richtung den beiden Männern entgegen. Ein viertel Jahr lang hatte er die drei Mörder von Kathrin ausgespäht. Der Vierte, Taffi, der nur eine Bewährungsstrafe bekam, war bekanntlich in seine Heimat zurückgezogen

Mufa Özdemir sah Jakob schon von Weitem und rief ihm entgegen:

»Ey, Alter, was geht ab? Wo kommst du denn her, Mann?«

»Ey Jungs, war bei ‘nem Kumpel was rauchen.«

Sie blieben stehen. Das Licht der entfernten Straßenlaternen schien in ihre Gesichter. Jakob überfiel das Entsetzen.

Vor ihm standen Nummer zwei und drei. Nummer eins fehlte. Als Mufa fragte, ob er was zum Kiffen dabei hätte winkte er hastig ab:

»Nee, Jungs. Leider nicht. Ich muss auch dringend weiter. Hab noch'n Date – ihr wisst schon!«

Er drängelte sich an ihnen vorbei. Die beiden drehten sich um und Mufa rief ihm lachend nach:

»Ey Alter, bleib cool Mann! Fotzen musst du warten lassen, sonst haben sie dich bald an den Eiern.«

Mustafa und Josip klatschten sich lachend mit der flachen Hand ab. Zwei Typen mit tief gezogenen Kapuzen wechselten die Straßenseite. Ein dunkler VW-Transporter fuhr langsam an ihnen vorbei.

»Mann, hier ist ja heute mehr los als im Puff auf der Kaiserstraße«, scherzte Josip.

Gut gelaunt zogen sie weiter.

Eine Viertelstunde später machte Jakob seinen Freunden schwere Vorwürfe.

»Habt ihr nicht erkannt, dass Weimar gar nicht dabei war? Der ist breit wie ein Schrank und so groß wie Mufa. Josip ist dagegen ein Strich.«

Jakob konnte sich nicht beruhigen:

»Das müsst ihr doch sehen, wenn der nicht dabei ist!«

Er blickte in zwei völlig betretene Gesichter.

Auch Sandra, die den Transporter steuerte war total mit den Nerven fertig und meinte lapidar:

»Das war knapp, Leute. Zum Glück hatte Jakob schnell und klug gehandelt.«

Frankfurt, Mainufer
Samstag, 28. September 2019, 02.20 Uhr

Wieder standen sie an der Mauer der Grünanlage hinter den dicht gewachsenen Büschen. Trok spannte sich das Nachtsichtgerät auf den Kopf. Es begann zu nieseln.

Da tauchten sie unterhalb des Café Nizza auf. Sie zockelten gemütlich über den Rasen und unterhielten sich gutgelaunt. Trok war sich definitiv sicher, Weimar, Özdemir und Jovanovic in seinem grünen Objektiv erkannt zu haben. Er hob den Daumen. Drei auf einen Streich war natürlich optimal. Er packte das Nachtsichtgerät in seinen Rucksack. Da war er nun endlich, der Moment der Abrechnung.

Jakob schaukelte wieder ganz cool aus der Gegenrichtung auf die drei zu. Schon von Weitem grüßte er sie.

»Hey Mufa, schon wieder spät geworden heute Nacht?«

»Ja Mann. Und du? - Schon wieder ein Fickdate?«

Weimar stand genervt daneben. Doch als Jakob drei Pulvertütchen hervorkramte, war auch sein Interesse geweckt.

»Jungs, ich hab hier echt geiles Speed. Da seid ihr super drauf und rund um die Uhr topfit.«

Er wusste genau was im Viertel benötigt wurde. Meist waren die Jungs arbeitslos oder hatten keinen Bock auf Maloche. Ihr Leben spielte sich nachts ab: Shisabars, Cafés, Clubs, Straßenrennen, Schlägereien. Die Kohle kam von Einbrüchen, Raub, Diebstahl. Da musste man nachts total fit im Schritt sein. Weimar blökte mit seiner rauen Stimme:

»Kostenpunkt?«

»Mann, für euch zum probieren – nichts!«

Er gab jedem ein Tütchen mit weißem Pulver:

»Da hab ich aber noch was für euch!«

Die drei waren vollkommen auf Jakob fixiert, der in der Seitentasche seines Parkas kramte. Er zog mehrere lange Kabelbinder heraus, hob sie hoch und ließ sie vor ihren Gesichtern baumeln:

»Wäre das nichts für euch?«

Sie lachten und Mufa meinte noch:

»Mann, Chips, bist du endgültig durchgeknallt?«

Aus seinen Augenwinkeln nahm Mufa einen dunklen VW-Transporter wahr, der näher kam.

Jakob fragte bissig nach:

»Na, was ist jetzt? Könnt ihr die gebrauchen?«

Lupus stieß Mufa ungehalten zum Weitergehen an. Doch der reagierte nicht. Sein Gehirn ratterte auf Hochtouren. Wie in Zeitlupe nahm er die nächsten Sekunden wahr. - Der Transporter blieb neben ihnen stehen. Die Seitentür öffnete sich. Jakob schrie sie wegen der Kabelbinder an und als Mufas Überlebensinstinkt den Befehl gab, sich nach den Kapuzenmännern umzudrehen, blickte er in den Lauf einer Glock 17. Lukas hielt die beiden anderen mit seiner Waffe in Schach.

»Los rein hier...!«, kommandierte Trok, »...und hinlegen!«

Jakob zog die Kabelbinder um Hand- und Fußgelenke.

»Ich hab euch Arschlöchern doch gesagt, dass ihr die Kabelbinder gebrauchen könnt.«

Sie nahmen ihnen Messer und Handys ab und setzten sie an die Wagenwand. Mufas erster Schock löste sich:

»Ey, Chips, wir sind doch Kumpels. Was soll das Ganze?«

Unsicher suchte er in den schemenhaften Gesichtern zu lesen.

»Komm sag, dass das nur Spaß ist, oder ein Versehen!«

Jakob antwortete nicht. Lukas zog einen Baseballschläger aus der Halterung an der Fahrzeugwand:

»Ja, es wird ein toller Spaß für uns alle.«

Weimar hatte eine Vermutung:

»Wer hat euch geschickt? Cem? Oder war es Navid?«

Als er keine Antwort bekam, fügte er hinzu:

»Mensch Jungs. Sagt ihnen, dass alles beim Alten bleibt. Ich mach mein Ding und trete keinem auf die Füße.«

Als immer noch keine Reaktion kam, schrie er:

»Los! Sagt das sofort euren Chefs, ihr Loser!«

Der Baseballschläger schoss in seine Magengrube. Er japste nach Luft. Sein Gesicht verfärbte sich dunkelrot.

»Halt die Fresse!«, fuhr ihn Lukas an.

Als sie über die Flößerbrücke fuhren, warfen sie die abgenommenen Handys, Akkus und Messer in den Main.

Hinter Gründau verließen sie die Autobahn und bogen wenige Kilometer danach in einen Feldweg ab. Auf dem verwitterten Wegweiser konnte man noch das Wort ›...-Hof‹ entziffern. Vorbei an Feldern und durch ein kleines Wäldchen kamen sie an einen seit langer Zeit verfallenen Bauernhof. Mächtige Steinmauern standen im Viereck.

Sie schleusten die Gefangenen nach hinten, durch eine weite Öffnung, die einmal ein Scheunentor gewesen sein musste. Es roch nach Vergangenem, muffig, modrig. An der gegenüberliegenden Wand stiegen sie die Treppe hinab.

Am Ende des Gangs öffneten sie eine Tür. Das Licht ihrer Taschenlampen leuchtete segmentartig den vorderen Teil eines langen und hohen Kellergewölbes aus. Im hinteren Bereich standen drei Feuerkörbe quer zum Raum. Sandra zündete das Holz darin an. Dann stießen sie die Gefangenen an der Feuerwand vorbei und standen unvermittelt vor einem hohen Eisengitter. Wie das Torgitter einer Burg, mit Klammerschrauben an der Stirnmauer des Kellers befestigt. Auch an den Wänden links und rechts waren Gitter aufgestellt.

Lukas und Trok schnappten Weimar. Doch als Boss einer erfolgreichen Frankfurter Bande hatte er erstens einen Ruf zu verlieren und zweitens seiner irrigen Meinung nach einen gewissen Verhandlungsspielraum. Er zerrte wild an den Fesseln und schrie Trok an:

»Mir macht ihr keine Angst! Mir nicht, ihr blöden Flachwichser. Meine Freunde werden euch so in den Arsch ficken, dass ihr nie mehr sitzen könnt. Wisst ihr Anfänger überhaupt, mit wem ihr es zu tun habt? Ich, Thomas Weimar, genannt ›der Lupus‹, arbeite mit den mächtigsten Männern Frankfurts zusammen!«

Er schrie so laut und erregt, dass sein Speichel auf Troks Jacke spritzte. Wie aus dem Nichts traf der angewinkelte Fingerknöchel hart und präzise auf Weimars Schläfe. Seine Knie gaben nach und sie mussten ihn stützen.

Mit Spanngurten, mit denen Fahrzeugladungen befestigt werden, zurrten sie ihn an Knie, Hüfte und Brust an das Gitter. Die Handgelenke zerrten sie mit Kabelbindern an das Eisen. Özdemir banden sie an das linke, Josip an das rechte Gitter. Danach verschwanden sie hinter der Feuermauer. Nur Jakob blieb an den Gittern stehen.

»Ich erzähle euch eine Geschichte, fast ein Märchen. Da Märchen aber immer gut ausgehen ist es leider nur eine Geschichte – vergangen und vorbei für immer und ewig.«

Er ging nach rechts zu Josip:

»Es war einmal ein junger Prinz. Der hatte ein schönes Zuhause, Freunde und stets genug zu essen und zu trinken. Er war zufrieden, doch er war nicht glücklich. Eines Tages traf er eine junge Prinzessin, die ebenfalls zufrieden, aber nicht glücklich war.«

»Was soll der Scheiß?«, rief ihm Josip zu.

»Sind wir hier im Kindergarten?«

»Halt deine Klappe, du Schwachkopf!«, fauchte Weimar, der für gefährliche Entwicklungen eine Antenne hatte.

»Kurze Zeit darauf wurden sie ein Paar und hätten glücklich bis an ihr Lebensende sein können.«

Die Flammen warfen zappelnde Schatten an die Wände. Jakob ging mit ruhigen Schritten von einem zum anderen.

»Doch in einer kalten Frühlingsnacht öffnete sich das Höllentor. Und daraus entstiegen vier Höllenhunde, die durch die Straßen und Gassen der Stadt zogen. Im Dunkel einer Nacht rissen sie die junge Prinzessin.«

Weimar zuckte zusammen. Sogar Josip, der nicht gerade der hellste Stern am Himmel war, wusste, wer gemeint war.

»Die Höllenhunde hatte man eingefangen und weggesperrt. Aber die Richter ließen sie nochmals frei und so zogen sie wieder durch die Straßen und Gassen, auf der Suche nach neuen Opfern. - Doch der junge Prinz hatte starke Gefährten. Zusammen brachten sie die Höllenhunde ein für allemal zur Strecke.«

Weimar drehte seinen Kopf zu Mustafa, der ihn im Bewusstsein der heranrollenden Gefahr angstvoll anstarrte. Beiden war jetzt klar, in wessen Händen sie gefangen waren. Und beide wussten, dass rationale Argumente, Drohungen oder Bestechungen keinerlei Einfluss ausüben würden. Hätte die kleine Schlampe ihm nicht in die Eier getreten, wäre er bestimmt nicht so ausgerastet. Dann könnte sie heute wenigstens noch leben. So eine Scheiße!

Jakob ging nochmals an den drei Gefesselten vorüber.

»Was wollt ihr? Ihr könnt uns doch nicht abschlachten wie Vieh?«, jammerte Mufa durch das flackernde Gewölbe. »Wir haben im Gefängnis gebüßt, reicht das nicht?«

Ohne zu antworten verschwand Jakob hinter der Feuerwand. Dann umarmte er Lukas und nickte ihm schweigend zu. Sandra küsste Lukas auf die Wangen und verschwand mit Jakob im Dunkeln. Trok legte seinem Freund eine Hand auf die Schulter:

»Ich warte mit dem Motorrad oben am Taleingang, wie besprochen.«

In der ehemaligen Scheune zog er die Lederkombi an und startete die Yamaha R6 Race eines Freundes aus alten Tagen, die sie gestern hier versteckt hatten.

Lukas holte einen tragbaren Lautsprecher aus seinem Rucksack und steckte einen USB-Stick ein. Wagners ›Ritt der Walküren‹ hallte durch das Kellerverlies – dramatisch, urgewaltig, beängstigend.

Er hockte sich auf den Rucksack und starrte in das Feuer. Erinnerungen zogen durch seinen Kopf und stiegen mit dem Rauch und den Klängen der Fanfaren empor. Sie verkündeten den letzten Akt der Tragödie. Er hatte die höchsten Höhen und die tiefsten Tiefen des Lebens erlebt. Nur noch diese eine Aufgabe musste er vollenden. Was danach kommen würde, war egal. Vielleicht könnte er sogar so etwas wie Frieden finden.

Die Orgelakkorde von Bachs Toccata brachten das Gewölbe zum Vibrieren. Es war an der Zeit. Er zog seine Handschuhe aus und streifte sich grüne OP-Handschuhe über. Lukas schloss die Augen und hob den Kopf zum Deckengewölbe. Ein Lächeln huschte über seine Lippen. Dann schritt er durch die Feuermauer.

Eisige Kälte stieg vom Erdboden auf und in seinen Körper. Sie kroch in die Eingeweide und erfasste den Kopf. Zuletzt gefror sein Herz.

Verlassener Bauernhof bei Gründau
Samstag, 28. September 2019, 20.05 Uhr

Die Blaulichter wiesen ihnen den Weg. Sie zeigten ihre Ausweise, duckten sich unter dem Absperrband durch und zwängten sich an den Einsatzfahrzeugen vorbei. Tierische Schmerzensschreie drangen aus der Tiefe empor. Auf- und abschwellend, als ob der Folterknecht immer wieder mit einem Eisenhaken Eingeweide aus dem Korpus seines Opfers reißen würde. Juliana Burger und Yasin Arslan von der Frankfurter Kriminalpolizei, bekamen eine Gänsehaut.

»Was ist da los?«, fragte Juliana.

Yasin hob nur hilflos die Arme. Wenn die Strahlen der Blaulichter durch das Scheunentor fielen, erhellten sie für einen Moment kaltblau das Gebäudeinnere. Aus einem Treppenabgang stieg ein junger Feuerwehrmann hoch. Er rannte in eine Ecke der Scheune und erbrach sich. Ein Polizist kam aus dem blauen Flackern auf sie zu:

»Hallo! Polizeiobermeister Illner.«

Er schluckte.

»Tja – also ich kann Ihnen sagen: Einfach unvorstellbar! Da fehlen mir die Worte...«

»Kollege Illner, wo geht's lang?«, fragte Yasin, der dem qualvollen Jammern und Schreien endlich auf den Grund gehen wollte.

»Da hinten die Kellertreppe. Ich geh da aber nicht mehr runter!«

Als sie den Kellerflur entlang gingen wurden die Schreie schwächer und verstummten dann gänzlich. Aus einer Türöffnung vor ihnen quoll gleißendes Licht. Dann standen Sie in einem von Halogenstrahlern lichtüberfluteten Kellergewölbe. Es roch nach Rauch und verbranntem Holz. Das Szenario wirkte surreal, wie aus der biblischen Apokalypse.

Drei leblose Körper hingen an Eisengittern gebunden. Vor jedem Gitter hantierten Sanitäter und Feuerwehrkräfte. Am mittleren Eisengitter stand gebückt ein Notarzt. Burger und Arslan gingen auf ihn zu und stellten sich kurz vor.

»Wie geht es den dreien?«, wollte Yasin wissen.

Ohne sich umzudrehen antwortete der Arzt:

»Sie haben erst mal alle Morphium erhalten. Jetzt müssen sie schnellstens in den OP. Ob sie durchkommen, kann man zum aktuellen Zeitpunkt nicht sagen.«

»Was ist passiert?«, hakte Yasin nach. Als der Notarzt sich umdrehte traf es ihn wie ein Tiefschlag in die Weichteile.

»Verdammt! Was ist denn das?«

Im gleichen Moment packte auch Juliana der Ekel. Zuerst konnte sie es nicht richtig einordnen, doch dann ergriff sie ein Würgereiz und sie erbrach sich in einen der erloschenen Feuertröge.

Sie konnten es nicht glauben. Penis und Hoden waren schwarz wie Kohle und so stark aufgequollen, dass die Adern geplatzt und Blut ausgetreten war. Dickflüssiger Eiter quetschte sich aus Rissen in der Haut, lief am Penis entlang und tropfte schließlich auf den Erdboden.

Der Notarzt versorgte den Schwerverletzten und erklärte:

»Der Penis wurde hinter den Hoden mit einem Kabelbinder bis auf wenige Millimeter Durchmesser abgebunden, also im Prinzip komplett abgeschnürt. Ich darf das jetzt auf keinen Fall lösen. Das kann nur im Krankenhaus gemacht werden. Es könnten sonst schwerste Folgeverletzungen entstehen!«

Juliana hatte den Mund abgewischt und stellte sich neben ihren Kollegen. Sie nickte ihm zu, dass es wieder gehen würde. Dr. Oftermatt wies die Feuerwehrmänner an, jetzt die Schnellspanngurte zu lösen. Vier Sanitäter übernahmen den Neunzigkilokörper von Weimar und hoben ihn auf eine Tragbahre. Zu den Kommissaren gewandt bemerkte der Arzt weiter:

»Da unten ist bei den Dreien alles abgestorben. Sieht gar nicht gut aus. Die müssen schon mindestens zehn bis zwölf Stunden da so hängen. Absolut unvorstellbar die Qualen. Was für eine Sauerei...«

Juliana ging den Sanitätern hinterher und stellte anhand der Pässe die Identitäten der Opfer fest. Als Yasin hoch kam, winkte sie ihn zu sich.

»Schau mal hier! Keine Unbekannten. Thomas Weimar, Mustafa Özdemir und Josip Jovanovic. – Möglicherweise ein Racheakt unter den Frankfurter Banden?«

»Könnte sein, dass sie einem der vielen Frankfurter Clans auf die Füße getreten sind«, überlegte Yasin.

Er drehte sich im Kreis und hielt nach Illner Ausschau. Der stand mit einer Kollegin vor der Hofeinfahrt an seinem Wagen und rauchte eine Zigarette.

»Herr Kollege, wer hatte das hier eigentlich gemeldet?«

»Gegen 19.30 Uhr kam in der Notrufzentrale ein Anruf rein. Kurz und knapp und anonym.«

Yasin schaute zu Juliana.

»Sehr spät, der Anruf, aber nicht zu spät. Was meinst du?«

»Die wollten, dass die drei am Leben bleiben. Sie sollten nur gefoltert und gequält werden. – Abartig!«

Frankfurt, Universitätsklinikum am Main
Sonntag, 29. September 2019, 16.45 Uhr

Mit weiten Schritten und wehendem Kittel kam er aus dem OP-Bereich den Flur entlang.

»Endlich!«, zischte Juliana.

»Aah, die Polizei. Guten Abend.«

Yasin übernahm den Anfang:

»Herr Professor Praetorius, wie geht es den drei Männern und können wir sie sprechen?«

»Ihre zweite Frage zuerst: Nein! – Und zu ihrer ersten Frage: Wir konnten bisher nur zwei der Verletzten vollständig operativ versorgen. Bei dem dritten Verletzten war heute eine zweite Notoperation erforderlich. Sieht aber nicht gut aus. Generell ist festzuhalten, dass die Patienten noch einige Tage medikamentös abgeschirmt werden müssen, um einen akuten psychischen Schock zu verhindern und ihn hinauszuzögern. Denn der wird kommen, das ist so sicher wie das Amen in der Kirche. Aber besser etwas später als jetzt gleich.«

»Und die Verletzungen...?«, schob Juliana nach.

»Eins nach dem anderen, schöne Frau. Noch einen Satz zu der Frage ihres Kollegen, wenn sie erlauben… - Also ich würde sagen, dass sie in drei bis vier Tagen ihre Befragung durchführen können. – So. Und nun komme ich gerne zu ihrer Frage.«

Juliana kochte innerlich und fragte sich, ob ein Professor, der Praetorius hieß, immer so arrogant und hochnäsig war?

»Uns liegt ein Verletzungsszenario vor, das wir so noch nicht hatten. Kurz gesagt, handelt es sich bei allen um eine ›Feuchte Gangrän‹ des Penis mit Ausbildung einer vollständigen Kolliquationsnekrose und Verflüssigung des Gewebes infolge einer akuten Ischämie.«

»Danke Herr Professor. Und jetzt bitte auf türkisch!«, fügte Yasin süffisant hinzu. Juliana konnte es sich gerade noch verkneifen, laut herauszuprusten und Professor Praetorius stand irritiert da und überlegte, ob die Bitte ernst gemeint war oder ob man sich mit ihm gerade einen Scherz erlaubte.

Yasin hatte erbarmen:

»Entschuldigung, Herr Professor, ich meinte natürlich auf deutsch, also auch für Laien verständlich. Bitte!«

»Na, Sie sind mir aber einer. Aber selbstredend, pardon. - Nun. Penis und Hoden wurden direkt an der Peniswurzel, genauer gesagt zwischen Korpus und Hoden, so stark abgebunden, dass sie vollständig abgestorben sind.«

Yasin spürte einen stechenden Schmerz im Penis und ein ansteigendes Ziehen in die Hoden. Er fühlte sich von einer Sekunde auf die andere krank und ihm war hundeübel. Professor Praetorius fuhr unbeirrt fort:

»Nach sechs Stunden Abbindung begann die Autolyse des Gewebes, also die Selbstverdauung der Zellen durch die dann entstandenen Enzyme und Fäulnisbakterien – daher auch ›Feuchte Gangrän‹, was man laienhaft als ›Nekrose‹ bezeichnen würde«, wobei er mit unübertrefflicher Überheblichkeit gegenüber dem einfachen Fußvolk die beiden Apostrophzeichen mit seinen Fingern andeutete.

»Durch die Autolyse schwoll der Penis derartig an, dass er mehrmals platzte. Parallel dazu bildeten die Fäulnisbakterien Eitergeschwüre aus, die wiederum eine schwere Sepsis, also Blutvergiftung, auslöste. Bei Herrn Jovanovic hatte sich diese in alle Organe ausgebreitet, da bei ihm die Abbindung mit dem Kabelbinder nicht einhundertprozentig war.«

Yasin ging das Ganze zu sehr ins Detail. Und er hatte wirklich keine Lust mehr auf Details:

»Ja und was macht man da?«

Unbeeindruckt erhielt er die kalte, medizinische Wahrheit präsentiert:

»Totalamputation, oder wie der einfache Mensch sagen würde: ›abschneiden‹!«

»Was? Abschneiden? - Alles weg?«, stöhnte Yasin ungläubig. Der Professor war jetzt in seinem Element:

»Ja, selbstverständlich. - Aber ganz so schlimm ist das nicht. Die Medizin hat seit 2016 schon einige Penisse erfolgreich transplantiert und das könnte auch eine Chance für diese drei Unglücklichen sein.«

»Sagten Sie soeben transplantiert?«, vergewisserte sich Juliana fassungslos. »Einen Neuen annähen? So was geht?«

»Ja meine Dame, da staunen Sie. – Und. Ich füge hinzu. - Danach werden diese Bedauernswerten sogar wieder Spaß haben können. Das ist nämlich das Geniale daran – verstehen Sie? Das ist einfach genial. Oder nicht?«

Peinlich berührt blickte Juliana zu Boden.

»Nun, ich hoffe ich konnte ihnen weiterhelfen. Ich muss weiter.«

Kaum war er außer Hörweite platzte Juliana heraus:

»Was für ein arrogantes Arschloch. Ich könnte einfach nur noch kotzen...!«

Kriminalinspektion Frankfurt, K10
Sonntag, 29. September 2019, 21.05 Uhr

»Kolleginnen, Kollegen - es gibt nichts, was es nicht gibt. Und der widerlichste Dreck landet letztendlich bei uns.«

Bernd Wenger, Erster Kriminalhauptkommissar, schaute in die kleine Runde.

»Die Opfer sind alte Bekannte. Ich müsste lügen, wenn ich die drei bedauern würde. Ich sag immer: Wer austeilt muss auch mal einstecken können – so ist das nun mal im Leben. Auch im kriminellen.«

Er grinste dabei schelmisch und versteckte seine Schadenfreude nun wirklich nicht. Wer ihn kannte wusste genau: Noch ein paar Jahre bis zur Pensionierung, außergewöhnliche Erfolge als Kriminalist – da brauchte man kein Blatt mehr vor den Mund zu nehmen.

»Juliana, Yasin! Gebt uns mal bitte eine kurze Zusammenfassung.«

Sie schilderten, was sie auf dem Bauernhof gesehen und im Krankenhaus gehört hatten. Keinen der Anwesenden ließ das unbeeindruckt, nicht einmal ihren Chef.

»Ich danke euch. – Was haben wir noch?«

Als sich Kriminalhauptkommissar Paul Wolpert zu Wort meldete, warf Wenger noch schnell dazwischen:

»Ach ja. Paul, du hast dir die Akten der drei Typen zu Gemüte geführt. Ich hoffe, dass wir damit bis morgen früh durch sind...«

Paul ging nicht auf diesen ironischen Seitenhieb gegen die Schwerverletzten ein.

»Alle Drei gehören einer Bande an, die hauptsächlich im Bahnhofsviertel tätig ist. Sie machen ihr Geld mit Einbrüchen und Hehlerei. Die Täter haben gezielt den Chef der Bande, Thomas Weimar, genannt ›Lupus‹, ausgeschaltet. Auch der Vizechef, Mustafa ›Mufa‹ Özdemir wurde gezielt erledigt. Zunächst dachte ich, dass Josip ›Jo‹ Jovanovic, ein untergeordneter Gefolgsmann, nur zufälliger Beifang gewesen wäre. Aber den Akten nach muss das nicht unbedingt sein. Denn...«

Er blätterte mehrere Seiten in einem Aktenordner zurück:

»...alle drei, plus ein weiteres Bandenmitglied, das bestätigterweise nach Afrika zurückgezogen ist, waren 2015 an der schweren Gruppenvergewaltigung einer jungen Frau mit Todesfolge, drüben in der Bockenheimer Anlage, beteiligt. Es könnte also durchaus sein, dass hier jemand späte Rache geübt hat.«

Er schaute in die Runde und blickte ausnahmslos in betroffene Gesichter. Die Meisten kannten diesen tragischen Fall. Anna Rausch kommentierte:

»Ich meine, wenn man den Tathergang analysiert, erkennt man eine überaus emotionalisierte Vorgehensweise. Zudem hatte es der Täter auf ein bestimmtes Körperteil abgesehen. - Ich sagte gerade zwar ›der Täter‹. Doch die Tat war so komplex und aufwändig, dass wir von mindestens zwei bis drei Tatbeteiligten ausgehen sollten.«

Die anderen stimmten ihr zu und Wenger meinte:

»Klingt plausibel. Aber wir lassen eine mögliche Abrechnung durch eine konkurrierende Verbrecherbande nicht außer acht.«

Leyla Tekin fragte dazwischen:

»Wer könnte eurer Meinung nach der Rächer sein? 2015 war ich noch nicht hier. Mann, Freund? Der Vater? Verwandte?«

Paul Wolpert blätterte.

»Lukas Dillinger wäre da am naheliegendsten. Ich erinnere mich. Eine äußerst tragische Figur. Die Vergewaltigte und Getötete war Kathrin Neumann, seine große Liebe. – Es könnte gut sein, dass er das nun selbst in die Hand nahm, nachdem Weimar vor wenigen Monaten aus der Haft entlassen wurde.«

Wenger starrte seinen Kollegen an.

»Paul! Sagtest du Dillinger?«

Wolpert blickte hoch und nickte. Dann schlug er sich mit der flachen Hand auf die Stirn:

»Du meine Güte. Der ist doch zur Fahndung ausgeschrieben. Hat vor zwei Wochen Konrad Mehrheim, seinen mutmaßlichen Oberboss, in einem Wiesbadener Parkhaus erschossen.«

»Paul – und vor etwa einem Jahr hattest du ihn doch auf einem Phantombild als Beteiligten an der Schießerei in Sachsen identifiziert. - Stimmt's?«

Am Mittwochnachmittag brachte Juliana ihre Kollegen auf den aktuellsten Stand:

»Wir mussten im Krankenhaus sehr lange warten. Der Oberarzt unterrichtete uns endlich, dass Josip Jovanovic kurz zuvor an multiplem Organversagen verstorben war. Mit Weimar und Özdemir konnten wir nur kurz sprechen. Und mit kurz meine ich auch kurz. Mehr als drei Minuten waren wir sicher bei keinem. Sie sind schwer traumatisiert.«

Yasin fuhr fort:

»Und doch, Leute! Trotz der schweren Verletzungen wollen diese beiden Typen nicht mit uns zusammenarbeiten. Man kann es nicht glauben, aber keiner kann sich an einen Täter erinnern, geschweige denn ihn beschreiben. Es ist, als sei ein unsichtbares Phantom über sie gekommen.

Paul Wolpert ergänzte:

»Ich meine, wir kennen das ja: so was regelt man im Bandenmilieu unter sich.«

Anna Rausch übernahm:

»Außer den Fingerabdrücken der Opfer fand die SpuSi auf dem Bauernhof nur zwei tatrelevante Spuren – und die waren von Dillinger. Die Mittäter, sofern es sie gab, müssen alle Handschuhe getragen haben. - Interessanterweise konnte aber von Dillinger die DNA und ein einzelner Fingerabdruck auf einem Kabelbinder sichergestellt werden - vollständig und sauber erhalten. Als ob er seine Visitenkarte hinterlassen wollte.«

Paul ergriff nochmals das Wort:

»Das würde auch unsere Ermittlungen untermauern. Es gibt keine Anhaltspunkte, dass zwischen den Banden eine Rechnung offen wäre.«

Er schaute hinüber zu Juliana und Yasin und fuhr fort:

»Der hat da sein privates Ding durchgezogen, da bin ich mir ganz sicher.«

Kollegin Anna Rausch führte weiter aus:

»Dillinger war mehrere Jahre Mitglied einer Stasibande, von der ihr sicher schon gehört habt. Also nach unseren Maßstäben ein Profikiller. Mit dem Tod ihres Anführers Konrad Mehrheim ist dieses Thema allerdings erledigt.«

Leyla Tekin, eine junge Kommissarin, meldete sich zu Wort:

»Da stellt sich aber für mich die Frage: Wer könnte Dillinger bei seiner Aktion geholfen haben? Naheliegend wären wohl bisher nicht gefasste Bandenmitglieder. Vielleicht welche, die ihm einen Gefallen schuldig waren?«

»Sehr gut möglich«, antwortete Wenger, »vielleicht klärt sich das auf, wenn wir mehr Daten über die Tat haben.«

Er blickte durch die Reihen:

Bitte teilt euch die Aufgaben auf. Und nicht vergessen: Wir brauchen Ergebnisse - und zwar schnell. Dieser Fall ist so einmalig in der deutschen Kriminalgeschichte, dass die ganze deutsche Presse, aber auch das Ausland, hinter dem Fall her ist, wie der Teufel hinter der armen Seele. Um 17.00 Uhr ist die erste Pressekonferenz dazu – Schaun wir mal.«

Kein schöner Anblick

Frankfurt, Rotlintstraße
Freitag, 11. Oktober 2019, 19.55 Uhr

Jakob überquerte die Straße und zwängte sich zwischen zwei parkenden Autos auf den Gehsteig. Nach wenigen Schritten stand er vor der Eingangstür seiner WG.

»Hey Chips, Alter, was machst du denn hier?«

Erschrocken drehte er sich um. Ein Mann um die Vierzig ging auf ihn zu. Wo kam er plötzlich her? Jakob ahnte nichts Gutes.

Seit er im Bahnhofsviertel Weimar und seine Bande ausspioniert hatte, war er dort ein Geächteter und Vogelfreier. Er musste schnellstens aus Frankfurt wegziehen. Hätte Lukas die drei doch getötet, anstatt nur zu verstümmeln.

»Mann, lange nicht mehr gesehen. Hast du Stoff dabei?«

»Nein, im Moment sieht es schlecht aus.«

Jakobs Herz raste. Aus der Bahnhofszene kannte niemand seine Wohnung im Nordend. Da war was total faul. Er steckte schnell den Schlüssel ein, doch es war zu spät.

Eine Dolchklinge durchbohrte seinen unteren Rücken. Er wankte zur Seite und stieß gegen die Türfassung, als das Messer unterhalb des Brustkorbs eindrang und sein Herz durchbohrte. Er sackte leblos auf die Knie. Der Fremde griff in Jakobs Haare und riss seinen Kopf nach hinten. Ein energischer, weit ausgeholter Schnitt durchtrennte den Hals und aus den offenen Halsschlagadern pulsierte das Blut.

Als Juliana und Yasin am Tatort eintrafen, war die Rotlintstraße von der Rothschildallee bis zur Egenolffstraße komplett gesperrt. Schaulustige standen vor den Absperrbändern und an den Fenstern der alten Mehrfamilienhäuser hatte man einen Logenplatz.

Am hinteren Rad eines Autos lag ein junger Mann auf dem Rücken. Eine riesige Blutlache hatte sich um seinen Kopf und Oberkörper ausgebreitet. Ein Kollege der Spurensicherung machte Fotos. Der Notarzt lehnte neben dem Hauseingang an der Wand und rauchte eine Zigarette. Polizeihauptmeister Witt kam auf sie zu:

»Böse Sache! Mord an einem jungen Mann. Bisher hat sich noch kein Zeuge gemeldet. Die junge Frau da...«, er wies dabei auf die offene Seitentür des Einsatzwagens, »...kam auf Ihrem Spaziergang hier vorbei und sah den Mann auf dem Boden liegen. Sie rief auch den Notarzt an.«

»Weiß man schon wer er ist und was er hier wollte?«

»Ja, das ging ganz schnell. Im zweiten Stock ist eine Wohngemeinschaft, in der er bisher wohnte. Jakob Rosenfeld. Die WG-Bewohner stehen drüben auf dem Gehweg.«

Doch zuerst gingen sie zum Notarzt und ließen sich die medizinischen Fakten erläutern.

»Als wir hier ankamen, lag der junge Mann auf dem Rücken, mit der rechten Schulter leicht an den Hinterreifen des Fahrzeugs angelehnt. Puls und Atmung waren nicht mehr vorhanden. Sein Blutverlust war immens, der Kehlenschnitt irreparabel. Beide Halsschlagadern links und rechts vollständig durchtrennt. Da war nichts mehr zu machen.«

Juliana bedankte sich und ging zu der jungen Frau im Einsatzfahrzeug. Währenddessen überquerte Yasin die Straße und begann die Befragung der Mitbewohner. Diese vermuteten, dass Jakob noch einige Sachen abholen und die Hausschlüssel abgeben wollte, da er zu seiner Freundin nach Heidelberg gezogen war.

Gegen 20.40 Uhr traf Prof. Dr. Griesbacher, der Leiter der Frankfurter Rechtsmedizin, ein.

»Auf den ersten Blick schon kann ich zwei Einstichstellen erkennen. Am Rücken und unterhalb des Brustkorbs.«

Griesbacher hob Jakobs Kopf an, so dass er nach hinten kippte und die Schnittwunde weit aufklaffte. Juliana erschauerte, als sie den offenen Hals im Querschnitt sah. Kein schöner Anblick.

»Der Kehlenschnitt war vermutlich die letzte Attacke, die den Tod wohl absichern und unumkehrbar machen sollte. Einen Kehlenschnitt mit vollständiger Durchtrennung beider, ich betone beider Halsschlagadern, ist notfallmäßig nicht mehr behandelbar. Definitiv unmöglich!«

»Oder war der Kehlenschnitt eine Art zur Schau gestellter Hinrichtung?«, deutete Juliana an.

Yasin nahm den Gedanken auf:

»Eine Hinrichtung. Ja. Und vielleicht auch eine letzte Demütigung?«

»Das dürft ihr dann untereinander ausmachen.«

Kriminalinspektion Frankfurt, K10
Dienstag, 17. Oktober 2019, 13.25 Uhr

»Wer will anfangen?«, fragte Wenger in die Runde. Ok. Leyla, zuerst mal den Tathergang.

Leyla Tekin heftete mehrere Großfotos an die Magnettafel.

»Ich war gestern Vormittag bei der Obduktion zugegen. Auf dem ersten Bild seht ihr die erste Stichverletzung. In den unteren Rücken - nicht tödlich. Hier der zweite Stich. Eine circa achtzehn Zentimeter lange, beidseitig geschliffene Klinge, drang unterhalb des linken Rippenbogens nach oben in den Körper ein. Der Stichkanal verläuft hinter den Rippen fast senkrecht aufwärts zum Herz.«

Mit einem Zeigestab deutete sie die Attacke nach.

»Das Herz wurde mittig durchbohrt. Wie Professor Griesbacher ausführte, kann es noch einige Male geschlagen oder reflexartig gezuckt haben.«

Leyla sammelte sich und ging zum dritten Bild:

»Der Kehlenschnitt wäre für die Tötung nicht mehr notwendig gewesen. Er wurde vom linken zum rechten Ohr vollständig und tief durchgezogen. Also ein Rechtshänder. Dadurch wurden beide Halsschlagadern vollständig durchtrennt, wie auch die dort vorbeiführenden Nervenstränge. Die ganze Attacke dürfte nicht länger als zehn bis fünfzehn Sekunden gedauert haben.«

Sie warf ihre langen, schwarzen Haare hinter die Schulter und fuhr fort:

»Betrachtet man die Gesamtsituation, so müssen wir von einem absoluten Profikiller ausgehen.«

Juliana wiederholte ihre Vermutung vom Tattag:

»Sieht für mich wie eine Hinrichtung aus!«

Anna führte den Gedanken weiter aus:

»Und eine Warnung an andere. Wir wissen zwar noch nicht an wen, aber irgendjemand muss der Junge gehörig auf die Nerven gegangen sein, wenn ich das mal so sagen darf...«

Da schaltete sich Kai Elsner, ihr Datenspezialist ein.

»Leute, bevor hier die Spekulationen ins Kraut schießen, muss ich ein paar sehr wichtige Informationen loswerden.«

Hatte da einer tatsächlich konkrete Fakten?

»Ich habe den Computer des Getöteten erhalten. Das Handy hatte ich ja schon. Wir haben beides ausgewertet und jetzt haltet euch fest...«

Er lehnte sich stolz zurück und genoss den für einen Computerspezialisten seltenen Moment größter Aufmerksamkeit:

»Jakob Rosenfeld war früher einer der besten Freunde von Lukas Dillinger!«

Stille. Man hätte eine Nadel fallen hören. Die SoKo vergaß zu atmen. Wenger war der erste, der einen Ton von sich gab und wenn es auch nur ein erstauntes ›Puuh! Das ist ja ein Ding!‹ war.

»Die sichergestellten Daten beziehen sich allerdings auf eine Zeit vor 2016. Also auf eine Zeit, als Dillinger vermutlich noch nicht Mitglied der Mehrheim-Organisation war. Aus dieser Zeit fanden wir auf Rosenfelds Computer auch Mails eines Moritz Trommersbeck, mit dem wiederum auch Dillinger regen Kontakt hatte. Das sieht zwar alles nach harmloser Kommunikation. aus Doch ich schließe daraus, dass diese drei zur damaligen Zeit sehr gute Freunde waren. Ob das aktuell noch so ist, war nicht festzustellen. Anfang 2018 hatten die den Kontakt dann untereinander, zumindest online, komplett abgebrochen. Sozusagen von einem Tag auf den anderen.«

»Das könnte aber auch kampftaktische Gründe gehabt haben«, warf Wenger ein. »Dieses Trio könnte durchaus die Entführung und Verstümmelung der drei Weimar-Typen veranstaltet haben.«

Paul Wolpert führte den Gedanken zu Ende:

»Das wiederum könnte bedeuten, dass der Tod des Jakob Rosenfeld Weimars Rache an einem seiner Folterer war.«

»Korrekt, Paul. Klärt also bitte mal, ob dieser Rosenfeld im Bahnhofsviertel bekannt ist. Ach ja! - Und dann sollten wir auch mit diesem Trommersbeck reden.«

Am Montag darauf hatte Anna Rausch weitere Hinweise:

»Paul und ich haben uns in den letzten Tagen nochmals intensiv in der Szene umgehört. Wir haben unseren Informanten ein Bild von Jakob Rosenfeld gezeigt. Häufig fiel daraufhin der Name ›Chips‹. Dieser ›Chips‹ tauchte vor einigen Monaten im Bahnhofsviertel auf und verkaufte dort kleine Mengen an Partydrogen. Niemand wusste wo er herkam und wie er wirklich hieß. Seit Ende September war er wieder verschwunden. Allem Anschein nach ist dieser ›Chips‹ identisch mit Jakob Rosenfeld. Vermutlich hatte er für Lukas Dillinger die Opfer ausspioniert und war möglicherweise auch an der Entführung beteiligt.«

»Das sind erdrückende Indizien!«, konstatierte Wenger.

Wolpert lehnte sich in seinem Stuhl zurück und streckte die Beine weit von sich.

»Ich hab es kommen sehen. Als klar war, dass keiner der drei Opfer aussagen wollte, wusste ich, dass sie das selbst regeln würden. Es herrschen einfach eigene Gesetze - das Faustrecht und in gewisser Weise auch die Blutrache.«

»Übrigens«, fügte Leyla Tekin an, »die Vernehmung von Moritz Trommersbeck, den seine Freunde Trok nennen, ergab keine Anhaltspunkte für eine Tatbeteiligung. Er hatte ein recht gutes Alibi. Mehrere Nachbarn bestätigten, dass sein Auto in dieser Nacht vor dem Haus parkte, dass Licht in seiner Wohnung war und der Fernseher lief. Zwar hatte ihn niemand persönlich gesehen, doch alles erweckte den Anschein, dass er tatsächlich zu Hause war. Das untermauerte auch das Bewegungsprofil seines Handys, welches in dieser Nacht permanent in der heimischen Funkzelle eingeloggt war. - Auch behauptete er, Lukas Dillinger und Jakob Rosenfeld schon seit fast zwei Jahren nicht mehr gesehen zu haben. Sie hätten ständig und über jeden Mist Meinungsverschiedenheiten gehabt und auf diesen Kindergarten hatte er einfach keinen Bock mehr.«

Die SoKo ermittelte in allen Richtungen, konnte aber Lukas Dillinger nicht aufspüren und auch keinen dritten Tatbeteiligten identifizieren. Nach einem Jahr wurde die SoKo Bauernhof aufgelöst und der Fall an die Abteilungen der Frankfurter Kripo rückübertragen.

Badeschlappen im Urwald

Kriminalinspektion Bergstraße, K10
Montag, 23. November 2020, 09.40 Uhr

Christian blätterte den Stapel in seinem Eingangskorb durch. Nichts, was nicht hätte warten können. Er ging an sein Fenster und blickte auf die weite Rheinebene. Wie hypnotisiert starrte er aus dem Fenster und versank im Grau in Grau des schon Tage anhaltenden Landregens.

Die Suche nach Lukas Dillinger verlief im Sand. Sie fanden einfach keine Anhaltspunkte, wo er hätte sein können. - Überhaupt! Das Jahr 2020. Zum Abhaken und in die Tonne klopfen. Corona-Pandemie, so weit das Auge reichte. Mundschutzmasken, erst medizinische, dann FFP2 und hundert Mal am Tag Hände desinfizieren, bis die Haut abging. Leben gleich Null und polizeiliche Nachforschungen auf Minimalstniveau. Wie sollten da die Kripostellen die Toten und deren Mörder im Zusammenhang mit der Stasibande ermitteln.

Es war deprimierend, frustrierend und alles zusammen einfach eine unendlich große Kacke.

Nur eine Sache trieb ihn und Elisa mächtig um. Die Meldung eines Todesfalls, der in ihr bisheriges Raster gepasst hätte. Irritierend aber war, dass der Fall aus diesem Jahr stammte. Also nach dem Tod von Mehrheim.

In Berlin wurde im März ein georgischer Mann aus dem Rotlichtmilieu tot in seiner Wohnung aufgefunden – Selbstmord durch Kopfschuss. Er soll für eine illegale Schleusung kasachischer Mädchen im Jahr 2018 verantwortlich gewesen sein, bei der fünf Mädchen qualvoll in einem Tiefkühllaster erfroren. Die Polizei konnte ihm damals nichts nachweisen, da alle Zeugen aus Angst schwiegen. Und jetzt soll er sich eine Kugel in den Kopf geballert haben? - Sehr dubios!

Elisa und Christian hatten erhebliche Zweifel. Sie fragten sich, ob sie es womöglich mit einer Hydra zu tun hatten, der man einen Kopf abschlug und daraufhin zwei neue Köpfe nachwuchsen. – Oder anders ausgedrückt. Wenn dies tatsächlich ein Rachemord war, könnte das bedeuten, dass die Organisation Mehrheim weiterlebte und auch weiter mordete.

Elisa meinte dazu:

»Dann hätte ein neuer Kopf die Nachfolge angetreten. Ich hoffe nur, dass der Staatsschutz die richtigen Schlüsse daraus zieht.

Außer diesem Aufreger mit dem georgischen Schleuser, war bei Christian alles beim Alten. Seit über zwei Jahren hatte er nun schon die verdammte Kugel im Rücken. Er war seit einigen Wochen auf Morphiumpflaster angewiesen. Die letzten Untersuchungen zeigten keinerlei Veränderungen, was man aber auch positiv auffassen konnte. Wenigstens war es nicht schlechter geworden. Eine OP würde nach Aussage mehrerer Spezialisten weiterhin unweigerlich zu einer Querschnittslähmung führen. Dann wäre vom Bauchnabel abwärts alles tot. Aber wirklich alles! Vorne und hinten und nach unten.

Heute waren die Schmerzen erträglich. Gleich nach dem Aufstehen hatte er sich ein Morphiumpflaster auf die Brust geklebt – das würde für zwölf Stunden reichen. Wenn er es pünktlich anbrachte, konnte er einen einigermaßen vernünftigen Tagesablauf hinbekommen.

Vier Jahre war er schon mit Isabel zusammen. Er staunte, wie schnell die Zeit doch vergangen war. Er hätte nie gedacht, dass sie bei ihm bleiben würde. Doch wie er es drehte und wendete – sie liebte ihn. Sogar in ihrem Sexualleben hatten sie eine Balance gefunden. Sie hatten keinen Hochleistungssex und auch nicht den Ehrgeiz, die einhundert Stellungen des Kamasutra zu erlernen. Liebe und Zärtlichkeit führten sie.

Christian ging zum Kaffeeautomaten und zog sich einen Cappuccino. Dann schaute er bei Elisa rein und fragte:

»Alles klar?«

»Ja, wunderbar. Und bei dir heute?«

»Hmm. Geht so. - Was macht Jens?«

»Du weißt doch, der ist jeden Abend in der neuen Wohnung und werkelt dort herum. Mitte Januar wollen wir dann endlich einziehen.«

»Schön. Das freut mich für euch.«

Er lächelte und drehte sich um. Schön, dass sie sich wieder gefangen hatte. Der Bombenanschlag, bei dem die alte Frau Tolgren so schwer verletzt worden war, hatte Elisa schwer zugesetzt. Doch Jens gab ihr den nötigen Rückhalt.

Bei der Durchsuchung von Ronald Hartmanns Unterschlupf, einem kleinen möblierten Apartment eines Hochhauses in der Frankfurter Nordweststadt, wurden auch Beweise gefunden, dass er an dem Attentat auf Elisa beteiligt war. Aber wichtig war für Elisa und Christian insbesondere, dass ihm die Mitgliedschaft an einer kriminellen Vereinigung nachgewiesen werden konnte. Auch dass er an der Planung mehrerer Morde beteiligt war, wie an dem Mord an einem Pfarrer bei Mammendorf, am Mord auf dem Rockergelände bei Mannheim und am Mord einer albanischen Einbrecherbande in Hamburg-St.Pauli.

Aber er konnte auch überführt werden, an dem Mord des Dieter Baumann direkt beteiligt gewesen zu sein, der durch eine Gasexplosion auf einem Betriebsgelände bei München-Unterföhring zu Tode kam.

Wenigstens wurde Hartmann zu lebenslänglich verurteilt. – Ein kleiner Trost. Doch die Motive zu den einzelnen Morden gab er nicht preis. Man konnte nur spekulieren.

Vor seiner Bürotür blieb Christian stehen. Er strich über die einzelnen Buchstaben seines neuen Namensschilds:

›Christian Berghoff – Kriminaloberkommissar.‹

Es hatte lange gedauert – sehr lange. - Nein, es wurde niemand anderes bevorzugt und er wurde auch nicht übergangen. Es war einfach keine Planstelle frei und Geld war auch keines da. Aber Anfang Oktober diesen Jahres war es endlich so weit – vom Kommissar zum Oberkommissar.

Der Kaffee war noch zu heiß und er stellte ihn auf das Fenstersims. Er trank ihn jetzt nur noch lauwarm und umging damit die Hitzewallungen. Der Regen verstärkte seine melancholische Stimmung. Und wenn er dieser Melancholie zu viel Raum ließ, schwemmte sie unweigerlich das Thema Kinder empor.

Isabel hätte gerne Kinder gehabt. Aber einen Vater als Krüppel wollte er nicht abgeben. Er war sich sicher, dass er kein guter Vater sein könnte. Die Kinder würden im Dunstkreis seiner Schmerzen aufwachsen. Er könnte kaum mit ihnen spielen, keine Ausflüge machen und so vieles mehr. Er konnte auch nicht sagen, wie lange er das alles noch durchstehen würde, oder wie lange sein Körper diese starken Medikamente tolerierte. Vor einiger Zeit wollte er, dass

Isabel ihn verlassen sollte. Heute war es umgekehrt. Er hatte Angst vor dem Tag, an dem Isabel die Reißleine ziehen würde.

In der Schublade lag ein kleiner Handspiegel. Schon seit ein paar Monaten hatte er den Verdacht, dass er Haarausfall hätte. Im Duschabfluss hingen irgendwie mehr Haare als früher. Er begutachtete den Haaransatz. Seiner Meinung nach war er lichter geworden. Dreißig war schon eine gewaltige Schallmauer, philosophierte Christian. Oder waren es doch die Medikamente? Vielleicht beides zusammen.

Christian stützte mit einer Hand seinen Rücken und trank einen Schluck. Mit einem Ruck löste er sich, schüttelte kurz seinen Kopf und setzte sich wieder an seinen Schreibtisch. Er zog eine Notiz aus seinem Ablagekorb, da klingelte das Telefon.

»Ein Herr Wittlich am Apparat. Er hat einen Hinweis zu einer Personensuche. Ich verbinde.«

»Wittlich hier, Gregor Wittlich aus Lindenfels. Ich hätte da eine Meldung zu einer gesuchten Person zu machen.«

»Um wen handelt es sich denn?«

»Also es geht um den jungen Mann, der letztes Jahr in der Bergsträßer Zeitung gesucht wurde. Also dieser junge Mann eben, verstehen Sie?«

»Herr Wittlich, geht's ein bisschen genauer?«

»Na ja. Ich meine den mit Eier abschneiden und so. Sie wissen schon...«

In tiefstem Odenwälder Dialekt schilderte der Mann, dass er sich ziemlich sicher sei, den Gesuchten in Thailand, in Mae Hong Son, gesehen zu haben.

»Wir hatten eine Trekkingtour durch Nordthailand gebucht. Also meine Frau und ich und ein paar Bekannte. Ich bin ja nicht für so was, aber halt meine Frau. Sie wissen schon!«

Nein, weiß ich nicht, dachte sich Christian, wollte ihn aber in seinem Erzählfluss nicht bremsen.

»Das war im März dieses Jahres, knapp vor den Corona-Einreisebeschränkungen. Da hatten wir riesiges Glück. - Als wir letzte Woche bei einem Freundschaftsabend die Urlaubsbilder anschauten, fiel meiner Frau auf, dass der Begleiter unseres Tourguides ihr Gesuchter sein könnte. Er fiel uns damals schon auf, da er kein Thailänder war - aber sonst hatten wir uns nichts gedacht. Er sprach nie deutsch, nur englisch. Und er nannte sich Thang Yaw und war gekleidet wie ein Mönch. In diesem komischen orangenen Gewand. Und dazu trug er Badeschlappen - können Sie sich das vorstellen? - Badeschlappen im Urwald!«

»Interessant.«

»Ja. Der machte das anscheinend nebenher, neben seinem Klosterdasein in den Bergen. Nehme ich zumindest an. Aber ein merkwürdiger Typ, kann ich Ihnen sagen.«

»In wie fern?«

»Die Teilnehmer wollten ihm zum Schluss etwas Trinkgeld geben. Hat der nicht angenommen, der Schnösel. Dann meinte unser Tourguide, dass man einem Mönch nichts in die Hand geben darf, sondern nur in seine Almosenschale. Haben wir dann auch gemacht. Aber nicht einmal bedankt hatte er sich. Unmöglich, oder? Hat uns nur gesegnet. So ein Blödsinn.«

»Herr Wittlich, andere Länder, andere Sitten. Also lassen wir das. – Sie sagten dass sie Fotos gemacht hätten?«

»Ach so. Ja, natürlich. Deshalb rufe ich doch an. Ich hab da mehrere Bilder, auf denen er auch drauf ist. Kann ich Ihnen zuschicken, wenn Sie wollen...«

Kurz darauf war Christian sicher, dass dieser Mönch Lukas Dillinger sein musste. Sollte der Kommissar Zufall das Blatt gewendet haben?

Sofort wurde die SoKo Bauernhof wieder ins Leben gerufen - Christian als Externer mit aufgenommen. Aber auch das BKA, Abteilung Staatsschutz wurde wieder aktiv und übertrug der Staatsanwaltschaft Frankfurt die Koordination der zwei Fallkomplexe ›Bauernhof‹ und ›Stasibande‹, da Dillinger in beide verwickelt war.

Oberstaatsanwalt Kemmler von der Frankfurter Staatsanwaltschaft stellte über das Außenministerium bei der thailändischen Regierung einen Antrag auf Personenüberprüfung mit anschließender Auslieferung.

Staatsanwaltschaft Frankfurt
Montag, 11. Januar 2021, 09.10 Uhr

Kemmler las kopfschüttelnd das Schreiben der thailändischen Regierung.

»Das ist ja nicht zu fassen!«

Er knallte die Blätter auf seinen Schreibtisch und fuhr hoch, so dass sein Schreibtischstuhl hinten an die Wand schlug. Zum Glück war er allein in seinem Büro. Er verabscheute es, wenn er die sachliche Ebene verließ. Das war nicht das Bild des Staatsanwaltes, das er verkörpern wollte. Also zwang er sich zur Disziplin und las nochmals:

›Das königliche thailändische Innenministerium hat die Überprüfung Ihrer Anfrage zur Person Lukas Dillinger abgeschlossen. Der Aufenthaltsort der besagten Person war und ist den königlichen thailändischen Behörden bekannt. Ein Auslieferungsabkommen zwischen dem Königreich Thailand und der Bundesrepublik Deutschland besteht nicht. Eine Verhaftung und Ausweisung wird aus diesem und aus religiös-ethischen Gründen abgelehnt. Wir weisen dringend darauf hin, dass aktuell Einreisebeschränkungen im Zusammenhang mit der Covid-19-Pandemie bestehen.‹

Kemmler war klar, dass er so nicht weiter kam. Im Moment standen sie auf einem toten Gleis. Zudem blockierte die Corona-Pandemie jede weitere Überlegung in dieser Hinsicht.

Wie sich die Kreise schließen

Staatsanwaltschaft Frankfurt
Dienstag, 15. März 2022, 10.00 Uhr

Im Frühjahr 2022 lockerte Thailand die Einreisebeschränkungen. Die Staatsanwaltschaft stellte umgehend ein Einreiseersuchen. Zweck: Verhör des Verdächtigen Lukas Dillinger zur vorsätzlichen schweren Körperverletzung in zwei Fällen und der vorsätzlichen schweren Körperverletzung mit Todesfolge in einem Fall, sowie der Beteiligung an einer kriminellen Vereinigung und Ermordung des Konrad Mehrheims. Nach sechs Wochen erhielt die deutsche Botschaft in Bangkok eine Zusage unter bestimmten Voraussetzungen.

Oberstaatsanwalt Kemmler lehnte sich in seinem ledernen Schreibtischsessel zurück.

»Herr Berghoff! Wie wir vom Konsulat in Chiang Mai erfuhren, hat Dillinger sein Mönchsdasein aufgegeben und sich nun als Reiseführer selbständig gemacht. Wir erhielten daher von der thailändischen Regierung die Genehmigung für eine Befragung. Zudem sind die Corona-Einreisebeschränkungen so weit gelockert worden, dass wir problemlos in Thailand einreisen können.«

Er schaute Christian direkt in die Augen:

»Herr Berghoff, ich habe sie ausgewählt, weil sie Dillinger am Besten kennen und ich die Hoffnung habe, dass wir durch Sie mit den verschiedenen Fällen weiterkommen.«

Er machte eine Pause und musterte Christian. Der nächste Satz war ihm unangenehm, aber er war unumgänglich:

»Ich muss Sie das fragen. Herr Berghoff, sind Sie körperlich dazu fähig, diese Strapazen auf sich zu nehmen?«

Seine Antwort kam pampig und trotzig:

»Ja, natürlich. Oder haben Sie etwas anderes gehört?«

»Nein, nein, Herr Berghoff. Ich dachte nur... - aber bitte, vergessen wir das!«

Kemmler räusperte sich und fuhr fort, als ob er diese Frage nie gestellt hätte:

»Sie erhalten einen thailändischen Polizeimajor als Begleiter. Vergessen Sie aber bitte nicht - ein einmal ordinierter Mönch hat in Thailand lebenslanges und uneingeschränktes Aufenthaltsrecht. Also verzichten Sie auf Drohungen oder dergleichen. Sie werden ihn trotz seiner anzunehmenden Schuld nicht mitnehmen können.«

Christian neigte seinen Kopf und meinte nur:

»Ist mir bekannt...!«

»In der Zwischenzeit waren wir aber nicht untätig. Wir haben alles zu Lukas Dillinger gesammelt und ein umfangreiches Dossier über ihn angelegt.«

Kemmler schob ihm eine Mappe zu.

»Eine Kurzversion, was wir über ihn und seine Flucht wissen: Er flog mit gefälschtem französischem Pass von Frankfurt nach Delhi. Dort buchte er dann mit seinem deutschen Pass einen Weiterflug nach Bangkok. Wir wissen auch, dass er einige Wochen bei Oliver Gärtner, dem Vater der ermordeten Nicole Gärtner aus Langwaden, lebte. Dieser war zwei Jahre nach dem Tod seiner Tochter und dem anschließenden Selbstmord seiner Frau, nach Thailand ausgewandert und hatte in Pattaya das Hotel Blue Orchid eröffnet.«

»Tatsächlich?«, warf Christian ein. »Wie sich die Kreise schließen...«

Kemmler konnte mit diesem Gedanken nichts anfangen und fuhr fort:

»Nach der Ermordung seines Freundes Jakob Rosenfeld und dem anschließenden psychischen Zusammenbruch, hatte Gärtner die Idee, dass Lukas Dillinger in einem buddhistischen Kloster Novize werden sollte. Neuer Lebensweg und so. - Oliver Gärtner brachte dann Dillinger in ein Kloster in Nord-Thailand. Während seiner Novizenzeit lernte er die hochangesehene Ärztin Frau Dr. Anong Somprasong kennen. Sie hatte in Bangkok, Paris und Harvard Medizin studiert und praktiziert jetzt im Hospital Srisangwan in Mae Hong Son. Sie wollen demnächst heiraten. - Dann erhält Dillinger sogar die thailändische Staatsbürgerschaft.«

Christian erfuhr auch, dass Lukas Dillinger knapp zwei Jahre Novize war und danach zum buddhistischen Mönch ordiniert wurde – auf Zeit, wie es in Thailand bei jungen Männern üblich ist, die vor ihrem Militärdienst zwei Jahre ins Kloster gehen und sich zum Mönch ausbilden lassen.

Kemmler hob den Kopf und schaute Christian fragend an.

»Geht in Ordnung. Ich mach das!«

Verjährt

Aachen Südviertel
Sonntag, 24. April 2022, 00.36 Uhr

Auf Mariza war Verlass. Die Hintertür zum Souterrain der kubisch-modernen Villa aus Glas und Beton war nicht verschlossen. Sie knipsten das Rotlicht ihrer Stirnlampen an, schlichen zum Erdgeschoss und von dort über die offene Betontreppe in den ersten Stock.

Kaum vernehmbar drückten sie die Türklinke und betraten das Schlafzimmer von Berthold Tankred Wächter. Er lag auf der Seite und schlief tief und fest. Seit den Enthüllungen rund um die Vorgänge an der Hochwaldschule konnten er und sein Partner nur noch mit starken Schlafmitteln Ruhe finden. Und heute Abend hatte Mariza für jeden noch eine extra Tablette im Schlaftrunk aufgelöst.

Seine Verhaftung und die eines Großteils des Lehrerkollegiums wegen ihrer Vergehen an minderjährigen Schülern, hatten sein reformpädagogisches Lebenswerk innerhalb von Stunden bis auf die Grundmauern zerstört. Er war sich aber sicher, dass die Nachwelt ihn in einem anderen Licht sehen und würdigen würde. Die Zeit war nur noch nicht reif für die Philiapädagogik, die unter Einbeziehung enger Bindungen zwischen Lehrern und Schülern, im Einklang mit der Natur des Körpers, das Lernen als harmonischen Lebensfluss begriff. Selbstverständlich waren auch Sanktionen notwendig, um unwillige Schüler zurück auf die richtige Bahn zu führen. Und leider mussten bei manchen auch härtere pädagogische Strafmaßnahmen ergriffen werden um das Geist-Ich und das verdrängte Körper-Ich wieder ins Gleichgewicht zu bringen.

Die beiden Schatten schoben sich links und rechts an das Bett. Obwohl er erst neunundsechzig war, hatte er in den letzten Jahren enorm abgebaut. Speichel floss aus seinem Mundwinkel. Eine Frauenhand löste die Schutzkappe einer medizinischen Spritzenpistole. Wächter schmatzte, dann schlabberte er nach seinem Speichel und versank wieder im komatösen Tablettenschlaf. Vielleicht träumte er von seiner ruhmreichen Vergangenheit, als er unter den deutschen Reformpädagogen als Guru galt. Das weibliche und männliche Geschlecht schlugen sich um ihn. Nur - sein Verlangen gehörte dem reinen, zarten Körper unreifer Jungen und Mädchen. Sie zu besitzen und zu formen war stets sein höchstes Ziel.

Aber dann kamen die Biedermänner aus den Löchern gekrochen und wollten ihm, dem Guru der Philiapädagogik ans Leder. Aber so sehr sie sich abmühten, die einfältigen Spießer, sie konnten ihn nicht fassen und würden ihn nie besiegen. Denn bald nach seiner Verhaftung stand fest, dass alle Anschuldigungen verjährt waren. Die Kinder von damals waren zu spät aufgewacht, hatten ihn zu spät mit Dreck beworfen und das deutsche Rechtssystem hatte diese verhetzten Kinder von einst wieder in die Schranken gewiesen: Verjährt. Punkt. Aus und Amen.

Seine Halsschlagader pulsierte unter dem Rotlichtkegel. Die Frau setzte die Austrittsdüse hinter dem Ohr in eine tiefe Falte der wabbeligen Haut und drückte ab. Wächter zuckte mit Kopf und Schulter, als wolle er eine lästige Fliege verjagen. Im nächsten Moment hatte das Propofol sein

Gehirn geflutet und narkotisiert. - Aus ihrer Jackeninnentasche zog sie ein Etui heraus, entnahm eine Spritze und führte sie in eine tiefe Fettfalte von Wächters Bauch. Hochdosiertes Kaliumchlorid strömte in die Gefäße und verteilte sich über den gesamten Organismus, bis es seine tödliche Wirkung in seinem Herzen entfaltete. Sie nickte ihrem Gegenüber zu und verschwanden so unsichtbar wie sie gekommen waren.

In fünfzehn Minuten würde das Herz durch Depolarisierung der Zellmembranen vollständig gelähmt und unumkehrbar deaktiviert. Durch den Tod würden Milliarden von Körperzellen ihren Kaliumgehalt freigeben – ein natürlicher Vorgang - und so das tödliche Kaliumchlorid verdecken. Mariza würde die Kellertür wieder verschließen und das Propofol würde in sechs Stunden abgebaut sein. Der Hausarzt würde einen natürlichen Tod feststellen. Eine andere Todesursache wäre bei diesem alten, kränkelnden Mann nicht in Erwägung zu ziehen.

Das Herz donnerte die letzten Schläge durch seinen Leib. Die Adern schienen zu platzen. Der lebensspendende Rhythmus dehnte und streckte sich, bis der letzte Schlag getan und der Mensch vernichtet war.

Nur eine Ahnung

Nord-Thailand
Mittwoch, 01. Juni 2022, 10.40 Uhr

Der Fahrer musste in seinem früheren Leben Rallyefahrer gewesen sein, oder er trainierte dafür, einer zu werden. Seit sie Chiang Mai verlassen hatten, wurde Christians Körper durchgerüttelt und in jeder der unzähligen Kurven hin und her geworfen. Er fragte sich, ob man davon einen Genickbruch erleiden könnte.

Auf dem Beifahrersitz saß sein Begleiter und thailändischer Kollege, Polizeimajor Ngamkham. Wie alle Thailänder hatte auch er einen Spitznamen, den man im persönlichen Gespräch verwendete: Gaeo.

»Herr Berghoff, ich nehme an sie wissen, dass Herr Thang Yaw kein Mönch mehr ist. Und trotzdem fahren wir in das Kloster und nicht zu seiner Privatadresse. Wissen Sie auch warum?«

Gaeo schaute Christian, unüblich für einen Thailänder, aber nicht unüblich für einen thailändischen Polizeimajor, direkt in die Augen und beantwortete seine Frage gleich selbst:

»Herr Thang Yaw geht jedes Jahr für drei Monate als Mönch ins Kloster. Und das zur schwersten Zeit im Jahr eines Mönchs - während der Monsunzeit. Dann durchstreift er den Urwald, weit abseits der Siedlungen, um auch die Menschen weit draußen zu segnen.«

Christian nickte abwesend und bewunderte weiter die exotisch-tropische Landschaft, die an ihm vorbeiflog. Immer wieder versuchte Gaeo erfolglos ein Gespräch mit dem deutschen Kommissar anzuregen. Doch irgendwann gab er auf und ließ diesen sturen Reisochsen, der jegliche Höflichkeit vermissen ließ, in Ruhe.

Die Klimaanlage des japanischen Geländewagens hatte große Mühe, die einundvierzig Grad Außentemperatur herunterzukühlen und die fünfundneunzig Prozent Luftfeuchtigkeit erträglich zu machen.

Endlich breitete sich das Kloster Nam Thip Charoen-Tham in einer Talsenke vor ihnen aus. Es mussten an die dreißig Holzhütten sein, die sich wahllos im Tal und den Hang hinauf verteilten. Die kleineren Hütten hatten keine Wände, sondern waren nur mit Tüchern verhangen. Die größeren besaßen wenigstens zwei Wände. Alle standen erhöht auf Pfählen. Darunter suchten Schweine und Hühner Schutz vor Sonne und Regen.

Christian dachte an die vielen lebensgefährlichen Tiere, von Tiger bis schwarzem Puma, von Speikobra bis Skorpion und daran, dass das lebensrettende Serum höchstwahrscheinlich erst im Hospital in Mae Hong Son zu bekommen war – über zwei Stunden von hier entfernt.

Nach einer Begrüßungszeremonie durch Abt Ayutthaya, in der großen Halle mit der goldenen Buddhastatue, gingen sie über lehmige Wege den Hang hinauf.

Oben am Waldrand, auf der Veranda einer Hütte, saß Dillinger in seinem orangenen Gewand. Er bat Christian, auf einem Kissen Platz zu nehmen und reichte schwarzen Tee. Christian genoss die Stille des Klostertals.

Dann wandte er sich Lukas Dillinger zu. Er war kahlgeschoren, sogar die Augenbrauen waren abrasiert. Sein Körper war asketisch schlank.

»Herr Dillinger. Bevor wir beginnen, möchte ich mich bedanken. Sie haben mir in Wiesbaden das Leben gerettet.«

Lukas nickte fast unmerklich und sagte:

»Ich war sehr traurig, als ich von Ihrer Verletzung hörte. Das wollte ich nicht und bitte um Verzeihung.«

»Ich gebe Ihnen keine Schuld.«

Christian biss auf seine Unterlippe.

»Und dennoch muss ich Sie verfolgen und werde alles daran setzen, Sie eines Tages zu verhaften.«

Lukas lächelte, doch Christian war gar nicht danach.

»Beginnen wir mit dem Fall Bauernhof.«

Christian legte die Beweise für Lukas‘ Tatbeteiligung vor. Doch dieser ging nicht darauf ein. Für Lukas war wichtig zu wissen, inwieweit Trok und Sandra verdächtigt wurden.

»Ihr Freund Jakob Rosenfeld wurde ermordet, regelrecht hingerichtet. Wir wissen, dass er Ihre Opfer ausspioniert hatte und vermutlich auch bei deren Folter dabei war.«

Zum ersten Mal veränderte sich Lukas’ Gesichtsausdruck. »Die Drei hatten mein damaliges Leben völlig zerstört. Und ihre Gefängnisstrafen waren dagegen lächerlich niedrig. Da habe ich eines Tages beschlossen, die Bestrafung der drei Mörder selbst in die Hand zu nehmen.«

Christians Gesichtszüge entspannten sich. Aber er wollte die Namen weiterer Mittäter. Doch Lukas blieb hart und behauptete stets, dass er das allein durchgezogen hätte.

»Was glauben Sie, wie überzeugend eine geladene und scharfe Pistole sein kann!«

»Das ist ja lächerlich!«, schimpfte Christian

Doch wie er es auch anstellte, Lukas blieb eisern bei seiner Version. Er konnte keine Anhaltspunkte herauskitzeln, dass dessen Freund Moritz Trommersbeck, Spitznamen

Trok, mit dabei war. Obwohl er davon ausging, dass dieser und Rosenfeld ihn im Vorfeld und bei der Tatausführung geholfen hatten.

Lukas war mit dem Gespräch zufrieden, denn allem Anschein nach hatte die Polizei nichts gegen Trok in der Hand und Sandra Gärtner, die in dieser Nacht den Transporter fuhr, hatten sie gar nicht auf dem Schirm.

Christian hingegen war mit der Ausbeute zu diesem Fall gar nicht glücklich. Einerseits hatte er zwar ein vollständiges Geständnis von Lukas. Aber dass er das alles als Alleintäter durchgeführt hatte, nahm er ihm natürlich nicht ab.

Christians Rücken war verspannt und hart wie Stein. Auf dem Boden zu sitzen war nichts für ihn. Schwerfällig zog er sich am Geländer hoch und dehnte sich.

»Das habe ich ihrem kriminellen Verein zu verdanken.«

»Es wird nichts an Ihren Qualen ändern, aber trotzdem sollen Sie wissen, dass die Schüsse an der Waldhütte der Anfang vom Ende für mich waren.«

Christian trat der Schweiß aus. Ein untrügliches Zeichen, dass sein Organismus mit dem Fremdkörper kämpfte.

»Im nächsten Dorf lebt ein erfahrener Naturheiler. Er könnte sich ihre Verletzung einmal ansehen.«

Christian fauchte ihn an:

»Sie Witzbold! Da steckt eine Kugel drin. Soll er die rauszaubern oder was?«

Er schüttelte verärgert seinen Kopf über so viel Naivität und Dummheit.

Doch Lukas gab nicht auf:

»Bitte lassen Sie ihn das mal anschauen. Es wird Ihnen nicht schaden und im günstigsten Fall vielleicht etwas Linderung verschaffen.«

»Das ist doch nur Hokuspokus...«, brummte Christian, gab aber widerwillig nach. Lukas winkte dem Mönch, der Christian begleitet hatte und flüsterte ihm etwas ins Ohr.

»Herr Dillinger. Zum nächsten Thema. Sie waren Mitglied einer kriminellen Vereinigung. Ihnen wird zur Last gelegt, an der Schießerei bei der Jagdhütte nahe Thannenberg beteiligt gewesen zu sein und Konrad Mehrheim im City-Parkhaus in Wiesbaden ermordet zu haben. - Können Sie dazu etwas sagen?«

»Herr Berghoff, gerade Sie müssten es besser wissen.«

»Sicher, an der Jagdhütte haben Sie nicht geschossen. Aber Sie waren Mittäter. - Und was Mehrheim betrifft. Die Staatsanwaltschaft ist davon überzeugt, dass ein Kopfschuss nicht notwendig gewesen wäre, um ihn zu stoppen.«

Lukas schüttelte verständnislos den Kopf und Christian hakte nochmals nach:

»Sie haben Mehrheim in den Kopf geschossen. Warum?«

»Es musste schnell gehen und er musste konsequent gestoppt werden. Sonst säßen Sie jetzt nicht hier.«

Christian notierte die Antwort. Er wollte, dass sie Lukas Dillinger in diesem Fall entlastete. Denn die Antwort klang plausibel, nur war sie unwahr. Er war überzeugt davon, dass dieser seinen Boss Mehrheim ein für alle Mal erledigen wollte. Doch diese, seine persönliche Einschätzung ging niemand etwas an.

»Wir gehen davon aus, dass Sie in weitere verdeckte Todesfälle verstrickt sind. - Ihr Namenskürzel ›LD‹ für Lukas Dillinger tauchte mehrmals auf Frank Schultes Todesliste auf, die wir in der Jagdhütte gefunden hatten. Wir konnten die geschwärzten Zeilen teilweise sichtbar machen. - Wollen Sie dazu etwas sagen?«

»Ich werde mich zu keinem konkreten Fall äußern. Nur so viel. Es traf nie einen Unschuldigen. Alle hatten den Tod verdient.«

»Aber diese Menschen waren nach unserem Recht schon bestraft worden und somit wieder frei. Sie hatten kein Recht, eine härtere Strafe zu vollziehen. Wie können Sie das vor sich selbst rechtfertigen?«

»Ganz einfach. Die Gerichte haben Recht gesprochen, wir haben für Gerechtigkeit gesorgt.«

Über diese Logik konnte Christian nur staunen. Aber er wusste auch, dass eine weitere Frage dazu nichts brachte. Das war Ideologie, gegen die man nicht ankam.

»Sie gaben mir den Tipp zu Mehrheim im Parkhaus in Wiesbaden. Damit haben Sie die Organisation verraten und sich gleichzeitig von ihr losgesagt. Ich würde mich nicht wundern, wenn auf Sie ein ordentliches Kopfgeld ausgesetzt wäre.«

»Wenn Sie das sagen...«

»Wollen Sie mir nicht erklären, wie es zu diesem Meinungsumschwung kam? Der war doch recht heftig und plötzlich.«

»Schauen Sie. Unsere Organisation hatte sich einmal ein übergeordnetes, hehres Ziel gesetzt: Mörder und Gewaltverbrecher zu liquidieren und so Gerechtigkeit gegenüber den Opfern wiederherzustellen. Gleichzeitig aber auch dafür zu sorgen, dass diese Verbrecher nie wieder eine ähnliche Tat begehen konnten. Hinter diesem Auftrag stand ich voll und ganz und war ein glühender Kämpfer für die Toten und Vergessenen. Ich war dankbar, dass man mich in meinen dunkelsten Stunden von der Straße geholt und aufgenommen hatte. Die Organisation gab mir einen neuen Lebenssinn.«

Christian wartete, was da noch kommen würde. Denn das war nicht seine Frage. Und Lukas fuhr tatsächlich fort:

»Dieses Ziel galt seit Anbeginn bis vor wenigen Jahren uneingeschränkt. Formuliert wurde das angeblich von den Gründern der Organisation. Und Mehrheim war, was ich hörte, einer aus den ersten Tagen. Doch in den letzten Jahren wollte Mehrheim immer mehr und versuchte mit Ronny Hartmann zusammen, die Macht an sich zu reißen und Geld als das Maß aller Dinge zu machen. Gerechtigkeit für Gewaltopfer wurde zweitrangig. Liquidierungen wurden zum Geschäftsmodell und wir zu Auftragskillern.«

Er trank von seinem Tee.

»Und für mich wurde es damit Zeit, auszusteigen.«

»Aber woher kam das Geld, das man benötigte? Von den Auftraggebern?«

»Die Entscheidung, wer liquidiert werden sollte, wurde zumindest in den letzten Jahren hauptsächlich von Mehrheim getroffen. Wer am meisten bezahlte, dessen Auftrag wurde ausgeführt. - Davor war das anders. Da war Geld kein Entscheidungskriterium für eine Regulierung, wie wir eine Liquidierung eigentlich bezeichneten. Wie ich vorhin schon erwähnte, stand damals der Aspekt ›Gerechtigkeit‹ ganz oben. Das nötige Geld kam vielleicht von reichen Gewaltopfern oder deren Angehörigen? Von einem Millionär? Oder von einem Geheimorden? Es gab viele Spekulationen, doch niemand wusste Genaues. - Es hatte mich auch nicht interessiert und Geld war immer genügend da.«

Christian stützte seine Wirbelsäule an einem Pfosten der Veranda. Die Schmerzen wurden stärker und er war nicht mehr weit davon entfernt, das stärkste Pflaster aufzukleben.

»Geht es noch, Herr Berghoff?«

»Ja, ja. Machen Sie weiter.«

»Vielleicht fragen Sie sich, warum ich Ihnen so viel verrate? – Ich will es Ihnen sagen.«

Christian war erstaunt über diese Ankündigung.

»Ganz einfach! Weil Mehrheim und seine Konsorten die große Idee verraten haben, die mich damals vor dem Untergang gerettet hatte.«

Bei der Frage nach Mitgliedern biss Christian allerdings gewaltig auf Granit. Nach einigen weiteren Versuchen, Namen aus Dillinger herauszulocken, bedankte er sich bei ihm und packte seine Unterlagen zusammen.

Doch Lukas wollte ihn noch nicht gehen lassen.

»Der Heiler müsste schon da ein. Gehen wir zusammen hinunter zu ihm.«

Als sie in der Tempelhalle ankamen, wartete dort ein alter Mann auf sie. Er hatte nur eine knielange Hose und braune Plastikschlappen an. Sie verbeugten sich tief zu der goldenen Buddhastatue, auch Christian.

»Das ist Nathapong.«

Lukas und alle Anwesenden verließen den Raum. Christian sollte das Hemd ausziehen und sich auf den Bauch legen. Nathapong entzündete mehrere Räucherstäbchen und betastete seinen Rücken. Er schien das Projektil unter der Haut zu fühlen. Seine Hände strichen sanft von der Wirbelsäule nach außen. Begleitet von einem anhaltenden Gebetsgesang. Danach zerdrückte er in einer Schale verschiedene Kräuter und vermischte sie mit Erde und Wasser. Zuletzt spuckte er drei Mal in das Gefäß. Den Brei schmierte er auf die schmerzende Stelle und legte Bananenblätter darauf. Danach setzte er sich in den Lotossitz und betete wieder. Eine wohlige Wärme breitete sich in Christians Rücken aus. Nach den Gebeten band Nathapong die Bananenblätter mit Lianenschnüren um seinen Bauch.

Christian bedankte sich und fragte Lukas, ob er Nathapong etwas geben könnte. Doch der verneinte.

»Gib uns Mönchen später etwas in die Almosenschale und wir leiten es an seine Familie weiter. So wird er nicht beschämt. Denn wir baten ihn um Hilfe und nicht um eine Dienstleistung.«

Lukas ging mit Christian noch ein Stück. In der Mitte des Hauptplatzes blieben sie stehen.

»Wissen Sie. Als Privatperson kann ich sogar ein gewisses Verständnis für Ihre Taten aufbringen. Aber als Polizist, und diesen Beruf übe ich aus Überzeugung aus, kann ich Ihre Taten nicht ignorieren. Auch wenn Sie mir das Leben gerettet haben.«

Lukas hatte Verständnis für diese Sicht auf die Dinge.

Dann gab ihm Christian noch einen Rat:

»Vergessen Sie nicht: Auch Weimar und seine Männer werden auf Sie warten. Da können Sie nicht auf mildernde Umstände hoffen. - Tun Sie uns beiden also den Gefallen und kommen Sie nie wieder in die westliche Welt.«

»Keine Sorge, Herr Berghoff. Sie werden mich so schnell nicht wiedersehen.«

Christian bemerkte, wie Lukas seine Lippen aufeinander presste. Er schien mit sich zu ringen.

»Ist noch etwas?«

Lukas zögerte einen Moment. Doch dann begann er:

»Vielleicht. Es ist aber mehr eine Ahnung als eine Gewissheit.«

»Ahnungen können zu Gewissheiten werden!«

»Ich will es mit einem Bild beschreiben. Sie kennen doch die russischen Matrjoschkas? Die Puppen, die meist siebenteilig ineinander gesteckt sind!«

»Sicher!«

»Ich befürchte, dass sie noch nicht alle aufgedeckt haben.«

Christian zog skeptisch seinen Kopf zurück.

»Was meinen Sie denn damit?«

»Wie gesagt, nur eine Ahnung. Mehr nicht.«

Christian war sprachlos. Was sollte er denn mit dieser Andeutung anfangen?

»Wie kommen Sie darauf? Ich brauche mehr von Ihnen!«

Doch Lukas zuckte nur mit der Schulter und winkte Gaeo herüber.

»Herr Polizeimajor, ich danke Ihnen, dass Sie unseren Gast sicher zu uns brachten und wieder sicher nach Hause geleiten werden.«

Dann segnete er die beiden und ging.

Vielen Dank

Kriminalinspektion Bergstraße, K10
Montag, 06. Juni 2022, 10.15 Uhr

Nach der Lagebesprechung winkte Christian Elisa in sein Büro.

»Ich muss mit dir was Wichtiges besprechen.«

»Zuerst mal, wie geht es dir?«

»Ok. Fange ich eben damit an.«

Elisa durfte das fragen. Andere Kollegen bügelte er bei so einer Frage gnadenlos ab und wollte von ihnen wissen, was seine Verletzung mit seiner Arbeit zu tun hätte.

»In Thailand dachte ich, dass ich das nicht mehr überleben würde. Es war eine höllische Tortur. - Im Moment hat es sich wieder auf Normalmaß beruhigt.«

Am Wochenende hatte er die Bambusblätter abgemacht. Seine Haut darunter war feuerrot. Das quälende Pulsieren um die Lendenwirbel war weniger geworden, dafür strahlte der Schmerz jetzt aber bis in die rechte Seite aus. Er glaubte, nun auch noch Nierenschmerzen zu haben und befürchtete, dass es ein schwerer Fehler war, diese Verwundung einem thailändischen Voodooheiler anvertraut zu haben.

»Was hast du auf dem Herzen?«, wollte Elisa schließlich wissen.

»Ich hab die Worte noch genau in den Ohren, die Lukas Dillinger kurz vor meiner Abreise aus Thailand zu mir sagte: ›Sie kennen doch die russischen Matrjoschkas?‹ - ›Sicher‹, hatte ich geantwortet. Worauf er die nebulöse Andeutung machte:

›Ich befürchte, dass sie noch nicht alle aufgedeckt haben.‹ Auf meine Nachfrage zuckte er nur mit den Achseln.«

Elisa machte ein langes Gesicht. Was sollte denn das nun wieder bedeuten? Das Thema war doch definitiv gegessen.

»Meinst du, dass da was dran ist? Oder will der sich nur wichtig machen?«

»Eigentlich schätze ich Dillinger nicht so ein. Er ist sehr geradlinig und meiner Meinung nach auch wahrhaftig. - Weißt du was ich meine? - Er hätte das nicht nötig.«

Und da füllte er schon den Raum aus, der Schatten des Zweifels. Eine unangenehme Disharmonie erfasste sie.

»Ich kann mir das beim besten Willen auch nicht vorstellen«, meinte Christian, »aber der Satz hatte mich verunsichert, muss ich zugeben.«

Sie stierten vor sich hin, schüttelten mal den Kopf oder stöhnten leise. Christian kratzte sich am Kinn.

»Erinnerst du dich noch an deine Bedenken bezüglich Mehrheim? - Die kamen mir eben wieder in den Sinn.«

Elisa hob fragend ihre Schultern.

»Als du mich im Krankenhaus besucht hattest, damals, nach der Dramatik im Wiesbadener Parkhaus. - Du hattest bezweifelt, dass Mehrheim eine Organisation aus moralischen Gründen ins Leben gerufen hätte.«

Endlich hatte er Elisa auf seiner Wellenlänge. Sie lächelte und nickte ihm zu.

»Du hast recht, Chris. Ich hatte tatsächlich so meine Zweifel, ob Mehrheim wirklich der Initiator war, der aus einem gewissen Drang nach Übergerechtigkeit diese Organisation gründete und leitete.«

»Das stellt uns aber schon wieder vor eine dieser absolut unangenehmen Entscheidungen. Sollen wir dem nachgehen oder nicht?«

Seine Kollegin hob halb hilflos, halb verzweifelt die Arme. Christian ging es ebenso. Er schüttelte immer wieder seinen Kopf und meinte:

»Ich möchte mir das gar nicht ausmalen. - Noch Mal dieselbe Scheiße? Das wäre ja der Horror!«

Elisa klatschte auf ihre Schenkel und stand ruckartig auf.

»Ich kann jetzt dazu keinen klaren Gedanken fassen. Ich weiß gerade nicht, was hinten und vorne ist. Lass uns erst mal darüber schlafen.«

Am nächsten Tag kam Elisa schon um neun Uhr mit zwei Cappuccino in Christians Büro. Er hatte sich gerade über seinen Schreibtisch gebeugt und machte Dehnübungen. Bevor Elisa etwas sagen konnte, fluchte er los:

»Ich Idiot hab einen thailändischen Geisterbeschwörer an meinen Rücken gelassen und jetzt hab ich Schmerzen von der Wirbelsäule bis zur rechten Niere. Es ist kaum auszuhalten. Der hat da was kaputt gemacht, dieser alte Quacksalber.«

»Du musst sofort zum Arzt gehen.«

Auch Christian musste einsehen, dass Durchhalten keine Option war. Womöglich hatte die eigentliche Verletzung jetzt weitere Organe angegriffen. Von Minute zu Minute schmerzte es mehr und seine ganze rechte Seite brannte wie Feuer. Sein Atem ging gepresst.

»Hab heute Morgen ein neues Pflaster aufgelegt. Aber das hilft nicht. Verdammt, sind das Schmerzen. Ich brauch dringend stärkere Medikamente.«

Ohne zu fragen wählte Elisa die 112 und half Christian, sich auf den Boden zu legen.

»Die sollen mich nach Heidelberg in die Uniklinik fahren. Die kennen mich dort schon.«

Dann rannte sie aus dem Zimmer und informierte Michael Raubart, dessen Büro am nächsten lag. Als sie zurückkam stammelte er:

»Elisa, ich muss wissen, was wir machen. Sonst hab ich keine Ruhe.«

»Mensch Christian! Kannst du nicht ein Mal abschalten? - Ja, ich hab das vor und zurück überlegt. Ich konnte kaum schlafen. - Wir werden überall anecken, man wird uns endgültig für durchgeknallt halten. Ganz bestimmt! - Aber wir müssen diesem Zweifel nachgehen.«

Christian verzog seine Mundwinkel zu einem gequälten ›wir-verstehen-uns-Lächeln‹.

Drei Stunden später schoben sie Christian in einem Rollstuhl in das Besprechungszimmer. Dr. Bankole war in seinen Monitor vertieft und analysierte das Ergebnis des MRT. Sie kannten sich schon seit Jahren, denn Dr. Bankole war Teil des Behandlungsteams, das sich mit der Schussverletzung und dessen bisherigem Verlauf beschäftigte.

Er scrollte auf und ab und schüttelte immer wieder den Kopf. Christian ahnte furchtbares. Das war das Ende!

»Herr Berghoff, ich verstehe das nicht. Schauen Sie!«

Er drehte den Bildschirm zu Christian und zeigte mit seinem Stift auf die Lendenwirbelsäule.

»Sehen Sie hier, diese Öffnung? Hier steckte das Projektil bisher drin. - Und schauen sie. Hier befindet sich das Projektil aktuell. - Unglaublich!«

Christian versuchte im Gesicht des Arztes zu lesen, ob das gut oder schlecht war, denn er wagte nicht zu fragen.

»Die Kugel ist gewandert. Das kommt in wirklich äußerst seltenen Fällen vor. Oft wandert ein Fremdkörper leider in die falsche Richtung, dann ist die Katastrophe da. Aber hier ist er aus dem akuten Gefahrenbereich hinausgedriftet. - Sehen Sie? Die Kugel ist fast einen Zentimeter weiter rechts und wurde von ihrem Körper zwischen zwei Muskelsträngen verkapselt.«

»Ja aber die unerträglichen Schmerzen?«

»Die Rücken- und Lendenmuskulatur hat sich durch die Verkapselung extrem verhärtet und sehr schwer entzündet. Diese Schmerzen strahlen zwar zur rechten Niere, die ist aber kerngesund.«

Der Arzt lächelte und in Christian begann Hoffnung aufzukeimen.

»Wir müssen zunächst die Entzündung wegbekommen. Danach können wir ernsthaft über eine OP nachdenken!«

»Chancen?«

»Hmm. Nageln Sie mich bitte nicht daran fest, aber vielleicht so 80 zu 20 – dass es gut geht!«

Christian war überwältigt. Ein Halbgedanke jagte den anderen. Er konnte keinen festhalten oder zu Ende denken. Ihm wurde schwindelig und er stützte den Kopf ab.

Sollte sein Martyrium ein Ende haben? Seine Augen wurden feucht. Dr. Bankole legte eine Hand auf Christians Unterarm.

»Es sieht gut aus. Ganz bestimmt. - Vielleicht in einem Monat? Wenn die Entzündung weg ist.«

Er stellte ein Rezept aus und wies Christian an, diese Medikamente regelmäßig zu nehmen und wöchentlich sich hier wieder vorzustellen.

»Was ich allerdings nicht verstehe ist der Auslöser für diese plötzliche Wanderung des Projektils. Das ist schon ungewöhnlich. War etwas Besonderes in letzter Zeit?«

Christian erzählte von der strapaziösen Reise nach Nord-Thailand, von den starken Schmerzen und dem Naturheiler.

Worauf Dr. Bankole nur erklärte:

»Unsere beiden Berufe basieren auf Fakten. Und dabei sollten wir auch bleiben. Esoterik überlassen wir anderen. - Vielleicht haben die Erschütterungen und Vibrationen während der Fahrt eine Positionsveränderung bewirkt. Das klingt nicht gerade plausibel und kommt mir als Arzt nur sehr schwer über die Lippen. Könnte aber ein Erklärungsansatz sein.«

Christian antwortete nicht darauf. Seine Gedanken schweiften ab und er glaubte den Heiler vor sich zu sehen. Entschuldige Nathapong. Wir beide wissen es besser.

Vielen Dank!

Derselbe Künstler

BKA Wiesbaden, Abt. Staatsschutz
Freitag, 10. Juni 2022, 10.30 Uhr

»Ich wusste nicht, dass ich einen Tiefflug gebucht hatte!«

Christian sah zu Elisa, die konzentriert am Steuer saß.

»Das ist eben mein sizilianisches Temperament. Capisci?«

Er musste schmunzeln:

»Na Hauptsache wir kommen lebend an.«

»Sicher, mein Lieber.«

Elisa war nicht entgangen, dass Chris wieder unter den Lebenden war. Die Hoffnung auf eine erfolgreiche OP ließ ihn wieder lachen und Späße machen. Sie hoffte inbrünstig, dass er nicht enttäuscht werden würde.

Tatsächlich fühlte sich Christian um Tonnen erleichtert und bemerkte, wie der Grauschleier über seiner Seele sich etwas auflöste. Trotz der Schmerzen, die ihn noch begleiteten. Doch er glaubte an Nathapongs Heilkräfte, das Können der klassischen Medizin und den Erfolg der OP. Dann hätte sein Zombidasein endlich ein Ende und er könnte wieder die Zukunft planen. Es war gar nicht auszudenken. Ihm wurde schwindelig bei den Gedanken.

Gestern besprachen sie zum x-ten Mal den gesamten Komplex der Mehrheim-Stasi-Organisation. Hatten sie womöglich etwas übersehen? Gab es überhaupt etwas zu übersehen oder liefen sie nur einer Lukas-Fiktion hinterher? Doch Christian war mittlerweile von den Worten und Eingebungen dieses Mönchs überzeugt.

»Lukas weiß, was er sagt. Er redet nicht leichtfertig dahin und er ist auch nicht böswillig – ich weiß das!«

»Chris! Dann gibt es nur einen einzigen logischen Schluss, das ist dir ja klar! Konrad Mehrheim war nicht der Kopf der Organisation. Es gibt einen über ihm, vielleicht auch noch einen weiteren.«

Christian stützte sich auf seinen Schreibtisch.

»Das macht mir Angst. Vielleicht kämpfen wir wirklich gegen eine Hydra mit neun Köpfen?«

Die Ermittlungen galten einvernehmlich als abgeschlossen. Kopien der vorhandenen Dokumente und Ergebnisse zu den verdeckten Morden gingen an die jeweils zuständigen Kriminaldienststellen der betroffenen Orte in Deutschland. - Daher brauchten sie eine vernünftige Erklärung, warum sie nochmals in den Originalakten des BKA wühlen wollten. Sie begründeten dies mit dem Abschlussbericht zu Dillinger und der Thailandreise.

Oberkommissar Wildfang stand ihnen zur Seite und legte die Dokumente und Asservate in einem freien Büro auf den Tisch. Christian konnte sich noch gut an ihn erinnern. Wildfang hatte ihn damals, nach der Schießerei im City-Parkhaus, mit seinem Chef im Krankenhaus besucht.

»Ich bin einen Raum weiter. Wenn was ist...«

Sie zogen ihre Handschuhe an. Dann gingen sie den Riesenwust durch. Das Meiste kannten sie schon, doch sie versuchten, neue Verbindungen der einzelnen Dokumente zueinander herzustellen und eine andere Perspektive auf die Unterlagen einzunehmen.

Am auffälligsten war dieses eine A4-Blatt mit der Zeichnung des Rockergeländes und dem handschriftlichen Datum ›19.03.‹. An der Außenseite des Clubgebäudes war mit einem ›X‹ vermutlich der Einstieg in das Haus markiert.

Merkwürdig aber war, dass das Datum definitiv falsch war – die Explosion fand nämlich tatsächlich am ›20.03.‹ statt.

Elisa blätterte eine weitere Aktenmappe durch, als ein kleiner Notizzettel zwischen den vielen Blättern herausrutschte und zu Boden tänzelte. Er war einmal zerknüllt gewesen und wieder glattgestrichen worden.

»Schau mal, das ist die gleiche Zeichnung des Rockergeländes – nur in Miniaturausführung.«

Christian nahm das kleine Papierstück und drehte es hin und her. Es musste derselbe Künstler wie bei der großen Zeichnung gewesen sein. Das erkannte auch ein Laie.

»Noch nie gesehen.«

Sie verglichen beide Zeichnungen und erkannten schnell einen gravierenden Unterschied. Auf dem kleinen Notizzettel war das Datum ›19.03.‹ durchgestrichen und darüber das tatsächliche Tatdatum ›20.03.‹ gesetzt worden.

»Chris, das kann doch nur heißen, dass die Skizze auf dem kleinen Zettel später angefertigt wurde.«

»Richtig! Da hat möglicherweise noch jemand mitgeredet und das Datum kurzfristig um einen Tag verlegt.«

Elisa ging nebenan zu Wildfang.

»Wir wüssten gerne, wo dieser Zettel gefunden wurde.«

Wildfang holte die Ablageliste, in der fein säuberlich jedes Dokument und Asservat dokumentiert war.

»Hier ist es. - Der lag zerknüllt unter Schultes Schlafzimmerbett in Thannenberg.«

»Interessant! - Wurden da Fingerabdrücke gesichert?«

Er rutschte mit seinem Finger in der Liste nach unten.

»Nein, von dem kleinen Zettel gibt's keine. Nur von der großen Zeichnung. Und da waren auch nur die von Schulte zu finden.«

»Könnten Sie das mit den Fingerabdrücken bitte noch nachholen? Wer weiß, vielleicht ist da ja mehr drauf...«

»Liebe Kollegin, da wird auch nichts anderes rauskommen.«

Doch Elisa ließ nicht locker:

»Schauen Sie, Herr Wildfang. Eigentlich wollten wir nur ein paar Akten für unseren Abschlussbericht durchsehen. Doch mein Kollege und ich haben nun den Verdacht, dass da jemand Schulte eine andere Vorgabe gemacht hat. Und wir würden jetzt gerne wissen, wer! - Wollen Sie so einen Verdacht einfach außer Acht lassen?«

Wildfang wurde nachdenklich.

»Na gut. Das wird uns auch nicht ärmer machen.«

Der Unbekannte

Kriminalinspektion Bergstraße, K10
Dienstag, 15. Juni 2022, 10.45 Uhr

Die Ergebnisse zu den Fingerabdrücken elektrisierte sie. Mehrere Abdrücke konnten eindeutig Schulte zugeordnet werden. Ein weiterer war von Ronny Hartmann. Doch dieser kleine Zettel wies noch einen dritten Fingerabdruck auf. Jedenfalls war er nicht von Mehrheim, sondern von einer bisher unbekannten Person.

»Es könnte doch sein, dass Hartmann selbst das Datum geändert hatte?«, stellte Christian in den Raum.

»Möglich. Aber dennoch sollten wir wissen, wem dieser dritte Fingerabdruck gehört. Zumindest war diese Person ein Mitwisser oder Tatbeteiligter. Es könnte aber auch die Matrjoschka sein, von der du geredet hast und die wir bisher noch nicht zu Gesicht bekommen haben.«

»Da ist was dran. Dann müssten wir Schultes gesamtes Umfeld abchecken und von allen Fingerabdrücke nehmen.«

Elisa stellte sich hinter Christian, der am PC saß und stützte sich an seiner Rückenlehne ab.

»Das wird eine Mammutaufgabe. Und wir werden uns damit nicht nur Freunde machen, da bin ich mir sicher!«

Sie wussten, was zu tun war, doch sie waren unschlüssig, wie sie diese neue Ermittlung zum Laufen bringen konnten. Im Büro kehrte langes Schweigen ein. Irgendwann war es Christian zu viel und er wechselte das Thema:

»Übrigens! - Gestern kam ein Brief aus Heidelberg, dass die OP für den 04. August terminiert ist. Dann ist das scheiß Ding hoffentlich raus.«

Elisa legte eine Hand auf seine Schulter.

»Das ist wunderbar.«

Sie freute sich einerseits natürlich über diese Nachricht. Aber andererseits hatte sie Angst, schreckliche Angst, dass etwas schief gehen könnte. Doch Christian sprühte vor Optimismus. Er meinte zu fühlen, wie sein Körper den Fremdkörper abstoßen würde.

»Aber zurück zum Problem. Was machen wir?«, wollte Christian konkret wissen. Elisa hatte eine Idee:

»Erst mal die Kontaktpersonen notieren und schauen, von wem wir schon Fingerabdrücke haben und von wem nicht. Und von wem wir sie wie schnell erhalten könnten.«

Christian erstellte am PC eine Tabelle.

»Dann schreib mal...«, forderte ihn Elisa auf. »Zuerst natürlich Hartmann, Schulte, Mehrheim. So! Und dann noch die Pavlova, die russische Geheimagentin von der Jagdhütte. Sie ist zwar tot, aber wir wissen immer noch nicht, wie tief sie in den ganzen Komplex verstrickt war. - Und natürlich Lukas Dillinger. - Von all denen haben wir ihre Fingerabdrücke.«

Christian ergänzte:

»Im Zusammenhang mit Hartmann tauchten die Decknamen Roman und Marek auf und im Zusammenhang mit Mehrheim fand man die Codenamen Leon und Charly. Von diesen vier Personen haben wir null Informationen.«

Elisa beugte sich nach vorne und ging die Liste noch einmal durch. Sie Überlegte:

»Ob Jakob Rosenfeld auch bei den Liquidierungen mitgemacht hat? – Schreib ihn mal auf. - Dann den Herrn Greifenburg. Der vermittelte Frank Schulte diesen Job im Hotel ›Golden Hills‹ in Thannenberg. - Und ganz wichtig, diesen Timo Nolte.«

»Timo Nolte?«, fragte Christian. In welchem Zusammenhang hatte er diesen Namen schon einmal gehört?

»Ich sage nur ›Kopf abgefressen!‹«

»Oh je! - Das hatte ich schon so gut verdrängt. – Aber ja, den auch. – Der tauchte danach ab und wir gingen davon aus, dass ihm zumindest Frank Schulte, aber wahrscheinlich auch Ronny Hartmann, dabei half, die beiden Mafiosi im Wald einzugraben.«

Dann war es still. Es dauerte, bis dieses grauenhafte Bild wieder aus ihren Köpfen verschwand und Elisa eine weitere relevante Person einfiel:

»Dieser junge Mann, der bei Chemnitz ums Leben kam. Bei dem Autounfall, als ich Schulte gerettet habe.«

Christian schaute sie mit großen Augen an.

»Na der Beifahrer - Jan..., Jan de Fries.«

Christian nickte und fügte den Namen ein. Dann drehte er sich nach hinten zu Elisa:

»Alle Jagdfreunde?«

Elisa setzte sich halb auf das Sideboard und stöhnte.

»Du meine Güte. Wie wollen wir denn das schaffen? Ich glaube, da haben wir uns zu viel vorgenommen.«

Christian nahm ihr diese Sorge ein klein wenig ab:

»Von den meisten Personen haben wir schon die Fingerabdrücke in der Datei. Lass uns schnell einen Abgleich vornehmen.«

Er öffnete das entsprechende Programm und verglich den unbekannten Fingerabdruck mit den schon bekannten Personen. Doch das Ergebnis war sehr enttäuschend. Keine Übereinstimmungen.

Sie ließen die Köpfe hängen und grübelten. Dann stand Christian auf und ging ans Fenster. So ein geiles Wetter, dachte er. Ob ich das bald wieder genießen kann?

Obwohl er nichts mit Religion am Hut hatte schaute er zum Himmel und flüsterte ›Lieber Gott, hilf mir!‹

Elisa sah zu ihm hinüber.

»Bevor wir wieder in Thannenberg für Unruhe sorgen, sollten wir wenigstens hier noch kurz diesen Greifenburg abarbeiten. Der ist noch am einfachsten zu überprüfen, da er in der Nähe von Frankfurt wohnt. Für die Personen in Thannenberg müssen wir ohnehin zuerst klar definieren, von wem wir dort Fingerabdrücke benötigen und gegebenenfalls auch einen Gentest.«

»Hast recht!«

Christian trank aus seiner Mineralwasserflasche.

»Chris, noch was anderes. - Wir haben uns bisher auf die Fingerabdrücke konzentriert. Aber dieses geänderte Datum auf dem Notizzettel. Was meinst du, wer das geschrieben hat? Darüber haben wir noch gar nicht nachgedacht. - Schulte, Hartmann oder der Unbekannte?«

Christian zuckte mit den Achseln. Dann suchte Elisa auf ihrem Handy nach dem Foto, das sie von dem kleinen Notizzettel gemacht hatte und schickte es auf Christians PC. Er öffnete es und vergrößerte das Datum. Das durchgestrichene und das darüber geschriebene Datum waren handschriftlich eindeutig nicht identisch.

»Elisa, das war eine super Idee. Man erkennt eindeutig, dass das Originaldatum von Schulte sein muss. Schau, die Schrift ist identisch mit der auf der großen Zeichnung.«

Sie lächelte und führte den Gedanken weiter:

»Und das bedeutet wiederum, dass entweder Hartmann oder der Unbekannte das neue Datum gesetzt haben. – Also bräuchten wir von Ronny Hartmanns Schrift ein graphologisches Gutachten. Material haben wir genügend von ihm. – Ich geb das nachher gleich in Auftrag.«

Christian ging einige Schritte in seinem Büro auf und ab.

»Ich muss mal eine kurze Gedankenpause einlegen. Für dich auch einen Cappuccino?«

Als er wieder zurückkam stellte er seinen heißen Kaffee auf das Fenstersims und sah gedankenverloren auf den Hof hinunter. Dann drehte er sich wieder zu Elisa:

»Und wie kommen wir eigentlich an Greifenburgs Fingerabdrücke? Oder an eine Schriftprobe? - Vielleicht einen Besuch abstatten? Ein Glas mitgehen lassen wie im Film?«

Elisa verzog ihr Gesicht. Im Film ist das alles immer so einfach. Aber in der Realität? - Sie wollte nicht mehr darüber nachdenken und trank von ihrem Kaffee. Viel mehr wollte sie wissen, wie es ihrem Kollegen ging.

»Oh gut«, erwiderte Christian. »Zumindest seelisch. Das körperliche blende ich weiterhin mit Hilfe der klassischen Medizin aus.«

»Und die Vorbereitungen für die OP? Musst du da was Besonderes beachten?«

»Nö. Nur die Entzündungshemmer drei Tage vorher absetzen und einen Tag vor der OP im Krankenhaus sein. Dann abends nichts mehr essen und so weiter. Steht alles in dieser Mappe, die ich vom Krankenhaus erhalten habe.«

Er zog die Papiermappe aus seiner Schreibtisch-Schublade und klappte sie auf.

»Siehst du, alles genau beschrieben, was ich zu tun habe. Da stehen auch die Risiken, die mich treffen könnten.«

Er blätterte weiter.

»Und hier noch die Visitenkarte von Dr. Bankole, für alle Notfälle. - Alles perfekt organisiert.«

Christian merkte sofort, dass Elisas Gedanken abschweiften. Bestimmt malte sie sich jetzt alle Horrorszenarien aus, die während der OP geschehen könnten.

»Hallo, nicht so nachdenklich«, rief ihr Christian zu. »Wird schon schief gehen.«

»Nein nein. Mir kam da so ein Gedanke. Ich müsste eigentlich noch irgendwo die Visitenkarte von diesem Herrn Greifenburg haben. - Ich schau mal schnell.«

Schon war sie aus dem Büro und gleich wieder da.

»Hab sie!«, strahlte Elisa. »Für einen Vergleich der Fingerabdrücke müsste es reichen. Die schicken wir unserem Erkennungsdienst. Der soll die Abdrücke nehmen und mit dem Notizzettel vergleichen. Eine Schriftprobe hat Greifenburg mit seiner Privatnummer glücklicherweise auch gleich mitgegeben.«

Die zweite Säule

Königstein
Dienstag, 21. Juni 2022, 08.00 Uhr

Es war ein wunderschöner warmer Morgen. Sie waren Frühaufsteher und genossen das Frühstück auf der hinteren Terrasse. Die vier Rottweiler tollten im angrenzenden Park, der bis zum Waldrand hoch reichte. Urwüchsige Kraft, die ihm und seiner Familie Sicherheit gaben, wenn nachts der Trennzaun geöffnet wurde und sie das gesamte Villengelände bis hinunter zur Straße bewachten.

»Womit habe ich denn das verdient? Sonst bist du um diese Uhrzeit schon beschäftigt«, fragte sie liebevoll.

»Viktoria, weil du die beste Frau der Welt bist und ich dich liebe.«

»Oh, so viele Komplimente auf einmal bin ich gar nicht gewöhnt. Aber ich danke dir.«

Frau von Greifenburg beugte sich über den kleinen Tisch und küsste ihren Mann.

»Geht es dir gut, Rembold? – Du wirkst angespannt.«

»Ein paar Problemchen. Aber die lassen sich regeln. - Ich bin dann nachher oben im Arbeitszimmer.«

»Ist gut. - Ich fahre gleich in die Stadt, um ein paar Dinge zu erledigen.«

Die Morgensonne schien durch die hohen Fenster seines Arbeitszimmers. Von hier reichte sein Blick über die Baumwipfel im Tal hinweg bis nach Frankfurt. Von Greifenburg verlor sich in Gedankenfetzen, die kurz auftauchten und nicht greifbar sich wieder im Unterbewussten verloren. Seine Frau ging über den Vorplatz und winkte ihm zu. Er setzte sich an den Schreibtisch und nahm ein Dokument. Aber er konnte sich nicht konzentrieren. Als es klopfte, schreckte er aus seinen losen Tagträumen auf und bat herein. Timo Nolte stand in der Tür. Er und zwei seiner Begleiter wohnten seit wenigen Tagen im Gästehaus, etwas den Hang hinunter.

Nachdem Nolte die Vergewaltiger seiner Frau in den Waldboden eingegraben hatte, war er abgetaucht. Sein Jagdkamerad Frank Schulte half ihm dabei - und auch dabei, in der ›Organisation‹ Fuß zu fassen. Er wurde ein guter Krieger und Regulator. Eisern, brutal und gnadenlos.

Obwohl er gesucht wurde, fand er immer wieder Wege, seine Frau in ihrem Pflegeheim bei Dresden zu besuchen. Jedes Mal ging er weinend von ihr, denn sie erkannte ihn kaum. Ihr Geist war in der Vergewaltigung und dem Tod ihres ungeborenen Kindes stecken geblieben.

Dann war seine Wut übermächtig und er freute sich dämonisch auf den nächsten Auftrag, einen Mörder oder Vergewaltiger zur Strecke zu bringen.

Irgendwann wurde Konrad Mehrheim auf ihn aufmerksam und nahm ihn unter seine Fittiche. Als sein großer Meister und Lehrer im Wiesbadener City-Parkhaus starb und dessen Stellvertreter Ronny Hartmann angeschossen und festgenommen wurde, musste er Stärke zeigen, die Organisation übernehmen und weiterführen.

Zwei seiner Kampfgefährten blieben mit ihren Sturmgewehren an der offenen Tür stehen. Nolte ging direkt auf Greifenburg zu.

»Es ist soweit. Kommen Sie bitte mit! Wir haben nicht mehr viel Zeit!«

Von Greifenburg wusste, dass dieser Moment unweigerlich irgendwann nach Mehrheims Tod eintreten würde. Und er war entschieden gegen Noltes Plan.

»Es wäre besser, ihr verschwindet und lasst mich in Ruhe.«

»Das können wir nicht, das wissen Sie sehr genau! Sie müssen mitkommen. Wir brauchen Sie - die Organisation braucht Sie.«

»Ja! - Als Aushängeschild und Finanzier, ich weiß. Aber da mache ich nicht mehr mit. Ihr habt die wunderbare Idee von Gerechtigkeit verraten!«

»Reden Sie nicht so einen Unsinn. Wir werden in unserem Sinne weitermachen, ob Sie wollen oder nicht.«

»Aber es hat einfach keinen Sinn mehr! - Nolte! - Es ist zu spät und vorbei! Verstehen Sie das nicht?«

»Nein! - Wir werden nicht aufgeben. - Niemals! - Also machen Sie sich fertig! Sie werden mitgehen. Ist das endlich bei Ihnen angekommen?«

Von Greifenburg senkte den Kopf und überlegte. Er wusste, er hatte keine Wahl mehr. - Er gab nur noch einen Weg?

»Dann lasst mich noch ein paar Unterlagen zusammensuchen.«

»In Ordnung. - In zwanzig Minuten sind Sie am Eingang. Sonst werden wir Sie holen!«

Von Greifenburg ging die breite Innentreppe hinunter und bog nach rechts in den langen Flur mit der Ahnengalerie. Gleich beim ersten Bild blieb er stehen. Friedrich, sein Vater. Von Greifenburg dachte gern an ihn und seine Mutter Sieglinde zurück. Er streichelte über den goldenen

Rahmen. Daneben sein Großvater Ortfried. Ein strenger Patriarch, der gerne auch mal eine Ohrfeige austeilte. Und da, sein Urgroßvater Adalbert. - Er ging weiter. Jeden schaute er kurz an. Die meisten waren Ehrenmänner, einige Raubritter und treulose Gesellen. Manche aber waren wie Fixsterne, die die Familie sicher durch unruhige Zeiten brachten.

Bei Maximilian verzögerte er seinen Schritt. Ihm war es zu verdanken, dass dieses Herrenhaus in Königstein erbaut wurde. Maximilian war schon zu seiner Zeit überzeugt, dass Frankfurt eine herausragende Zukunft als bedeutende europäische Handelsstadt haben würde und dass es ratsam sei, einen Brückenkopf in der Mitte des sich formierenden Deutschen Reiches zu erbauen. Und als die Kommunisten ihre sächsischen Güter und Vermögen enteigneten, erkannte die Familie erst die weise Voraussicht dieses Mannes.

Mit ›Cuno Freiherr von Greifenburg, 1389‹ endete sein Gang zurück in die Vergangenheit der Familie. Gegenüber öffnete er über einen versteckten Kippmechanismus eine Tür und stieg die Wendeltreppe hinunter. Den Daumen noch auf das Lesegerät neben der Stahltür gedrückt, dann betrat er sein Reich. Ein wuchtiges Chesterfieldsofa und zwei passende Sessel harmonierten mit den Kommoden, Schränken und dem massiven Mahagonischreibtisch im Kolonialstil.

Er setzte sich hinter den Schreibtisch. Sein Blick ging durch den Raum. So viele Erinnerungen, so viel Erlebtes. Es war jetzt an der Zeit, eine Bilanz seines Lebens zu ziehen. Er hatte sich viel vorgenommen und viel erreicht – was würde davon Bestand haben?

Mit fünfzig legte er sein Richteramt nieder, um sich voll und ganz dem Aufbau eines Opferhilfsvereins zu widmen.

Das ›Centrum Ad Victimas‹ leistete seit 1992 erfolgreiche Arbeit in der Betreuung von Opfern von Gewaltverbrechen. Diesen Verein leitete nun seit gut zehn Jahren sein ältester Sohn Thorwald.

Er öffnete das hellbraune Holzkästchen, entnahm eine Cohiba und roch daran. Dann breiteten sich dicke Rauchschwaden im Raum aus.

Als junger Anwalt und später als Richter war er überzeugt, das richtige Studium gewählt zu haben. Doch im Laufe der Jahrzehnte vollzog sich ein gesellschaftlicher Wandel hin zu einer immer ausgeprägteren Täterfixierung in Politik und Gesellschaft, wie auch im Gerichtssaal. Das Opfer war Opfer. Daran ließ sich nichts mehr ändern. Doch der Täter bot über viele Jahre hinweg für ein Heer von Fachleuten und Organisationen eine Projektionsfläche für Ihre Ideen und Konzepte – waren sie auch noch so skurril und realitätsfern. Die Resozialisierung wurde zum Überdogma. - Allerdings - er kannte die unverblümten Fakten sehr genau: Dass nämlich fünfzig Prozent der Straftäter rückfällig wurden. Bei Sexualstraftätern lag die Rückfallquote sogar bei über achtzig Prozent. Jeder Täter, egal wie abscheulich seine Tat auch war, hatte das Recht, wieder in Freiheit zu kommen. Das bedeutete aber auch im Umkehrschluss, dass jedem Täter grundsätzlich auch das Recht auf eine zweite Gewalttat zugesprochen wurde.

Doch er hatte es satt, akribisch alle Milderungsumstände in eine Straferleichterung umzudeuten. Er hatte es satt, Mord in Totschlag umzuwandeln und Totschlag in Körperverletzung mit Todesfolge. Er sah so viele Ungereimtheiten im juristischen Getriebe. Dazu gehörte auch das martialisch klingende Wort ›lebenslänglich‹ für Mord. Dieses ›lebenslänglich‹ kam daher wie ein gnadenloses Richtschwert und entpuppte sich als stumpfes Besteckmesser.

War es gerecht, Mörder nach 15 Jahren zu entlassen, nur weil sie im Gefängnis nicht negativ aufgefallen waren? War es gerecht, jedem Häftling ein Drittel seiner Haftstrafe zu erlassen? War es gerecht, einen einundzwanzigjährigen Täter als Jugendlichen zu behandeln? Oder war es gerecht, dass es Strafmilderungsgründe wie Sand am Meer gab, aber nur ganz wenige Strafverschärfungsgründe?

Von Greifenburg zog an seiner Zigarre und ließ die Rauchschwaden aufsteigen. Er stand auf und ging zur gegenüberliegenden Wand. Ein zweihändiges Richtschwert, mit der typischen abgerundeten Spitze, hing quer auf zwei Halterungen. Er glitt mit den Fingern an der scharf geschliffenen Klinge entlang. Er bewunderte dieses handwerkliche Meisterstück und das Recht, das ihm einmal innewohnte. Nachdenklich streichelte er über die feine Ziselierung der Klinge und fuhr der Wölbung der tiefen Blutrinne nach. Sie verkörperte für ihn die Achtung und den Respekt vor der universellen Gerechtigkeit.

Je mehr er durch seinen Verein mit den Opfern zu tun hatte, desto klarer wurde ihm, dass eine Hilfsorganisation nur eine von zwei Säulen sein konnte. Die erste war die Säule der Barmherzigkeit. Doch wo blieb die Gerechtigkeit? Die Buße und Sühne des Täters für seine Schuld und sein schweres Unrecht? Aber auch der Schutz der Allgemeinheit vor dessen zukünftigen Taten?

Mitte der 90er-Jahre fand er Gleichgesinnte, die das tiefsitzende Problem der modernen Rechtsprechung einte: Nicht die Menschenwürde der Opfer lag dem heutigen

Strafrecht am Herzen. Es war die Menschenwürde und freie Entfaltung des Täters und dessen grundsätzliches Recht auf eine weitere Gewalttat.

Eine zweite Säule galt es zu errichten – die Säule der Gerechtigkeit, die den von ihnen verachteten Zeitgeist bekämpfen würde. Der Orden, den sie gründeten, war ein Meisterwerk. Sie tauften ihn ›Ordo Gladio – Orden des Schwerts‹. Eine Gemeinschaft von fünf Überzeugten, die ohne jegliche schriftliche Dokumente agierten. Das Vermögen der Ordensgründer war beträchtlich. Geld sollte keine Rolle bei der Auswahl des zu liquidierenden Täters spielen. Sie bauten mehrere Regulatoreinheiten auf, die unabhängig voneinander vorgingen und nur sehr schwer zu beobachten waren.

Es war eine geniale Idee, wenige Jahre nach der Wende die Besten der ehemaligen Staatssicherheit der Deutschen Demokratischen Republik anzuwerben. Sie waren damals Verlorene, aus der Zeit Gefallene. Sie waren stigmatisiert und fanden keine Arbeit.

Der Kontakt zu Konrad Mehrheim brachte dann alles ins Rollen. Er war der charismatische Mann, der die operativen Fäden zusammenhielt. Der mit seinen Kämpfern gnadenlos vollstreckte, was der Orden bestimmte. Mehrheim war ein Meister des konspirativen Agierens und verdeckter Operationen. Und er hatte die außerordentliche Gabe, aus dem Umfeld von Gewaltopfern neue Kämpfer zu rekrutieren. - Sie gingen ihrem tödlichen Handwerk mit der Präzision eines Schweizer Uhrwerks nach. Und so hatten sie in gut fünfundzwanzig Jahren zahllose Täter zur endgültigen Rechenschaft gezogen und sie dadurch an weiteren Straftaten gehindert.

Doch nun war passiert, was nie hätte passieren dürfen. Einer seiner engsten Freunde beging einen folgenschweren Fehler. Er wusste, dass Frank Schulte seit seiner Krebsbehandlung und dem Tod seiner Frau gesundheitlich nicht mehr auf der Höhe war. Doch er ließ ihn gewähren – aus Sentimentalität und Dankbarkeit. Ein unverzeihlicher Fehler.

Frank Schultes Großvater, der bis zum Ende des Krieges der letzte Stallmeister auf ihrem Rittergut in Thannenberg war, warnte damals, 1945, die von Greifenburgs, zu flüchten. Die Russen hätten das Dorf eingenommen und schon von allen Hitlergetreuen gesäubert. Der Adelige auf dem Berg mit seiner ganzen Sippe sollte am nächsten Morgen dran glauben.

Wilhelm Schulte führte die Familie über die Berge nach Tschechien. Freunde halfen ihnen dann weiter nach Mühlbach, wo sie endlich die Grenze zum amerikanischen Sektor überschritten.

Immer wieder erzählte sein Vater die Heldengeschichte des letzten Stallmeisters, die Rembold als Kind immer weiter ausmalte. Frank kam zwar erst viel später auf die Welt, aber für Rembold war er ein Teil dieser Heldentat und seiner Dankbarkeit.

Jetzt aber wurde er selbst in den Strudel der Ermittlungen hineingezogen. Schon die Schüsse auf einen Polizeibeamten an der Jagdhütte auf dem Thannenberger Falkenstein waren ein Tabubruch und hätten nie passieren dürfen. Aber erst der Anschlag auf die Kommissarin öffnete ihm endgültig die Augen. Mehrheim, sein erster Offizier, auf den er sich bisher immer verlassen konnte, versuchte, den Orden in seinem Sinne zu kapern. Mehrheim hatte in den vielen Jahren eine Wandlung vollzogen. Er wollte die Organisation in ein profitorientiertes, paramilitärisches Tötungskommando umwandeln und zu Auftragskillern machen. – Für jeden der den Preis bezahlte. - Hitman, die nicht nach nach dem Sinn und der Gerechtigkeit eines Auftrags fragten.

Die alte Wanduhr mit der Inschrift ›East India Company‹ zeigte 09.40 Uhr. Von Greifenburg knipste seinen Überwachungsmonitor an. Auf dem Vorplatz und dem Weg hinunter zum Haupttor war es ruhig. Auch im Foyer und im Arbeitszimmer war niemand zu sehen.

Eigentlich müssten sie bald da sein, wenn seine Informationen stimmten – und die stimmten immer. Freunde aus dem Justizbereich warnten ihn, dass die Kripo Heppenheim seine Fingerabdrücke auf einem sehr brisanten Notizzettel gefunden hätten und auch seine Handschrift darauf identifiziert worden war. Gegen zehn würden sie bei ihm aufschlagen und ihn verhaften.

Sollten sie kommen. – Hier war er nur noch ein Gefangener und Noltes Aushängeschild für den Kampf der Letzten. Doch dafür war er nicht mehr bereit und entschlossen, seinen eigenen Weg zu Ende zu gehen. Denn er wusste, dass sich nach ihm weit größere Räder drehen würden, als wäre nichts geschehen.

Von Greifenburg nahm ein schweres Whiskyglas aus dem Schrank, schenkte sich seinen besten Single Malt-Whisky ein und setzte sich wieder hinter den Schreibtisch. Er schloss die Augen. Es war ein unbeschreiblicher Genuss, dieses honigfarbene Destillat. Dann zog er eine Schublade auf und stellte das kleine Köfferchen vor sich ab. Er hob den schweren Smith & Wesson-Revolver, Model 29, Classic Blue, aus der Verschalung.

Rembold Freiherr von Greifenburg trank sein Glas leer. Dann ließ er die Trommel nach außen kippen, steckte eine Patrone, Kaliber 44 Magnum, in das Trommelmagazin und spannte den Hahn. Seine Ehre gebot es ihm, für seine Fehler und die der anderen geradezustehen.

Auf einem der verkleinerten Kamerabilder war plötzlich hektische Bewegung zu sehen. Er legte seinen Revolver ab und zog den Bildausschnitt groß. Eine junge Frau wurde von Noltes Kumpanen durch das Foyer und dann die offene Treppe hoch in den ersten Stock gestoßen. Sekunden später sah er die Frau auf der Kamera des Arbeitszimmers, wie sie in den Raum geschubst wurde. Ihre Hände waren mit Handschellen auf den Rücken gebunden. Einer von Noltes Männern bewachte sie. Greifenburg zoomte näher heran und erschrak. Es war die Polizistin mit dem italienischen Namen, die vor einiger Zeit mit ihrem Kollegen hier vorgesprochen hatte.

»Was machen die Idioten da?«, rief er durch den Raum. Er war außer sich. Anstatt mit Würde aufzugeben, machte dieser Nolte alles noch schlimmer. Er musste ihn aufhalten.

Von Greifenburg nahm seine Waffe, hetzte durch die Flure nach oben und stürmte in sein Arbeitszimmer.

»Was machst du da?«, schrie er Nolte an. »Bist du denn von allen guten Geistern verlassen?«

Doch Nolte setzte sich entspannt hinter Greifenburgs Schreibtisch und lächelte ihn an:

»Sie haben es immer noch nicht kapiert! – Hier bestimme ich, was gemacht wird. Die Polizistin ist eine hervorragende Lebensversicherung, bis wir in unserer neuen Zentrale angekommen sind.«

Dann fuhr er betont ruhig, fast freundschaftlich fort:

»Und, Herr von Greifenburg - nehmen Sie bitte die blöde Waffe herunter.«

Aber von Greifenburg dachte nicht daran. Er schob sich neben den Schreibtisch und zielte auf Noltes Kopf:

»Gib mir sofort die Schlüssel für die Handschellen, oder ich schieße.«

Nolte lachte ihn aus. Dann spannte von Greifenburg den Revolver.

»Los jetzt. – Ich zähle auf drei...«

Nolte griff langsam in seine Hosentasche und warf den Schlüssel an den Rand des Schreibtisches. In dem Moment, als von Greifenburg nach ihm griff, zerriss ein kurzer Feuerstoß die Luft. Drei Gewehrkugeln durchschlugen seine Brust und blieben in der Wand stecken. Elisa schrie entsetzt auf und sah wie Greifenburg nach hinten auf ein Sideboard prallte und langsam zu Boden ging.

Nolte hob seine Achseln und lächelte:

»Sehen Sie, Frau Batoni. So schnell kann's gehen!«

Dann wandte er sich an seine Mitstreiter:

»Dann müssen wir eben ohne den verehrten Freiherrn auskommen...«

Er stand auf und ging aus der Tür.

»Mirko, Alex, bringt sie mit. Wir müssen!«

Ziemlich unsanft wurde Elisa bis nach unten ins Erdgeschoss gezerrt. Als Nolte einen Flügel der Eingangstür öffnete, sah er eine Wagenkolonne den Hang herauffahren.

Er erkannte sofort das Sonderschutzfahrzeug des SEK. Dahinter drei Autos. Er versteckte sich hinter dem noch geschlossenen Türflügel.

»Scheiße! Die wollten sicher Greifenburg holen. Von uns können sie eigentlich nichts wissen.«

»Was machen wir jetzt?«, wollte Alex von seinem Boss wissen. Nolte überlegte, dann schaute er Elisa an und zog sie zu sich heran.

»Sie ist unsere Geisel und unsere Deckung. Ich hole mit ihr das Auto. Dann steigt ihr ein und ab geht's. Gebt mir Feuerschutz, falls die losballern.«

Mirko und Alex verteilten sich in die Räume links und rechts vom Foyer.

Sie parkten auf dem Kiesvorplatz hinter dem Brunnen. Von Greifenburg sollte verhaftet werden.

Da er aber nach den letzten Erkenntnissen als oberster Führer der Organisation angesehen wurde, rückten sie mit dem SEK an.

Christian stieg aus dem Auto und ging in Deckung. Er war sicher hier keine große physische Hilfe, doch er war der Einzige im Moment, der sich hier auskannte. Und er fühlte sich verdammt allein und verlassen ohne Elisa.

Sie war seit gestern Abend spurlos verschwunden. Ihr Auto stand noch vor dem Haus, der Schlüsselbund lag auf der Straße. Alles deutete auf eine schnelle, professionelle Entführung hin. Es war naheliegend, dass ein Zusammenhang mit den aktuellen Ermittlungen bestand.

Christian hatte Angst um sie. Er fühlte sich hundeelend bei dem Gedanken, dass ihr etwas zugestoßen sein könnte.

Das SEK brachte sich mit je drei Mann links und rechts des Brunnens in Position. Ein Scharfschütze öffnete die Dachluke der Brabus G-Klasse und positionierte sein Gewehr. Alles war ruhig.

Da zeigte sich der Lauf einer Pistole an der Flügeltür.

»Waffen runter!«, befahl Nolte. Dann schob er seine Geisel vor sich her ins Freie.

»Elisa!«, rief Christian hinüber zu ihr. Sie hob den Kopf in seine Richtung. Gott sei Dank war sie noch am Leben und scheinbar auch nicht verletzt.

Nolte duckte sich hinter sie und zielte mit seiner Pistole auf ihren Kopf. Dann rief er über den Vorplatz:

»Ich hole jetzt unser Auto. Wenn wir in Sicherheit sind, lassen wir sie wieder frei.«

Hauptkommissar Wenger von der Frankfurter Kripo gab dem SEK-Einsatzleiter ein Zeichen und die Mannschaft senkte ihre Waffen.

Nolte drängte Elisa die Treppe hinunter. Zehn Meter rechts von ihnen stand ihr schwarzer Van. Er rutschte mit dem Rücken an der Hausmauer entlang, Elisa immer als Schutzschild vor sich. Dann blieb er stehen. Er drehte sich nach links und rechts und versicherte sich, dass keine Gefahr bestand. Er stieß Elisa nach vorne zum Auto. In diesem Moment gab er seine rechte Schulter frei. Ein Präzisionsschuss zerschmetterte sein Schultergelenk und riss ihn nach hinten. Seine Waffe wirbelte durch die Luft. Elisa erkannte die Gelegenheit und rannte hinter den Van und weiter den Hang hinunter. Sofort eröffneten Noltes Kämpfer das Feuer auf die Polizei, die aus Maschinenpistolen zurückschoss.

Nolte hatte nur noch eine Chance. Er griff mit der linken Hand nach seiner Waffe und rannte los. Kugeln jagten ihn, schlugen neben und über ihm in das Mauerwerk und sprengten Gesteinssplitter heraus. Doch er schaffte es hinter den Eckturm der Villa. SEK-Geschosse schlugen Kerbe um Kerbe in die Turmwand. Mit seiner Linken konnte er nur sehr schwer und ungenau schießen. Blut rann an seiner Brust herunter. Es gab für ihn nur noch die Flucht.

Wenn er es schaffen würde, den hinteren Park zu durchqueren, gut zweihundert Meter, dann könnte er sich im Wald verstecken und Hilfe anfordern.

Im Schutze des Eckturms überwand Nolte den Sicherheitszaun und schleppte sich unter Schmerzen über die weite Rasenfläche.

Er hörte kein Bellen, nur ein Hecheln und Knurren das immer näher kam. Er warf sich herum, doch es war schon zu spät. Das Rudel galoppierte mit gefletschten Zähnen auf ihn zu. Er riss noch die Waffe hoch, doch da hatten die ausgewachsenen Rottweiler ihre messerscharfen Fangzähne schon in seinen Körper geschlagen. Die Wucht der massigen Hundekörper warf ihn zu Boden. Sie rissen tief klaffende Wunden in sein Fleisch. Noch schrie er und versuchte sich freizustrampeln, bis das Alphatier seine Kehle zermalmte und ihm das Genick brach. Sie zerfleischten den leblosen Körper, bis der Eindringling zur Unkenntlichkeit vernichtet war.

Christian, Wenger und das SEK starrten fassungslos durch den Sicherheitszaun auf den hinteren Parkbereich. Endlich trabten die Hunde ab. Doch hineinzugehen war lebensgefährlich. Sie mussten auf den Verwalter warten.

Christian ging an der Villa entlang zurück zum Eingang. Elisa saß in einem Einsatzwagen, eine Polizeikollegin bei ihr. Als sie ihn sah sprang sie heraus und kam ihm entgegen. Sie umarmten sich und waren froh, den anderen wieder heil zu sehen. Elisa war erschrocken über Christians kreidebleiches Gesicht und seinen erschütterten Gesichtsausdruck.

»Was ist passiert?«

»Später, Elisa. Der Tod ist nie schön, aber so einen Tod braucht niemand.«

Mirco und Alex ergaben sich. Die Spurensicherer übernahmen den Tatort. Christian beugte den Oberkörper nach vorne, um seinen Wirbeln mehr Platz zu verschaffen.

»Bald ist es soweit.«

Als Elisa ihn fragend anschaute fügte er hinzu:

»Die OP!«

»Perfektes Timing.«

Ein SEK-Mann winkte ihnen, herüberzukommen. Herr Schuhmann, der Verwalter war eingetroffen und wartete an der Gittertür zum hinteren Park. Die Rottweiler lagen oben am Waldrand im Schatten und hechelten nach kühler Luft.

»Eigentlich haben sie nur das getan, wofür sie hier sind«, meinte der Verwalter entschuldigend. Er ging über den Rasen und rief sie zu sich. Wie verspielte Welpen hüpften sie um ihn herum. Erst als er sie wieder im Zwinger eingesperrt hatte, konnte die Polizei das Gelände betreten.

»Na dann mal los«, redete Elisa sich Mut zu. Als sie Noltes Leiche näher kamen, hörten sie ein immer lauter werdendes Schwirren und Summen. Konturen zeichneten sich ab, die aber nicht mit denen eines Menschen in Einklang gebracht werden konnten. Ihre Knie wurden weich.

Dann standen sie vor einem blutigen Fleischhaufen, über den sich schon die Schmeißfliegen hergemacht hatten. Elisa und Christian drehten sich angewidert ab und konnten ein Erbrechen gerade noch unterdrücken.

Am übernächsten Tag gab die Familie die Meldung heraus, dass Herr Rembold Freiherr von Greifenburg durch einen tragischen Unfall ums Leben kam.

Die Villa wurde akribisch spurentechnisch untersucht. Es gab nicht eine Mail, nicht ein Dokument, nicht einen fremden Fingerabdruck, außer von Nolte und seinen Kämpfern.

Sowohl Kriminalpolizei als auch BKA hatten sich Hinweise erhofft, die das weitverzweigte Todesnetz verständlicher gemacht hätten. Doch da war nichts. Man konnte nur spekulieren - aber es schien so, als ob sie ihre Pläne stets an geheimen Orten verabredeten, die noch gefunden werden mussten.

Zwei Wochen später stellte die Frankfurter Staatsanwaltschaft die Ermittlungen gegen von Greifenburg ein. Laut geltendem Recht musste ein Verfahren eingestellt werden, wenn die Ermittlungen zu keiner Klageerhebung führen können - was bei Toten naturgemäß nicht möglich war.

Erkenntnisse aus dem Umfeld des Toten zu anderen laufenden Ermittlungen wurden natürlich weiterhin verwertet.

Am Tag darauf erfuhr Frank Schulte von dem Tod seines Freundes. Er lag im Bett seiner Zelle und starrte ins Leere. Sein Fehler hatte eine Lawine ausgelöst, die alles unter sich begrub. Er hätte es erkennen müssen, das wusste er jetzt, doch er wollte es nicht wahrhaben. Seit seiner schweren Krankheit war er unkonzentriert. Notizen mussten angefertigt werden. Auch das Missgeschick mit dem Fingerabdruck am Gitter des Rockergeländes war ein fataler Aussetzer.

Schulte stand von seinem Bett auf und ging in der Zelle auf und ab. Er blieb immer wieder stehen, schaute zu dem vergitterten Fenster hinauf und schüttelte seinen Kopf. Wie konnte er nur diesen kleinen Notizzettel verlieren. Er hatte in der Jagdhütte schnell das Rockergelände aufgezeichnet und den anderen seine Vorgehensweise geschildert. Darauf war das Datum ›19.03.‹ notiert. Doch dann begann die Diskussion, der Anschlag wurde um einen Tag verschoben und Rembold hatte das neue Datum auf dem Zettel vermerkt.

Sie beschworen ihn eindringlich, den Zettel unterwegs zu vernichten. Daraufhin hatte er ihn zerknüllt, in die Hosentasche gesteckt und vergessen. Zu Hause im Schlafzimmer musste er wohl beim Ausziehen aus der Tasche gekullert sein.

»Unfassbar blöd! Unfassbar tödlich!«

Schulte wartete bis es dunkel war und ruhig auf dem Flur. Er band seinen Gürtel am Fenstergriff fest. Die Schlinge legte er um seinen Hals. Dann warf er die Beine nach vorne und ließ sich in das Leder fallen. Das Genick hielt stand und er erstickte langsam und qualvoll. Doch er hatte den absoluten Willen, seinen Fehler zu begleichen.

Eine Sackgasse

Heidelberg, Uniklinik Orthopädie und Unfallchirurgie
Donnerstag, 04. August 2022, 14.25 Uhr

Elisa legte den Arm um ihre Schulter. Isabel hatte sich nach vorne gebeugt und stierte auf einen Punkt auf den Bodenfliesen. Ihr Körper zitterte wie Espenlaub, die Füße wippten übernervös im schnellen Takt.

Matti war den Gang vor dem OP-Bereich bestimmt schon hundert Mal auf und ab gegangen. Von der Kreuzung der Flure, da hinten bei der Notaufnahme, an Isabel und Elisa vorbei, bis zur doppelflügeligen Milchglastür mit dem Schild ›OP-Bereich. Zutritt nur für Fachpersonal‹.

Es war wie eine Sackgasse. Hier war niemand. Keine Kranken, keine Besucher, keine Ärzte. Nur sie drei, die seit mehreren Stunden warteten, dass sich die Tür öffnete und jemand zu ihnen sagen würde: ›Alles gut‹ oder so ähnlich.

Wieder kam Matti an den Frauen vorbei. Isabel ignorierte ihn völlig. Sie war in eine andere Sphäre abgetaucht und hatte die Hände gefaltet. Elisa legte ihren Kopf an Isabels Schulter und schaute Matti mit glasigen Augen an:

»Ich halt das nicht mehr aus«, flüsterte sie. »Das ist unmenschlich!«

Matti strich ihr über die Schulter und ging weiter zur Glastür. Wieder las er die Aufschrift auf der Tür, wie schon hundert Mal davor. Da erahnte er einen Schatten auf der anderen Seite. Er machte zwei Schritte zurück und zwei OP-Schwestern rauschten an ihm vorbei, als ob es ihn gar nicht gäbe. Dahinter erschien der Arzt. Er nickte Matti zu und stellte sich an die Fensterfront.

In Windeseile kamen Elisa und Isabel den Flur hochgerannt und schauten den Arzt flehend an. Isabel faltete wieder ihre Hände und presste sie so fest zusammen, dass sich in den Fingerkuppen das Blut staute.

»Herr Doktor! Bitte!«, beschwor sie den Arzt, der verständnisvoll nickte. War das ein gutes Zeichen?

»Es war eine lange und schwere Operation. Das wichtigste vorweg – sie ist so weit gut verlaufen.«

Er hatte wohl ein dreifaches Aufatmen erwartet, doch das kam nicht. Matti hakte nach:

»Herr Doktor, was wir wissen wollen ist, ob er wieder gehen kann. Keine Querschnittslähmung?«

»So weit gut verlaufen heißt: Das Projektil wurde entfernt, das seitliche Loch im Wirbelkörper verschlossen. Es gab keine Komplikationen während der OP. Das bedeutet, dass das zentrale Nervensystem nicht zusätzlich beeinträchtigt wurde. Wir müssen abwarten, bis Herr Berghoff aufgewacht ist. Dann werden wir gleich ein paar Tests durchführen. Danach können Sie zu ihm. Gehen Sie bitte einen Stock höher zur Intensivstation und warten dort im Foyer. Ich werde Bescheid geben, dass man sie zu ihm bringt, sobald es möglich ist.«

Der Arzt drehte sich zum Gehen:

»Seien Sie zuversichtlich. Ich muss jetzt leider weiter.«

Isabel, Elisa und Matti waren wie hypnotisiert. Das bedeutete doch Gutes, oder? Sie umarmten sich gemeinsam. Dann gingen sie nach oben. Niemand verspürte Hunger. Ein Krankenpfleger wies sie darauf hin, dass um die Ecke ein Wasserspender stand. Wenigstens trinken mussten sie. Und wieder begann das Warten, weitere zwei Stunden.

Auf Zehenspitzen schlichen sie an Christians Bett. Seine

Augen waren fest geschlossen. Die Monitore zeigten gleichmäßige Rhythmen, die Infusionsflüssigkeit tropfte stetig in seine Vene. Christian spürte, dass jemand im Raum war und öffnete die Augen. Und schon war Isabel über ihm, küsste ihn immerzu und dankte zwischendurch Gott und allen Heiligen, dass ihr Freund noch lebte. Elisa und Matti standen auf der anderen Seite des Betts und streichelten seine Hand und seinen Arm. Die Situation schnürte ihnen den Hals zu. Als Isabel ihren Kopf etwas hob drehte sich Christian zu Matti. Mit schwacher Stimme bat er seinen besten Freund:

»Die Decke! Mach die Decke weg!«

Schlagartig war es still im Raum und bleierne Schwere breitete sich aus. Christian war von der Narkose noch schwer gezeichnet und flüsterte:

»Bitte, Matti!«

Vorsichtig ergriff Matti das Ende der Bettdecke und schob sie nach oben. Die nackten Beine lagen regungslos auf der Matratze. Nichts passierte, nichts bewegte sich. Unendlich lange Sekunden.

Christian verzog seine Lippen zu einem Lächeln. Er zog unter größter Anstrengung die Beine an und drehte die Knie langsam ein und aus. Er lächelte und Tränen traten aus seinen Augenwinkeln. Endlich erwachten auch die anderen aus ihrer Starre und brachen in Begeisterung aus.

Die Freude war überwältigend. Isabel warf sich über Christian und hörte nicht auf ihn zu drücken und zu küssen. Dann flüsterte sie ihm etwas ins Ohr.

»Schwanger?«, hauchte er.

Isabel lachte und nickte ihm immer wieder zu.

»Ja! - Ich weiß es seit Montag. Aber ich wollte dich nicht noch kurz vor deiner OP durcheinander bringen.«

Christian umarmte Isabel und sie weinten vor Freude und Glück. Elisa schaute zu Matti, der ihr zunickte. Er legte den Arm um sie und sie gingen leise nach draußen.

In den nächsten Tagen besuchten ihn nach und nach alle Kolleginnen und Kollegen. Am meisten freute er sich über den Besuch seines ehemaligen Chefs Wolfgang Rombach. Es ging ihm gut in seinem Ruhestand, wie es schien. Und Rombach war überaus erleichtert, dass Christian nun wieder gesund werden konnte.

»Ich habe das immer aus der Distanz verfolgt und gehofft, dass alles gut ausgehen möge.«

Rombach erklärte, dass Bülow derjenige war, der ihn sporadisch über die Geschehnisse in seinem alten Kommissariat unterrichtete und der so oft verzweifelt war über Christians und Elisas Alleingänge.

Und der Besuch von Bülow war der, der Christian am meisten überraschte. Er meinte zunächst, sich verhört zu haben, doch Claus Bülow bot ihm die Versöhnung an.

»Christian, begraben wir das Kriegsbeil. Lassen wir die Missverständnisse in Frieden ruhen. - Ich freue mich, dich bald wieder einsatzfähig unter uns zu haben!«

Christian war gerührt und schloss Bülows Hand in seine.

Noch diesen Herbst

Heppenheim, Burg Starkenburg
Samstag, 27. August 2022, 16.10 Uhr

Vom Wanderparkplatz aus spazierten sie am Hang entlang, oberhalb der Weinberge, hinüber zur Helenenruhe. Sonne und Wolken wechselten sich in gleichmäßigem Rhythmus ab. Christian genoss diesen ersten längeren Spaziergang in der Natur wie ein Geschenk des Himmels. Isabel ganz eng untergehakt, Elisa mit Jens und Matti mit Melissa. Schöner konnte er sich diesen Nachmittag nicht vorstellen. Er schloss immer wieder die Augen und atmete tief ein. Wie schön war das Leben. Endlich wieder Teil davon zu sein.

Isabel legte gerade ihren Kopf an Christians Schulter, als Jens sich umdrehte.

»So, und wer heiratet jetzt zuerst? Ich hab mich nämlich schon auf drei schöne Hochzeiten eingestellt.«

Matti reagierte am schnellsten:

»Isabel und Christian natürlich. Erstens haben sie am meisten durchgemacht und brauchen endlich einen ruhigen Hafen...«, stichelte er »...und zweitens können wir es nicht zulassen, dass ihr Kind unehelich auf die Welt kommt.«

Sie lachten und schnell war beschlossen, dass die Hochzeit diesen Herbst stattfinden musste. Denn im Winter war es zu kalt für eine Hochzeit und im Frühjahr müsste Isabel hochschwanger vor dem Traualtar stehen. Christian schaute irritiert zu Isabel, die lachend mit den Achseln zuckte:

»Wo sie recht haben, haben sie recht. Da musst du jetzt durch.«

Christian blickte reihum, in erwartungsvolle Augen. Er genoss es und kostete es aus, einen Hauch von Unsicherheit darin zu erkennen.

»Ihr denkt doch nicht etwa, dass ich kneife? - Leute! Die Zeit ist vorbei.«

Er löste sich von Isabel, kniete nieder und nahm ihre Hände in seine.

»Isabel, ich liebe dich so sehr, dass ich es nicht ausdrücken kann. Ich möchte immer mit dir zusammen sein. Darum frage ich dich: Willst du meine Frau werden?«

Tränen schossen in ihre Augen und tropften auf den ausgetrockneten Feldweg.

»Ja, ich will. Ich will!«

Sie zog Christian hoch und küsste ihn. Dann legte er seine Hand auf ihr dünnes T-Shirt, bückte sich und küsste ihren Bauch. Die Freunde klatschten und umarmten die beiden.

Nach und nach lockerte sich die Spaziergesellschaft etwas auf und Elisa kam an Christians Seite.

»Und du willst am Montag wieder loslegen?«

»Ja, ich freue mich riesig. Meine Beweglichkeit macht wirklich Fortschritte, dank meinem Physiotherapeuten. Und mein Orthopäde meinte, dass ich in etwa einem Monat wieder mit leichtem Lauftraining beginnen kann. Ist das nicht phantastisch? Ich habe ein neues Leben geschenkt bekommen und bin so glücklich und dankbar!«

Er schaute über die Weinberge hinweg und dachte an Nathapong. Elisa fasste ihn an seinem Arm:

»Ich freue mich so sehr für dich. - Dann schaun wir mal, was wir dir auf den Tisch klatschen können. Jetzt, nachdem wir das ganze Komplott auseinandergenommen haben.«

»Hoffentlich«, fügte Christian leise hinzu.

»Hoffentlich was...?«

»Ich hatte viel Zeit zum überlegen. Und da sind mir wieder die Worte von Lukas Dillinger eingefallen.«

»Hey! Geht's noch? Hattest du während deiner Erholung nichts Besseres zu tun, als an alten Fällen herumzudoktern? - Ich glaub's ja nicht!«

»Na ja, es ist eigentlich nur eine einzige kleine Frage, die mich beschäftigt hatte. Sie ist so klein und unscheinbar. Und doch so weitreichend.«

»Na dann mal raus damit«, drängte Elisa.

»Ich frage mich, ob wir jetzt alle Matrjoschkas geöffnet haben, oder stecken noch welche darunter?«

Elisa versuchte Christian zu beruhigen:

»Wir sind uns doch alle einig, dass wir das Netzwerk aufgedeckt haben und die Mitglieder nach und nach fassen werden. Du doch auch, so viel ich weiß.«

»Ja, schon. Aber was wäre, wenn das Netz viel größer ist? Zum Beispiel europäisch, oder gar international?«

»Wie wäre es denn mit interstellar oder intergalaktisch? Also Christian, ehrlich! Du hattest wirklich zu viel Zeit zum Nachdenken. - Madonna Mia!«

ENDE

Wollen Sie mehr über das Buch und den Autor erfahren?
Dann gehen Sie bitte auf:

facebook.com
Jan Hetman Autor

Printed in Poland
by Amazon Fulfillment
Poland Sp. z o.o., Wrocław

34028409R00203